de son bookmaker ou il avait peut-être gagné le tiercé à Suffolk Downs ou quelque chose comme ça, parce qu'il est devenu complètement fou furieux. Lexi a mis deux jours à avouer. Ils sont sortis et ont creusé dans le jardin, sous les arbustes, dans le potager, dans la terre autour des arbres et des buissons qu'il avait plantés, mais ils n'en ont récupéré que la moitié. C'est adorable, non ? De quoi rendre tout gentil garçon encore plus amoureux et protecteur de sa petite sœur qu'avant. Mais j'ai tourmenté Lexi à ce sujet comme si elle avait fait la chose la plus stupide de l'histoire de l'humanité. Quoi, tu penses que si c'était le moyen de faire pousser des arbres à argent, tu le saurais et pas papa ? Tu crois qu'il n'aurait pas déjà planté de l'argent dans le jardin ? Maintenant regarde ce que tu as fait. Tu nous as rendus plus pauvres.

Puis il y a eu l'incident, le jour où je me suis faufilé dans la chambre de Lexi pour voler la pointe de flèche indienne qu'elle avait trouvée dans La Jungle quelques jours auparavant. En fermant les yeux, je peux encore me souvenir parfaitement de Lexi arrivant en courant ce soir-là, le mouvement régulier de ses cuisses musclées dans son short, et son cri de joie, Regardez ce que j'ai trouvé ! Dans la paume de sa main ouverte, elle tenait une pointe de flèche en quartz blanc d'environ trois pouces de long, parfaitement formée, mortellement pointue. Depuis une éternité je cherchais désespérément dans La Jungle et les bois environnants une pointe de flèche indienne comme celle-là. La jalousie est montée en moi comme une lave en ébullition, vite muée en tactique et en rancune distillées. J'ai joué les innocents pendant une semaine, peut-être plus, en attendant que le scandale de la pointe de flèche disparue se dissipe. Si nos

MONKEY BOY

DU MÊME AUTEUR

Romans

Say Her Name, Grove Press, New York, 2011 ; traduction en français par Guillemette de Saint-Aubin, *Dire son nom*, Christian Bourgois Éditeur, 2011

The Divine Husband, Grove Press, New York, 2004 ; traduction en français par Guillemette de Saint-Aubin, *L'Époux divin*, Éditions de l'Olivier, 2006

The Ordinary Seaman, The Atlantic Monthly Press, New York, 1997 ; traduction en français par Joseph Antoine, *Le Matelot*, Éditions Écriture, 1999

The Long Night of White Chickens, The Atlantic Monthly Press, New York, 1992

Essais

The Interior Circuit: A Mexico City Chronicle, Grove Press, New York, 2013 ; traduction en français par Guillemette de Saint-Aubin, *Circuit intérieur*, Christian Bourgois Éditeur, 2015

The Art of Political Murder, 2007

FRANCISCO GOLDMAN

MONKEY BOY

Traduit de l'anglais (États-Unis)
par Marie Hermet

BOUQUINS

littérature

Ouvrage édité par Dominique Bourgois

92, avenue de France 75013 Paris
ISBN : 978-2-38292-454-9
Dépôt légal : janvier 2024

Pour Jovi et Azalea Panchita
Pour Binky Urban
&
En mémoire de ma mère

« Espèce de singe », dit un harponneur…

– Herman Melville, *Moby Dick*

« Et maintenant, je veux savoir, dit soudain
la femme avec une force terrible, je veux savoir
où vous trouveriez par toute la terre
un père tel que le mien… »

– Isaac Babel, « La traversée du Zbroutch »
dans *Cavalerie rouge*

Quand quelqu'un part en voyage, il a quelque chose
à raconter…

– Walter Benjamin, *Le Conteur*

Jeudi

Cinq jours par semaine, parfois même le samedi, mon père se levait à 5 h 45 pour aller travailler à la Potashnik Tooth Corporation dans une zone industrielle de Cambridge, à une demi-heure de route à peu près de la petite ville où nous habitions si vous saviez éviter les embouteillages. C'est à la pointe de l'aube que moi aussi, bien des années plus tard, allant et venant dans mon appartement pour faire rapidement mes bagages avant mon voyage à Boston, je me souviens que ses mouvements dans la maison me réveillaient toujours avant l'heure de me lever pour aller en classe : bruits de salle de bains, pas lourds dans l'escalier, grincement strident de la porte du garage qui se relevait en faisant vibrer les murs trop minces comme pour les mettre en pièces. Mon père garait son Oldsmobile dans l'allée mais il entrait toujours dans la maison par le garage. Le soir ou en fin d'après-midi les jours de classe, je redoutais particulièrement ce bruit de la porte du garage. Quand je n'entendais pas tout de suite après la Duster de ma mère qui rentrait, le sursaut de son pied hésitant et nerveux sur le frein, cela signifiait que Bert était là et qu'il allait bientôt monter à l'étage. Si j'écoutais de la musique sur ma petite chaîne stéréo, je baissais le volume ou je l'éteignais pour être sûr d'entendre ses pas derrière ma porte. Parfois, s'il était vraiment en colère contre moi pour une raison ou une autre, il faisait irruption dans ma chambre sans frapper.

De la vie dans cette maison de Wooded Hollow Road où nous sommes arrivés quand j'étais en fin de primaire, je ne me souviens de rien autant que de ma peur de mon père. Aujourd'hui j'ai l'impression que les années passaient sans qu'il y ait un seul jour où il ne soit pas en colère. Mais cela ne doit pas être vrai, pas tous les jours ; ce n'est pas comme s'il n'avait pas connu dans sa vie des occasions de joie ou d'une forme de joie. Rapporter un nouveau plant ou un arbuste de la pépinière Cerullo pour les repiquer dans le jardin un matin du week-end ou gagner ses paris au football et aller les encaisser chez son bookmaker, joie.

Quelle façon pourrie de commencer la journée, penser au vieux Bert, avoir l'impression que son ombre traverse les décennies pour arriver dans cet appartement quand je m'apprête à passer la porte, ça n'augure rien de bon pour le voyage à venir. Mais je ne suis pas comme mon père, vraiment. Il laissait la moindre petite frustration le mettre en rage. En ce moment, il foncerait d'une pièce à l'autre en fulminant : « Nom de Dieu, mais où est passée cette merde de Muriel Spark ? » Même dans les moments les plus dingues de certaines relations bien survoltées, je n'ai jamais hurlé à la figure de quelqu'un comme il le faisait quand il pétait un câble. Bon, le voilà, sur le canapé, face à la télé, caché sous la barquette en polystyrène dans laquelle est arrivé le bœuf cantonais d'hier soir, *Demoiselles aux moyens modestes.* Je l'ai sorti pour le lire dans le train, je veux faire mes devoirs avant de retrouver ma mère demain. D'après la quatrième de couverture, le roman se déroule dans une pension de famille londonienne pour jeunes employées célibataires, juste après la Seconde Guerre mondiale, et Mamita a vécu dans une de ces pensions, mais à Boston, et dans les années 1950.

Il y a cinq mois, en octobre, arrivant à New York au retour de Mexico, j'ai loué un bel appartement au premier étage d'une *brownstone* de Carroll Gardens à Brooklyn. J'avais laissé des choses dans un garde-meuble depuis l'époque, il y a presque dix ans, où j'habitais la ville. Depuis, je n'ai fait que passer une fois par an à New York, en visiteur, parfois pour quelques mois. Je ne voulais pas revenir, mais je m'y suis senti contraint par un avertissement reçu au Mexique, que j'aurais peut-être pu ignorer. Comme ce n'est pas ce que j'ai ressenti sur le moment, j'ai fui. L'avertissement était le résultat de mon enquête au Guatemala sur le meurtre d'un évêque, le plus grand défenseur des droits de l'homme du pays. J'avais publié un livre sur le sujet moins de deux ans auparavant. Je voulais peut-être, de manière inconsciente, revenir à New York. Il y a trente ans, la première fois que je suis venu vivre ici, je fuyais aussi, je cherchais un refuge contre l'humiliation, un nouveau départ. Je n'adhère pas au mythe de New York vue comme la ville où commencer une ambitieuse ascension sociale. Il vaut mieux arriver humilié, ne sachant pas où se mettre, ça permet de déhiérarchiser la ville, de l'étaler devant soi pour qu'elle offre plus d'abris où se mettre à couvert mais aussi plus d'espace pour bouger, pour se découvrir soi-même dans des coins sombres, dans le brouillard et l'obscurité. Dans le passé, ne voulant pas rater la chance d'une apothéose insaisissable, m'accrochant à une relation ou à une illusion romantique, je n'aurais pas pris le temps de tous ces voyages à Boston pour voir Mamita.

Lorsque demain je rendrai visite à ma mère à Green Meadows, sa maison de retraite, ce sera la quatrième fois depuis mon retour, après une décennie où je ne la voyais parfois qu'une fois par an. Ma sœur, Lexi, lui rend visite deux fois par semaine et lui téléphone au moins une fois par jour. Après toutes ces années passées à l'étranger où, souvent, je ne pouvais même pas me souvenir de l'appeler une fois par mois, j'essaie maintenant de parler à ma mère chaque semaine. Je ne l'ai pas sentie aussi présente dans ma vie depuis que j'ai quitté la maison pour de bon à dix-huit ans. J'ai l'impression qu'elle est toujours à portée de main, et j'aime l'imaginer dans sa chambre à la maison de retraite, avec son sourire patient de lapin, attendant de reprendre nos conversations. J'ai été un peu perplexe lorsque j'ai remarqué que je ne figurais sur aucune des photos encadrées sur le rebord de sa fenêtre et je me suis demandé quelle en était la raison ;. en fait, je devrais simplement lui apporter une photo maintenant. Deux photos de Mamita avec sa mère sont exposées là. L'une date de ses vingt-cinq ans à peu près, Abuelita était venue à Boston pour l'aider à emménager dans cette pension et à s'installer ; l'autre a été prise quelques années avant la mort d'Abuelita, lorsqu'elle ressemblait un peu à ma mère aujourd'hui, les yeux bouffis, les paupières tombantes. Il y a une photo de Lexi datant de l'époque où elle est allée au Guatemala pendant les vacances d'été de l'université : elle est debout sur les marches en pierre brute de la célèbre vieille église de Chichicastenango, souriant joyeusement, entourée des habituels chamans mayas agenouillés avec leurs encensoirs fumants, qui allument des bougies, implorent et jettent des sorts pour leurs clients. Une autre photo prise une dizaine d'années plus tard montre Lexi et nos parents dans une pose familiale, serrés l'un contre l'autre, ma mère et ma sœur dans des robes fluides, pour je ne sais quelle occasion à laquelle je n'étais pas présent. Mon père est en veste et cravate, mais on ne peut pas voir son visage à cause du morceau de carton collé dessus. Seule Lexi aurait pu décider de faire ça, mais apparemment sans grande opposition de la part de notre mère. Quand j'ai demandé à Mamita ce qu'il en était, elle a eu un regard absent pendant un moment, puis un éclair est passé dans ses yeux, elle a dédaigneusement claqué des dents comme elle le fait et a dit : *Ach, no se*, Frankie. Je me demande si les infirmières et les autres membres du personnel ricanent entre eux en regardant cette photo, certains se disant même : Ah oui, j'en connais, des maris et des pères comme ça.

Habituellement, lors de ces visites, je passe au moins deux nuits dans des hôtels de Boston et parfois une nuit dans un motel d'autoroute près de la maison de retraite, qui est située dans une ville presque au bout de la ligne de chemin de fer de la banlieue sud. Si je dois vivre ici à nouveau, quelle que soit la durée de ce séjour, c'est le bon moment, car ma mère a manifestement commencé à décliner mentalement et physiquement, mais elle est encore assez lucide pour avoir de bonnes conversations et aussi des fous rires. *Ay*, Mamita, toi et moi nous savons nous faire rire, quoi qu'il arrive, pas vrai ?

Je marche sur le trottoir dans le froid de mars, juste avant l'aube, moitié réveillé, moitié endormi, tirant une valise à roulettes. J'ai oublié d'enlever de mon sac à dos le cadenas du casier que j'utilise à la salle de sport, et le cadenas cogne contre mon dos en rythme avec le bruit de mes boots sur le trottoir, un cliquetis sourd que le silence semble amplifier avec le craquement des roues de la valise : *clac clac* clic *clac clac* clic.

Le trajet en métro vers Manhattan n'appartient pas vraiment non plus au monde éveillé. Il y a les banlieusards matinaux aux visages mornes et aux yeux ensommeillés, assis tête ballante pour certains, et quelques sans-abri qui dorment en travers des sièges, avec des couvertures tellement noircies qu'elles semblent coulées dans la fonte ; on dirait que ce train transporte les spectres de mineurs épuisés à la sortie d'une mine immatérielle.

Je dis toujours rentrer chez moi à Boston, bien que je n'aie pas vécu dans cette ville depuis ma petite enfance, à l'époque où mes parents jeunes mariés avaient un appartement quelque part sur Beacon Street. Mais cette année, je ne suis pas rentré à Boston pour passer une partie des vacances de Noël avec ma mère et ma sœur. Début décembre, j'ai pris l'avion vers Buenos Aires pour écrire un article dans un magazine sur les recherches d'enfants perdus et volés à des parents qu'on avait fait disparaître pendant les années de la guerre sale, et j'y suis resté jusqu'au lendemain du Nouvel An. Je n'étais là que depuis quelques jours lorsque j'ai reçu un courriel de ma sœur me disant combien elle était heureuse que nous puissions passer Noël ensemble pour la première fois depuis tant d'années. Je n'avais pas dit à Lexi que je serais en Argentine pour les vacances, mais je l'avais dit à notre mère, qui avait sans doute oublié de transmettre. J'étais invité pour le réveillon de Noël chez l'une des Abuelas de la Plaza de Mayo et son petit-fils récemment retrouvé, le fils unique de sa fille unique, qui avait accouché vingt ans plus tôt alors qu'elle était secrètement prisonnière de la dictature militaire, après quoi elle avait « disparu » pour toujours, probablement en tombant de la soute d'un avion dans l'Atlantique Sud. L'identité de son fils avait été confirmée par des tests ADN quelques mois auparavant. Pour mon article, je n'avais qu'à essayer de décrire cette soirée de Noël précisément telle qu'elle était pour transmettre au plus juste l'impression de présence sacrée, mystique, de la mère-fille disparue – elle s'appelait Paulina –, le sentiment que sa protection et son amour habitaient le nouveau lien entre un petit-fils et une grand-mère qui, jusqu'à récemment, étaient restés étrangers l'un à l'autre. Plus tard, j'ai reçu des lettres de lecteurs qui avaient été émus par cette scène en particulier, quelques-uns avaient leurs propres histoires à partager sur des mères perdues ou disparues, racontaient même des apparitions spectrales lors de mariages ou de réunions de famille pendant les vacances.

Dans son courriel, Lexi écrivait que nous pourrions engager une aide-soignante et emmener notre mère, dans son fauteuil roulant, de la maison de retraite au restaurant pour le dîner, ou bien nous pourrions même fêter Noël chez elle à New Bedford. « Je ne vois pas de meilleure occasion pour toi de venir enfin chez moi pour voir comment je vis ici », avait-t-elle ajouté. Je ne suis jamais allé dans la maison que Lexi a achetée il y a quelques années dans cet ancien port de pêche qui était aussi une ville industrielle, quasi abandonnée aujourd'hui. Elle l'a achetée comme un investissement, dit-elle, avec l'argent qu'elle a reçu de nos parents. Un vieux bâtiment style manoir à pignons de Nouvelle-Angleterre, construit à l'origine pour un capitaine de baleinier à l'époque de Melville, d'après ce qu'on raconte. Il est question de fournir enfin un service de trains de banlieue aux agglomérations de la côte sud qui sont un peu plus proches de Providence que de Boston, et quand ce sera fait, toutes ces vieilles maisons victoriennes de capitaines de navires et de magnats du textile seront convoitées par les yuppies qui travaillent dans l'une ou l'autre ville, alors selon Lexi, la maison qu'elle a achetée va quintupler de valeur. Elle s'est toujours considérée comme une femme d'affaires avisée et elle a attendu toutes ces années pour le prouver. De la perspicacité autoproclamée de sa fille, mon père avait tendance à se moquer sans pitié. C'est vraiment dommage que Bert ne soit pas là pour se prendre une tôle si le pari immobilier de Lexi s'avère payant. Nos parents ont fait donation de tous leurs biens et économies, tout ce qu'ils possédaient, à Lexi. Pendant ces dernières années où mon père était constamment à l'hôpital, ils ont eu besoin d'aide pour payer leurs factures et autres obligations, et ils savaient tous les deux qu'après le décès de mon père, ma mère ne serait jamais capable de gérer ces tâches seule, donc Bert a dû apprendre à Lexi comment le faire. Je sais que Mamita, en particulier, s'inquiétait du caractère instable de l'emploi et de la vie privée de ma sœur, et qu'elle était déterminée à donner à Lexi une certaine sécurité, assortie de responsabilités. Ces décisions m'ont permis d'être un fils distant et un frère encore plus distant, vivant presque toujours au loin, au Mexique, en Amérique centrale, séjournant en Europe. Pendant ce temps, Lexi s'est occupée de nos parents, souvent à plein temps, d'abord de notre père, qu'elle dit avoir détesté jusqu'à ses dernières années, et maintenant de notre mère, qu'elle aime avec ce qu'il n'est pas exagéré de décrire comme une dévotion totale. Bon, Lexi mérite tout ce que mes parents lui ont donné. Je ne lui en veux pas pour ça, même pas un peu, peut-être pour d'autres choses mais pas pour ça. Je n'aurais échangé la liberté avec laquelle j'ai pu vivre ma vie pour rien au monde, ou presque.

Lorsque je sors de l'ascenseur de Penn Station dans une aube grise qui s'éclaire peu à peu, les hautes colonnades corinthiennes de la poste créent l'illusion d'un grand boulevard haussmannien et un optimisme renaissant m'envahit, comme si c'était le premier matin d'un voyage très attendu à Paris. Même avec le temps que j'ai perdu à chercher le roman, je suis assez en avance pour remonter la Huitième Avenue sur quelques pâtés de maisons jusqu'à la *salumeria* et acheter un sandwich pour le train. Le trajet New York-Boston dure presque cinq heures, aussi long qu'un vol de JFK à Benito-Juárez, et voyager avec un bon sandwich fait toute la différence. *Hombre prevenido vale por dos*, aimait dire Gisela Palacios. Elle aimait ces dictons démodés de grand-mère campagnarde, même si elle savait à peine cuisiner une *quesadilla*. Qu'un homme averti en vaille deux ou non, planifier à l'avance de cette façon, c'est exactement le genre de choses que mon père, à la fois scientifique et amateur de sandwichs, a toujours fait, mais il aurait trouvé un traiteur juif à l'ancienne, du corned-beef sur un petit pain rond ou bien de la langue de boeuf. Bert a toujours conduit, je ne peux même pas l'imaginer assis dans un train ou un métro. Il ne prenait l'avion que lorsqu'il n'avait pas le choix. La dernière fois qu'il a fait ce trajet en fin d'hiver entre la Floride et le Massachusetts, il avait quatre-vingt-sept ans.

Il passait par la Caroline du Nord ou peut-être du Sud quand, avant de s'arrêter dans un motel pour la nuit, il est entré pour dîner dans l'un de ces grils qu'on trouve au bord de toutes les autoroutes du pays, et il n'a découvert l'addition impayée dans sa poche qu'une fois rentré chez lui. Il a posté l'addition avec un chèque au restaurant, accompagné d'un mot d'excuse expliquant que la raison pour laquelle il était parti sans payer était qu'il était épuisé par une longue journée de route ; il devait admettre qu'à son âge, il n'avait plus la même endurance que lorsqu'il était plus jeune. À peine une semaine plus tard, il a reçu une lettre du gérant, écrivant qu'il est rare aujourd'hui de rencontrer un voyageur américain aussi honnête, joignant un certificat qui permettrait à Bert de toujours manger gratuitement dans son gril. Un steak gratuit pour le reste de ses jours ! Mais il avait déjà vendu son petit appartement de Lake Worth pour pouvoir vivre toute l'année à Wooded Hollow Road. Mon père n'allait plus jamais traverser la Caroline en voiture. Il n'était pas toujours aussi honnête non plus, même s'il savait en donner l'impression avec son air d'intégrité toute simple digne d'un Abe Lincoln aux longs bras ballants. Alors Mamita l'a repris avec elle pour la dernière fois, et bien qu'elle ait vingt ans de moins, les répercussions sur sa propre santé de ces six années passées à s'occuper de Bert et à le côtoyer chaque jour allaient être terribles.

Pendant que l'employé du comptoir prépare mon sandwich, je m'assieds à une table, avale rapidement une petite tasse de café et un pot de yaourt pour démarrer sainement une journée qui s'annonce longue, et j'ouvre le roman de Muriel Spark à la première page : « Jadis, en 1945, en

Angleterre, tous les gens bien étaient pauvres, à quelques exceptions près. »

Hier soir je pensais que c'était déjà fini avec Lulú López. Même si nous ne sommes sortis ensemble que quelques fois, c'est ce que j'ai connu de plus proche d'une relation amoureuse en cinq ans, depuis que Gisela et moi ne sommes plus ensemble. Mais hier soir, Lulú m'a envoyé ce message genre ce-n'est-peut-être-pas-la-fin : reviens vite, on fera du vélo, et cetera. Je ne peux pas prétendre que je me fiche de ce qui se passe entre nous, mais j'essaie d'entretenir un certain fatalisme intérieur. Je suis content de ce voyage à Boston, finalement ; je suis parti un jour plus tôt que prévu rien que pour retrouver Marianne Lucas et dîner avec elle ce soir dans le South End. Lorsqu'elle m'a écrit à l'improviste sur Facebook il y a quelques semaines, nous ne nous étions pas parlé, nous n'avions eu aucun contact depuis la classe de seconde, il y a trente-quatre ans. Elle est maintenant avocate spécialisée dans le droit de la famille et du divorce et elle-même divorcée. Dans l'un de ses messages FB, Marianne écrit qu'elle avait décidé d'essayer de me contacter après m'avoir entendu sur la radio publique NPR. Je parlais de José Martí et des années qu'il a passées à New York, le sujet du roman que je viens de terminer, qui n'est pas un roman strictement biographique. Je l'ai appelé *La Maison de la douleur*. Je ne vais pas contester le fait que ce pourrait être un titre parfait pour la biographie de tant d'entre nous qui passons sur le trottoir ce matin, sortant de Penn Station ou y arrivant : nous avons aussi vécu un certain temps dans une maison de la douleur. Ce n'est pas un titre que l'on choisirait pour une véritable biographie de José Martí, les titres doivent toujours évoquer l'héroïsme, le martyre, le génie littéraire et politique, ou bien faire vibrer la corde de la sincérité : « *Yo soy un hombre sincero* ». Mais *La Maison de la douleur* est un titre parfait pour mon roman, dont la majeure partie se déroule à l'intérieur d'une pension de famille pendant deux des seize années que Martí a passées à New York, à l'époque où il était un immigré pauvre, un journaliste pigiste en exil, toujours à la recherche d'un job, à la fois traducteur, professeur particulier d'espagnol, poète et fomenteur de révolution, se démenant sans relâche pendant plus de dix ans avant de trouver enfin la mort en martyr sur une plage de Cuba lors de sa charge en solitaire, lui et son cheval contre les troupes espagnoles. J'ai remis le roman à mon éditeur juste avant mon départ pour l'Argentine. Il ne fait que 182 pages à double interligne, mais il m'a fallu cinq ans pour l'écrire. Il a nécessité beaucoup de recherches, je suis même allé à La Havane et j'ai passé quelques semaines dans les archives. J'avais besoin d'apprendre tout ce que je pouvais sur Martí afin d'identifier les lacunes dans les documents historiques ou les écrits, et de laisser mon imagination travailler à l'intérieur de celles-ci. Un premier jet comptait 500 pages. Il a été suivi d'un autre de 278 pages que j'ai remis, mais qui était nul. Mon éditrice, Teresa Fijalkowski, a été dure ; elle acceptait les dernières parties, mais elle m'a fait refaire tout le premier tiers. Tant de voix différentes, qui parle, qui pense quoi ? Écoute, Teresa, c'est simple, lui ai-je expliqué. L'axe narratif de cette première partie, c'est Martí qui se promène longuement dans les rues de la ville jusqu'à sa pension de famille, où sa femme, son petit garçon et la femme du propriétaire de la pension, secrètement enceinte de Martí, attendent qu'il rentre à la maison. Dans sa tête, il essaie de comprendre comment tout a pu autant partir en vrille dans sa vie, il parle à sa femme, à son amante et à d'autres personnes, et il essaie même d'imaginer ce qu'ils disent de lui. Tout ça suit Martí sur son chemin vers la pension, des nuages de conscience qui se posent sur la page comme dans du ciment humide sous forme de fragments de récit et d'histoires. Teresa a esquissé un demi-sourire, m'a fixé de son regard marmoréen, et enfin, avec un humour froid parfait, a déclaré : Le don douteux de la conscience, maintenant je comprends ce que Blanchot voulait dire. J'ai répondu : Et c'est bien ma veine d'avoir la seule éditrice de New York titulaire d'un doctorat d'Oxford en théorie critique. J'ai fait ma thèse sur Auden, a dit Teresa, mais évidemment nous étudions la théorie, et alors ? Frank, il y a beaucoup de bouleversements, beaucoup de douleur dans cette pension de famille, je le comprends, dit Teresa. Mais j'aimerais ressentir comment ils vivent tout ça, un personnage à la fois, dès le début. Martí était doué d'hypersensibilité, ai-je fait remarquer, et tellement volubile qu'on le surnommait Dr Torrente, il se passait peut-être plus de choses dans son cerveau, dans sa vie, que chez n'importe quel autre habitant de New York de cette époque. J'ai encore passé une année assez monacale à Mexico à travailler sur le roman. Je devais river mon écriture non seulement au cœur brisé et aux tourments de Martí, mais aussi à ceux de sa femme, dont l'existence a été reléguée dans l'ombre par plus d'un siècle de blâme. Vous pensez qu'on a mené la vie dure à Yoko Ono, imaginez que les communistes de Fidel et les fanatiques de la droite cubaine de Miami vous reprochent tous, à vous, l'échec du mariage de l'apôtre cubain, la séparation d'avec son fils et les années de confusion et de tourments intimes. C'est mon livre perdu, tout mince et moche et beau aussi, qui m'a accompagné pendant mes années les plus éprouvantes et qui a finalement trouvé son chemin, mon meilleur livre, *La Maison de la douleur*. Dans environ neuf mois, il sera peut-être exposé là-bas, à la librairie de la gare, posé de face sur la table des nouveautés, idéalement placé entre Zaro's bagels et les toilettes pour hommes. Dans un an à peu près, il est possible que quelqu'un l'achète pour le lire dans le train du matin pour Boston, et je prendrai ce train aussi, et pour la première fois de ma vie, je verrai quelqu'un lire un de mes livres en public.

Penn Station pourrait s'appeler Peine Station aussi, parce que je viens de pisser dans l'un des urinoirs en hommage au grand architecte Louis Kahn et je ne peux pas imaginer de pire endroit pour mourir d'une crise cardiaque, comme il l'a fait, que ces toilettes pour hommes puantes et crasseuses. J'ai toujours imaginé sa dernière chute à terre comme un *Nu descendant l'escalier*, un paroxysme de majesté mais avec un vieux Juif, petit, qui s'effondre en se tenant la poitrine, sa chemise blanche tachée par la sauce à salade de la compagnie aérienne et par quelques gouttes de café – il venait d'atterrir à JFK ; il était venu à la gare pour prendre un train –, son dernier souffle observé par des drogués et des psychotiques sans abri qui seraient dans des hôpitaux psychiatriques fédéraux ou locaux au lieu de se réfugier dans les toilettes des gares si de tels hôpitaux existaient encore. Kahn rentrait chez lui à Philadelphie depuis le Bangladesh où il venait de construire son chef-d'œuvre, le bâtiment de l'Assemblée nationale de la capitale bangladaise. Il avait réinventé l'ancienne gloire monumentale sacrée avec un design moderniste rigoureux et avant-gardiste. Ayant créé l'un des espaces publics les plus beaux et les plus stimulants spirituellement des temps modernes, Kahn est rentré chez lui mourir dans l'un des plus laids et des plus démoralisants.

Ici, à Peine Station, les voyageurs attendent de monter à bord de leur train dans un espace crasseux tout plastique et linoléum, fermé à l'est et à l'ouest par des portes numérotées, tandis que des soldats lourdement armés, en treillis de combat camouflage et gilets pare-balles, montent la garde ou patrouillent avec des chiens renifleurs de bombes, et nous sommes tous entassés comme au fond d'un ravin. À l'approche de l'heure de départ prévue pour notre train, si nous sommes des vétérans de Peine qui savent comment ça marche, nos regards ne quittent pas le tableau d'affichage aux palettes qui claquent, attendant que notre porte soit indiquée en chiffres et lettres blanches, 7W, 11E, 13E, l'ouest à gauche, l'est à droite. Comme ces chiffres et ces lettres apparaissent plusieurs secondes avant d'être annoncés par les haut-parleurs de la gare, les passagers bien informés se précipitent vers la porte ; lorsqu'il est évident que le train sera bondé, c'est la ruée. Voilà : *9W !* En une fraction de seconde, mon regard passe du tableau des départs au dos de la main sur laquelle se trouve mon grain de beauté et je me mets en marche. Comme je suis dyslexique, je compte sur ce grain de beauté pour me dire de quel côté est la gauche. Piégé dans cet instant de panique – tourner à gauche ! –, je n'ai qu'à chercher le grain de beauté indicateur pile au milieu du dos de ma main gauche pour savoir où aller. Ce Francisco pas foutu de distinguer sa gauche de sa droite ; oh, mais si, il le peut, grâce à son grain de beauté indicateur.

« Le train régional Amtrak Nord-Est de 8 h 05 pour Boston est prêt pour l'embarquement. Veuillez vous rendre à la porte 9W et sortir vos billets. » Mais je suis déjà à la porte, en tête de la file.

En sortant de l'escalator, je fonce droit devant moi, dépassant les passagers qui avancent en file indienne le long du train, *clac clac* clic *clac clac* clic jusqu'au premier wagon. Cette froide matinée de mars ne sera probablement pas un jour de grande affluence. Je devrais trouver un siège jusqu'à Boston.

***

Marianne m'a donc écrit parce qu'elle m'a entendu parler de Martí à la radio. Mais en réalité, pourquoi ? Lorsque j'ai découvert son message sur l'écran de l'ordinateur, ma première réaction a été de me dire qu'il ne pouvait pas vraiment venir de *cette* Marianne, ou alors qu'il devait s'agir d'un canular. Pourtant j'ai eu aussi l'impression d'avoir attendu un message d'elle depuis à peu près toujours. Nous n'avons été proches que pendant quelques mois, quand nous avions quinze ans. « C'est drôle, écrivait-elle dans son message, ce qui survit pendant plus de trente ans. » Alors, c'est quoi ce qui survit ? Elle ne l'a pas dit. De ces quelques mois, qu'est-ce qui pourrait encore avoir une importance pour elle ? Peut-être que j'en fais trop et que ma curiosité passionnée n'est qu'une douleur fantôme, celle du premier amour adolescent partagé que je n'ai, en fait, jamais connu. Marianne se reconnaît-elle encore dans cette fille d'autrefois, et pense-t-elle que je ressemble encore à ce garçon ? Parfois, je me demande si cela aurait fait une différence dans ma vie d'avoir connu l'amour au lycée. En seconde, c'est Ian Brown qui nous a poussés à ne plus nous parler. C'est Ian, au collège, qui m'avait donné le surnom de Monkey Boy. Marianne va vouloir parler de Ian ce soir, je sais qu'elle l'a vu à la dernière réunion des anciens élèves. « Toujours le même connard », écrit-elle. Rien que le souvenir de Ian fait monter chez moi une bouffée de colère. Je me cale dans mon siège. Tu t'en fous, mec, c'était il y a plus de trente ans. Ce n'est pas comme si, sans Ian Brown, tu serais heureux en ménage, père de famille même, au lieu d'être un type qui a honte de se montrer à une réunion d'anciens élèves parce qu'il ne veut pas qu'on sache qu'à presque cinquante ans, il est toujours Monkey Boy, en version adulte et solitaire, comme ils l'avaient tous prédit déjà de Frankie Goldberg. Un singe adulte à l'aube de la cinquantaine qui n'a pas eu d'amoureuse depuis la fin de sa relation avec Gisela Palacios, cinq ans plus tôt à Mexico. Une longue période de solitude qui avait bien l'air de s'installer pour une putain d'éternité. Mais, et c'est inattendu, les choses semblent s'arranger depuis que je suis revenu à New York. Comme si un vrai changement était en vue. On verra bien.

Au sortir du long tunnel, le train traverse Queens, et la lumière pâle du matin donne au monotone fouillis urbain l'aspect d'une chose couverte de crasse qu'on lave lentement au jet d'eau, révélant un éclat enfoui, comme une douce lueur de jeunesse sur un visage où l'on ne s'attend pas à la voir, le visage d'une personne âgée ou malade. Je finis lentement mon café. Le sandwich est dans mon sac à dos.

Il n'y avait pas que Monkey Boy. J'avais un autre surnom avant celui-là, Gols, prononcé *gawls*. Je me demande si Marianne se souvient de Monkey Boy ou de Gols. Même s'il n'a été inspiré que par un professeur de sixième qui parlait des Francs et de la Gaule devant une carte de la vieille Europe, c'était un nom qui vous hérissait le poil, qui ressemblait à *trolls*. Même aujourd'hui, c'est une souffrance de me demander pourquoi Gols a paru tellement fait pour moi aux autres gamins, mais ce n'est pas vraiment un mystère. Vers trois ans, vivant dans la maison de mes grands-parents à Guatemala City avec Mamita après sa première rupture avec mon père quand j'avais environ six mois, j'ai attrapé la tuberculose et, quelle qu'en soit la cause, quelque chose a sérieusement entravé mon développement physique. Sur les photos de l'école primaire, je suis un gringalet émacié, le teint jaune, les yeux enfoncés, les cheveux laineux, la bouche bêtement ouverte, les oreilles énormes, un garçon chétif élevé dans une cave humide et sombre par des araignées qui le nourrissent de mites, un garçon appelé Gols. Par la suite mes membres ont commencé à se développer, j'ai repris des forces peu à peu. En quatrième, je marquais même quelques points dans l'équipe d'athlétisme de mon collège ; un an plus tard, je m'étais métamorphosé en un sprinter capable de gagner des courses de 400 mètres ; en seconde, la classe de notre première année de lycée à Boston, je me suis même essayé au football américain. Pourtant, Gols m'est resté collé à la peau. J'avais aussi d'autres surnoms : Crevard parce que j'avais souvent l'air endormi, perdu dans une léthargie accablée, Chimp, Pablo, mais Gols était celui que je détestais vraiment.

***

Un matin enneigé, après la mort de grand-père, nous traversions la place avec mon père jusqu'à la boulangerie qui vendait des bagels, du pain de seigle et du pain *challah* quand une boule de neige a frappé l'arrière du Fedora à chevrons paternel ; dans une volée de poudreuse, le chapeau a marqué un sursaut pour se poser incliné sur l'avant d'un air désinvolte, pendant que les mains gantées de mon père retenaient ses lunettes sur sa poitrine avant qu'elles tombent. Il a remis les lunettes sur son nez, a repoussé son chapeau en arrière, nous avons fait volte-face pour voir le garçon qui avait lancé la boule de neige, Ricky Rossi de ma classe de sixième, avec son visage de bébé ricanant dans un bonnet d'aviateur à cache-oreilles dénoués. Le bras tendu prêt à en lancer une autre, il a bondi légèrement en arrière sur le trottoir enneigé, et a crié, Juif ! Le garçon à côté de lui, que je n'ai même pas reconnu, son long visage cireux au nez en patate sous un bonnet de laine rabattu sur le nez, a braillé Gols ! et ils se sont regardés en riant, triomphants, avant de nous tourner le dos pour s'enfuir. Un vrai tableau de Norman Rockwell, la place d'une petite ville pittoresque de la Nouvelle-Angleterre gracieusement enneigée, et deux lascars qui jouent aux petits mecs. Mon père m'a regardé avec un demi-rictus et je me suis crispé, certain qu'il allait me demander : Gols ? Ils t'appellent Gols ? Qu'est-ce que ça veut dire, Gols ? Mais il s'est remis en route vers la boulangerie, impassible et muet dans sa peine. Avec son Fedora, ses lunettes à monture épaisse et son nez anguleux et lourd, c'est vrai qu'il avait l'air assez juif. J'avais à peine connu mon grand-père. Il n'allait pas bien dans ses dernières années et vivait dans une maison de retraite juive, surpeuplée sur plusieurs étages, où je détestais tellement lui rendre visite qu'on ne m'y obligeait qu'occasionnellement, même si mon père y allait presque tous les week-ends, souvent accompagné de Lexi. Grand-père, né dans la Russie tsariste près d'un siècle auparavant, en Ukraine, avait grandi au milieu des cosaques et des pogroms. Qu'avait bien pu penser mon père, ce matin-là, de la boule de neige qu'une petite racaille lui avait jetée à la tête en hurlant Juif !?

Mon père aimait bien faire des déclarations à l'emporte-pièce sur mon caractère. Des choses comme : Tu ne peux pas cacher que tu n'as aucun caractère, Sonny Boy. Quand on n'en a pas, ça se voit toujours. Comme un hypocondriaque essayant de vérifier son propre pouls mais incapable de le trouver, je réfléchissais avec angoisse à ce problème mystérieux du caractère. Immobile sous les flocons légers, avec ces gamins qui venaient de lancer leur boule de neige en criant « Juif » et « Gols », et mon père qui me regardait comme il le faisait, j'avais l'impression que c'était moi qui avait été démasqué, manquant de cette qualité appelée caractère, moi qui ne pouvais pas imaginer, même en y réfléchissant longuement après coup, ce que j'aurais pu dire ou faire à ce moment-là qui aurait fait preuve de caractère, de sorte que même en me rappelant l'incident maintenant, je me sens frustré par ce sentiment d'une défaillance insurmontable qui semble avoir un nom ; et ce nom doit être Gols.

« Pourquoi tu ne viens jamais à aucune de nos réunions d'anciens du lycée ? » m'a demandé Marianne dans l'un de ses messages. Combien de temps cela me prendrait-il de répondre à cette question-là ? Plus longtemps qu'il ne faut pour manger mon sandwich.

Au cours de cette année de quatrième surtout, Ian Brown m'invitait chez lui, me harcelant au téléphone pour que je vienne tout de suite, alors j'enfourchais mon vélo ou je partais à pied. Si je traversais cette partie de la ville en suivant la voie ferrée, je pouvais y arriver en quarante-cinq minutes environ. Les Brown habitaient près de Fuzzi Motors, de la crêperie et de la synagogue, dans le même genre de maison à deux niveaux que nous, courante dans les quartiers les plus récents, murs et portes en placoplâtre, pas de sous-sol, avec des squelettes de poutres en bois reposant sur des fondations en béton. Ian n'est jamais venu dans ma maison de Wooded Hollow Road, peinte d'un bleu tropical vif avec des grilles de style espagnol en fer forgé noir aux fenêtres de façade, la touche de ma mère. J'étais heureux d'avoir un ami aussi populaire que Ian, cela me donnait l'impression que nos destins étaient liés sous les meilleurs auspices. C'est devenu encore plus vrai lorsque notre système scolaire nous a placés, ou classés, Ian et moi, dans la catégorie des élèves en difficulté, ce qui signifiait que si nous ne voulions pas redoubler, nous allions devoir suivre un programme de rattrapage spécial pendant l'été.

Y avait-il quelque chose de positif à être un cancre officiel ? Pour mon père, c'était une honte de plus à propos de son fils, qui refusait obstinément de faire des efforts afin de mieux réussir en classe, une étape de plus sur la voie désastreuse vers laquelle je me dirigeais inéluctablement, comme il ne manquait jamais de m'en avertir en beuglant ses lamentations : Tu es sur une mauvaise pente, tu te diriges inéluctablement vers une triste fin, Sonny Boy. C'est comme ça que j'ai appris le mot « inéluctable », aucun élève de quatrième ne l'utilisait aussi souvent que moi. Mais si être un cancre signifiait en réalité que vous étiez d'une certaine façon quelqu'un de supérieur, ce qui était le cas selon Ian, vous partagiez ce lien avec un autre cancre et vous deveniez alors membre d'un club secret, qui comprenait les rouages du monde d'une manière que les gens du dehors ne comprenaient pas. Selon Ian, nous n'avions pas vraiment à nous soucier de l'avenir, de bons résultats aux examens de fin d'études secondaires nous permettraient d'entrer à l'université quoi qu'il arrive. Lorsque nous passerions ces examens, notre intelligence naturelle de cancres prendrait le relais. Je n'ai pas vraiment cru à cette théorie. J'étais sûr que mes mauvaises notes allaient jouer contre moi, quels que soient mes résultats en fin d'année, mais je gardais mes opinions pour moi ; si vous n'étiez pas d'accord avec Ian même sur un point mineur, il vous ridiculisait jusqu'à ce que vous lui cédiez. Le sourire dégagé de Ian, la façon dont il plissait et étirait ses yeux verts, donnaient à son visage une expression béatement diabolique. C'était un beau garçon à la tignasse blond cendré, qui savait toujours créer un cirque autour de lui. Le jour d'Halloween, il est arrivé au lycée le visage teint en rouge avec du colorant alimentaire, portant un pot de mayonnaise sous le bras, et il s'est baladé en se frappant les joues pour faire gicler la substance blanchâtre de sa bouche sur le passage des filles qui piaillaient quand ça tombait sur leurs vêtements. Même la jeune et jolie professeure de sciences sociales, Mlle Turowski, est sortie dans le hall pour regarder Ian, et j'ai vu comment elle a porté les mains à sa masse de cheveux blonds en regardant autour d'elle, consternée, puis elle est rentrée dans sa classe en hochant la tête et en riant jaune. Personne d'autre que Ian n'aurait pu se pointer au lycée pour Halloween déguisé en phallus ambulant et s'en tirer comme il l'a fait.

***

C'est un sacré copain que tu as choisi, ce petit Brown, s'est écrié mon père un jour où, je m'en souviens, nous étions en route dans l'Oldsmobile pour aller voir quelque chose. Son père est au B'nai B'rith, je le vois quand il vient aux réunions. C'est celui qui vend des toilettes dans son magasin sur Road 9, il porte des vestes pastel et il se teint les cheveux, un vrai Liberace, celui-là. Pas étonnant que son fils soit un bon à rien, qu'il pense que c'est une blague d'être obligé de faire le programme d'été pour gamins fainéants et sans avenir, quelle bonne blague vraiment, et toi tu lui cours après chaque fois qu'il claque des doigts.

Et moi qui courais après Ian Brown chaque fois qu'il claquait des doigts. Ça me rend malade de me souvenir de tout ça.

Le père de Ian possédait bien un magasin d'accessoires de salle de bains dans une petite galerie marchande sur Route 9. Mme Brown était la secrétaire particulière du propriétaire d'une distillerie de Boston, Old Yeoman. Je me souviens tout particulièrement d'un soir où Ian a dû claquer des doigts et où je me suis précipité, et où Mme Brown est venue s'asseoir avec nous à la table de la cuisine après le dîner de la famille. Elle portait un pyjama et un épais peignoir matelassé, avec les cheveux en pétard dans le style

Phyllis Diller, une couche de *cold cream* étalée sur le visage comme le glaçage d'un gâteau, le nez en carotte de bonhomme de neige. Elle fumait des cigarettes mentholées et sirotait une vodka Old Yeoman à la menthe, avec des glaçons.

Avec un sourire plein de malice, Ian a proclamé : Ethel dit que tu as l'air d'un garçon maladif. Il appelait sa mère Ethel. Un petit singe maladif. Allez Ethel, dis pas le contraire, et Ian s'est balancé en arrière sur sa chaise comme s'il était propulsé par son rire sifflant, tout en frappant le dessus de la table avec ses grosses mains de joueur de base-ball.

Levant un sourcil mince, l'œil opposé plissé, Mme Brown a adressé un sourire languide à son fils et elle a expiré un long panache de fumée mentholée. Son menton tremblait.

Ethel sait que tu as eu la tuberculose au pays des bananes quand tu étais bébé, dit Ian. Et tu ne fais pas les tests de dépistage à l'école parce qu'ils risquent d'être positifs. Donc tu n'es même pas sûr d'être guéri.

Sous son masque blanc, les yeux de Mme Brown me fixaient d'une manière qui me donna soudain mal au cœur. J'aurais dû suivre le conseil de ma mère et ne jamais dire à personne que j'avais eu la tuberculose, mais l'avoir confié à Ian, c'était trop idiot ! Les tests de dépistage se pratiquaient derrière un rideau. Personne ne devait même savoir que je ne les faisais pas parce que lorsque l'infirmière avait consulté mon dossier médical, elle avait su que ma peau réagirait positivement.

Allez, fais preuve de caractère, me suis-je exhorté en silence, puis j'ai dit aussi fort que je le pouvais : Je suis guéri.

Ça a fait rire Ian. J'sais pas, a-t-il dit. Ethel pense que t'es toujours malade et que ça pourrait être contagieux, pas vrai Ethel ?

Laconique, Mme Brown a répondu, Oh Ian, arrête maintenant. Ne fais donc pas l'idiot avec ton ami.

Tu vas attraper une maladie secrète à cause de ce petit singe malade. C'est ce que tu dis toujours, Ethel, admets-le, dit Ian d'un air quelque peu accusateur.

Ça suffit, les garçons, a marmonné Mme Brown d'un air las. J'en ai assez de vos plaisanteries, quel duo de farceurs vous faites. Je vais me coucher. Elle a sifflé le fond de sa vodka, éteint sa cigarette, s'est levée sans dire bonne nuit pour se diriger vers le couloir ; ses grosses pantoufles roses à poils longs, ses minces épaules affaissées et ses cheveux en bataille rappelaient les silhouettes des personnages de Dr Seuss.

Donc, en réalité, c'est Mme Brown qui m'a baptisé Monkey Boy.

Que faisait Bert au B'nai B'rith de toute façon ? Il n'était pas religieux. La plupart du temps, il allait à la synagogue pour Yom Kippour ou Rosh Hachana, tout au plus. Je ne l'ai jamais entendu dire un mot, affectueux ou désobligeant, à propos de ses racines du *shtetl* genre *Un violon sur le toit.* Même sa plus jeune sœur, ma tante Milly, née à Dorchester, parlait un peu le yiddish, mais si mon père le parlait, il ne le laissait jamais paraître. Un jour où étant enfant je lui ai demandé pourquoi il n'aimait pas la Russie comme ma mère aimait le Guatemala, il a répondu en retroussant les babines comme un loup : Pourquoi diable est-ce que j'aurais la moindre affection pour ce satané pays ? Ils ne voulaient pas des Juifs là-bas, notre famille et tous les autres qui ont pu en sortir vivants ont été les plus chanceux. Il avait probablement rejoint le groupe B'nai B'rith de la synagogue locale pour se faire des amis dans notre petite ville, espérant trouver d'autres hommes avec qui il pourrait parler comme un vieux dur de Boston des courses de chevaux, des bookmakers, des équipes sportives, des athlètes locaux oubliés, de la politique démocrate. Sauf que les Juifs de notre ville étaient d'une génération plus jeune et d'un genre plus policé que Bert : des comptables, des administrateurs, des vendeurs, un dentiste ou deux, ou encore des propriétaires de petites entreprises comme M. Brown ; des pères consciencieux, et des hommes qui allaient à la synagogue le vendredi soir, pour la plupart d'entre eux ; quelques-uns montraient même des affectations du genre hippie, chemises en jean et pantalons pattes d'éph', avec de la barbe en favoris sur les joues. Bert n'a jamais mis un jean de sa vie. La plupart de mes amis, à l'université et après, trouvaient Bert distrayant avec ses manières de vieux Juif bostonien, et certains avaient du mal à croire les histoires terribles que je racontais à son sujet. Nos voisins, surtout depuis que nous avions déménagé à Wooded Hollow Road, semblaient tous l'apprécier aussi. S'ils ont pu entrevoir sa violence envers moi, ils ont probablement pensé que je n'avais que ce que je méritais. Cet argument méritait peut-être d'être avancé.

Le train ralentit, permettant aux regards des passagers de s'attarder, à travers les fenêtres, sur la splendeur et la ruine de Bridgeport : de vieilles usines, beaucoup avec des fenêtres murées ou béantes ; de hautes cheminées dont certaines dégagent encore une fumée noire ; des grues à conteneurs et des réservoirs de stockage, quelques navires amarrés ; le moiré graisseux des canaux et des bras de mer stagnants sous les viaducs d'autoroute en béton ; des immeubles d'habitation et des maisons minables, aux fenêtres recouvertes de contreplaqué gris d'humidité ou de pourriture. Plus loin, une fois la gare dépassée, c'est un cimetière à la Caspar David Friedrich avec ses pierres tombales à demi arrachées, ses arbres nus, noirs et torturés, clos d'un vieux mur de maçonnerie à moitié écroulé, taché et couvert de grimpants flétris.

On appelait The Ways la partie de notre ville réservée aux riches, près de la Charles River et loin du centre, parce que c'était le seul quartier où les rues portaient des noms comme Bay Colony Way et Duck Pond Way. Peu de Juifs, voire aucun, vivaient là-bas. Les différentes voies bifurquaient de l'une ou l'autre de deux avenues peu peuplées pour passer devant des maisons construites sur des lots contigus, comme dans les autres quartiers de la ville, sauf qu'ici, les maisons étaient beaucoup plus grandes, aucune n'était exactement semblable à ses voisines, certaines très différentes, et elles étaient construites loin les unes des autres sur des terrains qui évoquaient des parcs de taille moyenne avec leurs pinèdes ou leurs bosquets d'arbres formant une forêt dense qui poussait jusqu'en limite de propriété. Mais jusqu'à la soirée ratée d'Arlene Fertig, au printemps de l'année de quatrième, je n'avais jamais vu l'arrière d'une seule de ces maisons même si, chaque matin avant l'école, je traversais The Ways à vélo pour distribuer le journal, remontant au moins une partie des longues allées pour balancer les journaux pliés bien serré devant les portes principales et les accès de service, en essayant de leur faire faire un tour complet en l'air avant qu'ils atterrissent bien à plat juste dans l'entrée, et en comptant les points, un côté de la rue contre l'autre. Les maisons du quartier présentaient sur plusieurs niveaux des espaces que j'avais du mal à imaginer qu'une maison puisse posséder. Qu'y avait-il dans ces immenses sous-sols ? Des cinémas, des piscines couvertes, des pistes de bowling ? Même le sous-sol de notre petite maison basse de Sacco Road, où nous avions vécu avant Wooded Hollow Road, m'avait semblé sans limites, surtout de l'autre côté de la chambre à coucher lambrissée que mon père avait construite pour Feli lorsqu'elle était arrivée du Guatemala, envoyée par Abuelita pour aider au ménage et s'occuper de Lexi et moi, ce sous-sol en ciment brut où se trouvaient l'établi en pin massif de mon père, le lave-linge et le séchoir, avec l'isolation en fibre rose tassée comme de la barbe à papa entre les poutres légères et au plafond, puis le débarras à l'arrière, un inquiétant tunnel de bagages et de cartons empilés où, quand j'étais petit, j'aimais me cacher pendant des heures, enfin à l'autre bout du sous-sol, une chaudière comme un dragon de fer avec un brasier qui rugissait dans son ventre tout l'hiver.

Arlene Fertig est la première fille que j'aie jamais embrassée. Ça me revient chaque fois que je pense à Ian Brown. Dans ma mémoire, ils sont liés, Ian et Arlene et plus tard Marianne. Arlene était du même quartier que Ian. Une histoire s'était ébauchée entre Arlene et moi comme ça se passe en quatrième, sourires complices, commentaires mystérieux des autres filles, un slow sur *House of the Rising Sun* pendant l'après-midi dansant de notre collège, la chaleur de sa taille sous mes paumes à travers sa robe en velours côtelé, ses mains sur mes épaules, ses cheveux juste lavés qui lui tombaient jusqu'au milieu du dos, lisses mais pas fins, me chatouillant la joue. Lorsque la chanson s'est terminée, elle m'a remercié de sa voix un peu rauque et je me suis éloigné sans rien dire, sonné par une surcharge de sensations inédites. La frange brune qui retombait sur ses yeux très maquillés lui donnait un air précoce, et elle était si menue que lorsqu'elle se dépêchait dans les couloirs, elle avait quelque chose d'une marionnette. Un jour que nous tâchions d'avoir une conversation entre deux cours, elle m'a demandé, Mes cheveux sont trop lourds. Ils me donnent mal à la tête. Tu crois que je devrais tout couper ? Elle paraissait si sincère que j'ai été trop troublé pour dire quoi que ce soit. En juin, alors qu'il ne restait que quelques semaines à l'année scolaire, j'ai été invité à la fête de Betty Nicholson sur Duck Pond Way, la première et la seule fois où j'ai vu une maison du quartier des Ways côté façade arrière. Dans la luxuriance du début d'été, regardant les lucioles qui apparaissaient au-delà de la pelouse, à la lisière des arbres, écoutant chanter les grenouilles arboricoles et les grillons, j'avais l'impression de visiter une plantation au Guatemala. Arlene et moi avons dansé des slows dans le patio éclairé par des torches : *Crimson and Clover Over and Over.* Un, deux, trois, j'y vais. J'ai planté un baiser rapide sur la chair tiède de son cou, tremblant intérieurement comme un arbre, alors elle a levé la tête et m'a fixé dans les yeux, l'assurance brillait comme une petite flamme dans chacun de ses iris sombres, sa petite bouche rouge comme une fraise s'est ouverte en un sourire enfantin, heureux et excité ; c'est ainsi que je me suis décrit la situation plus tard ce week-end-là, en repassant en silence tous les détails de ce qui s'était passé. Main dans la main, nous nous sommes glissés à travers une rangée de hautes haies à feuilles persistantes dans le jardin d'un voisin où, dans l'obscurité quasi totale, nous nous sommes enlacés et effondrés en nous embrassant dans l'herbe pelucheuse, moi en partie sur elle, et nous nous sommes pelotés. Je ne me souviens pas combien de temps cela a pu durer ; cinq comme vingt minutes. L'odeur grasse de la pelouse dégageait aussi quelque chose de puant, un mélange, je m'en suis rendu compte, de fumier et de terre humide qui se renforçait à mesure que nous restions allongés. La lune donnait juste assez de lumière pour voir que ses yeux étaient fermés, sa tête tournant d'un côté à l'autre au rythme du tourbillon de nos langues, son petit nez de faucon frottant et heurtant le mien. Je t'aime, Arlene, ai-je chuchoté, je t'ai aimée toute cette année. Arlene, avec ses lèvres contre les miennes, a murmuré, Moi aussi, moi aussi, moi aussi. Une minute plus tard, elle m'a dit à voix basse : On devrait rentrer. Je me souviens qu'après s'être levée, elle a passé la main derrière elle pour frotter sa robe et l'a portée à son nez pour la renifler, mais aucun de nous n'a dit quoi que ce soit sur l'odeur d'engrais. Nous sommes retournés à travers les buissons vers les torches et le patio, et elle s'est arrêtée pour remettre ses chaussures. Elle a ri doucement en disant, Tu as du rouge à lèvres sur tout le visage. Elle a léché ses doigts pour les frotter vigoureusement sur ma peau. Tu devrais aller te laver, a-t-elle conseillé. J'ai obéi et je me suis vite glissé dans la salle de bains qui donnait sur le patio. Devant le lavabo, j'ai souri avec une fierté mêlée d'incrédulité en regardant mon reflet dans le miroir : j'étais tellement barbouillé de rouge à lèvres que mon visage paraissait couvert de pétales de coquelicot écarlates.

Ce moment passé avec Arlene signifiait que j'allais avoir une copine, j'en étais sûr. Elle allait bientôt partir en camp de vacances, et moi j'allais entrer dans le programme pour les nuls. Il n'y avait qu'à laisser passer l'été, l'automne venu nous découvririons l'amour et le sexe ensemble, dans les bois après la classe, chez l'un ou l'autre quand il n'y avait personne à la maison. On s'embrasserait au coin des rues sans se soucier des voitures qui passaient comme les couples d'adolescents qu'on voyait partout dans notre ville, parlant et riant, fronts joints. Peut-être qu'à Thanksgiving, nous perdrions même notre virginité ensemble, comme seuls quelques camarades de classe, à l'exception de Ian Brown, étaient censés l'avoir déjà fait. Quand je suis arrivé en cours ce lundi matin, juste avant que sonne le début de la classe, il m'a semblé que tout le monde m'attendait, bien que ce ne soit pas vrai en réalité, il ne pouvait pas y avoir autant d'élèves de la cinquième à la troisième à m'attendre. Ce dont je me souviens, c'est d'avoir franchi les portes du grand hall près de la cafétéria et d'avoir entendu des cris et des hurlements excités, des rires et des invectives à propos d'un singe et d'une banane. J'ai vu Arlene debout entre Ian Brown et son meilleur ami, Jake Rosen, déjà la star du football américain de notre collège même s'il n'était qu'en quatrième, et Ian la tenait par le biceps. Le visage d'Arlene était étrangement déformé, comme un masque en caoutchouc de son propre visage accroché dans un arbre, son habituel sourire timide et doux remplacé par un sourire grimaçant, comme si elle était sur le point d'éternuer violemment. Ses mains se sont levées comme pour arracher le masque, elle s'est retournée pour s'enfuir et Ian l'a suivie des yeux tandis que son amie Betty Nicholson s'élançait à sa poursuite.

On racontait qu'Arlene avait dit que lorsqu'elle m'embrassait, elle se sentait comme une banane mâchée par un singe. Cette blague avait électrisé tout le collège. Mais je n'ai jamais cru que c'était la blague d'Arlene. Ça n'avait aucun sens pour moi qu'elle ait pu dire ça. Je pense que c'est Ian qui l'a inventée, même si lui et Jake ont dit à tout le monde que c'était Arlene. Dans toutes les classes où je suis allé ce matin-là, j'ai suscité des ricanements, des sourires malicieux, des regards mêlés de pitié et d'hilarité, quelques-uns simplement de pitié. En me voyant arriver dans les couloirs, les élèves mimaient le geste de manger une banane ou émettaient des cris de singe stridents, certains faisant même claquer leurs mains sous leurs aisselles. Dans une classe après l'autre, je suis resté assis, figé comme coincé derrière le volant d'une invisible voiture accidentée avec cette sensation de surprise abasourdie : est-ce que c'est vraiment ce qui m'arrive ? J'avais l'impression d'être sorti de moi-même, laissant derrière moi une coquille vide. Cette horrible sensation de néant complet qui suit une immense déception semble toujours prendre le dessus et tout envahir. Chaque fois que je passe une journée comme celle-là, je me souviens de mon premier baiser.

Deux adolescentes que j'ai remarquées lorsqu'elles ont embarqué à Bridgeport, toutes deux d'apparence latina, un elfe aux cheveux courts et au rouge à lèvres éclatant, une fille aux cheveux longs et au sweat-shirt écarlate trop grand pour elle, sont assises quelques rangs derrière moi et parlent, pour autant que je puisse en juger, d'une autre fille qui s'appelle Pabla ; leurs rires fusent comme l'écume qui déborde d'une marmite de pâtes frétillant dans l'eau bouillante. Voilà que l'une d'elles chantonne, avec plus de gaîté que de moquerie : Pabla ! Qui appelle sa fille Pabla ? L'autre répond : C'est son père, qui est portoricain. Sa mère est une Blanche d'ici. Et la première : Mais Pabla ? Comment son père peut-il être aussi stupide ? Pabla ! Elles s'esclaffent encore.

Je souris en douce moi aussi. Pauvre Pabla. Je n'ai jamais connu quelqu'un qui s'appelle Pabla. Ce n'est certainement pas la version féminine de Pablo, pas dans l'usage courant en tout cas. J'ai connu une Consuelo qui m'a dit que toute sa vie aux États-Unis, les gens l'avaient appelée Consuela. Consuelo signifie littéralement « consolation » mais Consuela se traduirait par « avec semelle ».

Mais je viens de me souvenir d'une autre Pabla, dans *Krazy Kat* je crois. Krazy, pour une fois distrait de son amour éconduit pour Ignatz, rencontre dans un arbre une chatte dynamique aux yeux passionnés nommée Pabla. Ils gambadent comme des écureuils dans les branches presque dénudées, mais soudain, Pabla glisse d'une branche et, au lieu de dégringoler, tombe dans un tas de feuilles ratissées. Krazy suit, sautant dans le tas, d'abord en s'amusant à chercher Pabla, puis plus frénétiquement, en faisant voler les feuilles une par une et en les jetant de côté jusqu'à ce qu'il n'en reste plus une seule. Aucun signe de Pabla. *Encore seul,* se lamente Krazy, *évi-dem-meeeent.*

Je n'avais même pas un an quand ma mère s'est séparée de mon père et m'a emmenée vivre avec elle dans la maison de ses parents à Guatemala City. Elle ne m'a jamais dit pourquoi. Tous mes souvenirs les plus anciens se déroulent dans la maison de mes *abuelos,* celle-là même où Mamita et son frère Memo avaient grandi, une maison coloniale espagnole à l'ancienne, avec un patio dallé de pierres au milieu, des pièces sombres et fraîches aux sols de carrelage poli, des fenêtres grillagées donnant sur la rue derrière leurs volets souvent fermés ; les meubles lourds et sombres dans le salon et la salle à manger, les statues de la Vierge et des saints dans des vitrines, les pinsons et les canaris en cage qu'Abuelita gardait dans le petit patio latéral ; les huipils tissés en coton épais des servantes qui sentaient toujours les tortillas et le savon, la plus âgée au visage ridé et la plus jeune avec qui je passais le plus clair de mon temps ; l'image de ses cheveux de Raiponce couleur d'ébène reste liée à sa douceur enveloppante et à ses rires silencieux ; je me souviens de m'être assis sur la banquette de la fenêtre de ma chambre pour passer mon camion-jouet à travers les barreaux à une Indienne qui avait sorti son tout petit garçon de son *rebozo* drapé et l'avait déposé sur les vieux pavés à motifs du trottoir pour qu'il puisse jouer avec le camion, et mon étonnement de le voir nu. Un souvenir comme la moitié brisée d'une amulette mystérieuse impossible à reconstituer sauf si ce petit garçon maintenant adulte s'en souvenait aussi, et si nous pouvions d'une manière ou d'une autre nous rencontrer et réunir nos moitiés. Je ne sais même plus si je l'ai laissé garder le camion ou non, bien que j'aime à penser que je l'ai fait. Il est peu probable qu'il soit encore en vie, vu ce qu'étaient les années de guerre pour les jeunes hommes mayas de notre génération. Qui sait, peut-être est-il ici quelque part et a-t-il même des enfants qui sont nés ici ?

Mamita ne devait plus aimer mon père assez, ou elle avait dû s'en convaincre, pour vouloir vivre avec lui et fonder une famille. Ce n'est pas que Bert la trompait, ce n'était pas la raison de notre départ. C'est le genre de choses qu'elle nous aurait dite, ou du moins qu'elle aurait dite à ma sœur et à Feli ; elles n'auraient certainement pas gardé ce secret pendant toutes ces années. Nous allions rester au Guatemala et y faire notre vie. Mais quelle misère et quelle humiliation mon père a dû endurer pendant ces deux ans et plus, un temps très long pour être séparé de sa famille ; il ne pouvait pas vraiment s'attendre à ce que nous revenions. Et puis, quel grand cœur il a manifesté dans sa clémence lorsqu'il a appris que son épouse vagabonde et son fils de trois ans, atteint de tuberculose, allaient finalement lui revenir. À Boston au moins, je pourrais bénéficier de meilleurs soins médicaux ; c'était la vraie raison de notre retour, je l'ai compris plus tard. Mon père a pris un risque et a décidé de déménager sa famille réticente dans cette ville à l'apparence idyllique, près de la Massachusetts Route 128, où il a acheté une maison basse dans un quartier si neuf qu'il semblait tout juste déballé de sa boîte, posé entre des collines et des crêtes escarpées, composé en tout de deux rues à angle droit, Sacco Road, où nous habitions, et Enna Road, qui longeaient trois côtés d'un grand champ rocheux couvert de mauvaises herbes appelé La Jungle. C'est dans cette maison, déjà partiellement meublée, que ma mère et moi sommes venus vivre aux alentours de Noël. Mon père avait dû nous accueillir à l'aéroport Logan de Boston et nous conduire à notre nouvelle maison, où il avait installé un sapin de Noël au sous-sol, juste devant la chaudière, un endroit dangereusement inflammable, au lieu de le mettre dans le salon, comme s'il ne voulait pas que les voisins puissent l'apercevoir à travers la baie vitrée, craignant qu'au dernier moment finalement nous ne revenions pas, que les voisins s'interrogent sur ce Juif solitaire dont le métier était de fabriquer des fausses dents et qui avait un sapin de Noël dans son salon. Sa sœur aînée, ma tante Hannah, mariée à l'oncle Vlad, un Russe catholique, l'avait décoré. Sous l'arbre, un jouet m'attendait : une pelleteuse orange. Mais j'avais peur de mon papa et je le repoussais instinctivement, cet homme enthousiaste qui voulait me saisir dans ses bras et dont j'avais sauvé le mariage et la famille en tombant malade. Lors d'une récente visite à Green Meadows, ma mère m'a dit cela. Tu n'aimais pas ton père, a-t-elle dit. Tu avais peur de lui. Vraiment, maman ? J'avais peur de lui ? Et tu t'en rendais compte ? Parce que je ne me souviens de rien du tout.

Une rechute hémorragique par un après-midi chaud et ensoleillé où je jouais dehors m'a fait vomir des flots de sang qui ont giclé sur le trottoir, je me souviens de ça, de mon père m'enveloppant dans une couverture et fonçant dans sa voiture jusqu'à l'hôpital pour enfants de Boston où je suis resté un moment. M. Peabody et Sherman venaient nous rendre visite dans le service, et mon père, assis près de mon lit, exécutait les tours de magie qu'il avait achetés chez Little Jack Horner sur Tremont Street. L'un d'eux était une toupie noire brillante entourée de mouchetures blanches, mais lorsqu'il faisait tourner la toupie sur sa tige, les mouchetures se floutaient en arc-en-ciel avant de se transformer en un vol d'oiseaux écarlates qu'on appelait, disait mon père, des ibis.

C'est comme ça que se passent maintenant les visites auprès de ma mère, mais sa façon de parler parfois directe et sans détour est un nouveau trait. C'en est presque comique de voir à quel point cette nouvelle manière est à l'opposé de son ancien caractère, après toutes ces années passées à maintenir immuablement la plus grande réserve. Cette nouvelle candeur insouciante est une manifestation de la démence plutôt précoce qui l'a assaillie ces dernières années, peut-être le résultat, disent maintenant les médecins, d'un accident vasculaire cérébral passé inaperçu, une commotion dans son cerveau qui serait la source du tremblement et de la faiblesse d'une jambe diagnostiqués à tort comme un symptôme de l'âge avancé. Ma sœur et moi avons aussi attribué son déclin à l'épuisement provoqué par le fait d'avoir dû s'occuper de Bert au cours de ses dernières années, sans répit, tandis que les hospitalisations répétées pour toutes sortes d'urgences médicales ne faisaient que décupler son énergie maniaque et acariâtre. À la fin, c'est Lexi qui a pris les soins en charge ; elle a emménagé de nouveau dans la maison familiale en clamant bien haut qu'elle le faisait uniquement par souci pour notre mère. L'état de Mamita semblait lié à un autre mystère médical : elle était accablée par les insomnies les plus éprouvantes, comme si plus Bert l'épuisait, plus il lui était difficile de trouver le sommeil, ses yeux souvent rougis restant cerclés de cernes sombres et gonflés. Ce n'est que lorsqu'elle a dû quitter la maison de retraite pour un hôpital de Boston à cause d'une pneumonie presque fatale et d'une réaction indésirable à ses médicaments que les médecins, en étudiant ses antécédents médicaux déroutants, ont enfin émis l'hypothèse d'une attaque antérieure. Du côté de ma mère, il n'y a pas d'antécédents connus d'accidents vasculaires cérébraux, de maladies cardiaques ou même de démence ; il y a bien quelques vieilles histoires de famille qui, avec le peu que j'ai découvert par moi-même, suggèrent qu'Abuelito était maniaco-dépressif et peut-être même schizophrène. Dans la maison de retraite, les médecins de Mamita ont finalement réglé le problème de son traitement médicamenteux.

Elle dort mieux maintenant, même si ce brouillard dans lequel elle est souvent un peu perdue et dont elle émerge sans prévenir semble quand même s'épaissir lentement, inéluctablement.

Peu après le retour du Guatemala de la jeune et belle épouse de Bert Goldberg avec leur petit garçon malade, Yolanda Montejo Hernández est retombée enceinte, d'une fille cette fois, Alexandra. L'époux, et sans doute sa femme aussi, ont dû se sentir bénis et réhabilités, malgré leur surprise, par ce travail vite fait et bien fait, qui leur donnait le droit et même la responsabilité de faire de leur longue séparation un sujet dont ils ne parleraient plus jamais, et certainement pas à portée de voix des enfants. En automne, vivre dans notre quartier, c'était comme être confortablement installé au fond d'une corbeille de couleurs flamboyantes ou plus sourdes, remplacées en hiver par les teintes des pentes enneigées, des crêtes de pins presque noires au loin, des ciels gris et froids, des volées de corbeaux, des couchers de soleil atlantiques pourpres suivis de saisons successives qui ont tissé dans notre petite vallée toutes les nuances de vert, depuis les jeunes pousses jusqu'à la forêt boréale la plus sombre. Comment mon père aurait-il pu soupçonner la malveillance qui rôdait partout autour de nous ? Les Sacco, la famille des entrepreneurs qui avaient fondé et construit notre quartier, un clan brutal, vivaient au coin d'Enna Road dans une petite maison basse comme la nôtre. Chaque fois que Gary Sacco me traitait de sale youpin, je répondais en criant : Tu l'es aussi. Toi aussi t'es un sale youpin !

La Jungle, le terrain vague rempli de mauvaises herbes et de cailloux derrière nos maisons, était l'endroit où avec mes quelques amis de l'école, en particulier Peter Lammi, qu'on appelait La Bille, je traînais toujours en lançant des pierres à Gary, qui avait un an de plus que nous, à son frère, Chris, et à certains de leurs copains, qui nous arrosaient de cailloux eux aussi. Nous fréquentions Dwight, l'école primaire publique, et ils allaient à St. Joe. Nous nous affrontions d'assez loin pour pouvoir esquiver sans peine les projectiles qu'ils nous jetaient. Les miens ne les atteignaient jamais, même si je ne le disais pas quand je me vantais à table de mes charges audacieuses contre l'ennemi et de mes lancers impeccables. Peter Lammi était beaucoup plus fort que n'importe lequel d'entre nous, des deux côtés. Allez, Pete, explose-lui la tête ! Il ajustait ses tirs sans relâche, l'un après l'autre, toujours de manière à ce qu'ils ratent leur but mais d'assez près pour que l'ennemi recule et finisse par s'enfuir. Il ne pouvait pas se résoudre à blesser intentionnellement même Gary Sacco. Peter se lançait dans ces bombardements sauvages en partie pour me protéger, mais aussi pour se protéger lui-même, car il savait que les Sacco et leurs amis mouraient d'envie de voir nos visages couverts de sang, si seulement ils pouvaient assez s'approcher. Moi aussi je voulais voir leurs visages couverts de sang, il n'y avait rien au monde que j'ambitionnais autant. Le sérieux problème des ennemis : que souhaiter à ses ennemis ?

Nous avions quand même des voisins sympathiques, et Mamita s'est même bien entendue avec Connie Sacco pendant un moment. Mais un jour ma mère a décidé qu'il fallait donner Fritzie, notre berger allemand ; elle a fait paraître une annonce dans le journal. Mamita ne pouvait plus supporter Fritzie, ce tourbillon si agité qu'il ne semblait même pas capable de pouvoir tenir dans notre petite maison ; il jonchait la cour de merdes de chien que je devais ramasser dans des feuilles de journal et jeter dans l'incinérateur à ordures en aluminium qui ressemblait au robot de *Perdus dans l'espace*, une corvée dont je m'acquittais, au mieux, à la va-vite. Un couple de Noirs d'un âge certain est venu du Maine pour voir Fritzie. Ils conduisaient une vieille voiture et nous ont expliqué qu'ils vivaient dans une petite ferme. Ils sont allés dans la cour rencontrer Fritzie, puis se sont assis dans le salon avec mes parents autour d'un café et de biscuits pour étudier les certificats de vaccination et les papiers du chenil. Deux jours plus tard, une pétition a été déposée dans notre boîte aux lettres, signée par nos voisins, peut-être par tous les ménages de Sacco et Enna Roads, affirmant que si nous vendions notre maison à des Noirs, la valeur de leur propriété baisserait. Aucune famille noire ne vivait dans notre petite ville, je n'en avais jamais vu en tout cas. « Nous, vos voisins, sommes convenus de prendre toutes mesures nécessaires pour empêcher cela », disait la lettre, que mon père, stupéfait, a lu à haute voix dans la cuisine, en se moquant : Alors quoi, ils vont brûler notre maison ? Ils sont dans le Ku Klux Klan maintenant, ces putains de Ritals et de Paddies ? Bert ! s'est exclamé ma mère. Ne parle pas comme ça devant les enfants, tu vas leur donner des préjugés. Lorsque Mamita a suggéré qu'il ne nous restait plus qu'à dire la vérité à nos voisins, nous ne faisions que donner Fritzie, sans vendre la maison, mon père a explosé d'incrédulité indignée : Oh Jésus-Christ Tout-Puissant, Yoli !

Le week-end suivant, le couple est revenu prendre Fritzie pour le conduire dans leur ferme du Maine, où il serait un chien heureux avec beaucoup d'espace pour s'ébattre. J'ai accompagné mon père lorsqu'il est allé déposer l'incinérateur à merdes de chien à la décharge municipale, et sur le chemin du retour, je me suis détourné en sanglotant comme une veuve de guerre allemande : Fritzie, Fritzie, oh Fritzie.

***

Jésus-Christ Tout-Puissant, *ça :* je suis allongé sur le dos au milieu des mauvaises herbes et du gravier de la bordure de Sacco Road, haletant, incapable d'inspirer la moindre goulée d'air, sentant monter jusqu'à la frénésie ma panique et ma terreur parce que je suis en train de suffoquer à mort. Mes souvenirs sont flous, mais je sais que Gary Sacco et quelques autres m'ont surpris seul : insultes, bousculades, une rafale de coups de poing de gamins maladroits et sauvages, un coup de poing asséné à la gorge. Quand ils m'ont vu sur le dos, suffoquant sans air, ils se sont enfuis. Il n'y avait pas de maisons de ce côté de Sacco Road qui longeait la colline escarpée au sommet de laquelle se trouvait la vieille maison de la matriarche de la famille Sacco, grand-mère Enna, seulement du côté opposé. Ma panique, mes halètements violents, c'est ce dont je me souviens le mieux ; j'étais allongé près d'un poteau téléphonique avec de longs fils électriques noirs dessinant une courbe légère au-dessus de ma tête, dans un ciel d'azur lumineux. Assez vite, ma gorge s'est détendue, ouverte, j'ai avalé de l'air, j'ai pu respirer à nouveau. Par la suite j'ai dû me relever et rentrer à la maison. Comment aurais-je pu expliquer à ma mère ou à Feli ce qui s'était passé, décrire l'improbable coup de poing qui m'avait coupé le souffle et dire à quel point ça m'avait terrifié d'être allongé là sans pouvoir respirer. Quand je reviens dans cette ville, généralement en train, pour me promener, il m'arrive de passer par là et de voir la maison de grand-mère Enna, là-haut, comme sortie d'un conte gothique ou d'un film d'horreur de la Nouvelle-Angleterre, avec ses fenêtres toujours fermées, ses deux cheminées étroites, son porche affaissé, et en hiver, la pente enneigée de la pelouse où les corbeaux se dandinent, picorant les pignons des grands pins qui séparent la propriété de l'ancienne partie du cimetière où se trouvent les pierres tombales d'ardoise fendillée datant de l'époque coloniale et révolutionnaire. Peter Lammi et moi avons un jour trouvé dans cette partie du cimetière la carcasse vide et déchiquetée d'une chouette dévorée par les corbeaux ; les yeux avaient disparu, la membrane noircie de la gorge ressortait un peu par le bec qui, forcé, était resté ouvert.

Un jour, une petite pierre ronde, lancée sans avertissement dans ma direction depuis le jardin des Sacco, a dessiné un arc au-dessus du jardin des Rizzitano et, arrivant dans le nôtre, a frappé Lexi au milieu du front et l'a mise à terre. Lexi n'a pas perdu connaissance, mais la pierre a laissé un hématome bleu foncé. Peu après, à ma rentrée en dernière année d'école primaire, nous avons déménagé dans une maison à deux niveaux entourée de voisins essentiellement juifs sur Wooded Hollow Road, juste de l'autre côté de la colline. Le cimetière de la ville, au sommet, séparait les deux quartiers.

Ma mère ne m'avait jamais donné la moindre indication de se souvenir ou même d'avoir eu connaissance de l'épisode du coup de poing dans le cou, et pourtant, des années plus tard, j'ai découvert que Lexi savait tout. Elle l'a raconté à l'une de mes amies qui m'accompagnait à New York. Elles ont eu une conversation à laquelle je n'ai pas assisté, ma sœur et Camila. Ma sœur a révélé que j'avais été terriblement maltraité dans mon enfance et que nous avions dû déménager parce que des garçons du quartier avaient failli me tuer. Ils m'avaient laissé pour mort, et j'avais failli mourir étouffé, a-t-elle dit à Camila. Tu veux dire qu'ils l'ont étranglé ? a demandé Camila. Et Lexi a répondu : Non, mais ils l'ont frappé si fort dans le cou que sa gorge s'est refermée. Lexi a dit qu'elle avait été témoin de la scène et qu'elle avait accouru à mes côtés pour m'aider. Je ne voulais pas laisser paraître la surprise désagréable que j'ai éprouvée en apprenant que ma sœur était au courant de cet incident et en l'apprenant maintenant, adulte, et de cette façon, par Camila. Lexi n'était jamais apparue dans mon souvenir de ce qui s'était passé. J'avais l'impression d'une intrusion, trop intime pour qu'elle en parle à Camila maintenant. Du moins, c'est ce que j'ai décidé plus tard, quand j'ai essayé de comprendre pourquoi cela m'avait tellement agacé. Je me suis demandé si c'était une sorte d'effet du traumatisme ou si c'était l'acide corrosif de l'humiliation qui l'avait effacée, elle et tous les autres témoins à part ces garçons et moi-même, de ce dont je me souvenais. Ce souvenir n'aurait dû appartenir qu'à moi, une terreur et une douleur que je ne pouvais ou ne voulais pas partager, surtout pas avec quelqu'un qui en ferait plus tard un usage aussi agaçant et qui semblait avoir un souvenir nettement plus clair et plus complet que moi de ce que l'épisode avait pu être, vu de l'extérieur en tout cas.

Laissé pour mort ? ai-je ricané. C'est absurde. J'avais des ennemis, mais je ne me souviens pas que quelqu'un ait failli m'assassiner.

Eh bien, c'est ce que Lexi m'a dit, a repris Camila. On aurait dit un truc tiré de *Sa Majesté des mouches.* Je détestais ce livre quand j'étais plus jeune, j'imaginais que c'était un de mes frères que ces garçons mettaient à mort.

Mi-anglaise mi-cubaine, Camila avait grandi en Angleterre dans un milieu chic, la fille d'un homme politique du parti conservateur. Ses parents étaient divorcés depuis longtemps, mais ses trois frères et elle étaient incroyablement proches les uns des autres ainsi que de leur mère, et même de leur cher et parfois difficile papa.

Je n'ai jamais demandé à Lexi ce qu'elle sait ou ce dont elle se souvient de cet épisode. Je ne lui ai pas soufflé un mot sur ce qu'elle avait raconté à Camila.

Lexi a des yeux bleu-gris, elle est pâle et blonde, ses cheveux ont la teinte de la paille trempée par la pluie. Ma mère aimait coiffer les cheveux de ma sœur en tresses et en boucles à la Heidi quand elle était petite, et l'habiller de blouses blanches à froufrous, comme les filles des familles allemandes de planteurs de café qu'elle avait connues dans son enfance. Elle attribuait les cheveux et le teint de Lexi à son grand-père, un rancher espagnol aux cheveux d'or, dont aucun de nous n'avait jamais vu de photo, bien que je sache maintenant que l'*abuelo* de Mamita était aussi loin qu'on puisse l'être d'un *gachupín* aux cheveux blonds. La tante Hannah était blonde, elle aussi, mais je ne l'ai connue qu'avec les cheveux tout blancs ; elle était plus âgée que mon père. Les cheveux naturels de Mamita sont roux, cuivrés et bouclés, voire crépus, bien qu'elle les ait toujours teints en noir et lissés elle-même devant l'évier de la cuisine le plus souvent, depuis aussi longtemps que je suis capable d'y faire attention. Maintenant que ses cheveux sont si clairsemés, elle ne les lisse plus mais les teint en châtain doux avec un léger reflet cuivré, une sorte de couleur marmelade anglaise canneberge-orange. Sur les photos que j'ai vues d'elle quand elle était jeune, la plupart en noir et blanc, Mamita porte ses cheveux comme une star de cinéma des années 1940, en vagues épaisses et flottantes sur ses épaules.

Lexi était grande pour son âge, et petite fille, alors que j'étais encore quasi infirme, elle était plus rapide que moi, capable de frapper une balle de base-ball en caoutchouc plus fort et plus loin. Elle était aussi une excellente élève et jouait du violon dans un orchestre d'enfants à Boston. Tout cela lui donnait l'air d'une enfant privilégiée, même si sa nature nerveuse et son tempérament explosif laissaient déjà présager certaines des difficultés qu'elle rencontrerait plus tard. Notre père encourageait les dons sportifs de Lexi, mais Mamita ne le faisait pas du tout, insinuant sans cesse qu'une fille devait toujours laisser les garçons gagner dans toutes les compétitions sportives, même au bowling. Je me souviens encore d'une fête d'anniversaire au bowling où Lexi a battu tout le monde et où on l'a poussée ensuite à se sentir coupable. À l'époque, Mamita était encore captive de certains préjugés latino-américains qui n'avaient pas changé depuis l'époque de José Martí : une fille bien élevée devait avoir des manières délicates, voire coquettes, être dépendante de la protection des hommes. Pourquoi devrait-elle être forte physiquement, allait-on lui faire porter des piles de bois de chauffage ou des sacs d'oignons sur son dos, ou bien cultiver des milpas de maïs à flanc de montagne ? Plus tard, dévorée de remords et de culpabilité, Mamita a réalisé à quel point elle s'était fourvoyée, et elle s'est consacrée à soutenir sa fille de toutes les manières possibles, même s'il était maintenant trop tard pour qu'elle devienne la star universitaire et olympique du softball qu'elle aurait probablement pu être. À peu près au moment où je commençais enfin à développer des muscles et à devenir plus athlétique, Lexi a souffert de problèmes de poids qui semblaient moins attribuables à son héritage génétique qu'à son état émotionnel ; quand l'horizon s'est éclairci, au moins jusqu'à la trentaine, elle a retrouvé la ligne mince de sa jeunesse, a connu des amours et tout le reste. Mais des périodes plus difficiles allaient encore survenir, sans qu'elle ou ma mère ne m'en révèlent jamais les causes.

Les filles assises là-bas parlent encore de Pabla et de je ne sais quoi d'autre, leurs rires se muant en cris joyeux. Chaque dimanche matin, pendant toute mon enfance, *Boomtown* passait à la télévision, avec son numéro d'ouverture de Rex Trailer, le cow-boy de Boston chantant le Far West dans le dortoir, essayant sans succès de réveiller Pablo, son acolyte mexicain qui ronflait. Mis en scène devant un public d'enfants de Nouvelle-Angleterre riant et applaudissant, le spectacle proposait même un concours aux téléspectateurs qui écrivaient pour suggérer de nouvelles façons pour Rex d'essayer de sortir ce Mexicain paresseux du lit. Pablo était aussi l'un de mes surnoms : Hé Pablo, réveille-toi, putain. Au cours d'une soirée, Fitzy m'a lancé des allumettes allumées dans la cuisine en me narguant : Réveille-toi, espèce de Pablo. Autour de lui, ses racailles de copains prenaient des accents de Frito Bandito pour murmurer : Pablo, Pablo, Pablo. Si je m'en souviens ? C'était le bon temps. Fitzy essayait sans doute de me provoquer à l'attaquer pour pouvoir me massacrer. Je n'avais qu'à me taire, ne pas dire un mot et me sortir de là au plus vite, et voilà. Je me suis glissé hors de la cuisine, j'ai quitté la fête sans dire au revoir à personne, j'ai marché jusqu'à chez moi dans le froid et l'obscurité.

Mon estomac vient de gronder comme des cailloux mouillés dans un seau qu'on secoue. Je ne pourrai pas résister à ce sandwich bien longtemps. Si je voyageais dans l'autre sens et que j'avais acheté exactement le même dans une épicerie italienne de Boston, avec les mêmes viandes, le même fromage, les mêmes garnitures et le même pain, on n'appellerait pas mon sandwich un *hero.* Ce serait un *submarine.*

Je sais qu'une partie de la distance entre Lexi et moi, que je regrette, bien qu'apparemment pas assez pour y remédier, est enracinée dans ces rancœurs et rivalités d'enfance. Ma mère me demande toujours d'être un meilleur frère pour Lexi, et je promets toujours d'essayer, mais ensuite rien ne change vraiment. Quand je suggère que je pourrais peut-être en vouloir à Lexi pour d'autres choses que le fait qu'elle ait hérité de tout l'argent et de tous les biens de nos parents, qu'est-ce que je veux dire ? Qu'est-ce que je ressens réellement ? Pourquoi devrais-je en vouloir à Lexi ? Si c'était l'inverse, est-ce que ça ne serait pas justifié ? Le jour où, quand nous étions petits, Lexi a pris tout l'argent du portefeuille de notre père et l'a planté dans notre jardin parce qu'elle pensait que des arbres à argent pousseraient, a établi une sorte de modèle. C'est vrai, Bert se plaignait et fulminait toujours à propos de l'argent, et elle voulait aider. Il venait sans doute de recevoir ses gains

parents ne m'ont jamais soupçonné, c'est sans doute parce que cela semblait trop cruel et improbable qu'un garçon puisse faire une chose pareille à sa petite sœur, lui voler sa pointe de flèche pour en faire quoi ensuite, la cacher éternellement ? Je m'en souviens maintenant, il y avait une fille à qui je voulais en faire cadeau, je crois qu'elle s'appelait Beth, bien que je ne l'aie rencontrée qu'une fois, ce dimanche après-midi où mon père et son ami Herb, l'oncle de la fille, nous ont emmenés voir un match des Celtics au Garden, et à Durgin-Park pour le dîner qui a suivi. Comme Lexi égarait et oubliait toujours tout, nos parents ont essayé de la convaincre qu'elle avait peut-être apporté l'objet à l'école, qu'elle l'avait laissé là et qu'elle l'avait simplement oublié ou bien qu'elle l'avait laissé tomber quelque part sans s'en rendre compte. Après tout, elle avait tellement d'autres choses en tête, avec son récital de violon imminent et tante Hannah qui venait deux fois par semaine pour lui donner des leçons et la faire répéter. Voulait-elle que tante Hannah la voie pleurer sur sa pointe de flèche perdue au lieu de se concentrer sur sa musique ? Une semaine plus tard, un soir que mon père préparait un barbecue dans le jardin et que Lexi était assise sur les marches du porche, j'ai surgi en courant depuis La Jungle en criant, fou de joie, que moi aussi j'avais trouvé une pointe de flèche, exactement comme celle de Lexi. Même maintenant, installé dans le train, je ressens ce que ressentirait un gros sac de farine avariée s'il était infesté et grouillait de vers de honte. Mon père s'avançant vers moi, une expression de dégoût sur le visage, détachant sa ceinture en renversant le gril, les steaks encore crus tombant comme des visages dépecés sur l'herbe. Ces quelques coups de ceinture repliée sur l'arrière de mes cuisses n'avaient rien d'extraordinaire, surtout en comparaison de ce qui m'attendait dans les années à venir. En entendant les cris, ma mère s'était précipitée dehors. La vraie punition, alors que j'étais allongé sur l'herbe, exagérant par de faux gémissements la douleur des coups de ceinture, c'était d'entendre mon père expliquer à Mamita ce que j'avais fait et de voir la façon dont elle me regardait, lèvres serrées, yeux plissés sans pitié, son regard direct et pourtant absent comme tourné vers l'intérieur, forcée qu'elle était de voir en face la vérité sur sa vie, piégée dans une banlieue gringo avec cette famille étrangère, même ce fils qui lui avait au moins apporté le réconfort d'avoir l'air de lui ressembler en termes de tempérament, qui ne criait pas et ne faisait pas de crises de colère, dont la bonne humeur s'était maintenue même après que ces sauvages de gamins avaient essayé de l'assassiner, maintenant exposé comme un petit crétin sournois qui venait de commettre une perfidie incompréhensible à l'égard de sa jeune sœur.

Pendant que je restais allongé sur la pelouse, recroquevillé, les bras au-dessus de la tête, affichant ma pénitence, Lexi avait sans doute récupéré sa pointe de flèche et l'avait montée dans sa chambre ou ailleurs. Je ne l'ai plus jamais eue sous les yeux. Heureusement, Feli n'était plus avec nous quand c'est arrivé et n'a pas été témoin de l'incident. À ce moment-là, Maria Xum lui avait succédé.

Feli était venue vivre avec nous juste après la naissance de Lexi. Je vais la retrouver pour déjeuner après-demain. Tu as vraiment eu deux mères, me répète-t-elle toujours, voulant parler de ma mère et d'elle-même. Pourtant, bien que je me sois senti proche de Feli pratiquement toute ma vie, cela fait presque deux ans que je l'ai vue pour la dernière fois, en passant par Boston pour promouvoir mon petit livre sur le meurtre de l'évêque ; elle est venue me rejoindre pour déjeuner dans le quartier de Coolidge Corner. Feli a vécu avec nous de mes trois à mes neuf ans et de ses quatorze à ses vingt ans. J'ai inventé le nom de Feli, mais seules ma sœur et moi, et parfois mon père, l'appelions ainsi. Son vrai nom est Concepción Balbuena. Abuelita, qui l'avait trouvée dans un orphelinat de religieuses à Guatemala City, nous l'avait envoyée pour aider ma mère mais aussi pour lui tenir compagnie. Toute sa vie, ma mère avait vécu dans des villes où elle avait eu beaucoup d'amis et une vie sociale active ; elle se retrouvait isolée avec un enfant tuberculeux et un nourrisson dans une petite bourgade des environs de Boston, dans un quartier reculé, principalement ouvrier, surplombé par un cimetière, au milieu de champs de cailloux et de forêts nordiques. La chambre que mon père avait construite pour Feli au sous-sol, avec des murs en contreplaqué verni et un sol poli en linoléum, était adjacente à notre salle de jeux, dont elle était séparée par un rideau de minuscules anneaux métalliques suspendu à une tige de laiton. La première fois que j'ai vu Feli, elle portait des lunettes à monture noire et ses cheveux étaient coupés court comme ceux d'une moniale, mais un an plus tard, ses cheveux avaient repoussé, bouclés comme ceux de Patty Duke, elle portait des pulls amples, des pantalons moulants et des lunettes à monture rose, et elle écoutait sans arrêt le Top 40. Dans sa chambre au sous-sol, Feli se tortillait, cha-cha-chait, dansait le frug et chantait en écoutant la radio, des 45 tours sur son tourne-disque ou *Shindig !* à la télévision. Frankycello-Frankycello ! aimait-elle m'appeler, comme si j'étais le petit frère d'Annette Funicello.

Balançant les hanches et tendant les mains pour m'inviter à danser, elle sentait le détergent et l'Ajax. Quand j'ai inventé le nom de Feli, est-ce que je prononçais mal *feliz* ou est-ce que j'inventais un nom uniquement pour elle parce qu'elle apportait tellement de *felicidad* dans notre maison ? Feli était bien plus drôle que toutes les personnes que j'avais connues. Quand elle me faisait parcourir le sous-sol à sa suite en chantant « *estamos de fiesta hoy, la banda la banda* », je soupçonne maintenant que c'était sa façon de me remonter le moral, parce que j'étais, au moins parfois, un enfant plus triste que dans mon souvenir.

Feli n'avait pas de parents. Elle n'a jamais mentionné qu'un proche, son oncle Rodolfo Sprenger Balbuena, un colonel de l'armée qui combattait dans la guerre contre les communistes de Cuba et de Russie. Feli et son oncle s'écrivaient, ses lettres à lui arrivant dans d'épaisses enveloppes par avion à rayures rouges et bleues, et comme tout le courrier du Guatemala, ces enveloppes avaient une odeur distincte, plus forte que le courrier américain, un peu comme celle d'un gâteau aux raisins moisi. Les lettres de son oncle venaient directement du champ de bataille, remarquait Feli ; elle les lisait à haute voix. Dans la montagne et dans la jungle, les soldats mangeaient des bêtes sauvages, notamment des opossums, des iguanes, des tatous, des *tepezcuintles,* des *jabalís,* des crocodiles, des serpents et même des singes rôtis sur des feux de camp.

Environ six ans après être venue vivre avec nous, Feli est partie pour épouser Oscar, un beau Cubain langoureux et arrogant. Nous sommes allés manger le gâteau avec eux à Allston le jour de leur mariage ; leur petit appartement me rappelait celui de *The Honeymooners.* Oscar a fini par être mêlé aux activités de petits gangsters ; leur mariage n'a duré que quelques années. Après le départ de Feli, notre foyer n'a plus jamais été heureux, même pas de façon fugace ou illusoire, je le pense vraiment. María Xum lui a succédé. Abuelita l'avait envoyée s'occuper de la maison pour permettre à ma mère d'aller à Boston suivre des études au Lesley College dans le but de devenir professeure d'espagnol. Elle avait probablement à peu près le même âge que Feli. Mais ni Lexi ni moi n'avons jamais joué avec María Xum. Quand elle regardait la télévision, elle était prise de fou-rires incontrôlables à des moments qui n'étaient pas drôles, et prenait un air ahuri ou effrayé aux passages comiques. Cela me faisait ressentir de la pitié pour elle et parfois de l'hostilité. Ses pieds, qu'elle sortait de ses mules noires pour les frotter l'un contre l'autre, étaient rugueux et calleux, son visage mat et plat, avec des joues bouffies, une grande bouche charnue qui rappelait celle d'un poisson, et des yeux noirs brillants, d'une intensité déconcertante. María ne m'a jamais emmené avec elle à Boston pendant ses jours de congé, comme le faisait Feli. Bientôt, elle est partie se marier elle aussi. Même María Xum a pu trouver un mari, comme toutes les filles qu'Abuelita nous envoyait et qui nous quittaient après leurs noces. Elle téléphonait de temps en temps à ma mère pour lui dire bonjour, mais nous avons fini par perdre sa trace. María Xum a été remplacée par la mystérieuse Hortensia. Après avoir vécu dans cette pièce au sous-sol dédiée aux employées de maison pendant seulement deux semaines, Hortensia a disparu avec son nouveau mari. Je n'ai jamais su qui elle a épousé ni comment cela a pu arriver si vite. D'Hortensia, j'ai gardé le souvenir de pulls serrés sur une poitrine voluptueuse et d'un nez romain proéminent.

Yolandita, du Nicaragua, est venue ensuite, si pudique et jolie, chantant toujours en accompagnant la radio pendant qu'elle repassait avec une gaîté de jeune novice au couvent. Elle avait sa propre chambre au rez-de-chaussée de la nouvelle maison sur Wooded Hollow Road et c'était la préférée de ma mère, bien que la relation de Mamita avec Feli ait été émotionnellement plus profonde. Carlota Sánchez Motta, qui avait mon âge, a été la dernière arrivée, mais ce n'était pas une employée de maison. C'était une étudiante étrangère censée aider un peu aux tâches ménagères en échange d'une chambre chez nous. Pendant ma dernière année, Carlota est allée au lycée avec moi.

Plus de quarante ans après l'arrivée de Feli à l'aéroport de Logan avec sa légère valise, la petite colonie de femmes d'Amérique centrale fondée par Abuelita dans le Grand Boston en est à sa troisième génération. Feli est maintenant grand-mère, et peut-être une ou deux autres le sont-elles aussi.

Mamita avait épousé Bert à cause de sa ressemblance avec son grand frère, Guillermo, dit Memo. Je l'ai entendu dire, mais je ne sais plus par qui. Était-ce Feli ou Abuelita qui racontait ça, ou peut-être tante Milly ? Ils avaient tous les deux un gros nez, celui de Bert typiquement juif, celui de Memo un peu plus petit, plus triangulaire, typiquement *maya-méstizo.* Les mêmes cheveux noirs, ondulés pour Bert, bouclés pour Memo. Ils portaient tous les deux des lunettes et s'exprimaient avec énergie. C'est à peu près tout ce qu'ils avaient en commun. Peu de choses rendaient ma mère plus heureuse que le fait que je parvienne à impressionner Tío Memo comme je l'avais déjà fait le jour où mon père nous avait conduits au Fort Ticonderoga : j'avais décrit avec enthousiasme comment, dans la nuit du 9 mai 1775, Ethan

Allen, originaire du Vermont, et une bande déchaînée de ses *Green Mountain Boys*, dont le futur traître Benedict Arnold, s'étaient introduits dans le fort et avaient pénétré dans les dortoirs des soldats britanniques, qui se trouvaient précisément à l'endroit où Tío m'écoutait. Le commandant des tuniques rouges avait bondi de son lit à l'instant où les *Green Mountain Boys* faisaient irruption, et c'est pourquoi, Tío, lorsqu'il avait abandonné le fort à Ethan Allen, il tenait sa culotte devant ses parties intimes comme ceci. *Jajaja*, c'était le rire de mon oncle. J'étais vraiment ravi d'être au Fort Ticonderoga, dont j'avais lu l'histoire dans *Montcalm et Wolfe*, de Francis Parkman, emprunté à la bibliothèque, le lieu authentique et pas une simple reconstitution historique comme l'ennuyeuse Plimoth Plantation, avec des remparts encore debout, des pierres froides chargées de souvenirs, et même la terre dans laquelle les *Green Mountain Boys* avaient laissé leurs empreintes. Et Tío Memo était vraiment impressionné par les connaissances de son neveu et par son improbable accès d'extraversion. Il s'est écrié : Tu seras professeur un jour, Frankie ! *Ay non*, Memo, a murmuré ma mère en fronçant le nez, car venant de son frère, un énergique homme d'affaires international à la réussite évidente, elle ne considérait pas cela comme un grand compliment. Mais à la façon dont elle me regardait en souriant, blottie dans son manteau de fourrure, les joues maquillées de rose dont le froid intensifiait le parfum, je comprenais qu'elle était fière de moi.

Tío Memo, lors d'un voyage d'affaires du Guatemala à New York, était venu lui rendre visite dans le Massachusetts en Greyhound, et Bert nous avait donc tous conduits pour le week-end à Fort Ticonderoga, puis nous avions traversé le lac Champlain en ferry jusque dans le Vermont, un État que mon oncle ne connaissait pas. J'étais assis sur le siège arrière entre Tío Memo et Feli, ma mère et ma sœur étaient à l'avant, et Bert au volant nous emmenait à notre motel dans le crépuscule hivernal entre de longues rangées d'arbres gris, blancs ou à feuilles persistantes, dépassant de temps en temps un stand fermier qui vendait du sirop d'érable ou du fromage cheddar. Certains des magasins de souvenirs devant lesquels nous passions exposaient des tipis ou de grandes statues d'élans devant lesquelles mon père s'exclamait : Regardez ça, un élan ! de la même façon qu'il disait : Regardez ça, des vaches ! chaque fois que nous passions devant des vaches laitières broutant dans un pâturage à flanc de montagne. Pendant ce temps, mon oncle et Feli bavardaient joyeusement avec Mamita, qui se retournait à demi sur son siège, un bras passé autour de la taille de ma sœur ; leurs blagues et leurs rires, *ala que alegre, et púchica, et ala gran chucha, vos,* Tío Memo se rappelant régulièrement de passer à l'anglais par politesse pour mon père, c'est un rare souvenir de bien-être, de fierté heureuse de la famille. La façon dont Tío Memo, au début de chaque phrase qu'il adressait à mon père, disait, Bert, de sa voix profonde et retentissante, d'un ton viril et respectueux. Et mon père répondait : Eh bien, Memo, pour être franc… Ou, franchement, Memo, permettez-moi de vous dire comment je vois les choses. Ils se parlaient comme se parlent les dirigeants des Nations unies, j'imaginais des hommes qui comprenaient le pouvoir et la réalité des choses, leurs conversations ayant pour but d'approfondir la compréhension mutuelle et de clarifier des questions complexes pour nous autres. C'est pourquoi Mamita babillait toujours avec des phrases comme : *No me digás, ou Así es,* ou Oh non, ils ne peuvent pas faire ça, ou, Memo, est-ce bien vrai ? La position économique et politique du Guatemala, qui s'améliorait mais restait précaire dans le monde, toujours menacé par de puissants ennemis subversifs de l'extérieur et de l'intérieur, toujours obligé de manœuvrer dans des courants géopolitiques traîtres, donnait à Tío Memo une perspective mondiale où entrait un sentiment d'urgence. Mon père était un démocrate sérieux, aux positions mûrement réfléchies sur les affaires du monde et sur la façon dont elles étaient compliquées par les pressions et les rivalités politiques américaines, aussi bien de l'intérieur que de l'extérieur, des sujets qu'il n'avait l'occasion d'aborder d'une manière aussi conséquente qu'avec Tío Memo. En réalité, si l'on considère que mon oncle était un anticommuniste de droite fanatique et que mon père était tout aussi fanatiquement opposé à la guerre du Vietnam et à tous les bellicistes de droite, il est étonnant qu'ils n'aient jamais été près de s'engueuler, comme mon père et l'oncle Lenny, farouchement en faveur de la guerre du Vietnam, avaient l'habitude de le faire, allant jusqu'à balancer des assiettes pleines à travers la table lors d'un dîner de Pessah. La seule chose sur laquelle Tío Memo et mon père étaient d'accord, c'est qu'ils détestaient tous deux la Russie.

Memo, qui avait repris et agrandi le magasin de jouets familial à Guatemala City, était un homme vigoureux qui riait beaucoup. Mamita aussi avait le rire facile. Elle avait un rire merveilleusement joyeux, parfois un peu niais. Mon père riait moins. En revanche, il lui arrivait de beugler et de mugir comme s'il singeait l'hilarité en imitant les animaux de la ferme. J'essaie de me rappeler s'il a jamais vraiment ri. Eh bien, d'accord, oui, cela arrivait parfois, mais pas souvent à la maison, pas avec nous ; cet après-midi-là, dans la voiture qui traversait le Vermont, il l'a fait sans doute, avec ces beuglements qu'il est si mélancolique d'évoquer maintenant.

Lexi m'a parlé un jour d'un souvenir qui, disait-elle, la hantait encore, celui d'un autre de ces voyages en famille. C'était il y a plus de vingt ans, lorsque je lui avais rendu visite pendant l'une des périodes où elle était revenue vivre dans la maison de Wooded Hollow Road. Il n'y avait que nos parents, Lexi et moi pour ce trajet en voiture, et nous nous étions arrêtés pour un pique-nique sur une aire d'autoroute quelque part à Cape Cod. J'étais, comme d'habitude, parti jouer dans les bois, m'a raconté Lexi, et elle était installée avec nos parents à une table de pique-nique. Ils mangeaient leurs sandwichs dans un silence complet. On pouvait entendre chaque bouchée. Leur mastication était le seul bruit audible, à l'exception des quelques voitures qui passaient en trombe et d'une petite brise qui passait entre les pins. Je me souviens de cette brise parce qu'elle était forte comparée à notre mutisme, a ajouté Lexi. C'était le plus silencieux des silences, Frank. Ça a vraiment commencé à me faire peur. Pourquoi tu ne dis pas quelque chose ? j'ai pensé. Maman, papa, dites quelque chose. Parlez-vous, juste un peu. J'ai essayé de trouver n'importe quoi à dire, pour briser le silence, mais je n'arrivais pas à sortir un son. C'était comme s'ils n'allaient plus jamais dire une parole, comme si tu n'allais jamais revenir des bois, et moi j'aurais été piégée dans leur silence pour toujours.

Parce que tante Hannah donnait toujours des nouvelles à Lexi et lui racontait des histoires quand elle venait lui prodiguer ses leçons de violon, Lexi savait sur notre père des choses que j'ignorais. Tante Hannah lui racontait l'histoire de la famille, et c'est ainsi que Lexi a appris l'existence de notre grand-mère Rose, qui était morte quand mon père était petit et dont il ne parlait jamais, tout comme il ne racontait jamais d'histoires sur sa propre enfance. Tante Hannah, et tante Milly aussi, étaient les gardiennes et les adeptes de la légende du génie contrarié de Bert, légende qui expliquait soi-disant ce qu'il était devenu. Il fut un temps, bien sûr, où certaines des universités et des établissements d'études supérieures les plus prestigieux du Nord-Est avaient des quotas très restrictifs pour les Juifs ; Harvard, à laquelle les enfants de Juifs immigrés aspiraient plus qu'à toute autre, était l'une des pires, acceptant un petit nombre de Juifs choisis en secret tout en empêchant des étudiants juifs qualifiés d'y entrer, en particulier ceux qui venaient des familles issues des shtetls d'Europe de l'Est et de Russie, habitants des quartiers d'immigrés les plus abhorrés de Boston. Peut-être Bert n'était-il même pas au courant de l'existence des quotas, ou s'il l'était, il restait convaincu que s'il se révélait effectivement plus difficile pour un étudiant juif que pour un chrétien d'être accepté à Harvard, cela devait être dû, dans une certaine mesure, à la compétitivité du processus et à la préférence sans surprise des administrateurs chrétiens pour les chrétiens plutôt que pour les Juifs lorsqu'ils devaient choisir, par exemple, entre deux étudiants également qualifiés pour la dernière place disponible dans la nouvelle promotion. Mais Bert, américanisé à souhait, l'un des meilleurs élèves du prestigieux lycée Boston English, star du football américain et du base-ball, déterminé à devenir chirurgien, s'attendait à être accepté à Harvard parce que tous autour de lui, professeurs et entraîneurs, étaient aussi persuadés qu'il le serait. Les impitoyables Harvard Crimson quotas avaient anéanti ce rêve. Un an plus tard, il était accepté à Johns-Hopkins, dans la lointaine Baltimore, pour étudier la médecine, mais la Grande Dépression survenant, grand-père Moe l'avait obligé à rester à la maison et à travailler comme serrurier pour aider à subvenir aux besoins de la famille. C'est pourquoi Bert a dû s'inscrire à temps partiel à l'université de Boston, où il a étudié le génie chimique, ce qui l'a conduit à sa longue carrière dans les fausses dents. Je ne connaissais ces histoires que par Lexi.

D'après tante Hannah, Bert avait à la Potashnik Tooth Company un patron qu'il détestait, qui le harcelait depuis des années : Leslie Potashnik, l'un des fils du Dr Simon Potashnik, le fondateur de l'entreprise. Selon elle, chaque fois que Bert inventait un nouveau type de fausse dent, Leslie Potashnik mettait son nom sur le brevet. Ce salaud s'attribuait tout le mérite du travail de papa, m'a dit Lexi. Il y a des brevets pour les fausses dents ? ai-je demandé. À l'époque, je ne savais rien de tout ça. Quand on invente quelque chose pour une entreprise, dit Lexi, bien sûr qu'il y a des brevets. À cause de Leslie Potashnik, mon père détestait se rendre à son travail. C'est pour cela, dit ma sœur, que si souvent, quand il rentrait le soir, elle l'entendait à travers la mince porte de la salle de bains du rez-de-chaussée, sous la douche, en train de jurer : Espèce de fils de pute, espèce de salaud, lâche-moi la grappe. Lexi se souvenait que ça lui faisait de la peine pour Bert.

Au cours des années qui ont suivi, j'ai réussi à en apprendre beaucoup plus sur le métier de mon père. À l'époque où

Bert a débuté, la fabrication de prothèses dentaires en porcelaine était un travail difficile. Il se rendait dans des carrières de granit au Canada pour inspecter et choisir les veines de la roche qu'il voulait pour le feldspath à travailler. Chez Potashnik, il œuvrait dans un environnement vulcanien de fours et de fourneaux, de broyeurs et de mélangeurs de fer pulvérisant le feldspath en poudre. Si l'entreprise n'a jamais cessé de produire les dents en porcelaine haut de gamme qui étaient la spécialité de Bert, elle est aussi devenue un important fabricant de dents en acrylique qui ont fini par dominer le marché. La chimie était complètement différente, mais mon père la maîtrisait également.

Quelques années après mon départ pour l'université, lorsque les Potashnik ont vendu l'entreprise à une multinationale pharmaceutique, les nouveaux dirigeants ont réalisé qu'il allait falloir une équipe de cinq personnes pour faire ce que mon père avait fait seul à l'usine de dents pendant des décennies, gravement sous-payé depuis le début. Pour le convaincre de repousser sa retraite de cinq ans, jusqu'à l'âge de soixante-dix ans, afin qu'il puisse former lui-même les jeunes qui prendraient la relève après son départ, ils ont plus que triplé le salaire de Bert. Il s'était résigné à une retraite impécunieuse. Au lieu de cela, il a pu acheter son appartement en Floride.

Ici, à New Haven, le train doit passer des locomotives Diesel aux locomotives électriques ou vice versa. Cela prend environ dix minutes. Il fait froid sur le quai, mais comme le chauffage est toujours monté au maximum dans les wagons, j'ai laissé mon manteau à l'intérieur, sur le support au-dessus de mon siège. À l'époque où l'on fumait, c'était toujours l'un des meilleurs moments pour allumer une cigarette. La locomotive qui vient d'être débranchée s'éloigne toute seule dans un sifflement comme si elle jouait une farce enfantine, et maintenant les employés de la gare se rassemblent autour de l'avant exposé de la première voiture, quelques-uns se penchent depuis la plate-forme, les autres sur les voies font ce qu'ils ont à faire pour que la deuxième locomotive, lorsqu'elle passera en marche arrière, s'aligne devant cette voiture, fer contre fer, et s'accroche. Si vous restez à l'intérieur, même si vous savez que cela va arriver, cela donne toujours une secousse désagréable, faisant jaillir le café de votre tasse. Cette collision de routine entre la locomotive et la voiture est un rappel plaisant que tout n'est pas high-tech, lisse et silencieux, comme l'est l'Acela à grande vitesse, presque trois fois plus cher que ce train régional mais sans pour autant vous conduire plus vite jusqu'à Boston, New York ou Washington, puisque sa vitesse reste limitée par les voies archaïques et par tout le trafic, y compris les lignes de banlieue locales, qui les partagent. L'Acela Express offre pourtant un voyage agréable, avec des sandwichs au homard au wagon-bar et un certain glamour élitiste genre Northeast Corridor, si vous êtes d'humeur à dépenser plus pour ça. J'aime bien attendre le dernier moment pour remonter à bord, lorsque les chefs de train, parfois penchés à l'extérieur des portes, annoncent le départ aux passagers qui s'attardent sur le quai. Beaucoup, tels des soldats retournant au front dans un vieux film, tirent une dernière bouffée et jettent leur cigarette en avançant à grands pas pour sauter dans le train au moment où il commence à s'ébranler.

Promets-moi que tu seras toujours heureux, disait ma mère. Je ne peux pas avoir deux enfants malheureux. Si je ne me souviens pas de la première fois où elle a dit cela, je me rappelle avoir pensé, Elle le croit vraiment, et avoir été content qu'elle me voie de cette façon, mais aussi peiné pour elle. Elle l'a dit plus d'une fois, mais peut-être pas exactement dans ces termes. Pourtant, le fait d'avoir un tempérament naturellement joyeux, comme Mamita aimait à prétendre que c'était notre cas à tous les deux, ne rendait pas nécessairement attentionné avec une petite sœur, ni même intuitivement empathique. Si Lexi a éprouvé des difficultés dans son enfance et son adolescence, j'y étais indifférent ou je faisais semblant de l'être. Était-ce parce qu'elle n'avait pas d'amis ? Mais Lexi avait des amis, plus et de meilleurs que moi. Peut-être n'étaient-ils pas tous tendres avec elle, je ne sais pas. Elle manifestait une innocence qui la rendait facile à troubler. Quand quelqu'un se montrait malfaisant, ça la blessait, mais ça la rendait aussi perplexe. Quand on était méchant avec moi, ça ne me troublait pas. Ça ne me touchait même pas tellement. C'était comme ça, et voilà.

Même après la trentaine et au-delà, j'ai toujours ressenti une sorte d'obligation intérieure à cacher à ma mère tout ce qui m'arrivait de malheureux ; je n'aurais jamais été tenté de le partager avec mon père ou ma sœur, de toute façon.

Finalement, au fil des ans, j'ai eu quelques amies assez proches pour avoir l'occasion d'observer aussi ma mère, ma façon d'être avec elle, et pour me faire une opinion sur le sujet. Je me souviens d'avoir raconté cette légende à l'une de ces amies : ma mère et moi étions si semblables avec notre heureuse nature, souriants malgré les malheurs. J'ai été surpris lorsqu'elle m'a répondu que ce n'était pas vrai. Oui, ma mère avait peut-être un tempérament joyeux, mais elle était triste à l'intérieur. D'après Camila, on voyait que Mamita avait eu une vie triste à bien des égards, qu'elle était une femme blessée. Moi, en revanche, je laissais glisser. Les malheurs qui t'arrivent, me dit-elle, c'est bizarre, c'est comme si tu t'en débarrassais avant de vite passer à autre chose. Un an ou deux plus tard, Camila a répété ces mêmes mots quand elle a rompu avec moi. Bien sûr, j'étais triste, dévasté même, mais elle savait que je m'en remettrais, que je me débarrasserais de mon chagrin, que je passerais à autre chose comme je l'avais toujours fait. Elle m'a même caressé le nez, comme pour dire au revoir à un chien fidèle et stupide, à qui elle manquerait mais qui l'oublierait bien vite, heureux de partir avec un nouveau maître.

J'ai fait tout ce que j'ai pu, j'ai tout essayé pendant des années, pour que tu m'ouvres ton cœur, et rien n'a marché ! C'est ce que Camila s'est écriée il y a quelques mois, quand nous étions installés dans la cuisine du loft de Williamsburg qu'elle partage avec son partenaire, un directeur de théâtre d'avant-garde irano-allemand, après m'avoir invité à déjeuner. Elle a ajouté, Frank, tu te marres ? Tu es vraiment un connard. Tu te marres ! Mais elle riait aussi, en partie par incrédulité, parce que c'était moi qui venais de lui demander, toutes ces années plus tard, pourquoi elle pensait que notre relation avait échoué, et qu'elle avait fait l'effort de répondre honnêtement, alors j'avais un sacré culot de me mettre à rire ! Je ne sais pas pourquoi j'ai réagi comme ça, probablement par gêne.

Peu de temps après ce voyage au cours duquel Lexi avait raconté à Camila comment des gamins avaient failli m'assassiner, je suis venu à Boston seul parce que mon père était à l'hôpital pour être opéré d'une obstruction artérielle, peut-être, mais je n'en suis pas sûr. Bert a connu tant d'urgences et d'opérations que je présume mineures uniquement parce qu'il y a survécu avec une telle vigueur. Lexi, ma mère et moi nous étions retrouvés à l'hôpital pour passer un moment près de Bert dans sa chambre, puis ma sœur nous a conduits dans sa voiture jusqu'au centre commercial de Chestnut Hill pour dîner chez Legal Sea Foods, où il s'est avéré qu'elle voulait parler de ses séances de thérapie. Je savais que Lexi suivait une thérapie depuis son enfance, mais c'était la première fois que je l'entendais en parler aussi ouvertement. Bien sûr, l'un des principaux problèmes sur lesquels elle et son thérapeute avaient travaillé était le mal que mon père lui avait fait, en l'insultant sans cesse, en la rabaissant, en lui faisant sentir qu'elle était une énorme déception pour tout le monde, qu'elle ne valait rien. Maintenant je sais que je vaux quelque chose, Frank, a-t-elle dit sur un ton d'exhortation joyeuse. Il m'a fallu des années de thérapie qui m'ont aidée à trouver la confiance nécessaire pour prouver ma valeur aux autres, oui, mais surtout à moi-même. Mais malheureusement, a-t-elle ajouté, c'est une perte de temps d'essayer de le prouver à Bert. Je le sais aussi maintenant. J'ai été frappé par la façon dont elle avait prononcé « Mais malheureusement », comme si la cruauté de notre père était quelque chose qu'elle pouvait maintenant considérer avec un certain détachement, peut-être feint. Oui, ma chérie, je sais, dit ma mère en posant sa main fine et délicate sur celle de ma sœur, plus pâle, plus substantielle et élégamment sculptée. Lexi a vraiment de belles mains, comme si elles avaient été façonnées par toutes ces années passées à jouer du violon et de l'alto quand elle était petite.

Je n'avais pas côtoyé beaucoup de gens capables de se dévoiler avec tant de sérieux dans leurs propos. Même Camila, qui pouvait être directe dans l'expression de ses émotions, montrait une retenue britannique que j'imagine innée. À partir de mes vingt ans, j'ai passé presque dix années consécutives en Amérique centrale en tant que journaliste indépendant, à couvrir les guerres, à essayer d'écrire mon premier roman, à passer parfois du temps à New York, mais le centre de ma vie était toujours là-bas. Les autres journalistes que je connaissais ne parlaient jamais comme ça, comme ma sœur l'a fait au cours de ce dîner, ni aucun des Centraméricains que je connaissais. Entendre quelqu'un parler de ses séances de thérapie ou de ses problèmes émotionnels personnels, les partager de cette façon, aurait porté sur les nerfs de presque tout le monde et enfreint les limites de la sphère privée d'une façon extrêmement maladroite. De toute évidence, la violence, la mort, la souffrance nous entouraient en permanence. Nous vivions une guerre terrible en Amérique centrale dans les années 1980, une guerre que beaucoup d'entre nous se consacraient à observer, à instruire d'une manière qui nous obligeait pratiquement à nous identifier à notre engagement dans le travail, émotionnellement, moralement ; cela semblait être le seul moyen de se montrer à la hauteur de l'horreur de ce dont nous étions témoins. Nous ne pouvions pas nous empêcher d'essayer, du moins. Ce n'est pas comme si nous n'avions pas réussi à passer aussi quelques bons moments. Mais je ne doute pas que cette expérience ait été, d'une certaine manière, déformante. Je peux voir maintenant qu'elle l'a été. Bien sûr, certains d'entre nous, peut-être même la plupart d'entre nous, ont aussi trouvé des partenaires avec lesquels rester proches, intimes, même si c'était discrètement. Pas moi, cependant. Je n'ai rencontré personne pendant toutes ces années. Cela semblait plus adapté, dans le contexte de cette époque et de ce lieu, d'être seul comme je l'étais. Quel camouflage c'était pour moi, je suppose, d'être en Amérique centrale dans ces années-là, où l'incapacité émotionnelle passait pour une vertu stoïque.

Lexi parlait donc de sa thérapie, de l'enfoiré qu'était Bert et de sa manière à elle de surmonter ça avec l'aide de son thérapeute. Mais ma sœur nous réservait une surprise. Elle avait monté le ton, sa voix s'était faite plus grave comme pour attirer notre attention, ou la mienne, sur un nouveau niveau de sérieux. Récemment, elle et son thérapeute avaient approfondi les traumatismes de sa vie, faisant remonter à la surface ceux qui ne semblaient pas si évidents. Je me souviens de m'être demandé à ce moment-là si je devais commander un autre bourbon *on the rocks* et avoir décidé qu'un seul suffisait. Je ne me suis jamais laissé aller à boire en présence de ma sœur ou même de ma mère, j'avais peur de ce que je pourrais dire, je me protégeais de quelque chose, sans savoir exactement de quoi. Lexi a commencé à parler de ce qu'elle avait souffert quand nous étions enfants, en me voyant me faire malmener par les Sacco et d'autres garçons. C'est reparti pour l'histoire du quasi-assassinat, ai-je pensé, et j'étais prêt à faire la grimace et à dire, Lexi, je n'ai pas été presque assassiné. Mais ma sœur a dit que même cela ne l'avait pas blessée et perturbée émotionnellement autant que le fait de voir mon père me battre lorsque nous étions un peu plus âgés. Elle a expliqué que non seulement c'était terrifiant, terrible, Frank, d'en être témoin, mais que cela lui donnait aussi un sentiment d'impuissance. C'était son impuissance face à la violence de mon père, son incapacité à me sauver, à faire en sorte qu'il arrête de me frapper qui l'avait traumatisée. C'est ce que son thérapeute lui avait fait voir.

Ha, ouais, j'ai dit, un peu moqueur, essayant de tourner ça en blague. À l'époque, il y avait toutes ces protestations contre la violence de la guerre du Vietnam, mais je suppose qu'on ne pouvait pas défiler le long de Wooded Hollow Road pour protester contre papa, n'est-ce pas ?

Lexi a continué comme si elle ne m'avait pas entendu. Ma mère était complice de cette impuissance, expliqua-t-elle, étant elle-même impuissante. Je ne peux pas en vouloir à maman. Elle ne savait pas quoi faire non plus. Nous étions toutes les deux impuissantes. Pendant qu'elle écoutait Lexi, ma mère avait une expression de plus en plus enfantine, comme si sa démence avait choisi ce moment pour prendre le contrôle de son cerveau, ce qui n'était pas le cas, pas du tout. Elle enseignait encore à l'époque.

J'ai dit posément : Donc tu payes pour parler de ce que tu ressentais quand papa me frappait. C'est marrant.

Il était évident que j'allais être lourd sur le sujet. Intérieurement, j'étais fou de colère. J'étais furieux comme si elle avait volé quelque chose qui m'appartenait.

Lexi a répondu, C'est vrai, Frank. C'est bien de ça que je parle avec mon thérapeute ces temps-ci. Oui, c'était traumatisant pour moi. Si tu préfères, je n'en parlerai plus.

C'est privé de toute façon. Je pensais que ça t'intéresserait peut-être.

Así es, a dit ma mère d'un ton mélancolique. *Tal cual,* a-t-elle ajouté, même si cela n'avait pas beaucoup de sens. Elle était épuisée par ces longues visites auprès de mon père à l'hôpital ; bientôt, il lui faudrait encore supporter Bert à la maison. Le simple fait de savoir que ça allait arriver était probablement épuisant en soi.

Je devrais peut-être aller voir un psy, ai-je dit. Je lui demanderai de m'aider à surmonter le traumatisme que j'ai subi en t'entendant dire que ça t'a traumatisée de voir papa me cogner.

J'espère que tu ne seras jamais père, a dit Lexi. Tu es exactement comme lui.

Je suis exactement comme lui, c'est ça, j'ai répliqué.

Oui, exactement : condescendant et hargneux.

Ça ne faisait pas de doute, la colère qui montait en moi ressemblait à celle qui envahissait si souvent Bert et le rendait fou furieux, mais chez moi c'était comme si une autre chimie opérait : j'atteignais un point d'ébullition, qui retombait presque instantanément après son paroxysme, juste comme ça. Je m'étais rendu compte, encore jeune journaliste, que dans les situations dangereuses, lorsque les autres étaient très effrayés ou tendus, je me calmais d'une manière qui n'avait rien à voir avec la bravoure ; parfois je m'endormais, tout simplement. J'ai souri à ma sœur et lui ai dit, aussi tranquillement que possible : Je comprends, Lexi. C'est juste que je ne suis jamais allé voir un thérapeute. Peut-être que je le ferai un jour.

Je suis sûre que ça t'aiderait beaucoup, a-t-elle répondu. Sa voix était maintenant mélodieuse, un peu haut perchée.

Bien sûr que ça l'a traumatisée, la pauvre, m'a dit Camila, lorsque de retour dans notre appartement de Brooklyn, je lui ai raconté la scène en jouant sur mon indignation moqueuse. Et je comprends tout à fait, a-t-elle dit. Si j'avais vu mon père frapper un de mes frères comme ça sans pouvoir rien faire, j'aurais… Elle a porté ses poings à ses tempes et a poussé un petit cri étouffé.

Alors, pourquoi ne pas prendre une batte de base-ball pour lui donner un bon coup sur la tête ? j'ai dit. Ma sœur aurait dû faire ça, si elle voulait aider.

La batte de cricket de mon frère aîné, tu veux dire. Je ne pense pas que ce soit aussi simple. La moindre allusion à la violence me paralyse aussi.

Bien sûr, ai-je pensé. J'avais finalement répondu à la violence de Bert par ma propre violence, mais je savais ce que Camila allait répondre si je le lui rappelais : que c'était plus facile pour un garçon. C'est sans doute vrai, mais je ne sais pas si j'emploierais le terme de facile.

Tu m'as dit que ton propre père pouvait être assez méchant, ai-je répondu.

Si tu veux dire qu'il me bassinait à mourir avec son attitude condescendante, *yeah* – ce *yea-ah* britannique de deux syllabes. Mais il n'aurait jamais levé la main sur l'un d'entre nous. J'aime bien ta sœur, a dit Camila. C'est une personne humaine, émotive, et elle est assez courageuse pour essayer de parler de ce qui la trouble. Elle a dû beaucoup t'aimer quand vous étiez enfants. Qui sait, peut-être qu'elle t'aime encore. Bien que, je dois le dire, je ne vois pas pourquoi elle le ferait.

Ha ha, j'ai ricané.

Malgré tout, Camila Seabury reste ma plus longue relation amoureuse. Avec elle comme avec Gisela, ça a duré près de cinq ans, mais avec Camila, nous sommes restés vraiment ensemble du début à la fin, alors que Gisela et moi avons été souvent séparés, probablement plus souvent séparés qu'ensemble, pendant toute la durée de notre histoire. Et Camila avait raison, je me suis vite remis de notre rupture. Elle a gardé l'appartement, j'ai déménagé à Mexico. Je n'y étais même pas depuis deux mois quand j'ai rencontré Gisela, et c'est là que quelque chose a dû changer, parce que je ne m'en suis sans doute toujours pas remis. Camila considérerait-elle ça comme un changement positif ?

Lexi et moi sommes tous les deux célibataires. Ni l'un ni l'autre n'a donné à notre mère ce qu'elle dit désirer le plus, un petit-enfant. Pure coïncidence, peut-être ? On ne peut pas persister à accuser sa famille, sa ville, de ce genre de choses, pas à notre âge. Mais d'une certaine manière, enlevez mon éducation, enlevez Gary Sacco, Ian Brown, Arlene Fertig, et même ce qui s'est passé avec Marianne Lucas, enlevez Monkey Boy et Gols, et qui serais-je ? Serait-ce comme si je n'avais jamais foulé cette terre ? Mais je l'ai fait, et ça a été une longue marche, et tout cela est bien loin dans le passé. Sauf que je vois Marianne Lucas ce soir. Notre dîner sera la seule réunion d'anciens élèves à laquelle je me rendrai.

***

J'ai donc été capable de résister jusqu'à ce que nous quittions New Haven. J'ai fouillé dans mon sac à dos pour en sortir le sandwich, je l'ai sorti de son sac, je l'ai posé sur le plateau du siège abaissé, j'ai ouvert le papier sulfurisé, mais seulement autour de sa moitié supérieure, je l'ai porté à mes lèvres pour la première bouchée de pain croustillant aux graines de sésame, de *capicola*, de *soppressata*, de mozzarella fraîche, de poivrons rouges marinés à l'huile d'olive, et je me suis installé pour savourer ces saveurs et ces textures. Enfin, j'ai ouvert le petit roman de Muriel Spark, en le tenant d'une main. Et j'ai lu cette phrase :

« Leurs yeux émettaient une lumière enthousiaste qui ressemblait à du génie, mais qui n'était que de la jeunesse... »

Cela me fait penser à Lulú, à la lumière douce et enthousiaste de ses yeux qui vibre dans mon cœur comme un timbre argentin. Les yeux sombres et profonds de Gisela étaient à peu près à l'opposé. Pourtant, je n'ai jamais été aussi obsédé, aussi fasciné par un regard que par le sien.

Outre les journalistes, toutes sortes de jeunes femmes étrangères, dont peut-être une légère majorité de gringas, affluaient en Amérique centrale pendant ces années de guerre : travailleuses humanitaires de tout poil, médecins et infirmières sans frontières, militantes solidaires, analystes et spécialistes de la guerre et de la politique, espionnes, concessionnaires en armement et même mercenaires. On voyait aussi des gens qui auraient été là même sans la guerre, bénévoles des Peace Corps, personnels d'ambassade, étudiants dans tous les domaines, de l'anthropologie à la zoologie de la forêt tropicale, hommes d'affaires, et les éternels randonneurs hippies ; toutes sortes de prédateurs à l'affût et d'escrocs prêts à escroquer, comme ceux qui sont impliqués dans le commerce illégal de l'adoption, de faux orphelinats remplis de bébés volés et extorqués.

N'importe qui peut vous surprendre. J'ai connu un journaliste britannique d'une trentaine d'années, diplômé de Cambridge, un type super raffiné qui vivait une histoire d'amour avec une religieuse missionnaire de l'Indiana qu'il avait rencontrée dans l'Ixil. Sœur Julia était diplômée de la Divinity School de l'université de Chicago, elle lisait Pascal et Simone Weil en français, et chaque fois qu'elle descendait des montagnes pour le retrouver au bord du lac, à Antigua ou en ville, elle voyageait en bus avec des livres de poésie dans son sac à dos. Lui citait Rimbaud, Celan, Denise Levertov. Ce journaliste britannique et moi n'étions pas des amis proches. S'il est venu s'asseoir près de moi au bar Quixote un soir où je buvais seul, c'est parce qu'il était stimulé par l'envie de me raconter son histoire d'amour avec la religieuse de l'Indiana, et s'il en avait tellement envie, c'est parce que le nom de famille de son amoureuse était aussi Goldberg, même si elle n'était que « demi-juive » de naissance. Je ne suis qu'à moitié juif, moi aussi, lui ai-je précisé. Pensez-vous que vous pourriez être apparentés ? s'est-il exclamé. Combien de Goldberg à moitié juifs peut-il y avoir ? Cela nous a fait bien rire tous les deux. Bien qu'elle ait eu une mère catholique, elle avait dû se convertir, car elle n'avait jamais été baptisée. Il m'a parlé d'une autre écrivaine que sœur Julia appréciait, Natalia Ginzburg, une Italienne à demi-juive convertie au catholicisme. C'était la première fois que j'entendais parler de Natalia Ginzburg, mais je l'ai lue quelques années plus tard, lorsque j'ai trouvé certains de ses livres en traduction espagnole dans une librairie de Mexico. Le journaliste britannique m'a confié qu'il était amoureux de la religieuse missionnaire, mais qu'elle refusait d'abandonner la vie sacerdotale parce que le peuple qu'elle servait avait tellement besoin d'elle, les Mayas Ixil étant l'une des populations les plus durement touchées par la guerre, par la campagne de massacres et le système des terres brûlées de l'armée ainsi que par d'autres crimes et horreurs bien documentés aujourd'hui. Tant que sœur Julia vivait d'une manière qui la rapprochait du message de Jésus-Christ tel qu'elle le comprenait, elle ne se souciait pas des autres péchés qu'elle pouvait commettre, c'est ainsi que mon ami l'a expliqué. Il a ajouté, Elle aime bien se qualifier de jésuite anarchiste. Cela fait environ quinze ans que je n'ai pas parlé à ce journaliste britannique, mais je le vois souvent à la télévision. Il est devenu un expert des talibans et d'Al-Qaeda. Je n'ai aucune idée de ce qu'est devenue sœur Julia Goldberg, mais je doute qu'elle ait été tuée. Pour autant que je sache, chaque fois qu'ils ont assassiné une religieuse américaine au Guatemala ou au Salvador, et ils en ont assassiné plus d'une, nous en avons entendu parler.

***

Bien sûr, il y avait aussi des millions de Centraméricains de mon âge ou presque, nés sur l'isthme et y vivant toujours. Parmi ceux-là, il y avait sûrement l'amour que je désirais tant trouver. Je me suis même dit que ce serait une façon logique de résoudre mes problèmes d'identité parfois déroutants, d'avoir une relation sérieuse avec une Centraméricaine et de l'épouser un jour, même si cela peut paraître un cliché normatif aujourd'hui. Mais au cours de la décennie suivante, je n'ai eu que quelques aventures d'un soir et de brèves relations, que je n'ai jamais été capable de faire durer plus d'une semaine, avec un panachage de femmes locales et étrangères que je peux compter sur les doigts d'une main. Pas de véritables affinités intimes, pas d'électricité, aucune n'était assez intelligente, drôle ou politisée, c'est le genre de choses que je me disais, qu'elle ait rompu la première ou non. Je préférais traîner un béguin ou une obsession absurde et sans retour, je pouvais en garder un comme ça pendant des années.

Il y avait deux chambres dans l'appartement, construit à l'origine pour Nano, la sœur d'Abuelita, au-dessus de la maison de mes *abuelos*, et pendant un temps, Penny Moore a vécu dans l'une d'elles. Elle était la plus importante enquêtrice sur les droits de l'homme au Guatemala, mais elle travaillait dans l'anonymat. En guise de couverture, elle était aussi pigiste pour l'un des hebdomadaires d'information américains, où même son rédacteur en chef ne connaissait pas son secret. Je l'ai accompagnée dans de nombreux déplacements pour réunir des informations dans les régions de Quiché, Huehue et Rabinal, et une fois, nous avons traversé le Mexique avec un guide Ixil nommé Maria Saché, qui nous a conduits au camp d'un groupe de réfugiés mayas nomades, une des *comunidades de población en resistencia,* qui avaient fui dans la montagnes et la forêt pour échapper à l'armée, vivant de plantes sauvages et de racines lorsqu'ils étaient en fuite, parvenant parfois à s'installer assez longtemps pour récolter une saison de maïs et improviser une petite école. Même au plus profond de la forêt tropicale, la seule eau potable que les réfugiés pouvaient trouver devait parfois être pressée ou aspirée à partir de lianes et de racines d'arbres coupées à la machette que les pères portaient aux lèvres de leurs enfants ; ils offraient même la possibilité de tirer quelques gorgées à une paire de journalistes assoiffés avant d'en prendre pour eux-mêmes. J'ai moi aussi rédigé des reportages au Guatemala et ailleurs en Amérique centrale, publiant chaque année trois ou quatre articles dans des magazines, et ces chèques occasionnels de pigiste me faisaient vivre. J'ai vu beaucoup de choses, mais pas autant que Penny ou que mon autre ami le plus proche, le correspondant à plein temps Geronimo Tripp, qui se précipitait toujours vers la dernière zone de combats brûlants. À Guatemala City, je restais aussi beaucoup dans ma chambre à essayer de faire avancer mon roman, écrivant à la main sur des bloc-notes ou tapant avec deux doigts sur ma petite machine portable Olivetti. Ou alors, à la saison des pluies, je passais des après-midi entiers blotti dans la mezzanine de la Pastelería Jensen, un café du centre, à écrire dans mon carnet ou à lire des romans dans ces éditions de poche britanniques que j'achetais dans la petite librairie de langues étrangères située à un pâté de maisons de là, tenue par un jeune Juif franco-guatémaltèque. Il avait des livres en anglais, en français, en allemand et même en japonais, mais il n'avait jamais en stock un titre connu pour être politiquement de gauche. Je me souviens qu'un jeune routard français est entré un jour pour demander les *Motorcycle Diaries* de Che Guevara, et le libraire a eu l'air de frôler la crise cardiaque. Il emballait méticuleusement chaque livre vendu avec du papier brun et du ruban adhésif, mais si vous essayiez d'engager la moindre conversation avec lui pendant que vous le regardiez faire en attendant patiemment de l'autre côté du comptoir, vous n'obteniez que des hochements de tête laconiques, ce qui doit être la raison pour laquelle mon souvenir de sa grosse tête au sommet de son petit corps mince, de son visage sensible, pâle comme de la pâte d'amande et marqué de grains de beauté, de ses lèvres minces et tristes, reste si vif. Installé à la mezzanine avec ma petite cafetière, je déballais le papier brun autour du livre de poche Penguin à couverture noire (*Le Voyage sentimental*), vert clair (Le *Journal* d'André Gide) ou orange (*Les Comédiens*) que je venais d'acheter, je le portais à mon nez et je parcourais les pages pour respirer ce goût de noisette mouillée que possède tout livre pendant la saison des pluies au Guatemala. Tío Memo avait l'habitude de venir du magasin à la Pastelería Jensen tous les après-midi à 5 heures pile pour prendre son café et ses biscuits à l'avoine, toujours accompagné d'au moins une de mes petites cousines. D'habitude, je quittais ma table pour descendre et m'asseoir un peu avec eux.

Un jour, Penny Moore est entrée dans ma chambre en tenant un petit râteau de jardinage à main et elle m'a dit : « Tu devrais garder ça ». Nous n'avions pas de jardin ni rien qui y ressemble. Son râteau avait cinq dents en fer, chacune limée ou biseautée en une pointe acérée. Quelqu'un le lui avait donné récemment. Elle l'avait gardé près de son lit, prête à l'utiliser comme une arme en cas d'urgence. J'essaie de me souvenir de la couleur exacte du manche de bois ; une teinte grisâtre, je crois.

C'était une période où le renseignement militaire, le G-2, et les escadrons de la mort se lançaient dans un nouvel accès de frénésie meurtrière. La redoutable unité de renseignement connue sous le nom d'Archivo était alors dirigée par Tito Cara de Culo, encore simple colonel. Ce qui semblait différent, c'est qu'ils ne ciblaient pas seulement les Guatémaltèques. Une jeune diplomate de l'un des pays scandinaves avait apparemment passé plusieurs jours dans un camp de guérilleros, ce qui n'était pas nécessairement incompatible avec ses fonctions de recueil d'informations ; au milieu de la nuit, des intrus avaient furtivement escaladé le mur à l'extérieur de la maison qu'elle louait, entrant par la fenêtre de sa chambre, l'avaient violée et poignardée à plusieurs reprises en laissant son corps mourant en guise de message sur lequel ceux à qui il était destiné ne se tromperaient pas. Par miracle, elle avait survécu et avait été immédiatement évacuée par une ambulance aérienne militaire. On chuchotait beaucoup autour de nous pour savoir qui recevait des menaces, qui avait déjà fui, qui pourrait être la prochaine cible. Les ambassades et les organisations d'aide internationale étaient toutes en effervescence, ordonnant au personnel vivant dans des appartements et des maisons vulnérables aux agents de la liberté escaladant les murs de déménager dans des complexes d'immeubles à plusieurs étages bien clos et bien gardés.

Penny Moore, informatrice hors pair, avait aussi de nombreux contacts parmi les guérilleros. Elle avait sûrement reçu beaucoup plus de menaces qu'elle ne le racontait. Il ne serait pas difficile pour des personnes ayant les facultés requises d'atteindre nos fenêtres depuis le trottoir ou le toit. Nous savions que les *Bad Guys*, les services de renseignements militaires, les hauts fonctionnaires du Guatemala, l'ambassade des États-Unis, devaient se douter que Penny n'était pas une simple pigiste de magazine, même s'ils n'en étaient pas certains. Ils ne pensaient peut-être pas qu'une seule personne pouvait être à l'origine de ces volumineux rapports sur les droits de l'homme qui causaient tant de maux de tête au gouvernement militaire guatémaltèque et à l'administration Bonzo à Washington. Ils ne pensaient pas qu'une fille aussi filiforme qu'un jeune garçon, avec de longues jambes, des oreilles dépassant de ses fins cheveux noirs et un rire d'âne qui brait, arrivée au Guatemala avec une bourse de recherche Fulbright pour étudier les chauves-souris dans la mythologie maya, pouvait tant en faire à elle toute seule. Un jour, elle m'a confié que jusqu'à ce qu'elle me dise le contraire, nous devions tous les deux nous tenir à l'écart de tous les Guatémaltèques que nous connaissions ; une source très impliquée lui avait dit que les services de renseignement militaires nous avaient mis sur écoute.

Notre système d'alarme était constitué de bouteilles de bière et de soda empilées sur les sièges de chaises placées sous toutes nos fenêtres, de sorte que si on entrait, les bouteilles tombaient et se brisaient. Un tic étrange était apparu à l'intérieur de ma joue qui tressaillait constamment. Depuis cette époque et jusqu'à aujourd'hui, si je marche sur le trottoir et que la porte d'une voiture garée s'ouvre brusquement devant moi ou même un peu plus loin, je sursaute. Penny était dans sa combinaison pantalon noire « viêt-cong » dont j'aimais bien me moquer, un collier de perles écarlates autour du cou. Son caractère extraordinaire amplifiait sa beauté inhabituelle, électrisante de vitalité, avec une touche d'énergie sombre qui évoquait l'ange déchu Azraël. J'essayais de me faire à l'idée que nous nous disions au revoir, pour longtemps du moins, et que nous ne serions plus jamais colocataires. Elle a posé le râteau de jardin sur mon lit, son cadeau d'adieu. C'était, en effet, une arme mortelle. Elle s'envolait pour Londres, où elle allait passer une semaine avec « tante Irène », comme nous étions censés appeler Amnesty International chaque fois que nous en parlions au téléphone, pour réviser et préparer leur prochain rapport sur les droits de l'homme. Elle allait informer une commission parlementaire, prendre l'avion pour Genève pour des réunions secrètes avec des représentants du Haut-Commissariat des Nations unies pour les réfugiés. Danielle Mitterrand avait invité Penny à séjourner avec elle à Paris pendant une semaine environ, et Dieu sait quoi encore. À son retour, elle ne serait plus ma colocataire dans l'ancien appartement de Tía Nano. Nous comprenions tous les deux qu'il était vraiment temps pour elle de vivre dans un endroit plus sûr, les gens à Londres et ailleurs qui connaissaient sa situation faisaient pression sur elle à ce sujet. Je ne payais pas de loyer et je n'en avais jamais fait payer à Penny ; nous avions juste partagé les charges. En dehors de son bol matinal de yaourt, d'une banane et d'un café, elle ne mangeait pratiquement jamais à la maison. Je l'ai aidée à porter ses bagages dans les escaliers longs et étroits jusqu'à la porte métallique menant à la rue. Le trajet jusqu'à l'aéroport était notoirement dangereux. S'ils ne voulaient pas que les gens quittent le pays mais n'avaient pas trouvé le moyen de les faire disparaître avant, ils leur tendaient parfois une embuscade. Une simple voiture à hayon l'attendait, avec des vitres polarisées dont les fentes étaient recollées au ruban adhésif, et un couple de *muchachos* robustes en est sorti, l'un pour ouvrir le coffre, l'autre jetant des regards de haut en bas de la rue, la main enfoncée dans la poche manifestement alourdie de son grand coupe-vent en nylon. Plus tard, j'ai remonté les escaliers en sentant les larmes me monter aux yeux. Je ne pleure presque jamais. Quand avais-je pleuré pour la dernière fois ?

Je ressentais une terrible tristesse, un pressentiment, comme si mon propre esprit s'en allait lui aussi, un passager de plus dans le long train des fantômes des personnes assassinées ou en passe de l'être, un train aux roues d'ombre sur des rails d'ombre, dont le claquement silencieux résonnait dans le sang et les nerfs, en rythme avec le spasme de ma joue. Quand je suis entré dans ma chambre, le soleil entrait par les fenêtres d'une manière que je n'avais jamais remarquée auparavant, frappant directement le mur peint en jaune au-dessus de mon lit, l'imprégnant de l'ocre doré profond de la peau d'une papaye mûre, qui contrastait avec les grands carrés couleur de menthe émeraude et bordés de bleu de la couverture en laine Momostenango posée sur mon lit. Sur la couverture, le râteau de Penny avait quelque chose de la gravité d'une ancre lourde et trapue plongeant immobile dans les profondeurs de l'océan, ses dents étincelantes ressemblaient à des crocs préhistoriques, son manche en bois tourné peint du gris brun sombre du ciment tout juste coulé sur un trottoir ou peut-être plutôt d'un gris pervenche ; alors cette combinaison de couleurs et de lumière, ce tableau inattendu, comme derrière une porte secrète ouverte dans les airs, m'ont soudain paru insupportablement beaux et mélancoliques, avec un sanglot qui est sorti de moi comme un coup de poing, je suis tombé à genoux, le visage contre la laine rugueuse de la couverture, la main agrippée au manche du râteau, et j'ai pleuré comme je ne l'avais jamais fait auparavant en tant qu'adulte.

New London, le port du bassin du Thames, les docks, les voiliers amarrés, il n'y a rien aujourd'hui sur les eaux grises et agitées. Le prochain arrêt, en longeant le paysage côtier, c'est Mystic. Bert nous a emmenés ici un jour pour visiter la base sous-marine, et au port de Mystic pour voir les vieux voiliers trois mâts. Je me souviens du balcon d'un motel avec vue sur la piscine où Mamita faisait des longueurs, tôt le matin, dans un maillot de bain bleu pâle, les cheveux cachés sous un bonnet de bain, elle nageait si vite et si élégamment avec son long et gracieux crawl dans l'eau limpide. Ce motel était-il à Mystic ? Falmouth ? Woods Hole ? Non, je crois bien que c'était à Boothbay Harbor.

J'arrivais du Mexique pour une brève tournée de promotion quand Penny a débarqué par surprise à une conférence que je donnais à la librairie Politics and Prose et m'a emmené ensuite boire un verre avec un hamburger au bar où le bon vieux Tip O'Neill et certains des Kennedy avaient l'habitude de boire, et où elle a dit qu'elle se souvenait très bien : la couleur du manche du râteau tueur était rouge pompier. Non, Penny, tu as tort. C'était du gris brun foncé, ai-je affirmé avec emphase, même si je n'en étais pas aussi sûr que j'en avais l'air. Penny avait passé des années à donner des conférences, à parcourir le pays, à parler du Guatemala, à montrer ses diapositives, à s'exprimer dans les sous-sols des églises et des synagogues et dans les bibliothèques publiques, à visiter des collèges et des universités. Elle ne gagnait pas d'argent, mais était invitée à siéger avec des gros bonnets au conseil d'administration de diverses organisations de défense des droits de l'homme et de politique étrangère. Cinq ans plus tard, au moment du 11 Septembre, elle avait fait une immense fortune dans la finance. Bien sûr, si Penny portait son attention obsessionnelle sur une chose, elle allait y exceller. Ce soir-là, dans le bar, elle m'a confié après son troisième martini qu'elle adorait être impitoyable en affaires, mais seulement lorsqu'elle pensait être en compétition avec les salauds qui, pendant des décennies, avaient dicté toutes les manières de baiser le Guatemala et les autres pays d'Amérique centrale. Peu de temps après, Penny a fait une sorte de dépression, souffrant de ce qui avait été diagnostiqué comme syndrome de stress post-traumatique sérieux et de ce qu'on a appelé « dépendance au perfectionnisme ». Elle a passé deux mois dans un centre de traitement dans les Berkshires, est ensuite partie vivre à Bali avec son amoureux pendant un an ; aujourd'hui, elle utilise sa fortune pour financer des projets tels que le fonds de bourses d'études pour les étudiants mayas du Guatemala, dont elle m'a invité à rejoindre le conseil consultatif, et elle a promis de faire un don important à « l'école-sanctuaire » pour les enfants immigrés de Bushwick, où je suis bénévole. Penny est aussi de retour sur son circuit de conférences, payant ses propres frais de déplacement, parcourant les États-Unis pour parler à des publics de plus en plus restreints. Elle dit qu'elle ne s'en soucie pas tant que quelques personnes au moins viennent, et de temps en temps, elle est agréablement surprise, en Californie par exemple, par un public d'étudiants ou même de lycéens comprenant de nombreux élèves venus d'Amérique centrale lorsqu'ils étaient petits, d'autres nés ici, des enfants si désireux d'apprendre tout ce qu'ils peuvent sur ce qui s'est passé pendant les décennies de guerre dans les pays de leurs ancêtres que leurs parents ont fui, la plainte la plus courante étant que ces mêmes parents refusent souvent d'en parler. Penny me dit toujours qu'elle écrit ses Mémoires, j'espère qu'elle le fera.

En dehors de ma tante, de mon oncle et de mes cousins, je ne supportais pas à l'époque les gens qui ne comprenaient pas ce qui se passait ou qui ne voulaient pas le comprendre ; des gens, ici ou là-bas, qui n'étaient pas dérangés par tous les mensonges couvrant sans fin les massacres ou simplement des consommateurs passifs de ces mensonges. La guerre et sa politique me conduisaient à porter des jugements véhéments, ceux-là même qui me font lever les yeux au ciel aujourd'hui chaque fois que je les rencontre chez les autres, moins pour les jugements que pour la véhémence. C'est parfois aussi embarrassant que d'entendre un enregistrement de ma voix beaucoup plus jeune. Mais une vérité fondamentale de la guerre au Guatemala a toujours été que ceux qui avaient le plus de richesse et de pouvoir à perdre étaient les plus indifférents au nombre de personnes massacrées : jeunes mères, bébés, villages entiers, peu importait, cela ne faisait aucune différence pour eux. Aujourd'hui encore, ils sont sûrs d'avoir été du bon côté de l'histoire, même si tout ce qui reste, ce sont des narco-États en faillite, avec des populations affamées et une population entière qui essaie de s'enfuir, et voilà maintenant le prochain Président narco, le général Cara de Culo, « un bon *muchacho* », comme l'a appelé l'ambassadeur gringo dans un article de journal l'autre jour. Les voyages de retour à New York dans ces années-là m'isolaient toujours totalement.

Pourtant, à la fin des années 1980 j'étais revenu, et je partageais un appartement à Brooklyn avec Gero Tripp. Nous travaillions encore parfois en Amérique centrale, nous étions même descendus ensemble à l'occasion de l'invasion de Panama. Mais peu après, j'ai décidé de ne pas continuer. Je finissais enfin mon premier roman. Gero était en passe de devenir une superstar internationale parmi les correspondants de guerre. Il était en Bosnie, en Cisjordanie et à Gaza, avec les Pachtounes qui combattaient l'Armée rouge en Afghanistan, avec les Tigres tamouls, ou le Front Polisario au Sahara occidental. Il est en Irak en ce moment. Je m'aventurais aussi dans des territoires risqués où je n'étais jamais allé auparavant. À trente-trois ans, j'ai commencé à avoir des amoureuses et des liaisons, les unes après les autres, et cet énorme changement dans ma vie m'a consumé. Cela avait commencé le soir où j'étais allé boire un verre en ville avec une fille plus jeune, une étudiante en droit de Harvard qui avait été reporter stagiaire à Managua, et où elle est arrivée au bar avec une de ses amies, la Belge birmane Pénélope Myint, élevée à Hong Kong et à Bruxelles, une doctorante qui rédigeait une thèse sur les écrivains féministes italiens. À la fin de ce qui s'est avéré être une longue nuit à arpenter les clubs new-yorkais, nous nous sommes retrouvés dans un taxi bondé, Pénélope assise sur mes genoux pour m'embrasser. Coincées sur le siège arrière avec nous, les autres plaisantaient en disant qu'à cause de nous les vitres étaient si embuées que le chauffeur ne voyait rien. C'est ainsi qu'avait commencé une année incandescente, partagée entre New York et Cambridge, dont je chéris tellement le souvenir que souvent, lorsque je suis à Boston, je descends à l'Esplanade pour contempler, tel Gatsby, de l'autre côté de la rivière, la silhouette de cette tour d'appartements pour étudiants contre le ciel et le balcon blanc d'où, une nuit d'hiver, Pénélope a jeté dans la cour enneigée, onze étages plus bas, sa bague de fiançailles symbolique en pacotille mais que j'avais promis de remplacer par une bague correcte lorsque nos fiançailles seraient officielles, c'est-à-dire lorsque j'en aurais les moyens. Après Pénélope, il y a eu Camila à New York et Gisela Palacios à Mexico, deux longues relations, l'une après l'autre, au cours d'une décennie commencée alors que j'étais encore un jeune homme et finie lorsque je suis entré dans l'âge mûr.

Je n'avais pas fait de journalisme depuis des années quand, en 1998, l'évêque des droits de l'homme a été assassiné dans le garage de son presbytère à Guatemala City, juste après avoir présidé la présentation d'un rapport de l'Église sur les droits de l'homme qui exposait des généraux et des colonels à d'éventuels futurs procès pour crimes de guerre. Ce que je pensais n'être qu'un article de magazine sur le meurtre s'est transformé en sept ans de retours réguliers au Guatemala pour suivre les enquêtes et les procès et pour publier des articles occasionnels que j'ai finalement rassemblés, avec d'autres rapports plus récents, dans un petit livre. J'ai pensé alors, Maintenant, je peux laisser l'affaire tranquille, et elle me laissera tranquille. Il y a peu de chances que cela arrive.

Le week-end dernier, le général Cara de Culo, ancien commandant des troupes Ixil, puis chef de l'Archivo et du G-2, a annoncé qu'il se présentait à la présidence du Guatemala. Il est soupçonné par certains enquêteurs d'avoir été l'un des cerveaux du meurtre de l'évêque, et lorsque j'ai publié dans mon livre certaines des preuves contre lui, y compris des allégations faites par le témoin-clé qui n'avaient jamais été rendues publiques auparavant, cela a fait du bruit, bien que principalement en bas de l'échelle.

Bien sûr, le général nie tout, et parce qu'il est si puissant et que les gens sont terrifiés par lui, cela a suffi à faire disparaître le problème, à tel point qu'il se présente à la présidence. Lundi matin, une station de radio publique de Boston m'a contacté pour une interview sur Cara de Culo. Ils ont dit que je pouvais la faire depuis un studio de New York, mais quand je leur ai dit que je venais à Boston plus tard dans la semaine, nous avons décidé de la faire là-bas. Je dois être à la station de radio cet après-midi, avant de rencontrer Marianne.

Il semble que rien ne pourra jamais nous séparer, moi et le général Cara de Culo, ainsi que son principal protégé, Capitán Psycho-Sadique, condamné pour son rôle dans le meurtre de l'évêque avec deux autres militaires, les premiers officiers militaires guatémaltèques jamais condamnés pour une exécution politique commanditée par l'État. Psycho-Sadique est un personnage beaucoup plus instable et adroit que les autres soldats avec lesquels il est allé en prison. Au fil des années, le célèbre Capi a bâti un empire du crime depuis sa cellule : il dirige le trafic de stupéfiants dans les rues de Guatemala City et la milice d'assassins mercenaires la plus redoutée de la ville. On raconte que Cara de Culo aurait proposé au Capitán de le protéger et de lui donner les moyens de ses ambitions en échange de son silence sur les autres personnes impliquées dans le meurtre de l'évêque. Entre-temps, plusieurs témoins et quelques avocats ayant échoué dans la défense du Capitàn Psycho-Sadique, entre autres, ont été mystérieusement assassinés. C'est la première chose à laquelle j'ai pensé lorsque j'ai été convoqué d'urgence à l'ambassade des États-Unis à Mexico l'année dernière pour parler à un consul qui avait des informations en provenance du Guatemala à me transmettre. Les enquêteurs du pays avaient intercepté les conversations du Capitán Psycho-Sadique sur son téléphone portable, certaines avec le général Cara de Culo, qui révélaient son obsession permanente pour toutes les personnes qui, selon lui, avaient joué un rôle dans son incarcération. Toutes les personnes qu'il a nommées, parmi lesquelles quelques journalistes dont moi-même, se sont vu offrir une protection policière si elles se trouvaient au Guatemala. Ce n'était pas le cas au Mexique. Cara de Culo et Psycho-Sadique ont du pouvoir, mais il ne va pas jusqu'à New York, c'est ce que j'ai pensé lorsque j'ai décidé de quitter le Mexique pour un temps. Peut-être que le témoin-clé est arrivé à la même conclusion ; la dernière fois que j'ai parlé aux enquêteurs, ils m'ont dit que ce témoin-clé, qui avait le statut de réfugié au Mexique, avait disparu, et ils ont suggéré qu'il s'était peut-être dirigé vers le nord, en passant la frontière.

Cara de Culo s'inquiète sans doute à l'idée que j'aie pu découvrir d'autres preuves de son rôle dans le meurtre, au-delà de ce qui est inclus dans le livre. Je sais que j'occupe encore parfois ses pensées, car dans une interview sur CNN l'année dernière, il m'a accusé d'être un menteur à la solde de ses rivaux politiques et a juré qu'il avait des preuves, qu'il n'a bien sûr jamais expliquées ou révélées. Vraiment, je n'ai pas d'informations au-delà de celles que j'ai déjà publiées, et je n'ai pas fait le moindre effort pour en savoir plus. Si le général entend ce que je dis de lui sur la radio publique de Boston plus tard dans la journée, il n'aimera pas ça, mais il n'entendra rien de nouveau, rien qui mérite d'être signalé dans les médias. Ce n'est pas moi qui vais empêcher Cara de Culo de devenir Président.

Et pourtant, sans le général Cara de Culo, sans le meurtre de l'évêque défenseur des droits de l'homme, et sans le témoin-clé, sans lequel l'affaire n'aurait jamais été jugée, je n'aurais jamais rencontré Lulú. C'est un peu étrange de penser à cet enchaînement de circonstances, et de le reconnaître.

Mais aujourd'hui, c'est comme si, sans l'avoir jamais décidé, j'avais en quelque sorte tiré un trait sur ma vie pendant les cinq et quelques années qui se sont écoulées depuis la fin de l'histoire entre Gisela et moi. Je ne peux pas vraiment expliquer ce qui s'est passé. Souvent, quand j'essaie, ma voix intérieure bégaie et s'arrête… Est-ce simplement parce que, l'âge de quarante-quatre ans atteint, j'ai pensé, C'est le moment d'arrêter, de faire une pause pour… pour qu'avant d'essayer de me lancer à nouveau… qu'est-ce qu'il faut que je fasse pour… et maintenant j'ai quarante-neuf ans, le genre d'homme autosuffisant dont on pense qu'il n'a pas vraiment besoin et qu'il ne veut même pas avoir quelqu'un dans sa vie qui lui soit proche… Il a ses livres, un passé mouvementé à ruminer, regardez-le, invité à la radio pour parler de son ennemi, le général Cara de Culo… pour parler de José Marti, pour… content de rentrer chez lui, de rendre visite à sa mère dans sa maison de retraite, de dîner avec Marianne, de voir Feli, même s'il ne prendra sans doute pas le temps de rendre visite à sa sœur, ça dépendra de… de son impatience de rentrer à New York… quarante-neuf ans, l'âge idéal pour s'asseoir dans un train et regarder par la fenêtre en pensant que cinq ans ont passé et que tout cela a mené exactement à… ça, prêt à se lancer à nouveau… on verra.

Lulú a passé deux fois la nuit chez moi, mais nous n'avons fait l'amour que la première fois, et c'était une joie impétueuse et douce, venue du plus profond de moi-même, comme je n'en avais pas ressentie depuis des années, pas même avec Gisela. Tout était si différent avec Gisela, elle avait ce que les Mexicains appellent *morbo,* torride et changeante comme un opium humain.

Lulú et moi nous sommes rencontrés il y a un peu moins de deux mois, au début de janvier, dans le centre de soutien scolaire pour enfants immigrés de Bushwick où j'anime un atelier d'écriture créative le mercredi soir. J'ai quatre élèves. Betzi écrit des histoires sur les aventures d'un personnage qu'elle appelle Sushiman. Ashley raconte son voyage de l'été dernier dans le village de ses *abuelos* à Zacatecas. Jazmery est obsédée par les faucons pèlerins, mais son histoire n'a pas encore dépassé la première ligne : « Les faucons pèlerins sont les oiseaux les plus rapides du monde. » Marisela témoigne de son long périple vers le nord depuis son village de Veracruz avec sa mère et leur pigeon domestique, à l'arrière d'un camion puant et sans lumière. En chemin, un homme en longue tunique blanche leur a donné une boîte d'allumettes avec une coccinelle à l'intérieur et leur a dit : Je vous présente Vaquita. Elle vous aidera à franchir le mur. Quand elles ont atteint le mur, la mère a ouvert la boîte d'allumettes, l'a posée sur le sol et la coccinelle s'est transformée en une petite vache rouge avec des taches noires. Le pigeon s'est envolé pour s'assurer que tout allait bien de l'autre côté, et la mère, avec la petite Marisela dans les bras, est montée sur le dos de Vaquita, et la vache a sauté par-dessus le mur. Marisela ajoute toujours : Comme la vache de la comptine qui a sauté par-dessus la Lune.

Ces filles sont souvent bavardes et agitées. C'est beaucoup leur demander de les faire rester sagement assises jusque tard dans la soirée pour travailler sur leurs récits, après leurs longues journées d'école, alors parfois, on n'écrit pas grand-chose. Hier soir, elles ont passé une partie de la classe à faire circuler mon téléphone, têtes penchées en chœur pour essayer de déchiffrer le code à quatre chiffres qui permet de le bloquer. Le fou rire collectif qui les a prises aurait dû être un indice. Plus tard, alors que j'attendais chez moi ma livraison de bœuf *chow fun*, j'ai reçu un courriel de Teresa Fijalkowski, l'éditrice de mon livre. Je l'ai ouvert un peu nerveusement et n'ai trouvé qu'un « ? ». En faisant défiler mes messages, j'ai vu qu'il s'agissait de la réponse de Teresa à un sms envoyé depuis ma messagerie quelques heures plus tôt : « Sushiman aura ta peau ! »

Dans la pièce unique du centre, une partie du long tableau vert est couverte de conjugaisons de verbes latins : *amo, amas, amat.* Des livres empilés partout, un piano droit, des pupitres à musique. Les enfants, qui arrivent de leurs différentes écoles publiques ou privées en milieu d'après-midi, trouvent ici du temps et de l'aide pour faire leurs devoirs, mais quand j'interviens, juste avant 16 h 30, au moment où démarrent les ateliers d'écriture, je vois généralement la plupart d'entre eux, garçons et filles, sur le trottoir en train de taper avec exubérance dans un ballon de foot, même par un froid glacial. Les autres jours, ils ont des cours et des ateliers dans d'autres matières, notamment les cours de latin dispensés par Stephen, qui a fondé et dirige le centre de soutien scolaire. Il leur fait lire aussi *Le Paradis perdu* de Milton. Stephen est une sorte de génie visionnaire, un saint et un fou, il en a même les yeux pénétrants enfoncés dans les arcades et les cheveux presque platine en pétard. Je sais que si j'avais de jeunes enfants, il n'y aurait personne de plus qualifié à qui les confier après l'école.

Les ateliers du mercredi soir sont animés par des écrivains bénévoles, tous jeunes ; il y a même un étudiant en maîtrise de lettres. Les enfants sont assis à des tables séparées, entassés dans cette pièce carrée, regroupés par âge et par sexe, de mes quatre *chamaquitas* à des jeunes de seize ans. Stephen a les trois garçons plus âgés, des Mexicains, deux d'entre eux avec de larges épaules musclées de lutteurs prêts au combat, et de jeunes visages masculins si tendres et si pleins d'appréhension que parfois, lorsque leurs expressions me reviennent à l'esprit comme aujourd'hui, je ressens une vague détresse ; le troisième est un brillant garçon du Michoacán, joyeusement distant, grand, la tignasse dans les yeux, en première année dans l'un des meilleurs lycées publics de la ville, un garçon qui ira loin. Les grandes adolescentes, le groupe le plus nombreux, ont leur table dans le coin le plus éloigné ; une fille parle avec des gestes des mains, les autres écoutent, leurs expressions deviennent graves ou s'éclairent. Souvent, elles éclatent de rire toutes ensemble ou regardent parler Angie avec une intense adoration. Angie est une écrivaine *chicana* qui a grandi dans le Sud du Texas, dont les Mémoires ont remporté un grand prix littéraire et qui garde sa veste en cuir noir à l'intérieur tandis que sa Yamaha 450 attend sur le trottoir à l'extérieur.

La plupart des mères des enfants du centre travaillent comme femmes de ménage à Manhattan, les pères occupent divers emplois manuels dans les *boroughs* et même à Long Island ou dans le New Jersey. Le soir, à la fin des cours, les mères, parfois les pères ou d'autres membres de la famille, viennent pour ramener leurs gosses à la maison ; seuls les adolescents les plus âgés partent seuls. Les mères sont pour la plupart mexicaines ou équatoriennes. Un garçon guatémaltèque de neuf ans, petit même pour son âge, avec des cheveux noirs en brosse et un visage de hibou, est toujours accompagné par sa grand-mère, une femme maya costaude qui porte un *corte* traditionnel sous son manteau d'hiver et un bonnet d'aviateur en lainage gris avec de longs rabats d'oreilles en fourrure.

La première fois que j'ai vu la jeune femme qui venait chercher Marisela, j'ai pensé qu'elle était peut-être l'une des élèves d'Angie. Mais non, ses vêtements semblaient trop raffinés, et elle ne ressemblait vraiment pas à une adolescente. Cette nuit-là, il ne faisait pas très froid, elle portait un élégant trench-coat beige à boutons noirs. Elle était plus grande que la plupart des mères que je voyais passer ce soir-là, plus mince aussi, avec un port de tête gracieux qu'on remarquait de loin. Des yeux noirs allongés en forme de goutte d'eau dans un visage ovale, des pommettes hautes, une jolie bouche charnue, des cheveux d'un brun très foncé, un peu épais et ondulés, avec des mèches vagabondes qui bouclaient sur ses joues, le teint un ton plus clair que les cheveux. Quand elle a tourné la tête, j'ai vu son profil méso-américain classique. Il s'est avéré que c'était la cousine de la mère de Marisela et qu'elle vivait avec elles. La mère de Marisela, m'a dit Stephen après leur départ, travaille de nuit comme serveuse, alors c'est toujours sa cousine qui vient la chercher. Elle garde des enfants dans la journée, à Manhattan, a-t-il précisé.

Lorsqu'elle est venue chercher Marisela la semaine suivante, il faisait plus froid, et elle portait l'une de ces parkas matelassées, un gros bonnet de laine bleue tricotée et des baskets. Je me suis dirigé vers la porte avec Marisela, qui a demandé : Lulú, c'est pas vrai que Mami et moi avons traversé la frontière sur une vache ? J'ai compris que Lulú était probablement dans le pays depuis moins longtemps que Marisela quand, avec un sourire timide, elle a répondu d'une voix basse et accentuée que je pouvais à peine entendre : Oh oui, c'est la vérité.

La semaine suivante, j'ai quitté le centre avec elles, marchant au même pas que Lulú et Marisela sur le trottoir qui longe le temple hindou avec sa peinture murale d'une déesse à la peau bleue flottant dans l'obscurité hivernale. Ailleurs, la rue est bordée de simples immeubles de trois ou quatre étages. Ce sont surtout des immigrants latinos qui vivent dans ce quartier, bien que la gentrification, comme Stephen le remarque souvent avec mépris, soit en cours partout. Les *tiendas* du coin, où les voisins aiment se retrouver pour bavarder et partager quelques commérages, sont remplacées par des cafés où des *blanquitos* barbus à lunettes sont installés sur des tabourets derrière leurs ordinateurs portables, devant de longues fenêtres donnant sur la rue. C'est avec ces mots que mes élèves de sept et huit ans m'ont décrit le lieu, qui semble être l'image emblématique de ce qui se passe dans leur quartier, observant derrière leurs lunettes la rue qui, un jour, leur appartiendra tout entière. Que fera Stephen alors, lorsque tous les enfants du quartier seront les fils et les filles de hipsters et de jeunes couples qui ont acheté leur première maison à Bushwick avec l'argent de papa-maman ? Sa vision de l'éducation consiste en partie à compenser les privilèges et les avantages dont bénéficient les enfants de ces familles-là à la naissance, et non à les aider à prendre encore plus d'avance sur les enfants pauvres et immigrés. Je ne vois pas Stephen garder le centre d'activités extra-scolaires ouvert pour les enfants riches, leur faisant lire *Le Paradis perdu* dès l'âge de sept ans.

Le premier soir, en marchant sur le trottoir, Lulú et moi avons échangé des banalités sur le fait que les métros sont bondés à cette heure-ci. Les métros de Mexico sont plus rapides que les trains de New York et beaucoup plus silencieux. Ils sont *chido.* Oui, ils sont vraiment *chido*, j'étais d'accord. On n'a jamais à attendre aussi longtemps entre deux trains comme ici. Et le métro Distrito Federal n'est pas, a-t-elle ajouté prudemment, un refuge pour les sans-abri qui n'ont nulle part où aller pour échapper au froid ou à la chaleur, ou pour les fous et toutes sortes de gens bizarres et effrayants. En tout cas, pour moi, ils ont l'air fous. C'est vrai, ai-je dit. Mais à New York, il y a aussi beaucoup de gens fous et bizarres dans les rues, même dans les limousines. Le métro Distrito Federal et celui de New York ont tous les deux leur part de tripoteurs et de pervers, mais lequel des deux en a le plus, à ton avis ? lui ai-je demandé. Oh, définitivement le Mexique. À New York, on a peur d'une attaque terroriste dans le métro, mais au Mexique, on s'inquiète des tremblements de terre, a-t-elle répondu avec des yeux écarquillés et un haussement d'épaules impuissant qui m'a fait rire. À l'arrêt du métro L, au coin de DeKalb, je lui ai dit au revoir et j'ai descendu les marches de la station pour retourner vers Carroll Gardens. Lulú et Marisela habitent seulement deux pâtés de maisons plus loin, de l'autre côté de l'avenue, sur Wyckoff.

Nous sommes rentrés ensemble la semaine suivante et celle d'après. J'ai appris que le prénom de Lulú est Lourdes et qu'elle s'occupe de Tani, trois ans, pour un couple de Mexicains qui vit dans l'Upper West Side. Le père, *el señor* Juan Carlos, est un chanteur d'opéra, un *baritono*, qui doit parfois s'absenter pendant des semaines, voire des mois, pour se produire dans des opéras à l'étranger. La mère, que Lulú appelle toujours Verena, est une analyste financière qui conseille les riches Mexicains sur la façon d'investir leur argent et travaille généralement à domicile, mais parfois rencontre ses clients chez eux, ou pour un déjeuner. Il lui arrive aussi de voyager, mais pour des séjours beaucoup plus courts que ceux de son mari. Ils ont un chien appelé Poméranien, explique Lulú, et lorsque le chanteur d'opéra doit s'absenter plus de quelques jours, il prend le chien avec lui. Le mois dernier, le chien s'est rendu à Vienne. Comme si elle partageait une information remarquable, Lulú s'exclame à sa manière caractéristique : Quand Verena était à l'université, elle a étudié la linguistique ! Elle parle quatre langues en plus de l'espagnol et de l'anglais ! La voix de Lulú est d'ordinaire si douce et si posée que parfois, pour être sûr de saisir ce qu'elle dit, je dois retenir ma respiration, mais j'ai été séduit par cette drôle de façon de parler, sa voix montant d'une manière qui ressemble presque à de l'indignation jusqu'à ce que l'on comprenne que c'est sa façon d'exprimer son enthousiasme ou son étonnement. C'est une inflexion mexicaine de fille de la campagne.

J'ai vécu dans l'Upper West Side quand je suis arrivé à New York, lui ai-je dit. Le fameux New York des années 1970. Parfois, c'est difficile de croire que c'est toujours la même ville. Il vaut sans doute mieux ne pas trop lui parler de cette époque en attirant son attention sur le fait que c'était il y a longtemps, j'ai pensé. Pourtant, elle apprécierait que je lui raconte avoir entendu les groupes punk les plus célèbres au club de concert CBGB. Quand je lui ai demandé quelle était sa musique préférée, elle a répondu le punk. Et aussi la cumbia, oh, Escorpion et Queen.

En me demandant quel âge avait Lulú, j'ai pensé qu'elle pouvait avoir entre vingt et trente ans. Je ne me suis pas posé la question en passant, mais comme si, en me concentrant assez, je pouvais lui faire avoir vingt-neuf ou trente ans.

Les vêtements sophistiqués que Lulú porte parfois lui ont été offerts par Verena. Ses dents sont inégales, sans éclat. Des dents de pauvre, dues à une mauvaise alimentation dans l'enfance, dans le Mexique rural de l'économie post-agricole. Ça ne fait aucune différence pour moi ; c'est juste que je l'ai remarqué. Mes incisives inférieures sont de travers mais auraient pu être facilement redressées avec un appareil dentaire. Compte tenu de la profession de mon père, je me souviens que Gisela me taquinait en disant qu'il avait négligé de me faire redresser les dents dans mon enfance, comme un forgeron négligerait d'avoir autre chose chez lui qu'un petit canif pour découper sa dinde rôtie. *En casa de herrero, cuchillo de palo,* voilà comment elle disait ça.

La troisième semaine, un soir glacial de fin janvier, alors que nous nous dirigions à nouveau vers l'arrêt du train L et que j'étais sur le point de lui dire au revoir avant de descendre les escaliers de la gare, Lulú m'a dit qu'elle allait s'arrêter au Dunkin' Donuts au coin de la rue pour offrir à Marisela le chocolat chaud qu'elle lui avait promis et m'a demandé si je voulais venir.

Nous sommes restés assis pendant un long moment à bavarder, passant de l'anglais à l'espagnol. Lulú est une anglophone déterminée. Elle fait des erreurs mais arrive à faire passer la plus grande partie de ce qu'elle semble vouloir dire. Elle a commandé un chocolat chaud pour elle aussi, et moi un café et un beignet pour chacun. J'étais hypnotisé par la texture et les reflets extraordinaires des cheveux de Lulú, un brun foncé et riche comme le pelage d'un bison avec de légères nuances cuivrées, une complexité sauvage et tourbillonnante à la Jackson Pollock, mais uniquement dans ces couleurs. J'ai remarqué pour la première fois ce soir-là qu'elle a l'habitude, lorsqu'elle a les cheveux détachés, de prendre impulsivement deux longues mèches, une de chaque côté, entre ses doigts pour en faire tourner les pointes avant de les ramener à l'arrière de sa tête puis, les coudes en l'air, elle enroule un élastique noir autour de ces deux mèches torsadées en les nouant ensemble. Bien que ça puisse prendre un certain temps à réaliser, le bout de ses doigts tournant autour de l'élastique, elle continue à converser tranquillement et à écouter pendant toute l'opération.

Ce soir-là, j'en ai appris un peu plus sur elle. Elle m'a dit qu'elle avait grandi dans un village de Veracruz et qu'elle et sa mère avaient déménagé dans l'État de Mexico, à Ecatepec, où elle avait fait ses études secondaires. C'était quand ? Oh, il y a longtemps, a-t-elle dit. Ensuite, avec un ami du lycée à Mexico, elle est allée travailler à Puerto Vallarta pendant quelques années ; *algunos añitos*, c'est comme ça qu'elle l'a dit. Il n'y a pas trois ans, elle est partie vers le nord, traversant la frontière avec une autre ancienne connaissance de ses années d'études. Cette connaissance vit-elle aussi ici, à Brooklyn, maintenant ? lui ai-je demandé. Elle a secoué brusquement la tête et a dit non.

Je sais qu'il ne faut pas lui demander comment s'est passé son passage de frontière, ni si c'était avec un coyote ou un *pollero*. Quand elle voudra en parler, si jamais ça arrive un jour, elle le fera. J'espère qu'il n'y aura pas grand-chose à dire. Tant de personnes ; après avoir traversé la frontière, ne racontent jamais ce qui s'est passé à personne.

Lorsque Lulú m'a dit que la famille qui l'emploie envisageait de s'installer à Berlin pour près d'un an afin qu'*el baritono* puisse s'y produire dans le cadre d'une saison d'opéra, et qu'ils voulaient l'emmener avec eux, j'ai répondu, encourageant : Eh bien, ce serait une expérience merveilleuse, Lulú, tu devrais le faire. Je ne suis allé qu'une seule fois à Berlin, pour un festival littéraire, lui ai-je dit, mais j'en suis parti avec l'envie d'y passer plus de temps. Tout le monde se déplace à bicyclette là-bas. Pendant que je parlais de Berlin, ses mains ont voleté à l'arrière de sa tête pour défaire l'attache qui retenait ses cheveux. Ils sont retombés devant son visage comme deux tresses d'ombre défaites. Tu n'as pas hâte de partir ? lui ai-je demandé. Elle a froncé un peu le nez et fait non de la tête, les yeux brillants de déception ou même de ressentiment. J'étais un peu décontenancé. Marisela, qui nous écoutait depuis le début et qui avait fini son deuxième chocolat chaud, a dit : Ne pars pas, Tía. Puis la cousine de Lulú lui a téléphoné du restaurant où elle travaille. Après avoir raccroché, Lulú m'a dit que sa cousine était surprise qu'elle n'ait pas encore ramené Marisela à la maison. Elle devait préparer le dîner et mettre Marisela au lit. L'expression de Lulú est restée sereine, même lorsqu'elle a demandé à Marisela de mettre son manteau et s'est levée pour partir, portant sa tasse à ses lèvres pour finir la dernière gorgée de son chocolat.

Toute cette semaine, je me suis demandé pourquoi ce que j'avais dit sur Berlin avait dérangé Lulú. J'ai pensé que cela devait avoir un rapport avec son statut d'immigrée, Lulú ne pouvant évidemment pas prendre l'avion pour l'Europe et revenir ensuite aux États-Unis sans avoir au moins un visa de tourisme. Mais ses employeurs ne l'auraient-ils pas su ? Peut-être avaient-ils un moyen de lui obtenir un visa ? Y avait-il quelque chose chez eux, ou chez l'un des deux, qu'elle n'aimait pas et que je n'avais pas remarqué ? Ou bien était-ce lié au fait qu'elle était trop attachée à Marisela et à sa mère pour s'en éloigner aussi longtemps ? Elle a peut-être un copain ici, ai-je pensé.

La semaine suivante, dès que nous avons été installés avec nos chocolats chauds, nos cafés et nos beignets, Lulú m'a dit qu'elle voulait aller à l'université à New York. À cet instant, j'ai compris ce qui l'avait dérangée quand je l'avais encouragée à aller à Berlin : cela signifiait que je la supposais satisfaite de continuer à jouer les nounous.

Au Mexique, m'a expliqué Lulú, elle avait passé les examens pour être admise dans l'une des universités publiques, mais elle était partie avant même d'avoir reçu les résultats. Juste après les examens, m'a-t-elle dit, quand j'ai parlé à mes amies qui les avaient aussi passés, elles se plaignaient toutes, Oh, j'ai été tellement nulle. Je n'irai jamais à l'université. Mais moi, je ne me sentais pas comme ça.

Tu veux dire que tu penses avoir bien réussi l'examen ?

Elle a fait oui de la tête. Ce n'était pas difficile de répondre aux questions, a-t-elle dit. Tu étais bonne élève ? j'ai demandé. Tu aimais travailler en classe ? Moi, pas du tout.

J'étais plutôt bonne, m'a-t-elle dit. J'aurais pu étudier davantage, mais je n'ai jamais détesté les études comme certains de mes amis. Elle a précisé que la raison pour laquelle elle avait décidé de ne pas aller à l'université était qu'elle voulait travailler, c'est tout.

Et qu'est-ce qui t'a finalement décidée à venir dans ce pays ?

Je ne sais pas. Sa voix à ce moment-là donnait l'impression que la question l'avait presque endormie.

Comme je ne disais rien, j'ai dû lui donner l'impression d'attendre qu'elle ajoute quelque chose, car elle a hoché la tête d'un air décidé. J'ai feint un petit rire, qui s'est transformé en un vrai rire de soulagement gêné quand elle a souri elle aussi. Très bien, elle n'allait tout simplement pas me le dire.

Au lieu de cela, elle m'a parlé de son amie mexicaine Brenda, si jolie et talentueuse, qui fait des ménages dans des maisons de Manhattan. Brenda veut devenir designer, peut-être travailler dans la mode, et elle a rencontré un garçon mexicain, mais un *fresa*, un *guero*, qui vit légalement dans le pays après avoir fait des études universitaires à New York, un génie des mathématiques, et maintenant il travaille en ville dans les affaires. Il était amoureux de Brenda et payait ses études à l'université de Pratt. Mais par besoin d'indépendance, ici Lulú a mimé le geste mexicain consistant à serrer une pile de billets dans sa paume, Brenda refuse de lâcher tous ses emplois de femme de ménage, elle en garde juste assez pour avoir le temps d'assister aux cours. Lulú m'a annoncé qu'elle trouverait aussi un moyen de continuer à travailler pendant ses études à l'université. Elle suppose qu'il le faudra bien. Brenda a vingt-sept ans, deux ans de plus que son *novio*, donc je pense que ce n'est pas trop vieux pour l'université ici ? dit-elle. Tu as le même âge que Brenda ? ai-je demandé. Mmmm, oui, presque le même âge, dit-elle d'une manière qui nous a fait sourire tous les deux. Elle a gaiement levé les yeux au ciel en précisant, Un an de plus.

Pendant ce temps, Marisela était installée tête en bas sur sa chaise, le visage et le torse cachés par le plateau de la table, les jambes et les pieds en l'air, les pointes de ses baskets rebondissant légèrement sur le mur derrière elle. Regardez, je suis un ange déchu, a-t-elle crié de sous la table. Je suis tombée du paradis et j'ai atterri la tête en bas ! Lulú et moi avons ri, et j'ai pris une photo avec mon téléphone. J'ai ressenti quelque chose comme un présage, le sentiment que j'allais faire cela pendant des années, m'asseoir à des tables avec Lulú et Marisela, rire des pitreries de la petite fille, prendre leurs photos.

Nous avons parlé de *mole de olla*, comme ce serait bon d'avoir un bol de *mole de olla* par une froide journée d'hiver à New York. Le Mexique te manque ? lui ai-je demandé.

Claro que sí, a-t-elle dit. Après un moment, elle a ajouté, Je ne veux pas rentrer avant d'avoir une profession. Mais si j'étudie pour avoir une profession ici, peut-être que c'est ici que je devrai rester, pour travailler à cette profession. Ça m'irait.

Tu as pensé à la profession pour laquelle tu aimerais étudier ?

J'étais bonne en maths. Je pensais que je voulais être un ingénieur du génie civil.

Tu veux dire construire des ponts et ce genre de choses ?

Oui. Ou peut-être être architecte.

Toute la semaine suivante, j'ai pensé à ce que Lulú avait dit sur son désir d'aller à l'université et aussi à l'histoire de son amie. Aujourd'hui, dans le train, je regarde sur mon téléphone la photo numérique de Marisela assise à l'envers, les jambes et les pieds en l'air, et je me demande ce que cette photo signifiera pour moi dans un mois.

Le mercredi soir suivant, dans notre atelier, je ne pouvais m'empêcher d'écouter et de guetter les indices et les signes. Marisela allait-elle dire quelque chose qui révélerait que Lulú parlait de moi à la maison ? Au lieu de ça, quand je me suis assis à notre table, au milieu du cercle des petites filles, Jazmery a déclaré : T'es vieux. Pourquoi t'es si vieux ? Nous sommes les enfants les plus jeunes ici, alors comment ça se fait qu'on nous donne le prof le plus âgé ? J'ai remarqué que Marisela regardait Jazmery comme si c'était une nouvelle information qu'elle devrait transmettre à Lulú. Et toi, Jazmery, j'ai pensé. Pourquoi n'essaies-tu pas de faire voler ton maudit faucon pèlerin ? Ne reporte pas ta frustration sur moi, *chamaca.* Je me suis senti blessé comme si une de mes faiblesses avait été exposée et mon crédit auprès des filles détruit. Cette réaction est bien excessive, me suis-je dit.

En tout cas, nous sommes retournés au Dunkin' Donuts ce soir-là et la semaine suivante aussi. Nous ne nous sommes pas attardés aussi longtemps que les semaines précédentes, comme si Lulú craignait de contrarier sa cousine. Nos conversations, comme des auditions que nous aurions passées l'un pour l'autre, restaient prudentes et délibérées. Je voulais lui montrer que je saurais l'écouter, la soutenir, et qu'elle pouvait me faire confiance, je ne serais jamais indiscret. Lulú m'a raconté des histoires sur son enfance. Des histoires de fille de la campagne : elle avait volé des pêches dans un verger et s'était fait attraper par le fermier, ou bien, à une certaine époque de l'année, on voyait des serpents *coralillos* le long de tous les chemins, une douzaine de serpents mâles à la fois essayant de monter une femelle *coralillo* en chaleur, se massant en d'horribles monticules de serpents qui se tordaient. Les serpents n'étaient pas venimeux mais elle passait devant avec un frisson, *fuchi.* D'autres histoires concernaient son adolescence dans l'État de Mexico, lorsqu'elle portait ses T-shirts Ramones et Queen pratiquement tous les jours, des jeans où il y avait plus de trous que de denim, et ses cheveux, dit-elle en tirant sur les longues mèches qu'elle aime maintenant attacher derrière sa tête, étaient teints en bleu-vert paon. À l'époque, elle portait un clou métallique sur la langue. On ne voit plus rien maintenant, a-t-elle précisé en tirant sa langue rose vif. Lulú ne mentionne jamais de père, dans aucune de ses histoires. Elle parle de sa mère avec peu d'affection. Il est évident qu'il y a des choses dans son passé, et probablement aussi dans son présent, qui sont hors limites. Je sens chez Lulú une réserve, comme une sœur jumelle parfaitement accordée, prête à s'avancer doucement sur le devant de la scène quand elle en a besoin.

J'ai finalement invité Lulú à dîner. C'était la nuit de la tempête de neige, il y a deux semaines, quand Lulú avait décidé de rester chez moi, même si elle savait qu'elle aurait peut-être à faire face à la fureur de sa cousine plus tard. Avant même que nous n'atteignions mon appartement, en revenant à pied du restaurant de pizzas de Court Street, elle n'était jamais allée dans un italien non plus, par opposition à une pizzeria ordinaire, je savais que j'étais un peu amoureux d'elle. Clinton Street sous la neige ressemblait à une longue route forestière rectiligne traversant des bois gelés, des branches couvertes de glace, des voitures garées, des poubelles dissimulées sous l'épaisse couche blanche, où un taxi occasionnel passait en bourdonnant comme un char de l'Armée rouge ; derrière les arbres, des fenêtres entourées de grès rouge éclairées par des lampes. Grâce aux flocons qui voletaient dans nos yeux et les remplissaient de larmes, les miens et sûrement ceux de Lulú aussi, la lumière des lampadaires semblait filtrée par un voile de gaze. Dans les deux directions, des hommes roulaient à vélo, certains avec des lampes, dans le claquement et le cliquetis des pédales et des chaînes, les roues bruissant doucement dans la neige, leurs capuches relevées, cagoules tirées bas sur des yeux sombres qui regardaient droit devant eux, écharpes nouées sur les visages, joues gelées exposées, avec des boîtes à pizza en cuir en équilibre sur les guidons et d'autres récipients et sacs à provisions dans les paniers : les livreurs et les garçons de Brooklyn, principalement des Mexicains, sûrement quelques *chapines, guanacos, catrachos* aussi, livrant leurs dîners aux habitants des *brownstones* chaudement éclairées. *Mira los pelícanos* ! s'est exclamée Lulú quand nous nous sommes arrêtés à un coin de rue, *los pelícanos* volant dans la neige. Elle a ri comme si elle était ravie de son propre jeu de mots. *Pelícanos* ? lui ai-je demandé. Elle m'a regardé en souriant : Ils volent en ligne droite dans la neige, apportant à manger comme des pelícanes. Tu n'as jamais vu comment volent les *pelícanos*, Panchito ? Lulú, j'adore, *los pelícanos* ! Ils apportent leur repas aux riches dans leurs maisons bien chaudes, a-t-elle expliqué. Imitant un bébé pélican ouvrant grand le bec pour manger, elle a levé la tête et ouvert la bouche aux flocons. Quelques secondes plus tard, nous nous embrassions.

Dans notre lexique commun, les Mexicains sont maintenant des *pelícanos*. Marisela et les autres filles de mon atelier sont des *pelícanitas*. La semaine suivante, quand je suis sorti de la classe pour la rencontrer, elle était debout sur le trottoir, dos à moi, et je l'ai entendue dire dans son téléphone : *Le encantan sus elotes con mayonesa y queso, qué pelícanita es !*

Quoi qu'il arrive, je n'oublierai jamais *los pelícanos* ni nos ébats amoureux plus tard dans la nuit, les plus joyeux que j'aie ressentis depuis des années. Mais la deuxième fois qu'elle a dormi chez moi, Lulú a découvert que ses règles commençaient. On s'est embrassés, on s'est caressés, fait jouir, et c'était aussi l'amour. En enfouissant mon nez dans son cou, dans ses cheveux doux et sauvages, en embrassant sa peau incroyablement lisse, du haut en bas de ses longues jambes de paysanne, en l'embrassant comme si nous étions tous les deux jeunes, passionnés et avides de la beauté de l'autre, je sais bien qu'elle ne peut pas me trouver beau de cette manière, mais peut-être, j'espère, d'autres manières, j'ai ressenti la même joie incrédule que lors de notre première fois. Même s'il est vrai que nous commençons tout juste à nous connaître, nous avons eu des conversations singulières. Nous avons révélé des parties de nous-mêmes que nous ne partageons peut-être pas si facilement d'ordinaire, en ce qui me concerne du moins. Pourtant, ce deuxième matin, sans que je puisse en identifier la raison, j'ai eu l'impression qu'elle était déçue, qu'elle avait des doutes ou qu'elle avait honte, comme si notre différence d'âge s'était inévitablement et viscéralement manifestée. J'ai même eu l'impression d'être pour elle un étranger, comme si elle n'accordait pas à nos « bonnes conversations » la même importance que moi. Je me suis senti blessé et déconcerté, coupable et inquiet. Qu'est-ce que j'avais fait ou dit de mal ? C'était le week-end de la semaine dernière.

Hier soir, nous ne sommes pas allés au Dunkin' Donuts de Wyckoff, près de l'arrêt de la ligne de métro L, comme nous le faisions tous les mercredis soirs depuis janvier. Elle ne ressent plus la même envie, la même nécessité de faire une pause au Dunkin' Donuts, ai-je pensé tristement. Après tout, on baise maintenant, alors qui a besoin de Dunkin' Donuts ? Lulú a murmuré qu'elle se sentait fatiguée et qu'elle craignait de couver quelque chose. Le bord inférieur de ses paupières était un peu rouge. Nous nous sommes embrassés juste sur les joues, comme nous le faisons toujours quand Marisela est là, et j'ai donné à Marisela ma vigoureuse poignée de main habituelle pour lui dire au revoir, en me penchant en avant comme un gentleman à l'ancienne.

Trajet déprimant en métro de la ligne L à la ligne G. C'est déjà fini avec Lulú. Bah, tu le savais que ça allait arriver. Tu t'es promis que tu serais reconnaissant pour ce que Lulú t'a déjà donné. Je suis reconnaissant. Trouver le véritable amour, aimer et être aimé en retour, en oubliant pour le moment les questions sur ce que cela signifie réellement, pour la toute première fois à l'âge de quarante-neuf ans, qui peut croire à un tel conte de fées ? Lorsque je suis sorti de la station de métro de Smith Street et que j'avais à nouveau accès à Internet, mon téléphone a sonné dans ma poche, je l'ai sorti et il y avait un message de Lulú, en anglais :

« Panchito, passe un bon week-end mais reviens vite. On pourra faire du vélo dans le parc. Voilà le printemps qui revient ! »

J'ai répondu immédiatement : « *Yo más puesto que un calcetín* », une expression qui m'a toujours passablement agacé. Mais Lulú, comme Gisela, adore ces vieux dictons et expressions d'*abuelita*, et c'est celui qui m'est venu à l'esprit. Je ne sais même pas quel serait l'équivalent de « *Yo más puesto que un calcetín* » en anglais : Je suis tellement prêt, plus qu'une chaussette bien tirée ? Mon message sur le *calcetín*, elle y a répondu tout de suite par un smiley. Bien sûr.

Maintenant, je pense que son message « Reviens vite » ne méritait pas cet élan d'optimisme. C'était peut-être juste un message du genre on-peut-sans-doute-dire-que-c'est-fini, mais-juste-au-cas-où-je-changerais-d'avis… On ira faire un tour en vélo. Panchito. Si le temps est au beau. Il y aura sûrement du blizzard.

En ce moment, devant l'écran vide de mon téléphone, je me surprends à penser qu'à tout moment, des mots pourraient apparaître et changer le cours de ma journée, voire de ma vie. C'est ce qu'apporte le fait d'avoir ne serait-ce qu'un peu d'amour dans sa vie, après en avoir été privé pendant des années, pour peu que l'on possède un téléphone portable. Mais Lulú n'est pas très forte sur les textos. Je peux passer des jours et des nuits sans rien recevoir, et puis il y aura une rafale.

Proust a écrit dans son roman qu'un homme, au cours de la seconde moitié de sa vie, peut devenir l'inverse de ce qu'il était dans la première. Lorsque j'ai lu cette phrase pour la première fois il y a quelques années, je l'ai tellement aimée que je l'ai notée sur un morceau de papier et mise dans mon portefeuille. Puis j'en ai trouvé une similaire dans *La Prison* de Simenon : « Alain Poitaud, à trente-deux ans, ne mit que quelques heures, peut-être quelques minutes, pour cesser d'être l'homme qu'il avait été jusqu'alors et pour en devenir un autre. » J'ai décidé de remplir un carnet de citations véhiculant ce sentiment de la possibilité d'une métamorphose personnelle apparemment magique, mais je n'en ai plus trouvé beaucoup. J'ai découvert la nouvelle de Nathaniel Hawthorne, avec un retournement qui intrigue : « En Wakefield, la magie d'une seule nuit a opéré une transformation similaire, parce que, dans cette brève période, est survenu un grand changement moral. Mais cela reste un secret pour lui-même. » Quelque chose, même du jour au lendemain, vous a transformé pour le mieux, mais vous n'en êtes même pas conscient. Ne peut-il pas s'agir de quelque chose qui se construit depuis des années et qui finit par prendre suffisamment de poids, même du jour au lendemain, pour basculer du mauvais au meilleur, voire au bon ? Comment le saurez-vous ? Parce que quelqu'un vous aimera qui ne l'aurait pas fait hier.

Le train vient de passer de Rhode Island dans le Massachusetts. Tout au long de ce trajet, j'ai eu l'impression de voir par la fenêtre le paysage découpé en images disposées le long des rails : épaisse forêt de pins, bois d'hiver clairsemés, muret de pierres, étang froid et sombre, marais gris-vert dans lequel les troncs d'arbres morts se dressent comme d'anciennes colonnes de pierre, champs agricoles en friche, prairies jaunes et brunes. Nous sommes dans les terres maintenant, dans le territoire qui s'étend vers le bord sud-est de l'État, vers Buzzards Bay et New Bedford, où vit Lexi. Ce sont les anciennes terres Wampanoag qui ont vu la guerre du roi Philippe et de Weetamoo, vénérée squaw sachem de Pocasset, à qui son beau-frère, le chef guerrier Metacom alias roi Philippe, avait confié la garde et la sécurité de la célèbre captive Mary Rowlandson, emmenée par Weetamoo lorsqu'elle conduisait les membres de sa tribu, pour la plupart des femmes, des enfants et des anciens, dans une marche au cœur des forêts infestées de loups pour échapper aux troupes coloniales puritaines qui les auraient tués ou réduits en esclavage. Ces gens étaient des réfugiés de l'intérieur, tout comme les communautés de populations en résistance des Mayas dans les montagnes et les jungles du Guatemala. Tout autour d'ici, il doit y avoir tant de gens qui n'existeraient pas aujourd'hui si Weetamoo n'avait pas conduit leurs ancêtres en lieu sûr ; peut-être y a-t-il encore des descendants de Mary Rowlandson aussi. Les soldats puritains ont fini par capturer Weetamoo quelques années plus tard, lui ont coupé la tête et l'ont accrochée à un poteau pour que tout le monde puisse la voir.

À partir du moment où Féli nous a quittés pour se marier, j'ai pris l'habitude de disparaître dans les bois et les marécages qui entouraient notre petite ville, errant seul pendant des heures de la sortie de l'école jusqu'à la tombée de la nuit. Seul dans la forêt, je pouvais échapper au moi ordinaire qui semblait incapable de faire quoi que ce soit de bien. Si je progressais lentement, me frayant un chemin dans les broussailles épineuses, je m'imaginais rapide pour échapper à mes poursuivants. En sautant d'un monticule à l'autre pour traverser un marais, je pouvais perdre l'équilibre, plonger un pied furtif jusqu'au genou dans la boue glacée, et me dire que personne n'était plus agile que moi pour sauter d'un point à un autre. Nos forêts étaient un vestige de la vaste étendue sauvage à feuilles persistantes et caduques qui avait autrefois recouvert toute la Nouvelle-Angleterre et qui, dans ses parties les plus reculées, semblait toujours aussi majestueusement primitive. Ces heures de liberté se payaient souvent cher à mon retour à la maison, surtout si j'étais en retard pour le dîner ou si mes vêtements étaient boueux, déchirés ou couverts de bardanes. Un seul détail, des éraflures sanglantes sur ma peau pouvait mettre mon père en colère. Mais la plupart du temps, il s'agissait de cris ou d'un coup donné du plat de la main sur le côté de la tête. Les vrais coups n'avaient pas encore commencé ; ils attendaient simplement la prochaine occasion.

Ils reviennent toujours pourtant, ils font se contracter les muscles qui entourent ma colonne vertébrale, m'obligent à me redresser : mon père me pousse sur le sol, une main serrée autour de la nuque, ma mère gémit : Bert ! Bert ! Pas la tête ! Ne le frappe pas à la tête ! C'est arrivé si souvent que tous ces moments se fondent en un seul et long souvenir, comme le flou bruyant d'un train rapide qui passe sur la voie opposée.

Ah ! ah ! ah !, son faux rire rugissant que je haïssais. C'est comme ça qu'on t'appelle, Monkey Boy ? Je l'entends encore vitupérer ; sa voix dans ma tête, toujours prête à se moquer, même si je ne me souviens pas qu'il ait jamais dit exactement ces mots-là.

Chaque fois que je pense à la raclée, quand j'avais dix ans à peu près, qui a dû faire voler en éclats chez lui toute retenue et entraîner les suivantes, je me souviens du collectionneur de pièces aveugle. Ce n'était pas sa faute, mais le collectionneur de pièces aveugle semble intrinsèque à la façon dont cela s'est produit, comme dans un conte de fées où un vieil ermite au fond de la forêt donne au jeune homme qui passe par là sur le chemin du château royal un objet doté de pouvoirs magiques qui l'aideront ou le condamneront plus tard dans l'accomplissement de sa tâche. Mon père connaissait les moindres recoins de Boston et il m'a emmené, enfant, dans des quartiers que je n'ai jamais revus depuis. Le collectionneur aveugle habitait une rue bordée d'immeubles impressionnants mais ternes avec leurs façades jaunâtres, où rien de vert ne poussait nulle part, et où derrière les voitures garées, les fenêtres avaient un éclat poussiéreux dans la lumière froide du soleil. C'était dans les premiers stades de ma fixation sur les jouets Matchbox. La minutie des détails de chaque petite voiture ou camion peint me fascinait ; chaque fois que je me souviens de l'échelle en plastique amovible qui accompagnait le camion de pompiers, de ses minuscules échelons et rails jaunes, je ressens encore un agréable petit pincement au cœur. L'ambulance militaire avec le drapeau de l'Union Jack sur le dessus. Tous ces chars, ces lance-missiles et ces véhicules de transport de troupes, armés et militarisés en miniature. Le camion-remorque avec ses deux douzaines de cages minuscules contenant de minuscules canards blancs au bec orange à peine perceptible ; sur la porte crème de la cabine, il fallait pratiquement une loupe pour lire en caractères verts : CAMPBELL CANARDS LTD. J'ai maintenant le sentiment que certains types de personnalités sont attirés par les choses petites et complexes ; la miniaturisation concentre les fantasmes, ou permet aux fantasmes de se glisser à l'intérieur, occultant les terreurs du monde, alors même que en « jouant », on reconstitue certaines de ces terreurs à une échelle minuscule.

À la Boîte à Musique, sur la place centrale, un jouet Matchbox coûtait quarante-neuf cents. Dans le placard de sa chambre, mon père gardait des boîtes d'archives en carton dans lesquelles il rangeait ses dossiers fiscaux et financiers, les films de famille que personne ne regardait jamais, et dans une boîte, sa collection de pièces de monnaie, composée de rangées empilées de tubes à bouchon en plastique transparent, chaque tube étant rempli jusqu'en haut de pièces d'un demi-dollar John F. Kennedy en argent. L'aveugle était un collectionneur de pièces de monnaie professionnel qui vendait des pièces du monde entier dans son petit appartement dépouillé, des pièces qu'il pouvait identifier au toucher et qu'il gardait cataloguées de mémoire dans des armoires. C'est lui qui avait conseillé à mon père d'investir dans des demi-dollars JFK nouvellement frappés. Mon père a toujours cultivé ces relations d'expert local que seul un vétéran de Boston comme lui pouvait avoir. Mais je n'ai jamais entendu ou lu nulle part que les gens assez astucieux pour collectionner les pièces de JFK avaient fait un profit.

Chaque pièce d'un demi-dollar JFK, cependant, valait un jouet Matchbox. Tout ce que j'avais à faire, c'était de me faufiler dans la chambre de mes parents, de voler une pièce dans l'un de ces tubes à l'intérieur de la boîte dans le placard, de remonter l'avenue Namoset jusqu'au square et d'entrer dans La Boîte à Musique. Les jouets Matchbox étaient exposés derrière une vitre sur deux étagères sous la caisse enregistreuse. Je m'accroupissais, choisissais celui que je voulais, et glissais une pièce de cinquante cents JFK brillante sur le comptoir au propriétaire du magasin, qui en retour me remettait le jouet emballé dans un sac en papier brun craquant, et un penny en monnaie. Encore et encore, pendant quelques mois, nous avons répété cette transaction. Le propriétaire du magasin, qui avait l'esprit d'entreprise, ne s'est jamais demandé pourquoi je venais toujours dans son magasin avec exactement un demi-dollar JFK. Mais mon père a fini par faire le lien entre la disparition de ses pièces et ma flotte croissante de jouets Matchbox. Un soir, il a fait irruption dans ma chambre, a beuglé quelques questions, puis m'a frappé comme il ne l'avait jamais fait auparavant. Je garde un souvenir viscéral de choc et de terreur, je hurlais en me déplaçant en crabe pendant qu'il me faisait traverser la pièce à coups de pied, la tête martelée de coups de poing, pour finir assommé dans un coin.

Aujourd'hui, Bert pourrait être inquiété pour certaines de ces raclées. Par exemple la fois où je suis rentré tard après avoir joué au football dans la cour, oubliant que nous devions aller chez tante Hannah pour le dîner de Rosh Hachana. J'avais à peine franchi la porte d'entrée quand il m'a donné un coup de genou si violent dans le bas du dos que mes jambes sont restées paralysées, mais seulement temporairement, comme on l'a découvert plus tard. Le médecin des urgences, le regard vif, m'a demandé brièvement comment je m'étais blessé, et lorsque mon père a répondu que je m'étais fait mal en jouant au foot, il a pincé les lèvres et ses yeux graves se sont posés sur mon visage pendant un moment, puis il a détourné le regard.

J'étais le seul que Bert ait jamais frappé. Avec ma mère et ma sœur, c'étaient des insultes, des brimades, des reproches, de la dérision. Mais il leur a fait plus de mal qu'à moi. Ça oui, je le pense.

Un soir de neige, il y a presque exactement trois ans aujourd'hui, après l'un de mes voyages précipités pour rendre visite à Mamita lorsque je revenais du Mexique pour quelques semaines, je me suis offert le train rapide Acela pour retourner à Manhattan, espérant arriver à temps pour la présentation d'un livre à New York University. José Borgini, un écrivain mexicain que je connaissais, m'avait invité, ainsi que quelques autres écrivains, à parler de son roman, qui venait de sortir en traduction anglaise. C'est par ici, pas très loin de Route 128, que la neige a commencé à tomber assez abondamment, mais ce n'est pas pour cela que le train s'est arrêté. Un adolescent s'était suicidé en se jetant devant l'élégante locomotive de l'Acela. Assez vite, j'ai vu arriver des secouristes et des policiers et j'ai entendu un chef de train, debout sur le quai entre les wagons, la neige soufflant autour de ses jambes, dire dans son talkie-walkie qu'il y aurait un long retard parce que le jean du garçon était collé, ou peut-être a-t-il dit gelé, au nez glacé de la locomotive. L'unité médico-légale de la police devait retirer le jean de manière à le préserver comme preuve, et on avait envoyé chercher un fluide et un applicateur spéciaux. Des lumières rouges clignotantes ont illuminé la fenêtre recouverte de neige et de glace, la transformant en une couche presque translucide de tissu vivant aux veines complexes. Une image d'une des chroniques new-yorkaises de José Martí m'est revenue : Martí se tient sous les rails d'une voie ferrée surélevée après un blizzard, et du sang coule goutte à goutte sur la neige autour de lui en traversant l'air cendré, même sur son chapeau melon et les épaules de son pardessus, alors il comprend qu'un homme s'est jeté devant le train qui vient de passer au-dessus de lui. Je l'ai utilisé dans *La Maison de la douleur*, cet incident. Martí marche, songe à son mariage malheureux, blâme sa femme, et voilà que survient du sang comme une pluie rouge sur la neige. À l'extérieur de mon train immobilisé, tandis que l'après-midi virait au soir, la neige continuait de tomber, dégringolant tristement devant les fenêtres éclairées des maisons dont les cours jouxtent la voie ferrée. Je me suis résigné à manquer la présentation du livre de Borgini. Tant de fois, quand j'étais enfant, j'ai marché sur les voies ferrées de ma ville, souvent bien après la tombée de la nuit, passant inaperçu derrière les arrière-cours de maisons comme celles-ci. Je pouvais marcher longtemps sur un rail, en mettant un pied devant l'autre, sans tomber. Le garçon qui s'est suicidé avait-il vécu dans l'une de ces maisons, et lorsqu'il avait entendu la première sirène du train encore lointain, avait-il traversé son jardin pour rejoindre les rails ? J'ai repensé aux deux garçons de ma classe de lycée qui s'étaient suicidés et aux trois qui étaient morts d'une overdose d'héroïne, mais j'ai surtout pensé à Brian Cavanaugh, que nous avions surnommé Space. Au cours d'une bataille de boules de neige le long de la voie ferrée, le petit frère de Space, déséquilibré, a trébuché ou glissé sur la trajectoire d'un train de banlieue qui arrivait et a été tué. Space, qui était encore à l'école primaire à

St. Joe's, était là, témoin de la scène. Tous les lycéens qui étaient allés à l'école avec Space à St. Joseph's, y compris Marianne, disaient qu'il avait radicalement changé après la mort de son frère. Qu'il était passé du statut d'excellent élève et d'enfant de chœur à celui de gamin qui, comme moi, n'essayait même pas de réussir en classe. Space est aussi devenu un rebelle plus caustique que je ne l'ai jamais été. Même Ian Brown se tenait à l'écart de ses sarcasmes de kamikaze.

En sortant de South Station sur Atlantic Avenue, je me dirige, comme je le fais presque toujours en arrivant à Boston en train, vers le pont de Congress Street. Mes pas me mènent toujours par là. Un vent froid souffle du port, mais le pont n'est qu'à quelques rues de distance. Je pense à Space et à l'amitié que nous avions en seconde. Le père de Space, George Cavanaugh, était banquier à Boston et quand il était ivre le soir, il lui arrivait même de dire, Ça aurait dû être toi, tu aurais dû passer sous le train en essayant de sauver ton petit frère, mais tu n'as fait que regarder. Nos deux pères notoirement cruels, plus cruels que ceux de n'importe qui, c'était ce qui me liait à Space, comme un pacte entre nous dont les termes n'avaient pas besoin d'être explicités. Tout le monde connaissait « George » et « Bert », avec leurs personnalités distinctes, la fureur crispée du père de Space et sa voix acide, sèche et dénigrante, que son fils savait si bien imiter, le mien avec ses moqueries hargneuses, ses cris et ses rages violentes. Nos pères nous détestaient, et nous leur rendions la pareille publiquement, affichant notre alliance de martyre et d'héroïsme. Chaque jour, Space et moi arrivions en cours avec une nouvelle histoire terriblement hilarante ou simplement terrible à raconter. Certaines nuits, je me levais au petit matin avant d'aller en classe, sortais en douce de la maison et courais, j'étais rapide et infatigable à l'époque, dans les rues sombres et silencieuses jusqu'à la maison de Space. Il me faisait toujours entrer par la porte de derrière, et nous traînions dans son sous-sol, buvant de la bière qu'il avait volée à son père et rafraîchie dans leur congélateur à viande. Parfois, nous sirotions du gin cul sec, fumions de l'herbe en soufflant la fumée par la fenêtre, et restions étendus sur les vieux canapés, parlant à peine, écoutant des disques à bas volume dans nos stupeurs introspectives et complices. *Père, Oui fils, je veux te tuer, mère… arrrrrRRRR !* Space se penchait pour soulever le bras du tourne-disque et rejouer cette chanson, encore et encore, et nous l'écoutions en prononçant sans bruit ou à peine murmurés les mots et le cri angoissé de Jim Morrison, grimaçant et gesticulant. Au bout de deux heures environ, je rentrais à la maison pour me glisser dans mon lit avant que mon père ne se réveille pour aller travailler.

Le pont de Congress Street donne sur le quai de la Boston Tea Party où, au printemps de ma dernière année de lycée et pendant le premier été du bicentenaire de Boston, j'ai eu un emploi improbable de guide touristique. Improbable parce que parmi tous les garçons de la ville qui auraient tout donné pour ce travail, pourquoi moi ? Mais personne n'avait une Mamita comme la mienne, toujours à m'exhorter : N'oublie pas, tu es aussi guatémaltèque. Ce n'était peut-être pas le conseil le plus utile pour grandir dans une ville comme la nôtre, mais j'avais réagi en devenant un nerd obsédé par la révolution américaine. C'était la meilleure chose que ma mère ait pu faire, je le sais maintenant, tout ce qu'elle a fait pour me rappeler que j'étais « guatémaltèque moi aussi », dessinant pour moi la carte d'une voie de sortie vers mon propre avenir. Même à l'époque, dans ma tentative de la contrer, voilà à quoi ça m'a mené, un mauvais sort inéluctable devenu évitable, car je doute que j'aurais pu entrer dans une université respectable sans mon travail sur le bateau de la Boston Tea Party. L'été suivant mon année de première, j'avais travaillé comme conseiller au camp de jour YMCA de notre ville, où Scott O'Donnell était le directeur ; ce qu'aucun de nous ne savait, c'est que notre patron, Scott, était également le guide touristique du week-end au Boston Tea Party Ship and Museum, récemment ouvert, avec son brick restauré, le *Beaver II.* Nous pensions qu'il s'était laissé pousser ses favoris pour ressembler à John Lennon ou en souvenir de Duane Allman, et non pour jouer le rôle historique du capitaine Hezekiah Coffin, commandant du *Beaver* original. Un jour de pluie, avant une projection de la version Disney de *Johnny Tremain,* j'ai présenté le film et expliqué aux jeunes qui étaient les Fils de la Liberté. Plus tard cet automne-là, Scott est venu me chercher chez moi dans sa voiture et nous sommes allés manger des glaces chez Friendly's. Il m'a raconté comment, quelques années auparavant, il s'était lié d'amitié avec l'un des trois hommes d'affaires propriétaires du *Beaver II* lors d'un salon de la reconstitution historique et avait été engagé dans leur entreprise en tant qu'expert de la Boston Tea Party, bien qu'il n'en soit pas vraiment un. À l'université, il avait fait des études de psychologie ; il avait donc passé beaucoup de temps dans les bibliothèques et en entretiens avec des historiens, étudiant pour se transformer en capitaine Hezekiah Coffin II. À l'approche du premier été officiel du bicentenaire de Boston et avec l'augmentation du nombre de visiteurs, il allait diriger sur place le navire et le musée ; ses patrons avaient décidé que d'ici le printemps, ils auraient besoin d'un guide touristique à plein temps. Un garçon extraverti et enthousiaste comme toi, Johnny Tremain[1] ! C'était la première fois qu'il m'appelait

1. Héros de la révolution américaine, membre des Fils de la Liberté.

comme ça. C'était le projet parfait travail-études pour mon deuxième trimestre de terminale. J'ai même fait l'objet d'un article dans le journal de la ville : un adolescent local est le Fils de la Liberté du bicentenaire sur le bateau de la Boston Tea Party. Mamita et moi sommes allés en ville et en avons acheté une douzaine d'exemplaires pour pouvoir envoyer des coupures aux bureaux d'admission de toutes les universités où j'avais postulé.

Mais je n'ai pas vraiment joué le rôle d'un Fils de la Liberté guide touristique. Je portais le costume d'un marin du capitaine Coffin, celui d'un Jack Tar du XVIIIe siècle, maillot à rayures rouges, pantalon de toile blanche flottant bruyamment autour de mes mollets dans le vent du port, petit gilet à boutons comme celui que les joueurs d'orgue de barbarie mettent à leurs singes, et drôle de chapeau noir à fond carré et bord étroit, qu'à la fin de l'été je devais rabattre énergiquement sur mon afro débordante. Six jours par semaine, je faisais ma tournée de corvées matinales, passer la serpillière sur le pont, sortir les coffres à thé, puis je me glissais sur le beaupré et, en serrant les jambes pour me tenir au-dessus de l'eau notoirement croupie du port, je me glissais vers l'avant pour défaire les attaches autour du foc enroulé, puis je redescendais sur le pont avant pour hisser la voile. Je grimpais sur le gréement du bateau, m'accrochais à un échelon, et me penchais, la main en coupe autour de la bouche, pour crier : Larguez les amaaaaarres ! En bas, sur le pont, les touristes venus du monde entier levaient leur appareil photo ; si seulement je pouvais voir une de ces photos maintenant ! J'aimais particulièrement m'installer sur la hune pour contempler le canal maritime de Fort Point et le pont tournant. Un peu plus loin encore, c'était Deer Island où, à la fin de la guerre du roi Philippe, les colons avaient emprisonné des centaines de Wampanoag, dont la plupart avaient péri au cours de l'hiver 1675-1676. Le désastre notoire de la station d'épuration de Deer Island, qui débordait de merde non traitée, était l'une des principales raisons pour lesquelles le port était si pollué, la vengeance du chef Metacom. Grâce à la carte marine du port de Boston accrochée dans le bureau du capitaine Coffin, je connaissais Wreck Rock, Hull Gut et Hangman Island, des noms sympas, pensais-je, pour des groupes de rock.

À la fin de cet été-là, j'ai quitté la maison pour de bon afin de commencer ma première année au Broener College. Qu'est-ce que cela allait changer ? Je voulais désespérément que ça change tout. C'est probablement ce à quoi je pensais, ce qui me faisait le plus fantasmer en regardant le port.

Aimable et baraqué, le capitaine Hezekiah Coffin II, en arrivant sur le pont et en me voyant sur la hune, me criait : Descends de là, maintenant, Johnny Tremain ! À la façon dont ses yeux gris pâle s'attardaient sur mes cheveux avec une pointe d'anxiété, je voyais qu'il ne pouvait pas se résoudre à me donner l'ordre de les couper. Même s'il en mourait d'envie, il tenait aussi à respecter le droit individuel de son jeune employé à se laisser pousser un buisson toujours plus volumineux sur la tête.

Il y avait toujours un petit tas de fausses dents sur le bureau de la chambre de mon père, des pépites éparses dans différentes teintes d'ivoire qu'il trouvait probablement dans ses poches lorsqu'il rentrait du travail, et qu'il sortait pour les laisser là. Je n'en avais jamais trouvé l'utilité jusqu'à ces semaines sur le *Beaver II*, où j'en gardais une poignée dans une poche de mon pantalon Jack Tar, avec quelques paquets de ketchup. Lors de ses longues traversées de l'Atlantique, Jack Tar mangeait surtout des biscuits de mer, expliquais-je aux visiteurs qui s'entassaient dans l'espace exigu sous le pont pendant les visites du navire que j'animais trois, quatre fois par jour, parfois même plus. Même si Scott O'Donnell insistait sur l'idéal d'authenticité historique, l'authenticité historique réelle était plutôt rare à bord du *Beaver II.* Mais j'avais toujours des biscuits de mer secs et sans goût à distribuer aux enfants. *Crunch-crunch,* ils fronçaient les sourcils et s'écriaient, Beurk ! Alors j'annonçais : L'histoire ressuscitée ! Jack Tar suçait des citrons verts pour se protéger du scorbut, mais les réserves à bord du navire… Ici, pour apporter un peu de suspense, je faisais une pause et regardais lentement autour de moi avant de m'écrier,… étaient toujours épuisées avant la fin ! Décrivant les symptômes du scorbut, les gencives gâtées et sanguinolentes, les dents qui tombent, je portais les mains à ma bouche en train de se désintégrer et, dans un geste de désespoir tragique, je crachais des caillots de sang invisibles. Mais que se passerait-il si je trouvais le moyen de glisser furtivement de fausses dents dans ma bouche avec quelques giclées de ketchup et si, au moment décisif, je faisais semblant de m'exclamer dans une bouillie sanglante Shh-corbuut ! en recrachant les dents et le ketchup dans mes paumes ? Rien que d'imaginer ça, j'étais pris d'un fou rire. Chaque fois, je pensais que le moment était venu de m'éclipser, les poings serrés au fond de mes poches sur les dents et les paquets de ketchup, pour préparer rapidement ma performance, mais je ne pouvais jamais me résoudre à le faire. Je me dégonflais toujours. Au cours de cet été chaud et humide du bicentenaire, des flots de touristes descendaient la rampe du *Beaver II* ; c'était, surtout pour les pèlerins patriotes, l'étape culminante de leurs marches forcées sur le Freedom Trail, le site sacré où les chefs de la résistance clandestine américaine avaient organisé leur orgie d'émeutes destructrices, donnant ainsi le coup d'envoi de la révolution. Toutes ces mères et tous ces pères de famille venus du fin fond du pays, les pieds endoloris par le Freedom Trail, épuisés, en sueur, assoiffés, fatigués de voir leurs enfants s'agiter par ennui, heureux d'être enfin à l'abri du soleil, s'entassaient sous le pont, dans la moiteur de l'air marin, pour se réunir devant le gaillard d'avant et retrouver un peu d'énergie en écoutant leur guide touristique adolescent, à l'allure plutôt exotique, faire son discours. Sauf que souvent, il y avait au moins une personne dans le groupe, généralement un père de famille du Freedom Trail à l'allure banale, qui, avant même que je commence, se lançait d'une voix forte dans un discours sur le fait que ce pays avait besoin d'un autre Tea Party, et la tyrannie du gouvernement fédéral, les impôts injustes, pourquoi leurs propres revenus devraient-ils payer les vacances à Las Vegas et aux Bahamas des mères célibataires vivant d'allocations, ce n'est pas pour cela que les Fils de la Liberté s'étaient battus, bla-bla-bla, et en général une partie des hommes et même des femmes renchérissaient bruyamment : Bien dit ! Bravo, bravo ! Huzzah ! en imitant ce qu'ils pensaient être des accents coloniaux de Boston. Cela semblait se produire de plus en plus souvent au fur et à mesure que l'été avançait ; cette forme de discours véhément, prétendument patriotique, était en train de devenir une mode, comme la folie du *streaking* parmi les gens de mon âge. Beaucoup avaient traversé la moitié du continent, voire plus, pour des vacances d'été très attendues, afin de vivre un moment aussi fort que celui-là à bord du navire de la Boston Tea Party. Il était donc difficile d'imaginer qu'ils apprécieraient beaucoup de voir un garçon maigre, à la tête simiesque surmontée d'une afro sauvage, hurler au scorbut en tendant des mains pleines de dents et de bave rouge. Ce phénomène de guide touristique qui travaille avec vous, vous savez ce qu'il a fait, il… Même Scott O'Donnell, sans parler des propriétaires, aurait jugé ça d'une excentricité impardonnable et se serait senti obligé de me virer. La dernière chose que je souhaitais, c'était d'être coincé à la maison pour le reste de l'été en attendant mon départ pour l'université. Alors, chaque jour, j'avais consciencieusement débité mon discours : Voici le gaillard d'avant, mes amis. Au milieu des mers démontées et glaciales, c'est ici que l'équipage dormait, entassé sur ces étroites couchettes, épaule contre épaule, comme des Popsicle humains sales, puants et poilus dans un bac de congélation ! Je n'avais pas trouvé cette description dans un livre d'histoire maritime, je l'avais inventée moi-même. Les enfants et les adolescentes les plus éveillées répondaient invariablement : Beurk, c'est dégoûtant. Je les conduisais dans la cabine du capitaine, confortable avec ses meubles d'époque. Mon discours se poursuivait entièrement de mémoire : Le capitaine Hezekiah Coffin avait beau être un quaker de Nantucket, tout comme les propriétaires du *Beaver*, les Rotch, qui introduisaient illégalement des esclaves africains dans les équipages de leurs navires pour réduire les coûts salariaux, le capitaine Coffin était très cool avec les Fils de la Liberté. Scott O'Donnell m'avait appris à prononcer ces mots avec dérision : « très cool ». Puis je criais avec indignation : Le capitaine Coffin sympathisait en fait avec la Couronne britannique !

Il y a une quinzaine d'années, lorsque mon premier roman a été publié, je suis venu à Boston pour ma toute première lecture en librairie et, le lendemain matin, j'ai reçu un appel téléphonique de mon attachée de presse me disant qu'un journaliste du *Globe* voulait me parler, en personne. Le roman avait été présenté en première page de la section Arts et Culture du journal du dimanche. Un portrait dans un journal, c'était aussi une première. L'attachée de presse était enthousiaste et moi aussi. J'ai suggéré que le journaliste et moi nous rencontrions à l'endroit même où je me trouve maintenant, sur le pont de Congress Street, de manière à pouvoir indiquer d'un geste le bateau du Tea Party en disant, Pendant ma dernière année de lycée, l'été du bicentenaire, j'ai travaillé ici comme guide touristique. J'aimais particulièrement m'installer dans le gaillard d'avant. L'attachée de presse pensait que c'était une bonne idée promotionnelle de souligner mes racines locales. C'était un après-midi d'avril froid et couvert ; je m'y suis rendu dans mon jean noir et ma veste en cuir, en écoutant, je m'en souviens, Jane's Addiction sur mon Walkman. Le journaliste s'appelait Fred Tarrell. Il était arrivé sur le pont avant moi et se tenait près de la rambarde surplombant le navire. Il avait la soixantaine, à peu près ma taille, et portait un imperméable beige qui accentuait l'affaissement de ses épaules, des cheveux blancs courts et bouclés, une petite moustache grise, des yeux bleu-gris écarquillés, une grosse tête, presque de cétacé. Fred Tarrell m'a salué, a prononcé mon nom sans sourire, m'a serré la main d'un geste sec. Le ciel plombé, le manque de chaleur inattendu du journaliste, une prémonition peut-être, m'ont fait penser aux espions des films de la guerre froide qui se donnent rendez-vous sur un pont pour échanger des informations, après quoi ils partent dans des directions opposées, sauf que l'un des espions fait encore quelques pas dans les rues voisines avant d'être assassiné.

Le journaliste ne m'a pas félicité pour mon roman et n'a pas essayé de plaisanter. Il a dit : Je suis désolé de vous mettre dans l'embarras comme ça, Francesco, mais il vaut mieux que j'aille droit au but. Nous avons reçu un fax au journal, une allégation sérieuse que nous nous sentons obligés de suivre. Connaissez-vous une femme nommée Lana Gatto ?

Oui, nous étions ensemble au lycée, ai-je répondu, mais je n'ai pas vu et je n'ai même pas entendu parler de Lana depuis des années. J'éprouvais de l'appréhension et un sentiment de mystification. Fred Tarrell a nommé notre lycée, et j'ai répondu : Oui, c'est exact. Mais qu'est-ce que Lana Gatto, le vague souvenir de cette adolescente, représentait pour moi ? Je venais de publier mon premier roman, qui avait fait l'objet d'une critique en couverture de la section Arts du journal de Fred Tarrell, une grande photo de ma tête sur cette page servait maintenant à tapisser les cages à oiseaux et les planchers de toute la Nouvelle-Angleterre pour que les chiots puissent pisser dessus, et voilà que M. Fred Tarrell du *Globe* m'interrogeait sur Lana Gatto, que je n'avais pas revue une seule fois en dix-sept ans.

La mention de Lana Gatto a évoqué comme toujours, non pas un souvenir de Lana elle-même, mais celui d'un samedi après-midi d'automne de mon année de seconde, lorsque je me suis retrouvé à traverser le terrain de football après un match de l'équipe du lycée, avec Marianne Lucas et Lana, marchant vers la colline gazonnée au sommet de laquelle se trouvait notre établissement, qui surplombait la ville. Marianne et Lana chantaient à l'unisson *Come Together* dont elles connaissaient toutes les paroles, mains ouvertes vers l'extérieur, claquant des doigts en rythme. Je me sentais incroyablement heureux d'être là, inclus dans l'intimité de leur séduisante amitié tandis qu'elles chantaient cette chanson, et j'ai pensé quelque chose comme : C'est ça être un ado, ou peut-être, Je n'arrive pas à croire que c'est moi qui traverse le terrain de foot avec ces deux filles.

Marianne était moitié une chose et moitié une autre, comme moi. Elle était mi-irlandaise, mi-portugaise. Elle avait une peau pâle et mate avec un léger coloris noix de muscade, et des cheveux d'ébène coupés en carré flou qui retombait sur un œil, et qu'elle ne cessait de rabattre derrière l'oreille opposée. Ni grande ni petite, elle était mince mais si bien proportionnée que sa minceur, dans son jean moulant, était aussi généreuse, et sous son sweater vert émeraude bien usé ses seins pointaient comme deux îlots. Ses yeux brun foncé, en amande et un peu obliques, brillaient de vivacité et d'humour, et de la crête de sa lèvre supérieure partait une fine cicatrice, ténue comme une veine de lait, inclinée vers une narine, à cause d'un chat qui l'avait griffée quand elle était petite. Lana était extravertie aussi, mais Marianne l'était d'une manière différente, sarcastique et sulfureuse. Les mots sortaient de sa bouche sous forme de traits pleins de détresse joyeuse, et elle avait un rire sain, souvent dirigé contre elle-même parce qu'elle était son propre personnage comique infortuné préféré. Elle pouvait parler au téléphone pendant des heures ; je n'arrivais pas à placer un mot, mais j'aimais ça plus que tout. Je suis devenu beaucoup plus proche de sa voix que je ne l'ai jamais été d'elle physiquement. Je n'avais pas vraiment le choix.

Marianne et Lana étaient toutes deux *cheerleaders* et j'étais dans l'équipe de football américain de seconde. Au collège, je n'avais jamais dépassé la troisième ligne. Pendant des années, pourtant, j'ai joué au football américain dans la cour, ces longs matchs de l'après-midi à trois contre un dans la boue, souvent sous la pluie ou la neige ou à la tombée de la nuit. Je portais le ballon à chaque fois contre Mark Milbauer, Matt Blum et Leo Seltzer, des gamins juifs du quartier de Wooded Hollow Road, fonçant à l'offensive sans relâche pendant des heures comme un animal aveugle et dément. À la maison, dans la nouvelle maison, je montais et descendais les escaliers en pompant les genoux ou en sautant sur une seule jambe, encore et encore, dans une transe de sueur. Lors d'un de nos premiers entraînements d'équipe en deuxième année, j'ai fait un tacle impeccable à Joe Botto, qui semblait pourtant deux fois plus grand que moi, en enfonçant mon casque dans son plexus solaire et en glissant avec mes jambes. Joe s'est relevé, chancelant et l'air nauséeux, me fixant d'un regard plein de ressentiment, et l'entraîneur Gomes a crié : Ce Frankie Goldberg, c'est un tigre ! C'est un futur *cornerback* de l'université de Harvard ! L'entraîneur Gomes pensait que j'avais de bonnes notes, que j'étais un garçon juif studieux qui aimait la violence du football américain. Goldberg est un petit tigre féroce, répétait notre laconique entraîneur de sa voix grave que nous étions toujours en train d'imiter. Ça a un peu changé ma vie, ce tacle devant tous ces gamins qui écoutaient le coach Gomes. Je savais que je participerais à nos matchs. Notre équipe a fait 0-8, mais certaines pertes étaient serrées. Lors d'un match perdu 14-8, j'ai couru pour franchir la ligne de but sur une conversion à deux points. Je n'avais peut-être jamais été aussi heureux.

L'équipe de *cheerleaders* du lycée, dont Marianne et Lana, était présente lors de nos matchs, qui avaient lieu le jeudi après-midi. C'est sans doute pour cela que je les accompagnais sur le terrain de foot ce samedi-là. Et je m'en souviens maintenant, Lana était dans plusieurs de mes classes, en anglais par exemple, qui nous était enseigné par M. Brainerd dont le meilleur ami à l'université avait été l'un des fils de John Steinbeck. M. Brainerd avait même séjourné dans la maison de John Steinbeck. Lorsque nous avions lu *Des souris et des hommes*, M. Brainerd nous avait raconté des histoires personnelles sur l'auteur, ce qu'il avait entendu John Steinbeck dire, pas toujours en bien, sur certains des autres auteurs que nous lisions en classe, comme J. D. Salinger, Ernest Hemingway et Truman Capote. Je me souviens en particulier de la fois où M. Brainerd nous a dit qu'au lycée, Hemingway avait été un élève médiocre, classé D, car ma moyenne générale était également de D. Certaines semaines, cependant, M. Brainerd nous demandait d'écrire des nouvelles. C'étaient les seuls devoirs que je rendais toujours, et il donnait toujours un A à mes histoires, avec des commentaires du genre : « Impossible de noter ceci. Mais pourquoi ne pouvez-vous pas écrire avec des marges et des retraits de paragraphes comme je vous le demande toujours ? »

Tout le monde n'était pas aussi encourageant que M. Brainerd. L'année suivante, dans un cours d'écriture créative enseignée par M. Gripper, j'ai écrit une histoire de cinquante pages sur un bûcheron dont la hache possédait des pouvoirs magiques pendant la guerre contre les Français et les autochtones. M. Gripper m'a rendu l'histoire avec la note F et le commentaire suivant : « Écris sur ce que tu connais ! » Un F pour une histoire de cinquante pages ! Cela me semblait injuste, et de toute façon, je connaissais très bien ces guerres. Mais j'avais pour principe de ne jamais contester une note.

Regardez-moi ça, notre futur Hemingway a eu un F en cours d'écriture créative ! a hurlé mon père quand je lui ai remis avec résignation mon nouveau bulletin de notes. *Ah ! ah ! ah !*, le petit génie de la littérature, a-t-il aboyé avec son faux rire. J'ai dévalé les escaliers jusqu'à la porte d'entrée pour échapper à ses horribles moqueries, et il a crié derrière moi : Hé Hemingway, j'ai des nouvelles pour toi. Tu n'as pas le courage, tu n'as pas le caractère pour devenir écrivain !

Maintenant que j'y pense, c'est probablement par Lana, qui était assise à côté de moi dans la classe de M. Brainerd, que j'ai rencontré Marianne.

Fred Tarrell a repris, Francesco, la raison pour laquelle j'ai demandé à vous rencontrer aujourd'hui est que dans le fax qu'elle nous a envoyé, Lana Gatto prétend que vous n'êtes pas hispanique, enfin euh, latino. Elle dit qu'au lycée, votre nom était Frank et que vous êtes juif. Selon Mme Gatto, vous aviez un surnom que tout le monde vous connaissait… Ici, il a jeté un coup d'œil sur le bloc-notes qu'il avait sorti de la poche de son imperméable, ouvert à la page voulue, et il a dit : Gols. Il l'a prononcé *goal* et m'a regardé comme s'il s'admonestait en silence, sans aucune expression.

J'ai répondu, Oui, Mr Tarrell, je l'admets. Je suis juif, et pendant toutes ces années, j'ai caché ma véritable identité derrière le nom de famille Goldberg. Ç'aurait été génial que Fred Tarrell publie notre échange dans son journal, mais il a fini par ne pas écrire d'article du tout. Voulant probablement retrouver un peu de dignité, ce qui est impossible pour une personne qui, après tout, vient de la perdre, Fred Tarrell a dit : Comme vous le savez peut-être, il y a eu récemment d'autres cas d'auteurs qui se sont avérés ne pas être ce qu'ils prétendaient être et qui ils prétendaient être, donc nous devons faire un suivi quand quelque chose de ce genre arrive sur nos bureaux.

Il devait faire référence au cas du roman sur un chicano qui s'est avéré avoir été écrit par un Juif utilisant le nom de famille Suarez ou Sanchez. Le livre et l'auteur venu du *barrio* ont fait sensation jusqu'à ce qu'il soit démasqué, et puis le livre et l'auteur ont été détruits. C'est ce que Fred Tarrell pensait pouvoir faire dans mon cas, grâce à sa source Gorge profonde Lana Gatto. Mais ma réponse a atterri comme un coup de poing dans son visage de nain bouffi.

Tu m'as eu, mec. Mon nom est Goldberg, j'ai répété avec un haussement d'épaules.

Et Francesco ? Fred Tarrell a demandé d'un ton tendu, une petite moue méchante sur la lèvre. Lana Gatto dit que personne ne vous a jamais appelé par ce nom.

Francisco, vous voulez dire, je pense ? Vous savez, comme San Fran, la ville de Californie ? Non, c'est vrai, M. Tarrell. En grandissant, j'ai toujours été appelé Frank, mais j'ai reçu le prénom du père de ma mère. Allons, mon vieux, vous savez comment sont les gens par ici. Vous pensez que j'allais courir dans mon lycée en brandissant un drapeau guatémaltèque et en insistant pour que les autres élèves m'appellent Francisco ? À la maison, on m'appelait Frankie, pas Panchito. Vous voyez ce bateau, le bateau de la Boston Tea Party ? J'ai travaillé comme guide touristique sur ce bateau. J'étais américain jusque-là quand j'étais enfant. Et je le suis toujours.

Lana Gatto a également écrit dans son fax, a précisé Fred Tarrell à travers des dents visiblement serrées, qu'elle était dans votre classe d'espagnol et que vous avez échoué. Ce n'est pas vrai, j'ai dit. J'ai eu un C moins. Vous voulez que je vous dise quelque chose en espagnol ?

Non, c'est bon, a répondu Fred Tarrell en s'affaissant un peu. Écoutez, je suis désolé de vous avoir fait venir ici uniquement pour ça. Il a mis les mains dans les poches de son pardessus et a eu l'air d'un type qui a besoin d'aller boire un verre.

Il fait humide et froid ici sur le pont et le vent se renforce. Mon mauvais genou commence à me faire mal. Je ferais mieux d'aller à mon hôtel. C'est une marche assez longue, mais elle me fera du bien après le long trajet en train. Je me dirige vers South Station en croisant des passant en manteaux d'hiver sombres, parkas aux couleurs de confettis, écharpes et chapeaux. Courbés dans les rafales glaciales du port ou poussés en avant par elles, ils me font presque tous penser à un poing serré dans une moufle. Je garde un œil ouvert au cas où je croiserais une ancienne connaissance du lycée, même si peu d'entre elles peuvent se permettre de vivre dans notre ville, depuis que la banlieue qui longe Route 128 à l'extérieur de Boston s'est transformée en Silicon Valley East. Lexi s'est occupée de la vente de notre maison après la mort de mon père. Je sais seulement que la maison a été cédée à un ingénieur en robotique du MIT pour environ vingt fois le prix payé par Bert. Marcher dans cette grisaille hivernale de Boston me rappelle toujours des souvenirs d'enfance, quand j'accompagnais ma mère pour faire ses courses dans des cavernes mal chauffées de grands magasins et des sous-sols à bas prix du centre-ville, ou avec Feli pendant son jour de congé. Un jour, nous avons vu *La Belle et le Clochard* au Paramount et mangé une pizza dans le North End, ma toute première pizza, cette surprise inoubliable des fils élastiques imbibés de tomate et de mozzarella chaude.

Je dois me rappeler d'acheter une boîte de sablés, les préférés de Mamita, avant d'aller la voir demain, des biscuits au beurre français, avec une photo de la tour Eiffel ou d'une autre scène parisienne sur la boîte. Il doit bien y avoir une épicerie fine près de l'hôtel.

Un soir, pendant ce même automne de seconde, Marianne et moi étions dehors sous son porche quand elle m'a confié, Ma mère dit que les Juifs sont des pervers sexuels. *La Plainte de Portnoy*, sa notoriété en tant que livre cochon, avait quelque chose à voir avec l'opinion de sa mère. Ma mère s'inquiète parce qu'on se voit beaucoup, a-t-elle ajouté. Dans son ample pull vert habituel, Marianne se blottissait contre le froid, ses belles lèvres froncées en une moue taquine. Comme j'avais envie de tendre la main pour caresser ses cheveux noirs et soyeux, un désir si vif que j'avais l'impression de sentir l'âme ailée de ma main s'élever tandis que ma main corporelle pendait à mon côté comme au bout d'un crochet à viande.

Marianne est l'aînée de quatre sœurs et d'un petit frère. Son père semblait être une sorte de reclus, bien qu'apparemment il n'ait rien de cassé physiquement. Mais c'était Mme Lucas qui veillait tout particulièrement sur ses enfants, et à cette époque, où n'importe quelle jeune fille de quinze ans pouvait si facilement se laisser piéger, elle devait être particulièrement vigilante avec Marianne qui n'avait pas de grande sœur pour la guider. Mme Lucas, dont les doux yeux bleus inquiets se durcissaient parfois sans prévenir, travaillait comme secrétaire pour une entreprise de technologie médicale dans le quartier construit sur les marécages de la Charles River, maintenant connu sous le nom de zone industrielle. Je n'avais aperçu M. Lucas qu'une seule fois, attendant devant leur porte d'entrée un samedi après-midi que Marianne descende l'escalier après être remontée dans sa chambre pour prendre quelque chose. Jetant un coup d'œil dans le couloir qui mène à la cuisine, j'avais vu un homme frêle et anguleux, vêtu d'un sweat-shirt aux manches retroussées sur de minces avant-bras, fumant une cigarette avec une tasse de café à la main ; il avait le menton proéminent et le nez allongé. Lorsque j'ai fait un signe pour le saluer, il a légèrement levé la main et s'est éclipsé. Lana Gatto m'avait dit que M. Lucas était un vétérinaire qui avait perdu sa licence professionnelle, en ajoutant qu'elle me tuerait si je laissais Marianne voir que j'étais au courant. M. Lucas avait-il piqué le mauvais chien ou chat ? Ils vivaient dans une vieille maison à trois étages avec un porche sur l'avenue McIntosh qui passe derrière le lycée. Ce soir-là, sous le porche, j'ai entendu une des jeunes sœurs jouer de la clarinette à l'étage.

Peut-être que je me trompe, et que Marianne n'a pas vraiment dit que sa mère s'inquiétait de nous voir si souvent ensemble, peut-être que ma mémoire me joue des tours en pesant d'un doigt friand de fiction sur la balance. Mais je peux difficilement demander à Marianne ce soir, lors de notre première réunion depuis plus de trente ans : Tu te souviens que ta mère t'avait dit que les Juifs étaient des pervers sexuels ? Tu crois qu'elle a dit ça parce qu'elle avait peur qu'on se mette à baiser ? Et si elle répondait, Ma mère savait très bien que ça ne m'intéressait pas du tout de te baiser, Frank.

Bien sûr, je voudrais que la mère de Marianne ait vraiment dit ça parce qu'elle s'inquiétait que sa fille tombe amoureuse de moi, et non pour exprimer une opinion littéraire sur *Portnoy*. Il devait être évident pour elle que j'étais amoureux de Marianne. Peu importe ce qui se cachait derrière les mots de Mme Lucas, ils me disaient que Marianne et sa mère parlaient de moi, et cette nuit-là sous son porche, ça m'a rendu heureux. Si j'avais poussé cette réflexion plus loin, j'aurais compris qu'elles parlaient de moi uniquement parce que Mme Lucas s'opposait à ce que Marianne sorte avec moi, quoi qu'il arrive. Je n'avais pas encore compris que Marianne n'était pas du genre à défier sa mère, du moins pas pour sortir avec moi, comme elle le ferait quelques mois plus tard avec Ian Brown.

Les feuilles d'automne s'amassaient dans les coins du porche des Lucas et s'étendaient sur la petite pelouse devant la façade. Une nuit d'automne classique en Nouvelle-Angleterre, une odeur de froid et de fumée dans l'air, des éclats de feuilles jaunes et orange dans les réverbères, chaque arbre le long de l'avenue comme une robe géante de Gustav Klimt, une nuit brillante et piquante qui s'imprime dans la mémoire au présent, tu n'oublieras jamais cette conversation sous le porche de Marianne, Frankie Gee, ou ces sentiments, si étranges, si beaux et si désemparés. Marianne s'en souvient-elle encore ?

Il doit y avoir quelque chose d'audacieux ou de drôle que j'aurais pu dire ce soir-là, pour retourner les choses en ma faveur. Pourquoi n'ai-je pas pu au moins plaisanter : Bah, je ne suis qu'à moitié un pervers sexuel, Marianne, et la moitié de ce sandwich au pastrami est à toi aussi si tu le veux !

Vers la fin de ma promenade entre le pont de Congress Street et l'hôtel, j'ai eu l'impression que la température baissait à chaque dizaine de mètres. Il restait presque trois heures avant mon rendez-vous à la station de radio. Dans le bar de l'hôtel derrière le hall, j'ai commandé un bol de chili et un verre de vin rouge avant même de monter ma valise, mon sac à dos et la boîte de sablés au beurre français dans ma chambre. Gisela a toujours eu un faible pour ces pantoufles d'hôtel en coton que l'on peut emporter chez soi, et quand Gisela avait un faible pour quelque chose, c'était une obsession, si bien que maintenant je remarque toujours ces pantoufles comme si elle était venue juste avant moi et les avait laissées derrière elle.

C'est moi qui ai gâché notre relation, mais je ne pense pas que beaucoup de mortels, amoureux de Gisela, auraient pu éviter de commettre une erreur encore moins répréhensible que la mienne, qu'elle n'aurait de toute façon pas pardonnée. S'il y avait un homme parfait pour elle, je me demandais souvent comment il serait ?

Nous avions tant en commun, mais c'était peut-être une de mes erreurs de croire que c'était bon d'avoir ces choses-là en commun. Elle avait eu une relation détestable avec son père elle aussi. Lorsque Lazaro Palacios, avocat de la défense criminelle de haut vol à Mexico, avait découvert, grâce à l'espionnage de sa fille aînée, que sa cadette de quatorze ans avait apparemment des relations sexuelles avec son petit ami, le batteur d'un groupe punk de Nezahualcóyotl, il l'avait emmenée dans leur garage, déshabillée et frappée à coups de fouet pendant qu'elle se recroquevillait sur le sol en ciment, déterminée à ne pas pleurer. Depuis, elle refuse de le reconnaître comme son père ou de l'appeler par un autre nom que *señor* Palacios. La mère de Gisela, jolie et délicate fille de réfugiés de la guerre civile espagnole, semblait désirer ardemment être une mère proche et solidaire de sa fille turbulente, mais elle en était constamment empêchée.

J'ai rencontré Gisela à une fête quelques jours après avoir déménagé à Mexico. Un coup de foudre, comme si j'avais été éventré, vidé et rempli d'un désir pur que je pouvais à peine supporter. Son expressivité d'arlequin de Picasso, la ligne droite de ses lèvres qui, tendue vers le bas, donnait à son visage un air de tragédie et une expression de joie enfantine lorsqu'elle s'étirait vers le haut en creusant ses fossettes. La grâce et la prestance d'une Audrey Hepburn nerveuse et surcaféinée. Son humeur hautaine de fille riche qui a mal tourné. Son air distant et cool, son appartenance à un monde que j'enviais de loin tout en prétendant le dédaigner. Je devais avoir une fixation de classe, une sorte de dévotion secrète, car mes deux dernières relations amoureuses (Pénélope, Camila) avaient été avec des filles riches venues de mondes exclusifs, et toutes deux, de manière différente, essentiellement rebelles à leur éducation. Gisela, m'avait-on dit, avait vingt-huit ans, était une photographe de talent dont le travail était publié dans certains magazines d'art mexicains ; elle participait à des expositions collectives. Je n'ai pas eu l'occasion de lui parler beaucoup ce soir-là. Elle est partie tôt avec un jeune homme dont mon amie avait prédit qu'elle allait bientôt se défaire, et elle l'a fait. Au bout d'une semaine, elle passait à mon appartement presque tous les après-midi. Elle me racontait des histoires sur sa vie à sa manière amusante et haletante, sautant les parties qui semblaient importantes et même cruciales, comme si cela l'ennuyait de devoir ralentir pour les décrire, de sorte que je devais toujours écouter très attentivement et revenir en arrière pour remplir les blancs, utiliser un peu mon imagination, ce qui me plaisait. Des conversations comme les scènes d'un film où la belle ingénue un peu amochée découvre qu'elle a trouvé quelqu'un qui l'écoute vraiment au lieu de la convoiter. J'ai réussi à être patient, je n'ai pas paniqué à l'idée d'être piégé dans une relation « amis, rien d'autre ». Nous étions sur mon lit en train de regarder l'un de ces films mexicains de l'âge d'or qu'elle adorait, la première fois que nous nous sommes embrassés et, en quelques instants, nous avons fait l'amour dans ce qui ressemblait à une langue secrète dont je ne savais même pas que je la connaissais mais que j'avais attendu toute ma vie pour utiliser. Le vocabulaire était plus restreint qu'avec Pénélope, mais c'était une langue plus profonde, avec des signes de ponctuation doués d'une poésie subtile et surprenante qui leur était propre, peut-être que c'était l'amour, la véritable expérience d'être profondément saisi par l'amour.

Gisela avait une personnalité extrême, hermétique, voire étrange, qui me fascinait. Elle m'avait prévenu : *Soy una niña perversa.* Un matin, elle m'a mise à la porte de son appartement parce qu'elle n'aimait pas la façon dont j'avais accroché une serviette dans sa salle de bains, une obsessionnelle compulsive qui plus est. La photographie, l'immobilité qu'elle imposait, étaient un moyen pour elle de calmer ses nerfs et ses frénésies, comme toute forme de beauté complexe qui l'attirait dans ses circuits et ses motifs, absorbant et soutenant son attention : la calligraphie arabe, les céramiques et les tatouages de mains des femmes berbères la fascinaient comme les tatouages des prisonniers mexicains et tout objet unique de belle facture, d'autant plus intéressant qu'il était excentrique. Elle rêvait de posséder une boutique qui ne comporterait qu'une seule vitrine dans un mur étroit, où elle exposerait et vendrait un objet à la fois, pour la plupart des trésors perdus et abîmés qu'elle achèterait au marché aux puces de Lagunilla et restaurerait soigneusement. Elle connaissait Mexico comme sa poche, savait converser avec toutes sortes de gens, surtout les invisibles, ceux qu'on ne voyait pas ou qui faisaient peur. Gisela était aussi une voleuse à la tire hors pair. Elle racontait d'époustouflantes histoires de vols à l'étalage, elle faisait ça depuis l'âge de douze ans et n'avait jamais été prise sur le fait. À ce jour, le meilleur couteau de cuisine que je possède est un Wüsthof qu'elle a volé pour mon anniversaire au Palacio de Hierro sur l'Avenida Durango, où les couteaux de cuisine les plus chers sont exposés dans des vitrines fermées à clé ; chaque fois que je déménage, je l'emporte avec moi.

Le moindre petit désaccord ou dérapage verbal maladroit pouvait déclencher une dispute. Nous étions toujours en train de nous séparer. Toutes ces heures passées à téléphoner à Gisela, c'était encore quelques années avant les téléphones portables, à rester debout au coin des rues de Mexico, même sous la pluie, à glisser ma carte de téléphone dans les cabines publiques, la sonnerie dans le vide ou bien le répondeur. Quand enfin elle décrochait, elle entendait que c'était moi et raccrochait.

Je comprends maintenant ce que je ne voyais pas alors : à l'époque, au moins, j'étais une sorte de masochiste émotionnel, mais pas sexuel, je n'ai jamais été attiré par ce genre de douleur. La cruauté était quelque chose que je n'avais pas besoin de fétichiser parce que je la connaissais trop bien, presque comme une première langue. Il aime bien les filles un peu ravagées, on aurait pu dire ça de moi. Mais n'est-il pas lui-même trop ravagé pour être capable de les aider ou même d'être aimé par elles ?

Lors d'une de nos ruptures, qui a duré plus longtemps que d'habitude, j'ai enfin réussi à dire à Gisela au téléphone que mon anniversaire approchait. Elle viendrait dîner avec moi pour fêter mon quarantième anniversaire, n'est-ce pas ? Mon quarantième ! Je savais que ça l'attendrirait. C'était une bonne personne au fond, sentimentale dans ce sens, elle n'aurait pas voulu que je passe mon anniversaire seul. Je l'ai emmenée chez Maxim's, à Polanco, le côté paillettes romantique de l'endroit l'amuserait. Elle portait sa plus belle blouse blanche vintage en dentelle et s'est assise à l'arrière du taxi comme Poucette se rendant au bal avec son crapaud new-yorkais. Nous avons bu quelques bouteilles de champagne, passé une nuit amusante, et je crois que les mois qui ont suivi ont été nos plus heureux, nos moins difficiles.

Le mensonge qui allait détruire notre histoire a été dévoilé à l'aéroport de Mexico, alors que nous étions dans la file d'attente pour le poste de police, nos bagages déjà enregistrés pour Madrid où la traduction de mon deuxième roman était sur le point d'être publiée. L'anniversaire de Gisela approchait, et j'avais promis de l'emmener d'Espagne à Fès, au Maroc. C'était son rêve d'y aller. Elle était obsédée par l'idée d'une balade à dos de chameau pour son anniversaire, et je la lui avais promise aussi. Elle m'a pris mon passeport des mains et l'a ouvert, ses yeux se concentrant intensément sur ce qu'elle y lisait pendant quelques secondes. Elle me l'a rendu et m'a dit, Bon voyage en Espagne, *lying pinche cabrón,* mais si tu reviens sans ma valise, *te la voy hacer de jamón.* Je n'avais jamais entendu cette phrase auparavant, que j'ai interprétée de travers comme une menace de me transformer en jambon. Je l'ai suivie sur le trottoir près des taxis. Nous avons allumé des cigarettes. Elle fumait des Faros, bien sûr, qu'elle gardait dans un étui en argent ancien. J'ai fumé n'importe quoi, plusieurs cigarettes à la suite, enfoncées entre mes lèvres de mes doigts tremblants.

De quoi tu parles, quel mensonge ? Elle me l'a dit, et j'ai été submergé par la honte. *Ce* mensonge-là. Quand je l'avais invitée à dîner en lui disant que c'était mon quarantième anniversaire, c'était en fait mon quarante et unième. J'avais dit quarante, j'ai avoué, parce que je pensais que si je lui disais que j'allais avoir quarante et un ans, cela n'aurait pas été une occasion assez spéciale pour qu'elle vienne dîner avec moi. Est-ce qu'on ne s'était pas réconciliés ce soir-là ? Si je n'avais pas dit ce mensonge, serions-nous ici maintenant, à l'aéroport, sur le point de nous envoler pour l'Espagne et le Maroc ? En nous dépêchant de retourner à la sécurité de l'aéroport au lieu de nous disputer sur le trottoir, nous pouvions encore attraper notre avion. *Hijo de la chingada*, n'essaie pas de me faire chanter. Martí appelait les mensonges les méprisables frères et sœurs de la culpabilité, mais de quoi étais-je coupable à part de mentir ? De stupidité, de naïveté, de ne pas comprendre qu'un mensonge idiot n'était pas seulement un mensonge idiot. Bien sûr, ce n'est pas comme si j'avais essayé de me faire passer pour un trentenaire, ce n'était pas ce genre de mensonge, mais en quoi cela pouvait-il m'absoudre ? Je ne te mentirai plus jamais, ai-je supplié. Nous avons réussi à prendre notre vol. Par la suite, tout au long de chaque journée et de chaque nuit en Espagne, elle m'a puni. Tout ce qui sortait de ma bouche devait être mis en doute, n'avait aucune valeur, car j'étais un menteur. Même maintenant, faisant les cent pas dans cette chambre d'hôtel, je sens la tristesse et le regret me peser à ce souvenir. On pourrait dire que j'ai fini par gâcher une décennie de ma vie à cause de ce mensonge, incapable de renoncer à ce que j'avais fatalement saboté. Il nous restait presque trois semaines avant notre vol de retour pour le Mexique. Je lui avais dit qu'il ne s'agirait que de quelques jours de publicité à Madrid, mais j'avais mal compris ou alors personne n'avait pensé à me dire que la section culturelle de l'ambassade des États-Unis avait décidé de sponsoriser ma tournée, m'envoyant à Barcelone, Saragosse, Bilbao, Tolède, Séville, la presse, les librairies, les universités, même un lycée. Gisela s'est disputée avec moi tout au long du voyage, elle s'enfuyait toujours pour faire la tête, errer dans les rues et prendre ses repas seule.

Les manifestations autour du livre auxquelles elle participait, elle les quittait en plein milieu. Plus tard, de retour à Madrid, j'ai appris d'un ami écrivain mexicain qui vivait là-bas que l'élégante attachée de presse espagnole qui nous avait accompagnés avait supplié l'éditeur de ne plus jamais me publier. À la fin de la tournée, après quelques jours de repos et d'exploration de Madrid, il ne restait plus qu'une semaine à passer au Maroc. J'avais promis deux semaines, un autre mensonge. Mais quand même, nous avons pu partir. Je portais tous nos bagages, à plusieurs mètres derrière elle, dans le port de ferries d'Algesiras, lorsqu'un policier espagnol l'a arrêtée, a fait un geste dans ma direction et l'a prévenue qu'un *moro* la suivait. Ce genre de choses m'est toujours arrivé en Espagne. Ce n'est pas un *moro*, a répondu Gisela au policier du port des ferries, c'est mon amoureux. Elle était persuadée que c'était la phrase la plus drôle qu'elle ait prononcée dans sa vie : pas un *moro*, mon amoureux, *jajaja*, ça lui a remonté le moral. Grâce à ce flic raciste du port des ferries, nous avons traversé la Méditerranée vers l'Afrique d'excellente humeur.

Je ne peux pas croire ce que je viens d'entendre, ici dans la salle verte de cette station de radio publique, en écoutant l'interview de l'invité qui m'a précédé, un moine bouddhiste qui a écrit un livre intitulé *L'Amour en pleine conscience* sur la façon de cultiver sa capacité à aimer par une vie en pleine conscience, la méditation, le yoga, une alimentation saine, ne savez-vous pas que les bananes sont un super aliment pour la virilité ? Mange ta banane, fiston ! Puis j'ai entendu le moine dire, Si nos parents ne s'aimaient pas, s'ils ne se comprenaient pas, ne se souciaient pas de l'autre ou n'essayaient pas de faire en sorte que l'autre se sente aimé, comment sommes-nous censés, nous, leurs enfants, savoir ce qu'est l'amour ou à quoi il ressemble ?

Vraiment, quelle coïncidence ! Moi non plus, je n'ai jamais vu mes parents s'embrasser une seule fois dans ma vie, je n'ai jamais vu l'un caresser l'autre légèrement, avec affection ou même avec un bref élan de sensualité. Les journalistes de la radio ne me demandent jamais de parler de ces sujets ; je me demande comment cela se passerait s'ils le faisaient. Bienvenue sur Hodgepodge Afternoon

Radio. Notre invité cet après-midi est Francisco Goldberg, qui vient nous parler de sa mère immigrée guatémaltèque et de certains des défis qu'elle a dû relever, catholique fervente mariée à un Juif et élevant une famille ici, dans la région de Boston. Bien sûr, Hodge, comme je le disais avant la pause, ma mère a grandi dans un pays où les nazis allemands étaient très présents. Aucun autre pays de l'hémisphère occidental n'en était aussi infesté. Un jour, on m'a montré une copie d'archives d'une carte des services secrets américains datant de la fin des années 1930, qui comptait le nombre de plantations de café, ou *fincas*, appartenant à des nazis allemands au Guatemala, chaque *finca* étant marquée d'une minuscule croix gammée noire. Il y avait tellement de croix gammées que la partie centrale de cette carte, jusqu'au Mexique, semblait couverte d'un épais essaim de mouches. C'est un bon exemple, je pense, de la singularité que peut posséder un petit pays. Lorsque ma mère était petite, les nationaux-socialistes allemands organisaient des défilés à Guatemala City et calomniaient la minuscule communauté juive du pays, y compris son professeur de piano, *señorita* Rosenberg. Le dictateur militaire guatémaltèque a, contre toute attente, pris le parti des Alliés pendant la Seconde Guerre mondiale, ce qui lui a permis de déporter les Allemands et d'exproprier leurs plantations de café, qui ont été réparties entre le chef lui-même et ses acolytes. Dix ans après la fin de la guerre, alors qu'il ne restait que quelques jours avant le mariage de ma mère avec mon père à Guatemala City, l'archevêque Rossell a personnellement décidé qu'elle ne pouvait pas épouser un juif dans une église catholique du Guatemala. Ce dernier coup de force de la dévastation nazie a été assez fort pour expulser le mariage de mes parents au-delà de la frontière. À Mexico, ils ont célébré un petit mariage dans une chapelle latérale de la cathédrale, auquel ont assisté une demi-douzaine de demoiselles d'honneur de location, qui devaient être des jeunes femmes de Mexico vraiment gentilles et amicales, car Mamita a toujours parlé d'elles avec affection. Mes grands-parents sont venus du Guatemala pour le mariage, le frère de ma mère, sa tante Nano aussi, mais aucun parent ou ami de mon père n'était là. Il avait peut-être loué un garçon d'honneur, mais personne n'en a jamais parlé. Toujours est-il que ma mère portait la splendide robe de mariée ivoire et la mantille en dentelle de Chantilly pêche qu'elle avait espéré porter au Guatemala, où son mariage religieux prévu dans l'église de San Sebastián devait être suivi d'une fête au Club Guatemala. Selon un calcul approximatif, j'ai été conçu à l'hôtel María Cristina de Mexico, où mes parents ont séjourné pendant la semaine du mariage. Quoi qu'il en soit, en avançant un peu, cher Hodge, lorsque j'étais en quatrième année, j'ai emprunté *Le Troisième Reich, des origines à la chute* de William Shirer à la bibliothèque publique, la version abrégée de Landmark Books publiée pour les enfants, mais ma mère l'a secrètement retourné à la bibliothèque, et lorsque je suis allé emprunter ce livre à nouveau et l'ai caché dans ma chambre, elle l'a encore trouvé et l'a retourné une fois de plus à la bibliothèque. Ça semble drôle maintenant, gentiment touchant, oui. Mais sérieusement, de quoi pensait-elle me protéger en ne me laissant pas lire *Le Troisième Reich, des origines à la chute,* et croyait-elle vraiment pouvoir me protéger de ça ? J'ai fini par lire la version adulte, des années plus tard, mais pas en entier, pour être honnête. À l'époque, ma mère aurait probablement mieux fait de ne pas me laisser lire le roman historique *Remember the Alamo!* écrit par nul autre que Robert Penn Warren. Bien sûr, j'adorais Davy Crockett et tous les autres qui ont été massacrés par le général Santa Anna et les barbares mexicains.

M. Moine vient de recommander son mantra de méditation numéro trois : Qu'est-ce que nous désirons dans le désir sensuel ? Pendant l'intervalle, les auditeurs de la radio publique à travers le pays méditent sur ce qu'ils désirent dans le désir sensuel. Bientôt, ils vont entendre parler du général Cara de Culo, qui pourrait même étouffer le désir de désir de Walt Whitman. On m'a dit que mon temps de parole serait de quinze minutes. Ce ne sera peut-être même pas aussi long, le moine semble être bien parti sur sa lancée.

Le dimanche, Mamita et Mme Lucas, la petite Marianne à ses côtés en babies à bride et chaussettes courtes, ont dû assister aux mêmes messes à l'église Saint-Joseph. Il y a de bonnes chances que les Lucas aient été présents le dimanche où le père John Doyle a prononcé le sermon qui a conduit ma mère à faire le vœu de ne plus jamais mettre les pieds à l'église Saint-Joseph. Le père Doyle a dit qu'aucun juif ne peut aller au paradis parce que de la naissance à la mort, ils restent en dehors de l'Église. Les juifs sont nés dans le péché, et ils meurent dans le péché. C'est pourquoi il vaut mille fois mieux, un million de fois mieux, infiniment mieux, c'est ce que le père Doyle, selon ma mère, a dit à sa congrégation, être un mauvais catholique que d'être n'importe quel juif sur terre, même le meilleur des juifs. Cela a offensé ma mère. Le père Doyle était d'une corpulence insolite, avec une raie bien droite dans ses maigres cheveux bruns, des yeux étroits qui semblaient avoir été griffonnés au crayon, un long nez incliné, et des lèvres comme des boules de gomme. C'est la faute des juifs, a-t-il poursuivi, s'il y a maintenant des théâtres à Boston qui montrent de la pornographie, tout comme sur Times Square au cœur de la ville la plus juive du monde, New York. Le père Doyle a parlé comme si ce qu'il disait ne pouvait pas être plus évident. Les juifs sont furieux que Boston soit encore une ville catholique, a dit le prêtre. Boston est et sera toujours la ville la plus catholique des États-Unis d'Amérique, a poursuivi le prêtre. Mais les juifs veulent que Boston soit une ville communiste, surtout tous ces immigrants venus de Russie. C'était drôle et touchant de voir le petit sourire chagriné de ma mère quand elle racontait cette partie, parce qu'elle savait que le père de mon père, grand-père Moe, était un socialiste convaincu et qu'il n'aurait rien aimé de plus que de voir Boston devenir une ville communiste. Grand-père Moe avait eu la malchance d'émigrer avant la révolution bolchevique et il n'arrivait pas à se consoler d'avoir raté la fête. Il menaçait constamment de ramener sa famille là-bas, ce qui rendait furieux ses enfants américanisés, en particulier son fils, déjà un fidèle citoyen du base-ball. Au lieu de retourner en Russie pour participer à la construction du communisme, grand-père Moe est devenu le fondateur et le président du syndicat socialiste des boulangers et des fabricants de cornichons juifs de Boston qui, à son apogée, comptait environ cinq boulangers et fabricants de cornichons socialistes.

Quand la messe s'est finalement terminée, le père Doyle et ses enfants de chœur sont rentrés dans la sacristie. Ma mère est allée voir le diacre et lui a dit qu'elle avait besoin de parler au prêtre de toute urgence. Ce regard brûlant de Mamita quand elle est en colère ou effrayée, ou les deux, sa beauté ensorcelante exacerbée par la mantille de dentelle noire qu'elle portait sur la tête, le menton haut et le dos bien droit l'aidant à puiser sa force dans sa fierté, ses deux mains délicates serrant son sac devant sa taille, c'est ainsi que je vois ma mère attendant, dans le silence et les ombres de l'après-messe, et répétant pour elle-même ce qu'elle allait dire. Le prêtre antisémite est réapparu, toujours dans ses longs vêtements blancs. Ma mère savait que sa voix douce et accentuée autorisait certaines personnes à ne pas la prendre au sérieux, mais son anglais était presque parfait. Elle s'est lancée et a dit, Père Doyle, je viens chaque dimanche à la messe dans cette église. Parfois, j'amène mes enfants, mais je suis heureuse de ne pas l'avoir fait aujourd'hui. Mon mari est juif, comme vous le savez, je pense, et c'est un homme bon. Je préfère que le père de mes enfants soit un homme bon, pas un homme mauvais. Quelle que soit sa religion, ce n'est pas le plus important. En tant que mère, je peux vous dire, Père Doyle, que vous avez tort à ce sujet. Je suis désolée de dire ça, mon Père, mais c'est mal d'enseigner les préjugés à l'église, d'essayer de faire en sorte que les gens n'aiment pas les juifs. Père Doyle, je pense que vous devriez vous excuser pour ce que vous avez dit.

Plus d'une fois, j'ai demandé à ma mère de répéter ce qu'elle a dit au prêtre, et ses mots sont toujours les mêmes. C'était l'un des moments les plus courageux de sa vie, qui s'est probablement répété d'innombrables fois dans sa mémoire. Cela s'est passé pendant les années de l'initiative de fraternité interconfessionnelle favorable aux juifs de l'archevêque de Boston, Mgr Cushing, mais le père

Doyle était de la vieille école, un ancien disciple du prêtre de la radio, le père Coughlin, et un allié fidèle du père Feeney, un fou antisémite formé à Harvard qui, quelques années auparavant, avait prêché sur le Boston Common, attirant des milliers de personnes.

Le prêtre était totalement indifférent à l'exotique jeune paroissienne Yolanda Montejo de Goldberg, à sa voix tremblante et à la sincérité suppliante de son discours. Il l'a regardée de haut et a énoncé avec force et lenteur, comme s'il s'adressait à quelqu'un qui comprenait à peine l'anglais, ce vieux truc, et le prêtre savait parfaitement qu'elle le comprenait, elle en était consciente. Il a défendu son sermon en disant, Ce ne sont pas du tout des préjugés, Mme Goldberg. Au contraire, ce qu'il avait dit était la doctrine établie de l'Église catholique, confirmée par les érudits du Vatican, et donc non, Mme Goldberg, je crains bien de ne pas pouvoir m'excuser pour un seul de mes propos. En fait, a poursuivi le père Doyle, sa voix devenant colérique, c'est vous qui devriez demander pardon, et non pas moi, pour avoir méprisé les enseignements de l'Église, c'est vous qui devriez veiller sur votre âme et sur celle de votre famille. Ne considérez-vous pas comme un devoir, Mme Goldberg, d'inscrire vos enfants à nos cours de catéchisme du dimanche, comme le font tous les autres parents de cette paroisse ? Et n'essayez-vous jamais de convaincre votre mari de chercher le salut, Mme Goldberg ?

Je suis sûr que le père Doyle a eu l'impression d'avoir écrasé Mamita. Mais elle avait relevé le menton et juré d'une voix tremblante : Père Doyle, je ne reviendrai jamais dans cette église. Elle a tourné le dos et s'est éloignée, ses talons hauts claquant dans la longue allée de pierre. À partir de ce moment-là, ma mère s'est rendue seule, le dimanche, dans la ville plus aisée voisine de la nôtre pour aller à la messe à Saint-Jean-l'Évangéliste. Elle n'a plus remis les pieds à St. Joe's pendant une quinzaine d'années, jusqu'à ce que la fille aînée de Feli y fasse sa première communion. À ce moment-là, le père Doyle était parti depuis longtemps, et le vieil édifice gothique en pierre noircie du premier St. Joe's avait été rasé et remplacé par une église moderne immaculée qui semblait avoir été achetée chez IKEA, avec de nouveaux vitraux brillants rayonnant de fraternité et d'amour retrouvés.

C'est un homme bon, voilà ce qu'elle me racontait avoir dit. Quelle que soit sa religion, ce n'est pas le plus important. Oui, c'était quand nous étions encore de petits enfants. Le fait est que, quoi qu'il arrive, Mamita n'a jamais vraiment cessé de croire qu'une partie de Bert était vraiment cet homme bon. Au moins en ce qui concerne les situations qui ne nous impliquaient pas directement, moi, ma sœur ou leur mariage, elle faisait confiance au jugement de Bert, elle le voyait comme une sorte d'expert en principes moraux sur lequel elle pouvait compter pour distinguer le bien du mal dans toutes les situations où elle n'était pas sûre d'elle-même. Bert, Bert, elle l'interpellait à table, essayant d'attirer son attention pendant qu'il mâchait comme un paysan ukrainien affamé, comme si le son de ses grognements enroués dans ses propres oreilles lui permettait de nous ignorer plus facilement et de supprimer l'irritation que nous lui causions. Bert, comment fallait-il voter à l'assemblée générale ? Ce n'est jamais mal de se défendre, Yoli, mais ce qui est juste n'est pas toujours équitable. C'est le genre de réponses qu'il donnait. Elle ne voulait donc pas voter d'une manière qui pouvait irriter le président de l'établissement, avait-il élaboré, peu importe ce que les professeurs titulaires voulaient qu'elle fasse, alors qu'elle-même n'était qu'un professeur d'espagnol sous contrat renouvelable. Tu veux dire, disait ma mère, que si je perdais mon emploi, ce serait injuste pour moi, quoi qu'il arrive aux autres employés ? Elle avait l'air soulagée d'avoir compris. Quoi ? ricanait mon père, incrédule. Oh non, non, Yoli, ce n'est pas ce que je voulais dire. Ma sœur et moi nous regardions avec des expressions du genre : Hein ? Plus tard, il s'est avéré que c'était bien ce qu'il avait voulu dire, mais il s'était senti trop peu généreux pour reconnaître que ma mère avait compris du premier coup, tout en s'offusquant de la façon dont elle avait exposé sans nuance ni ironie la dureté peut-être amorale ou pragmatique de son raisonnement, et donc il avait dû compliquer un peu plus les choses.

Je pouvais toujours persuader ma mère de répéter l'histoire de la façon dont elle avait tenu tête au prêtre antisémite. Mais je n'ai jamais entendu Mamita se plaindre de racisme ou de préjugés à son égard pendant mon enfance. Elle n'a jamais donné le racisme comme explication d'un moment désagréable qu'elle avait vécu, ou bien elle l'avait confondu avec un autre problème, mais ça ne veut pas dire qu'elle n'en a pas souvent fait l'expérience. Les ménagères de Wooded Hollow Road la snobaient ; même Connie Sacco s'était montrée plus aimable. Je savais que ma mère n'appréciait pas d'être la cible de commentaires ou de manières de gens qui pensaient s'adresser à une Portoricaine ou à une Cubaine, sans que le fait d'être identifiée comme une Guatémaltèque par un citoyen blanc du Commonwealth ait jamais promis un meilleur traitement. Je me souviens de cet agent de la circulation à l'extérieur de Shoppers World, où elle s'était engagée dans un virage illégal, qui souriait en regardant son permis de conduire, et qui lui a demandé d'où elle venait. Quand elle a répondu, il a dit, Ah, Yolanda, c'est bien ça ? Alors, où est ton chapeau Chiquita Banana ? Et il lui a fait un clin d'œil appuyé. C'était quand même un flic très au fait de l'histoire, capable de faire le lien entre le pays de ma mère et la société fruitière basée à Boston qui a donné naissance à Chiquita et a contribué à mener au pouvoir dans son pays, pendant des années, une dictature militaire accompagnée de massacres. Mais Mamita a toujours été si fière d'être guatémaltèque ; je pensais que cette fierté était à l'origine de son refus de devenir citoyenne américaine. Depuis plus de quarante ans, elle a le droit d'obtenir cette citoyenneté, mais elle avait toujours refusé de franchir le pas, insistant sur le fait qu'elle voulait seulement être citoyenne de la glorieuse république du Guatemala. J'avais toujours supposé, vu l'argent qu'elle recevait régulièrement et dont elle avait finalement hérité d'Abuelita, qu'il devait y avoir une raison fiscale derrière son refus.

Même un Guatémaltèque, pourtant, peut se voir attribuer le prix Nobel, comme l'a fait Miguel Ángel Asturias, ou gagner le marathon de Boston comme Doroteo Guamuch Flores, ou encore devenir la première victime américaine de l'invasion de l'Irak. La mort en première ligne du caporal José Gutiérrez, un immigrant sans papiers élevé comme Feli dans un orphelinat de Guatemala City, n'appartenait encore qu'à un lointain futur ce jour-là, il y a environ douze ans, où ma mère et moi nous sommes trouvés à Washington DC, parce que même un livre écrit par le fils d'une immigrante guatémaltèque peut se classer deuxième, comme l'a été mon premier roman, pour un prix littéraire national dont l'importance n'est bouleversante que si on le remporte, ce qui n'a pas été le cas. C'était le même roman qui avait amené le journaliste Fred Tarrell sur le pont de Congress Street. Ma mère est venue seule à Washington. L'événement se déroulait dans un vieux théâtre élégant, qui ne manquait pas d'impressionner les parents des finalistes nominés et de les rendre fiers. Après la cérémonie, alors que les gens sortaient dans le grand hall, la directrice de l'organisation du prix, une dame gracieuse au visage saupoudré de taches de rousseur, est venue nous saluer. C'est alors que ma mère, sans prévenir, a exprimé la chose probablement la plus surprenante que je l'aie jamais entendue dire. Elle a raconté à cette organisatrice que la cérémonie, au cours de laquelle les juges parlaient si bien de tous les livres des finalistes, y compris de celui de son fils, l'avait décidée à devenir enfin citoyenne américaine. Mamita a expliqué : Voir mon fils honoré ici, dans la capitale de ce pays, m'a fait sentir qu'enfin ma famille et moi sommes acceptés ici, et c'est pourquoi j'ai décidé que je peux pardonner à ce pays et en devenir citoyenne. C'était presque la directrice du prix que ma mère pardonnait. Maman, c'est dingue, lui ai-je dit en l'entourant de mon bras et en ressentant moi aussi un bizarre mélange de gêne, de tendre fierté et d'un peu de déception, car j'aimais bien me vanter du refus obstiné de ma mère de devenir citoyenne. Cela ne ressemblait pas du tout à Mamita de s'ouvrir comme ça à une étrangère. Cette conversation dans le hall, à la sortie du théâtre, a été suivie de cocktails et d'un dîner raffiné dans la salle lambrissée où des personnalités de la littérature et de l'édition new-yorkaise côtoyaient celles de la politique et des médias de Washington DC, pour qui la cérémonie de remise des prix était un événement social printanier, puis on allait se soûler dans un bar voisin avec les autres écrivains nominés, y compris le lauréat, son agent influent, le jury, les conjoints, les organisateurs du prix, les éditeurs, les publicitaires et un ou deux critiques, tous agglutinés autour du bar en cette nuit étouffante comme des boulettes de porc luisantes prélevées d'une marmite bouillonnante à l'aide d'une grande passoire. Après le dîner, ma mère était retournée à son hôtel.

Tard le lendemain matin, alors que j'avais la gueule de bois et que je retrouvais ma mère pour le petit déjeuner dans le café de l'hôtel de charme où nous avions été hébergés, je lui ai demandé, Pardonner aux États-Unis pour quoi, maman ? Elle a claqué des dents comme si elle avait déjà changé d'avis. *Ay*, Frankie, les gens comme moi, du Guatemala, les hispaniques, nous ne sommes pas traités avec respect dans ce pays. Mais en voyant mon fils honoré, a-t-elle ajouté d'une voix redevenue rêveuse, par toutes ces personnes importantes, j'ai senti que nous étions acceptés maintenant, alors maintenant je peux devenir une citoyenne américaine.

J'ai pensé, Tu sais quoi, Mamita ? Même si j'avais écrit *Don Quichotte* et gagné ce prix, cela n'aurait pas été suffisant pour mériter ton acte sublime de pardon. À l'origine, ma mère n'avait pas été très emballée par mon livre. Il mettait en scène une famille qui ressemblait à la nôtre sur bien des points, à l'exception du père qui était plein de bon sens, doux et attentionné, et de la mère, séductrice fatale qui affirmait ses préjugés de façon inconsciente mais comique.

Bien sûr que ce n'est pas toi, Mamita, lui ai-je expliqué un nombre incalculable de fois. Je l'ai créée à l'opposé de toi pour que tu ne puisses pas dire que j'ai écrit sur toi. Mais maintenant les gens pensent que je suis comme ça ! insistait ma mère. Elle a photocopié le minuscule paragraphe de la page de copyright du livre qui indique « Ceci est une œuvre de fiction, le produit de l'imagination de l'auteur, toute ressemblance avec une personne réelle est entièrement fortuite ». Puis elle l'a fait agrandir et encadrer et l'a accroché sur le mur à l'intérieur de la porte d'entrée pour que ce soit la première chose que découvre tout visiteur de notre maison.

Cet après-midi-là, à Washington, ma mère et moi avons bavardé en espagnol comme nous le faisons lorsque nous ne sommes que tous les deux, dans le café de l'hôtel, près d'une fenêtre où poussaient des narcisses jaunes, jusqu'à ce qu'il soit temps pour elle de prendre le train pour Boston. Penses-tu que Boston se soit amélioré, maman, dans sa façon de traiter les gens d'Amérique centrale ? Non, a-t-elle dit sèchement. Puis elle a réfléchi un moment avant d'ajouter, Peut-être un peu, parce qu'il y en a tellement qui viennent maintenant et on dirait qu'ils trouvent tous du travail. Même notre épicerie du coin de la rue, Frankie, il y a des *guatemaltecos* qui y travaillent maintenant, *fíjate*, et tous les ouvriers du chantier de Teddy Feinstein sont des *Centroamericanos*. Il vient me parler d'eux parfois. Certains de ses ouvriers ont été expulsés, Frankie. Même quand ils ont de jeunes enfants qui restent dans le pays. Comment peut-on faire une telle chose à ces enfants, qui dépendent de ce que gagnent leurs pères pour pouvoir manger ?

Teddy Feinstein avait été l'un des acolytes les plus dévoués de mon père pour les travaux de jardinage. Je n'ai jamais montré le moindre intérêt pour le talent horticole révélé par l'abondance annuelle qui permettait au maraîcher Bert de distribuer des fleurs et des légumes de son jardin aux femmes du quartier tout l'été. Beaucoup d'enfants du coin adoraient mon père, qui était passé maître dans l'art de jouer le rôle du vieil homme sympathique avant même d'être vieux, et tous les deux ou trois ans, un nouveau garçon remplaçait le prédécesseur soudainement devenu trop vieux pour le poste d'aide-jardinier préféré. Le nouveau garçon, comme celui qui l'avait précédé, sonnait à la porte les samedis et dimanches matins, et si quelqu'un d'autre que mon père répondait, il demandait, Est-ce que M. Goldberg peut venir dehors ? De tous, celui sur lequel mon père a eu la plus grande influence a été Teddy Feinstein, qui souffrait de troubles de l'apprentissage. Son père, comptable dans un hôpital, s'inquiétait des difficultés de Teddy et de ce qu'elles laissaient présager, sans savoir quoi faire. Bert a réussi à passionner Teddy pour les travaux d'extérieur, lui a enseigné l'entretien des pelouses, les arbres, les fleurs, les jardins, les vermifuges, les pesticides et les engrais, et l'a finalement orienté vers une école technique plutôt que vers notre lycée. Teddy, que j'ai revu pour la première fois depuis son adolescence lors des funérailles de mon père il y a quatre ans, était la personne la plus ouvertement en deuil ; ses yeux rougis versaient des larmes brûlantes. Il possède maintenant, m'a dit Lexi, l'une des entreprises de paysagisme les plus prospères de la banlieue ouest de Boston, avec sa flottille de camions remplis de tondeuses à gazon et de Centraméricains se déplaçant de ville en ville.

Après l'interview, j'étais devant la porte du studio de radio, en train de mettre mon manteau, lorsqu'une jeune femme qui travaillait à la station s'est avancée rapidement vers moi dans le couloir tapissé, avec une telle expression d'impatience sur le visage que j'ai souri automatiquement en me préparant à signer un livre, sauf qu'elle ne portait pas de livre, seulement un morceau de papier jaune soigneusement plié qu'elle m'a tendu comme un bâton de relais. Arrivée à ma hauteur, elle a dit, d'une voix à peine supérieure à un murmure : Monsieur Goldberg, une femme du Guatemala a téléphoné et a laissé son numéro. Elle dit qu'elle a vécu avec vous quand vous étiez jeune et qu'il est urgent de lui téléphoner. À la façon dont l'employée de la station de radio me fixait du regard, j'ai compris qu'elle était curieuse de voir ma réaction au nom écrit sur le morceau de papier. Cela doit arriver tout le temps dans des stations de radio comme celle-ci. Une auditrice entend parler d'un vieil ami, d'un ancien amant ou même de l'enfant qu'elle a aidé à élever, et impulsivement, elle téléphone et laisse son nom et son numéro, croyant, au moins sur le moment, qu'elle est vraiment désireuse de rétablir le contact avec cette personne sortie de son lointain passé. Mais Feli a mon numéro de téléphone et mon adresse électronique, alors pourquoi téléphonerait-elle à une station de radio ? Avant même de déplier la note, j'ai vérifié mon téléphone, mais je n'avais manqué aucun appel ou message de Feli. Il y en a un de Marianne, elle a une heure de retard. Pas de problème, ai-je répondu rapidement. Ce doit être Carlota Sánchez Motta, ce qui provoque chez moi une vague d'excitation. Je n'ai pas vu Carlota et je n'ai pas eu de ses nouvelles depuis l'été qui a précédé mon départ pour l'université, lorsque je travaillais sur le bateau de la Boston Tea Party.

J'ai déplié le morceau de papier jaune et, écrit au stylo, se trouve le nom de María Xum, au-dessus d'un numéro de téléphone avec un indicatif 617. Je n'ai pas pu m'empêcher de murmurer presque sans bruit, Wow, incroyable, María Xum. Le sourire de l'employée s'est élargi. J'ai mis le morceau de papier dans ma poche. Son message est urgent. Qu'est-ce que María pouvait bien avoir à me dire d'urgent maintenant ? Peut-être que María Xum est d'avis que le Guatemala a besoin d'un Président comme le général Cara de Culo, avec sa forte poigne martiale en matière de loi et d'ordre, et qu'elle veut en discuter avec moi.

J'ai fait signe au barman de me resservir. En sortant du studio de la radio, j'avais une heure à tuer avant de rencontrer Marianne, alors je suis entré dans ce bar. Sur la télé au-dessus du bar, un reportage sur le hockey universitaire, le tournoi du sud de Boston, une équipe d'école catholique, les Coyle and Cassidy Warriors en finale, ils sont de Taunton, la ville même où la tête décapitée de Weetamoo a été exposée. C'est à quarante minutes d'ici par la I-93, non loin de la maison de Mamita et de Lexi. De nombreuses villes du Massachusetts portent des noms amérindiens, tout comme les ponts, les parcs nationaux, les rivières, les plages, etc. Il y a un lycée du Roi Philipe, mais même dans la ville où elle a été martyrisée, il n'y a pas de lycée Weetamoo ; au lieu de celui de la cheffe guerrière amérindienne, l'établissement porte le nom du petit gangster de Boston joué par Robert Mitchum dans le film tiré du roman *Les Copains d'Eddie Coyle*, et Hopalong Cassidy. Il y a une bonne raison à cela, j'en suis sûr.

Je me demande de quoi Marianne voudra parler après toutes ces années. À part Ian Brown, je veux dire. En réalité, il ne s'est pas passé grand-chose entre nous, presque rien, pendant le bref moment où, en seconde, nous avons été proches. Pourtant, ce peu était déjà beaucoup. Se souvient-elle de nos conversations téléphoniques nocturnes presque quotidiennes, surtout de la dernière ? Plus tard, quand j'ai frappé mon père, en a-t-elle entendu parler ? À cette époque, elle était tellement impliquée dans sa relation avec Jimmy Gleason que Lana Gatto avait prédit qu'ils se marieraient avant la fin de leurs études secondaires. Marianne et moi avions même cessé de nous parler juste avant Noël. Pourtant, c'est ce que je ressentais encore pour Marianne des mois plus tard qui a été le déclencheur du drame, rendant ce qui s'est finalement passé entre Bert et moi inévitable.

Ce devait être un vendredi de printemps, car le bal du lycée de la ville chic voisine de la nôtre devait avoir lieu un vendredi soir. En me rendant en cours ce matin-là, je suis passé devant le lac Sarah Hancock, le petit terrain de terre battue qui surplombe Mulberry Cove et les bancs où les patineurs s'installent pour mettre et enlever leurs patins à glace, et sur la rive, j'ai vu Marianne en train d'embrasser Jimmy Gleason. De sa main appuyée sur son large dos pendait un morceau de papier cadeau coloré et brillant, et à ce moment-là, je me suis souvenu que c'était son anniversaire. À l'époque, je connaissais la date de l'anniversaire de Marianne. Ce devait être en avril, peut-être début mai. Le monde était humide, boueux, d'un vert éclatant, rempli de pollens sucrés, incitant ce bourdonnement hormonal adolescent sous ma peau qui, chaque printemps, me donnait l'impression d'être un tableau de Van Gogh ambulant, avec mes poussées d'urticaire qui survenaient sans avertissement ni cause apparente. Je ne pense pas que Marianne ni Gleason m'aient seulement remarqué quand je suis passé.

Ce soir-là, nous avons bu de la bière dans les bois marécageux derrière l'usine de briques de caoutchouc qui se trouvait en face du lac. Bonks était le seul d'entre nous à être assez âgé pour avoir un permis de conduire parce qu'à l'école primaire il avait redoublé, peut-être même deux fois, et comme il travaillait souvent avant et après les cours pour Hank Riggio et Fils, les entrepreneurs, il pouvait se payer une voiture. On n'imagine pas que, s'appelant Bonks, il aurait aussi un surnom, mais c'était le cas. Au travail, sa tâche matinale consistait à ramasser les ordures et les débris de chantier et à les transporter jusqu'aux bennes à ordures, et comme un jour Hank Riggio a décidé qu'il serait amusant de l'appeler Mickey Dumps, le nom lui est resté. Bonks nous conduisait dans sa voiture, mais seulement quand et où Joe « Zob » Botto, le fils du maître-charpentier, le voulait bien. On demandera à Mickey Dumps de nous conduire, disait toujours Hose. Ce soir-là, dans le marais, Bonks était particulièrement enthousiaste, exhibant la nouvelle veste en daim bleu cobalt qu'il avait achetée grâce à ses relations douteuses avec Hank Riggio. Mais il était particulièrement excité car non seulement notre équipe habituelle était là, mais Paul Rizza, la star des championnats de football interscolaires, était aussi avec nous. Avec ses rires asiniens, ses gestes maladroits et son sourire fendu jusqu'aux oreilles, Bonks avait l'air de penser que c'était sa chance d'intégrer le groupe des proches de Sinatra maintenant, mais seulement s'il pouvait montrer à Rizza qu'il n'était pas seulement le chauffeur de Joe Botto. Tout a commencé quand Joe m'a dit, Qu'est-ce qu'il y a, Sleepless, tu n'as pas dormi la nuit dernière ? Je pense qu'il avait remarqué que j'étais d'humeur maussade. D'ordinaire, je n'aurais pas été assez bête pour révéler quelque chose d'aussi personnel devant ces types, pas même devant Joe, mais j'ai baissé ma garde et je leur ai raconté que j'avais vu Marianne et Gleason s'embrasser ce matin-là et que c'était l'anniversaire de Marianne. Normalement, j'aurais terminé la description de cette scène par un haussement d'épaules fataliste, mais c'était quand même une histoire triste à raconter, et Bonks, saisissant l'occasion de briller à mes dépens, m'a dit, Ah, putain, tu vas pas recommencer avec les conneries de Marianne Lucas ! Et il a répété sa blague idiote sur ce qu'elle avait déjà fait avec la queue de Ian Brown, ce qu'elle faisait avec celle de Gleason maintenant, et ce qu'elle ne ferait jamais avec la mienne. Alors ferme-la et ouvre-moi plutôt une bière, a-t-il lancé tout sourire en se redressant. Parmi nous, Bonks était tout en bas du totem, mais il savait que j'étais juste au-dessus de lui, et c'était évidemment un stratagème pour inverser nos positions. Comme c'était Bonks, j'ai compris que si je ne réagissais pas, ma vie au lycée était finie, même si envisager ce genre de violence m'avait toujours rendu malade de frousse. J'ai fait un pas vers Bonks, le poing tendu, par réflexe il a levé les bras devant son visage, et bien que j'aurais dû le frapper de toute façon, je l'ai poussé brusquement des deux mains sur la poitrine et il est tombé en arrière dans les broussailles, où il s'est un peu agité. Lorsqu'il s'est relevé, il a fait mine d'inspecter et de brosser soigneusement les manches boueuses de sa veste en daim en disant, Connard de Monkey Face, tu comprends pas la plaisanterie. J'ai répondu, Si tu m'appelles encore une fois comme ça, je te tue. Rizza a fait un *Ooooh* sarcastique. Il s'en fichait complètement, de Bonks comme de moi. Bonks m'a dépassé pour se diriger vers la glacière et s'est baissé pour prendre une bière, puis il s'est relevé et l'a ouverte en me tournant le dos. C'était une capitulation. Au moins, je l'avais bousculé, et dans nos règles tacites et nos rites d'agression, une telle bousculade était un défi à relever.

Mais Bonks nous a quand même conduit tous les cinq dans sa berline jusqu'à cette soirée du lycée de la ville voisine où nous avions l'intention de nous incruster. À peine arrivés, Rizza et Joe ont provoqué une bagarre dans les toilettes pour hommes, Rizza immobilisant un des gosses de riches d'une clé à la tête et lui frappant le visage en éclaboussant de sang l'émail blanc ; comme dans un miracle catholique, le lavabo s'était mis à saigner. Tous les autres, sauf Bonks, se battaient avec des prises et des coups de poing. Même moi, j'ai saisi la chemise d'un garçon blond et maigre qui a saisi la mienne et nous nous sommes poussés et tirés l'un l'autre comme au théâtre. Soudain, des jeunes ont crié Police ! et nous nous sommes enfuis en traversant la piste de danse bondée du gymnase, où tout le monde semblait être ivre ou drogué. J'ai couru et j'ai esquivé des couples qui se retenaient mutuellement pour ne pas tomber, un type a trébuché, s'est affalé avec les bras en éventail pour atterrir sur le nez ; quand il a levé la tête, le sang s'écoulait de son nez comme d'une bouteille renversée. Filant vers la sortie, Rizza bousculait tous ceux qui se trouvaient sur son chemin ; la police l'a dépassé. D'après ce que j'ai pu comprendre plus tard, les policiers se sont emparés de Bonks, plus lent que le reste d'entre nous, et l'ont averti que nous ferions mieux de rentrer immédiatement chez nous ou nous aurions des ennuis. Je pense qu'aucun d'entre nous ne le savait pendant que nous nous entassions dans la voiture, attendant que Bonks nous rattrape et monte, et quand il l'a fait, nous avons crié, Vas-y, fonce ! et il a quitté le parking comme dans un film. Des lumières bleues clignotantes, une voiture de police a foncé sur nous, Bonks a freiné. Un policier, qui n'était pas le conducteur, est sorti de la voiture et s'est approché, criant à Bonks par la fenêtre baissée qu'il allait être sympa et nous laisser partir, mais quelqu'un a braillé, J'emmerde les keufs, et a fait un doigt d'honneur. Je n'ai pas pu voir le visage du policier, seulement son large torse en uniforme, ses mains noueuses saisissant le bas du cadre de la fenêtre de Bonks comme s'il allait soulever la voiture au-dessus de sa tête et la lancer. Il a demandé, Alors ça, c'était lequel d'entre vous ? Allez, espèce de petit con, avoue, ou je vous embarque tous ! Je n'avais pas crié ni fait un doigt d'honneur. Dans l'agitation à l'intérieur de la voiture, je n'avais rien entendu, mais si quelqu'un avait gueulé, J'emmerde les keufs en faisant un doigt d'honneur, ça ne pouvait être que Joe Botto, assis à l'avant. Est-ce que Bonks a soutenu le regard du flic en inclinant légèrement la tête vers moi ? Je parierais n'importe quoi là-dessus. La porte arrière s'est ouverte d'un coup sec, et le policier, le visage empourpré de rage, m'a hurlé de sortir. C'était pas moi, ai-je dit d'un ton suppliant. Me force pas à répéter, sale merdeux, sors de la voiture ! Je suis sorti, fou de terreur et d'incrédulité. Le policier m'a pris par le bras et m'a fait traverser la lumière éblouissante des phares de la voiture de patrouille, a ouvert la porte arrière et m'a fait monter sur le siège arrière d'une brusque poussée. Un autre policier était assis au volant. Mais, messieurs, j'ai supplié. Ce n'était pas moi.

Celui qui m'avait arrêté, assis maintenant sur le siège du passager avant, a aboyé, Tais-toi, petit con ! Je t'ai vu nous faire un doigt d'honneur. Tu crois que je suis aveugle ? Le policier qui conduisait a dit, Tu pues comme une brasserie. Tu empestes toute la voiture. T'as pas intérêt à vomir derrière. Si tu veux vomir, on s'arrête et tu sors. T'as besoin de vomir ? Abruti, a rugi l'autre, tu l'as entendu ! Tu veux vomir ? J'ai pensé répondre oui, sortir, tituber vers des buissons comme pour vomir, et partir en courant. Non, je ne vais pas vomir, ai-je dit. Le trajet jusqu'au poste de police n'a pas semblé prendre deux minutes. C'était la première fois de ma vie que j'entrais dans un poste de police. Le sol était gris, chocolat et jaune crème. Je n'oublierai jamais ce sol, j'ai l'impression que je me souviens même du goût qu'il avait. J'ai répondu aux questions, date de naissance, adresse, téléphone fixe. Année après année, a dit un policier, nous avons des gosses de votre ville qui viennent ici pour faire des problèmes. Ce n'est jamais l'inverse qui se produit, a dit un autre policier derrière le bureau principal, un homme asiatique au visage long et mélancolique. D'un air de curiosité inquiète, ce policier a demandé, Qu'est-ce que vous avez tous contre cette ville ? Rien, monsieur, ai-je répondu. Vous êtes jaloux de notre ville, a-t-il conclu sans ambages. Votre ville n'est pas aussi bien que la nôtre. On m'a mis seul dans une petite pièce dont la porte comportait une fenêtre grillagée, comme une salle de classe pour un seul élève. Je me suis assis sur le bord d'un haut banc en bois qui devait aussi être l'endroit où j'étais censé dormir.

Au matin, la porte s'est ouverte sur mon père, dans l'entrée, les yeux fixés sur moi comme ceux d'un vieux chien furieux. À côté de lui se trouvait le policier qui m'avait fait sortir de la voiture. J'ai dit à mon père que j'avais été accusé à tort, que je n'avais rien crié à la police et que je n'avais fait de doigt à personne. Le policier a répété avec une grande lassitude, Nous avons vu une main sortir par la fenêtre. C'est toi qui étais assis près de la fenêtre. Il a dit à mon père que mes amis et moi étions venus au bal du lycée de la ville pour provoquer une bagarre. Quand ils ont amené votre fils, a dit le policier d'un ton dégoûté, il puait la vinasse. J'avais de la chance qu'ils ne m'inculpent pas pour trouble à l'ordre public, a-t-il poursuivi. C'était seulement parce qu'ils avaient téléphoné à la police de chez moi, et qu'il n'y avait aucune trace d'antécédents. Ensuite, je ne me souviens que d'une chose : je n'étais plus dans la cellule de détention mais devant la porte, face contre terre sur le sol crasseux. Il y avait eu d'autres raclées au cours desquelles mon père m'avait donné des coups de poing et des coups de pied aussi brutaux que ceux que j'avais reçus au poste de police, me frappant à la tête, me soulevant du sol et me faisant retomber, me donnant des coups de pied sur le côté, sous les côtes, dans les cuisses, mais il ne l'avait peut-être jamais fait avec autant de rage. Les policiers restaient debout et regardaient. J'ai entrevu certains de leurs visages ; je me souviens d'une paire d'yeux d'un bleu aussi pâle que celui des bulles de savon. Je n'avais jamais ressenti une telle honte, une telle rage impuissante, je n'avais jamais vécu quelque chose d'aussi sordide que de me retrouver sur le sol de ce commissariat, battu par mon père, je n'avais jamais ressenti une telle haine pour mon père et pour ces policiers.

Lorsque je suis rentré à la maison, ce sentiment de haine est devenu de plus en plus fort et sauvage, un feu incontrôlable sur le point d'exploser. Pourtant, j'ai réussi à rester debout dans la cuisine pour raconter à ma mère ce qui s'était passé. Les policiers m'avaient faussement accusé, mais mon propre père les avait crus, eux et pas moi. Il m'avait frappé pendant que ces menteurs de policiers le regardaient, ai-je hurlé à ma mère comme un avocat de première instance poussé à une indignation frénétique par les regards ahuris et passifs du jury, jusqu'à ce que ma voix se brise en sanglots et que je reste là à geindre affreusement. Yoli, la police a dit qu'il puait la vinasse, a crié mon père. Il a de la chance qu'ils aient décidé de ne pas l'inculper, ce foutu bon à rien. Je me suis dirigé vers le couloir pour aller dans ma chambre. Si quelqu'un avait mis un couteau dans ma main, je jure que j'y serais retourné et que je l'aurais poignardé, et peut-être ma mère impuissante aussi.

Avant cette nuit-là, je pensais simplement que je détestais mon père. Maintenant, c'était comme s'il m'avait été vraiment révélé. Un père qui pouvait trahir son propre fils comme ça, devant la police. Ça avait presque cessé d'être personnel. Il méritait d'être anéanti. Pourtant, il ne s'est rien passé tout de suite. Il a fallu attendre l'hiver suivant. Même si c'était inévitable, j'ai été aussi surpris que lui quand finalement j'ai riposté.

Les poings serrés sous le bar, j'ai l'impression qu'un vent chaud et sec souffle directement dans mes yeux. Le barman me jette ce regard, comme s'il se demandait si quelque chose n'allait pas chez moi et qu'il était sur le point de poser la question, mais je pousse mon verre vers lui en disant, Un autre, s'il vous plaît.

Il s'est écoulé environ sept ans entre la première raclée de mon père et la dernière, sept ans pendant lesquels il m'a frappé régulièrement. On ne peut pas mettre une durée sur sa violence verbale, dirigée contre ma mère mais surtout contre Lexi. Quel genre de père appelle sa fille de douze ans une putain de grosse truie ? Même si c'était le désordre de sa chambre qui l'énervait, ces mots n'avaient aucune crédibilité sémantique en tant que punition. Ils n'allaient pas faire découvrir à Lexi le désir soudain d'une propreté épanouissante. Mais quelle punition pourrait réformer un père ?

Je ne me souviens même plus de ce qui l'a déclenchée, seulement que cela s'est produit par une nuit d'hiver d'un froid saisissant, dans la cour devant la façade couverte de neige gelée. J'ai dû sortir de la maison en courant, pieds nus, Bert me poursuivant, et j'étais accroupi près de la haie dans ma position défensive habituelle, les bras joints au-dessus de ma tête pour repousser ses volées de claques et de coups de poing. En plein cœur de l'action, mes yeux se sont fixés sur son menton, qui d'une certaine manière, miraculeusement pourrait-on dire, s'agrandissait comme si je le regardais à travers un télescope. Et l'instant d'après, toute la force concentrée dans mes jambes me propulsait en position debout, derrière mon poing dirigé vers ce menton, j'ai senti une secousse comme un choc électrique dans les os de ma main, et lorsque mon père est tombé en avant, je l'ai frappé à l'arrière de la tête, le projetant face la première dans la neige durcie. Je me suis mis à courir ; sur la route la glace craquait sous mes pieds. Bert criait derrière moi : Je fais une crise cardiaque ! Yoli ! Yoli ! Il m'a fait avoir une crise cardiaque ! J'ai couru jusqu'à la maison de Space Cavanaugh et je me suis caché dans son sous-sol pendant trois nuits. Space m'a apporté à manger et m'a prêté une paire de bottes noires en caoutchouc trop grandes que j'ai portées à l'école sans chaussettes. Quand je suis finalement rentré chez moi, Bert portait un pansement sur le nez. Il avait dû tomber dessus, car je ne l'avais pas frappé à cet endroit. Aucune mention et aucun signe d'une quelconque crise cardiaque.

Il ne m'a plus jamais frappé. Ça compte sûrement pour quelque chose. Mais le fait de me souvenir ou même parfois de raconter cette histoire me donne toujours mal au ventre, comme si frapper son père devait inévitablement entraîner une ignominie permanente. Il était mon bourreau et fort comme un taureau, mais il avait aussi soixante ans. Je ne sais pas ce que j'aurais dû faire d'autre, finalement. Je n'ai jamais pensé que j'avais eu tort de m'être enfin défendu. Mais j'ai toujours ressenti une certaine honte et une certaine détresse à ce sujet, à propos de ce deuxième coup de poing surtout, dangereux, comme mû par un instinct mortel pour l'achever. Si je ne l'avais frappé qu'une seule fois, j'y verrais peut-être un événement plus cathartique. C'est la seule relation père-fils dans laquelle j'ai vraiment été partie prenante, et c'était un échec sur à peu près tous les plans.

À la fin de l'automne de ma première année d'université, j'étais installé à la cafétéria avec des amis par un après-midi grisâtre, lorsque j'ai levé les yeux et reconnu mon père qui traversait la pelouse jaunie, son pas lourd, ses bras ballants, son chapeau de feutre incliné vers le bas, l'imperméable voletant autour de ses cuisses. Mes notes du premier trimestre étaient excellentes. Qu'est-ce que j'avais bien pu faire de mal ? Il n'avait fait tout ce chemin jusqu'à mon université, dans le Nord de l'État de New York, que pour me punir de quelque chose. Était-ce l'argent que j'avais dépensé au bar du campus ?

Mais je ne dépensais que ce que j'avais gagné grâce à mon travail de livreur de journaux sur le campus, le matin. Je me suis précipité dehors pour le rejoindre avant qu'il puisse faire une scène violente à l'intérieur de la cafétéria. Ce qui devait être un regard de terreur sur mon visage l'a fait reculer. *Sonny boy*, a-t-il dit en me tendant les bras. Il se rendait à Corning pour une conférence sur la céramique liée à la fabrication de dents artificielles. Il avait fait un détour pour m'emmener dîner.

Comme toutes les histoires de guerre, celles que vous avez vécues vous-même, je veux dire, peu importe combien de fois vous la racontez, vous n'avez jamais l'impression de les avoir tout à fait bien cernées.

Je n'ai jamais compris pourquoi tu traînais avec ces types de toute façon, m'a dit Marianne. Piégé dans cette histoire de voyous, à faire semblant d'être à ta place avec eux. Frank, ça n'a jamais été le vrai toi.

Mais si, ça l'était, Marianne, ai-je répondu. J'étais un voyou moi aussi, allons.

Elle a l'air surprise, puis elle comprend et se met à rire.

Nous sommes installés à une petite table d'angle dans ce restaurant qu'elle a choisi. Nous avons déjà commandé mais nous prenons un verre avant le dîner. Elle m'a parlé de la réunion des anciens et de mes anciens camarades joueurs de football américain qui, selon elle, étaient tous désolés que je ne sois pas là. Space Cavanaugh non plus n'était pas à la réunion. Il semble que personne ne sache ce qu'il est devenu. Mike Bonks n'était pas là, bien que Joe Botto ait gardé le contact avec lui. Joe est entrepreneur dans le bâtiment, il a touché le jackpot pendant le boom immobilier de la banlieue de Boston. Mais Mike a eu des moments difficiles, d'après Joe. Il avait une entreprise d'entretien de chantiers mais elle a fait faillite. Bonks a tout perdu.

Incroyable, je dis. C'est comme si son surnom, Mickey Dumps, avait prédit son avenir.

Mais Marianne ne savait pas qu'on l'appelait Mickey Dumps, alors je lui en parle. Heureusement que les surnoms des lycéens ne prédisent pas toujours les destins, dis-je, car ce serait affreux. Elle n'a pas compris ce méta-commentaire ironique.

Oh, pauvre Mickey Dumps, dit-elle avec une sympathie qui semble sincère.

Donc Joe est riche. Tant mieux pour lui, dis-je, n'étant pas d'humeur à me sentir un tant soit peu désolé pour Bonks. Joe et moi étions souvent dans les mêmes classes. À cause de mes notes, j'étais surtout dans des classes inférieures, sauf en anglais. L'école n'a jamais été le truc de Joe non plus. Mais toi, tu étais toujours dans les meilleures.

Pas de grand mystère, a-t-elle dit gentiment. Je travaillais et je faisais mes devoirs.

Marianne est avocate en droit de la famille, spécialiste du divorce, elle a son propre cabinet ici à Boston. Je suis vraiment stupéfait de voir à quel point elle est belle, en forme et prospère. Elle est vêtue avec élégance, tout en noir, veste en cachemire, chemisier en soie, ses jambes sont toujours aussi longues et fines dans son pantalon moulant. Seules ses bottines en cuir à talons obliques de cow-boy ne sont pas entièrement noires, mais avec un motif zébré de gris. Ses cheveux noirs brillants, sans un fil d'argent visible, sont attachés sur la nuque. Sa peau est simplement un peu plus relâchée dans le cou, autour de ses yeux.

Nous nous demandons des nouvelles de nos mères respectives. D'après nos discussions sur Facebook, elle sait que mon père est mort il y a quelques années, à quatre-vingt-treize ans, et je sais que son père est mort à peu près à la même époque, mais à seulement soixante-dix et quelques. Nos mères ont à peu près le même âge, Marianne vit seule dans un duplex à Swampscott.

Pourquoi ne pas aller droit au but, la raison pour laquelle nous sommes ici, ces quelques mois où nous étions proches pendant l'automne de notre première ? Tu te souviens de la cabane à outils de Space Cavanaugh ? je demande. Ce n'est pas l'introduction la plus directe, mais le visage de Marianne s'illumine, parce que bien sûr, elle se souvient. C'est dans cette cabane à outils que je lui ai raconté toute l'histoire de *Guerre et Paix*, dit-elle. Oh, Frank. Space et sa cabane à outils, comment pourrais-je l'oublier ? C'était si drôle.

Parmi nos camarades de classe, la série jouée par Space et son père George était beaucoup plus populaire que celle interprétée par Bert et moi, qui ne proposions pas de numéros comiques. Dans l'épisode de cette semaine-là, afin de ne plus avoir à vivre sous le même toit que son père, Space avait déménagé dans la cabane à outils du jardin. C'était une maison néocoloniale en miniature, couleur cacao, avec une porte, une fenêtre, érigée dans un petit bosquet de bouleaux et de pins au fond du jardin. Joe Botto avait réalisé la menuiserie en prévision du jour où Space allait emménager. Il y avait même une télévision que nous avions volée à l'association étudiante de l'université réservée aux femmes de la ville voisine, en la rapportant dans la voiture de Bonks. Space a vécu là jusqu'à ce que George cadenasse la cabane, plus tard cet automne-là.

Au début, nous étions trois dans la cabane cet après-midi-là, à boire la bière à peine fraîche d'un pack de six.

Puis Space a dit qu'il devait aller voir son dealer. On pouvait rester là aussi longtemps qu'on voulait, il ne reviendrait pas avant l'heure du dîner. Je n'avais pas demandé à Space de s'en aller.

Dans *Guerre et Paix*, la fille qui sort du lit le matin, ses pieds nus touchent le sol froid et elle dit, Ohhh, l'hiver va être froid, a dit Marianne. Tu m'as expliqué que ça annonçait la mort de tous ces soldats français qui allaient périr devant Moscou à cause du gel. Je n'ai toujours pas lu le roman, mais à chaque fois que je sors du lit et que le sol est froid, je me souviens de cette fille et de ces pauvres soldats français.

Natacha Rostova, ai-je précisé. Une Natasha effervescente, drôle, impétueuse, adorable. Mais la jeune Natasha tombe amoureuse d'Anatole Kouraguine, le Ian Brown du roman.

Nous étions assis épaule contre épaule sur le matelas du lit superposé que Hose avait construit. Ça fait plus de bière pour nous, avait remarqué Marianne en tirant sur l'anneau d'une canette avec un effort exagéré. C'est elle qui avait alimenté la conversation, surtout avec les potins du lycée. Elle s'est allongée, genoux pliés, visibles à travers le lacis des déchirures de son jean. Pendant ce temps, je restais assis là, raide, répétant et visualisant mentalement comment m'allonger sur le matelas, approcher ma tête de la sienne et me tourner pour l'embrasser.

Je lui ai dit qu'elle ressemblait à Natacha Rostova, et elle m'a demandé, C'est qui ? C'est alors que j'ai commencé à raconter l'histoire de *Guerre et Paix*, que j'avais lu pendant l'été, l'édition de poche en deux volumes de Penguin que tante Hannah m'avait offerte pour mon anniversaire. « Et quand Natacha a posé ses pieds nus sur le sol froid... »

Comme si le fait que je n'aie même pas osé essayer de l'embrasser, et que j'aie insisté sur cette histoire à la place, était une charmante démonstration de précocité et d'individualité excentriques. Mes mains tremblaient si violemment que je devais serrer les poings. C'était la première fois que cela m'arrivait, mes mains tremblaient au moment d'embrasser une fille, quand je croyais que le baiser était attendu, même s'il ne l'était probablement pas, et qu'en approchant mes lèvres des siennes j'allais tout changer, passer à l'acte. Deux ans auparavant, avec Arlene Fertig, la seule et unique fois où j'avais embrassé une fille, je m'en étais plutôt bien sorti.

On avait fini les bières. Marianne s'est assise en tailleur pour fumer une cigarette et a jeté les cendres dans une canette de bière vide à côté d'elle. Je pouvais entendre les cendres tomber à l'intérieur de la canette. Elle s'est couchée sur le côté, dos à moi, les genoux remontés de telle sorte que son pull-over a été tiré vers le haut, exposant un mince morceau de taille, la courbe des muscles des hanches dans son jean.

Mais le pauvre Prince Andrei, il n'aurait jamais une chance parce que…

Je l'entendais ronfler doucement, comme le murmure à l'intérieur d'un coquillage. Je ne m'étais jamais senti aussi proche de la beauté, et pourtant si loin. Je ferais tout, je risquerais tout pour elle, c'est ça l'amour, je me suis dit.

Je bois un verre du vin que Marianne a commandé, un pinot noir de l'Oregon. Son téléphone sonne. Ma fille, dit-elle avec un sourire crispé et elle s'excuse pour taper une réponse. Je jette un coup d'œil sur le mien : non, pas de message de Lulú. Le serveur arrive avec nos assiettes.

Morue en croûte de sel pour elle. Des palourdes d'Ipswich frites pour moi, mes préférées. Petite discussion sur les palourdes frites. Elle vit là-bas, sur la côte nord, oui, de nombreuses heures investies dans des sorties familiales de pêche à la palourde dans les marais de l'Essex. Non, ce n'est pas qu'elle s'en lasse, c'est juste qu'une seule palourde frite dépasse probablement sa dose quotidienne autorisée de lipides. Allez, prends-en juste une, j'insiste. Oh mon Dieu, c'est tellement bon, gémit-elle. J'avais presque oublié. Et je n'ai jamais goûté de salade de chou comme ça, si croquante et fraîche, avec de tels parfums, c'est vraiment de la fine cuisine de Nouvelle-Angleterre.

Marianne commence à me parler de sa carrière juridique. À peine sortie de la faculté de droit de Boston College, elle a travaillé pour un petit cabinet familial prestigieux de Beacon Hill. Quand, à vingt-huit ans, elle a décidé d'ouvrir son propre cabinet, ses anciens employeurs et associés n'auraient pas pu se montrer plus encourageants. J'ai eu beaucoup de chance, Frank, dès le début. Elle s'est installée près du Government Center, et avec son mari Derek, elle a acheté une maison de ville dans le South End, avant que le quartier s'embourgeoise. Lorsque son fils Connor est né, elle l'a emmené tous les jours au bureau et dans les palais de justice avec elle, l'allaitant dans les salles de conférences des juges. Quand nous avons eu Maddy, dit Marianne, nous avons pu nous permettre d'engager une nounou à plein temps. Nous avons acheté la maison à Topsfield. Le trajet était long, mais c'est une maison de rêve avec un pâturage et des bois près de la rivière. Les enfants et moi avons gardé la maison après le divorce.

La nounou ? Elle semble surprise que je sois curieux de la nounou. La première, Leena, venait d'Irlande. Plus tard, Bonnie est venue de Jamaïque. Derek organisait des concerts de rock ici à Boston, répond-elle quand je lui demande ce qu'il fait dans la vie. Quand je l'ai rencontré à l'université, dit-elle, il était *roadie* pour J. Geils. Elle fait une grimace. Puis il est devenu l'agent de certains des groupes punk et new wave de Boston qui sortaient du Rat et d'autres clubs. Il a bien réussi pendant un moment. J'ai vécu un peu de cette vie, Frank. Maintenant, Derek essaie de s'y remettre. Quand Maddy a entendu sur NPR que Pluton avait été rétrogradé au rang de planète naine, elle a dit, C'est comme ce pauvre papa, rétrogradé aussi au rang de planète naine, et qui lance son retour dans sa petite fusée punk.

Aïe, j'ai dit. Mais elle a de l'esprit, dis donc.

Pas de doute, a répondu Marianne. Maddy est en première année à Brown. Connor est en troisième année à Carleton.

Il n'y a pas une réserve naturelle Audubon à Topsfield ? je demande. Mon père m'y emmenait pour observer les oiseaux. Je me souviens rarement que lorsque j'étais un petit garçon, Bert était parfois un père assez dévoué. Ces meilleurs souvenirs sont enterrés sans ce qui est venu après.

Ça s'appelle le Sanctuaire pour la faune de la rivière Ipswich, dit Marianne. Même si c'est à Topsfield. Si les chouettes dames blanches s'appelaient comme ça parce qu'elles distribuent de la cocaïne, alors Derek aurait aussi emmené nos enfants observer les oiseaux.

Cette remarque reste un moment en suspens. Tant de gens que je connais à New York et à Mexico avaient l'habitude de consommer de la coke en permanence, je remarque. Certains ne l'ont pas perdue.

Il y a quelque chose de déchiré dans son regard. Il se referme. Tu peux le dire, conclut-elle. Ce n'est pas la seule façon dont Derek a foutu sa vie en l'air, mais c'est une longue histoire.

On a quarante-neuf ans, je dis. La vie est une longue histoire, tu ne crois pas ?

Marianne retrouve son sourire avec l'aplomb de quelqu'un qui ramasse un chapeau par terre et le remet en place sans perdre un instant, et reprend, Oh, c'est à moi que tu dis ça ? À propos, on dirait que tu as beaucoup voyagé, pas vrai ? New York, Mexico, Cuba. La dernière fois qu'elle m'a entendu à la radio, précise-t-elle, je parlais de ce poète révolutionnaire cubain qui vivait à New York. José Martí, c'est ça ? Son nom est partout à Miami, mais je n'ai jamais vraiment su quoi que ce soit sur lui. Une chose que tu as dite m'a vraiment frappée : un homme ne devrait jamais faire dans le noir ce qu'il ne ferait pas en plein jour, disait Martí.

Là, j'ai commencé à dresser une liste dans ma tête de toutes les choses que j'ai faites le jour et que je n'aurais dû faire que dans l'obscurité.

Nous avons ri, et j'ai dit que la citation se trouvait dans ses journaux intimes, quelque part. En raison des mœurs de l'époque et de sa propre position sensible de leader politique et moral des Cubains en exil, Martí a dû garder une grande partie de sa vie secrète, ce qui l'a blessé et humilié. J'ai mis Marianne un peu au courant, à propos de la fille, María, qu'il avait eue avec sa logeuse et qu'il adorait, de la situation dans la pension et de mon livre.

Quel est le titre ? demande-t-elle.

La Maison de la douleur.

Tu veux dire, comme le groupe qui chante *Jump Around* ?

Oui, mais j'avais déjà ce titre avant d'avoir entendu parler du groupe.

On dirait vraiment que c'était une maison de la douleur, dit-elle. Alors tu parlais de José Martí à la radio ce soir ?

Non, ils voulaient parler du général Cara de Culo. J'ai un peu expliqué ce qu'est Cara de Culo, le meurtre de l'évêque, le général qui se présente à la présidence. Je n'ai pas dit à Marianne que c'est à la suite de mes écrits sur cette affaire que j'ai dû quitter Mexico. Maintenant, j'ai été exilé à New York aussi, en un sens, comme Martí. Je ne voulais pas quitter Mexico, mais j'ai fui, il n'y a pas d'autre mot, en tenant compte de l'avertissement du consul. Puis je me suis juré d'essayer de vivre dans l'ici et le maintenant à New York, puis à Boston, États-Unis. « Qu'ai-je à faire dans les bois, si je pense à quelque chose hors des bois ? » a écrit Thoreau. J'ai essayé d'en faire ma devise. Bien que mon passé ne soit pas exactement un roman fantastique non plus. Ce n'est pas comme si je pouvais l'emballer dans une boîte en carton et le laisser à l'extérieur d'une association philanthropique comme Housing Works.

Nous en sommes à notre deuxième bouteille de vin quand Marianne commence à me parler de la dernière réunion de classe et de Ian Brown, qui est toujours aussi con. Ian est devenu un entrepreneur important à Atlanta, il construit des immeubles et des centres commerciaux. D'après Marianne, il a débuté grâce à l'argent de la famille de sa femme. Mais Ian est un ancien élève de notre programme de rattrapage scolaire, pourquoi sa réussite devrait-elle surprendre ? Selon

Marianne, Artie Kaplan, un autre de ses vieux copains du quartier, était aussi à la réunion et s'est assis à la table de Ian. Investisseur de la première heure dans certaines de ces start-up technologiques de la Route 128, Artie est aujourd'hui un homme riche lui aussi. Artie a raconté à Ian que sa femme l'avait quitté pour une autre femme, et Ian n'arrivait pas à s'en remettre. Pendant tout le reste de la soirée, il n'a cessé de crier : Artie, ta femme t'a quitté pour une autre femme ! en le montrant du doigt et en riant, jusqu'à ce qu'Artie réponde : Oui, cette salope ! Toujours le même Ian, a conclu Marianne.

Le Sandy Koufax, le modèle des brutes juives, ai-je ajouté.

Elle répond d'un sourire vague. Je ne pense pas qu'elle ait compris la blague. C'est Ian qui m'a donné ce nom de Monkey Boy. Tu t'en souviens ? Oui, dit-elle. C'est un vrai connard.

On m'appelait aussi Gols. Tu te rappelles aussi celui-là ? Je lui fais un faux sourire. Ian et son copain Jake t'appelaient aussi Pablo. Pablo, Monkey Boy, c'était un truc raciste, pas vrai ? Je n'avais pas réalisé ça à l'époque. Maintenant, ça semble trop évident.

Tu m'as probablement toujours vu comme un garçon juif comme les autres.

Même un mot comme « *halfie* » n'existait pas à l'époque. On vous classait dans la catégorie à laquelle vous ressembliez le plus, et c'était tout, même si les choses n'ont pas tellement changé depuis. Les Mexicains sont toujours surpris que les gringos n'aient pas de mot ou de concept de « *mestizaje* ».

Je savais que ta mère était étrangère, dit-elle. Mais je me souviens avoir été surprise en allant dans ta rue parce que toutes les fenêtres avaient ces menoras électriques, sauf chez toi. Tu avais des poinsettias dans ta baie vitrée. Est-ce que je me souviens bien ?

Des poinsettias en plastique.

Elle rit. J'ai dit à Lana que je ne savais pas que les poinsettias étaient aussi une fleur de Hanukkah.

J'étais une fille de St. Joe, moi, alors qu'est-ce que j'en savais ?

Monkey Boy, Chimp Face, tout a commencé au collège, je dis. Mais je ressemblais vraiment à un singe à l'époque ? Tu sais comment sont les ados.

Marianne me jette un regard sceptique.

Sérieusement, je dis. J'y ai beaucoup réfléchi au fil des ans, et j'en ai conclu que personne au collège ne ressemblait plus à un singe que moi.

OK, elle dit. Tu as les cheveux bouclés, tes oreilles ne sont pas petites, mais je ne pense vraiment pas que tu ressembles à un singe, et je ne le pensais pas non plus à l'époque.

Je n'apprécie pas du tout que tu considères les cheveux bouclés comme un trait simiesque, lui dis-je. C'est un stéréotype totalement faux, Marianne. Depuis quand n'es-tu pas allée au zoo voir des singes ?

Pendant quelques secondes, une trace de panique passe dans son regard, mais je mime un rire théâtral et Marianne éclate de rire, puis hoche la tête, une lueur affectueuse dans les yeux. Soudain, son expression se fige, elle lève les sourcils et dit, Mais tu as passé toutes ces années à penser que ce que Ian et les autres disaient était vrai, non ? Oh, Frank.

Je hausse les épaules. Je suppose, oui, mais maintenant ça n'a plus aucune importance.

Un souvenir de lycée : je me tenais devant le miroir de la salle de bains et, dans un spasme de dégoût de moi-même, je me frappais le visage aussi fort que possible, le sang de mes lèvres maculant mes joues, je l'étalais avec mes doigts, je me frappais à nouveau le visage, je crachais sur le miroir.

Mais dès que tu as quitté notre ville, a repris Marianne, tu as cessé de te voir comme ça ?

Je bois une gorgée avant de répondre : À peu près. Ce jour-là, quand tu étais dans ma rue et que tu as vu des poinsettias, j'étais avec toi ?

Elle semble faire un calcul rapide. Non, dit-elle. Mais je voulais te parler. J'ai marché jusque chez toi et j'essayais de trouver le courage de sonner à ta porte, et à ce moment précis, ton père est arrivé en voiture dans l'allée. Quand il est sorti, il m'a regardée comme si j'étais un dealer venu vendre de la drogue à son fils. J'avais peur de lui, alors j'ai continué à marcher.

Tu avais peur de mon père ?

Bien sûr. Tu me racontais des choses horribles sur lui. Il était abusif et violent avec toi, n'est-ce pas ?

Oui, je le détestais vraiment.

Tu me disais ça aussi.

Mais ce n'est pas comme si tu avais eu la vie facile avec ton propre père, ai-je remarqué.

Mais je n'ai jamais pensé que je le détestais. Il pouvait être déprimant et vindicatif avec ma mère, mais il était aussi terrifié par elle, elle pouvait le faire taire d'un seul regard. As-tu pardonné à ton père ou au moins as-tu fait la paix avec lui ?

On s'entendait mieux. Quelques années avant sa mort, Bert a essayé de me faire de grandes excuses pour m'avoir autant battu, mais c'était nul au point d'en être comique.

Au moins, il a essayé. C'est bien, non ? Elle a une sorte de sourire triste.

Alors dis-moi pourquoi tu venais me chercher chez moi ce jour-là ?

Pour parler de Ian, répond-elle. Je voulais te dire que j'allais le retrouver. Je voulais que tu l'entendes de ma bouche. Même si ton père n'était pas rentré, je crois que je me serais dégonflée. Ça a été une des pires décisions de ma vie, sortir avec Ian. Tu te souviens de ce qui s'est passé, n'est-ce pas ?

Ce doit être de ça qu'elle voulait me parler. C'est pourquoi nous dînons ensemble ce soir.

Quand j'étais arrivé au lycée ce lundi matin, la horde de crétins était en ébullition. Samedi soir, Ian était allé chercher Marianne dans la voiture de sa mère, et ils avaient dû finir par faire les choses habituelles que font les couples d'adolescents quand ils ne vont pas encore jusqu'au bout. Mais Ian était le seul du lycée à s'en vanter de manière aussi explicite, se livrant à un spectacle obscène qui provoquait cris et éclats de rire. Je choisissais mes itinéraires dans les couloirs pour l'éviter, mais j'ai aussi évité Marianne. Il s'agissait plus d'attirer l'attention sur Ian que sur Marianne, bien sûr, mais ce qu'il avait déclenché avait pris un élan diabolique. Marianne était sans aucun doute l'une des filles les plus appréciées de notre classe, si amicale et gentille avec tout le monde, jamais affectée. À partir de ce jour-là, on l'avait appelée Piggy. Piggy Lucas, ils l'avaient tracé au rouge à lèvres sur les miroirs des toilettes. Marianne Lucas est une cochonne ! Quelqu'un a même volé un fœtus de porcelet dans le laboratoire de biologie et l'a mis dans le casier de Marianne. Entre deux cours, les élèves excités tournaient autour, attendant. Juste avant la pause déjeuner, Marianne s'est arrêtée à son casier, l'a ouvert et s'est retrouvée face au fœtus de porc, rose et glacé, aux yeux énormes, posé debout comme une idole en Play-Doh sur le bord de l'étagère. Elle a levé les mains vers son visage. Tous les spectateurs se sont tus. Elle a sorti son manteau d'hiver de son casier, l'a enfilé et s'est retournée pour partir. À ce moment-là, Lana Gatto l'avait rejointe. Marianne lui a dit calmement qu'elle rentrait chez elle. Elle a traversé le couloir jusqu'à la sortie la plus proche dans son manteau de laine rouge, en remontant la capuche juste avant de pousser la porte. Lana m'a raconté qu'elle s'était mise à pleurer, car elle avait soudain la certitude de ne plus jamais revoir Marianne. Je me souviens de ce manteau et de sa capuche ; sur le devant, Marianne avait épinglé une petite broche en bois représentant un écureuil aux yeux rouges mangeant un gland.

Bien sûr que je me souviens de ce qui s'est passé, Marianne. Comment pourrais-je oublier ?

J'avais été froid avec elle, bien sûr, je l'évitais, je ne lui téléphonais pas. Pendant ce temps, j'attendais qu'elle vienne me demander la sympathie et le pardon qu'elle me savait incapable de lui refuser. Mais elle ne l'a pas fait. Elle n'a manqué que quelques jours de classe, mais lorsqu'elle est revenue, c'était comme si une lumière intérieure avait été étouffée, son regard se perdait dans le vague devant ses pieds. Au déjeuner, elle s'asseyait avec ses amies les plus proches, qui avaient toutes l'air moribondes et ne savaient pas quoi lui dire. J'aurais voulu qu'elles la persuadent de balancer son plateau-repas sur la tête de Ian, comme cette fille de terminale l'avait fait à un champion de hockey si manifestement imbu de lui-même. Si Marianne avait fait ça à Ian, cela aurait pu provoquer sa chute. Les vacances de Noël sont arrivées, et quand les cours ont repris, elle sortait avec Jimmy Gleason. Plus tard, Lana Gatto m'a dit que Marianne faisait du patin à glace avec ses petites sœurs sur l'étang de Sarah Hancock lorsqu'il est venu les rejoindre en patinant, une scène digne des *Quatre Filles du docteur March*. Pas étonnant que l'étang soit resté pour eux un endroit spécial.

Ces premiers mois de seconde avaient été comme un miracle pour moi : jouer au football américain, appartenir à un groupe d'amis, avoir M. Brainerd comme professeur, parler à Marianne au téléphone presque tous les soirs. Tout tournait autour d'elle, et mes progrès étaient des arguments que j'avançais pour qu'elle m'aime. Quand tout cela a disparu, le vide qui l'a remplacé m'a stupéfié.

Nous commandons un dernier verre, un bourbon pour moi. Marianne dit qu'elle ne devrait pas, mais commande un Ketel One avec des glaçons et un zeste de citron. Après avoir bu une gorgée, elle me regarde droit dans les yeux d'une manière qui m'avertit que quelque chose d'important va se produire. Elle dit : Frank, je sais que tous nos souvenirs de lycée ne sont pas géniaux, et je ne nie pas qu'à quinze ans j'étais assez perdue et parfois idiote. Mais le fait que nous soyons ensemble maintenant montre à quel point notre amitié compte pour moi.

Un discours qu'elle avait préparé pour ce soir, on dirait.

Ce qui semble difficile à croire, c'est que mes mains, comme si elles menaient leur propre vie déconcertante en dehors de moi, ont recommencé à trembler. Mais je dis ce que j'ai à dire. Marianne, tu te souviens de la conversation téléphonique que nous avons eue un soir, une longue conversation, peut-être la dernière, juste avant ce qui s'est passé avec Ian ?

Marianne semble réfléchir et finit par demander, Dis-m'en un peu plus ?

La partie dont je me souviens est difficile à décrire, je réponds, parce que j'avais l'impression que tu voulais me dire quelque chose mais que tu ne pouvais pas t'y résoudre. Tu n'arrêtais pas de dire des choses comme : Frank, pourquoi on ne peut pas… Et puis tu te taisais. Pourquoi je ne peux pas… ou encore : Frank, pourquoi ils ne peuvent pas… Mais tu ne finissais jamais ta phrase. Pourquoi tu ne peux pas, ou nous ne pouvons, ou ils ne peuvent pas être quoi ? Marianne me regarde attentivement. Tu répétais aussi mon nom d'une certaine façon. « Oh Fraaank », en soupirant. Oh Fraaank. Et puis tu te taisais. Ce n'est pas une très bonne imitation, mais je m'en souviens comme si c'était hier, Marianne. Je me souviens avoir écouté si fort ces silences, comme si je pouvais presque entendre dans ta respiration ce que tu voulais me dire. Je n'ai jamais oublié ce coup de fil, c'est tout.

Et tu penses que je pourrais me souvenir de ce que j'essayais de te dire ?

Je suppose que non. Mais voilà le problème. Depuis, je suis convaincu que c'était la première fois que quelqu'un me disait être amoureux de moi. Tu ne l'as pas fait, je sais. Mais c'est ce que j'ai entendu dans tes phrases et dans ces silences, que tu voulais vraiment me le dire. Des années ont passé avant le jour où une femme m'a dit qu'elle m'aimait en le pensant vraiment. Triste mais vrai, Marianne. Ce doit être une des raisons pour lesquelles je m'en souviens aussi bien.

L'expression de Marianne semble un peu amusée et émue aussi, peut-être. Tu penses que ce qui s'est passé avec Ian a empêché que quelque chose d'autre se passe avec nous. C'est ça ?

J'étais vraiment amoureux de toi. Tu le savais, n'est-ce pas ?

Oui, dit-elle. Je suppose que je le savais.

J'attends un moment, au cas où elle s'apprêterait à dire quelque chose de plus, avant de reprendre : Même si ce n'était pas réciproque, au moins je savais ce que c'était l'amour. Sauf qu'après ce coup de fil, j'ai eu l'impression que c'était réciproque, que le sentiment était là, en tout cas. Au moins, mes mains ont cessé de trembler. Elle me regarde en plissant les yeux avec un sourire en coin. J'aimerais pouvoir me souvenir de ce coup de téléphone aussi bien que toi, dit-elle.

J'ai toujours pensé que si nous étions allés au lycée dans une autre ville, peut-être que les choses se seraient passées différemment entre nous.

Je n'y ai jamais pensé de cette façon, dit-elle. Tu as peut-être raison, oui, dans une autre ville. Elle me sourit d'une manière qui me rappelle la façon dont elle me souriait à l'époque, à la fois chaleureusement et avec humour, comme si nous partagions en silence une blague secrète.

Vendredi

Après ce que nous avions bu, j'ai suggéré à Marianne de prendre une chambre d'hôtel, ou même de dormir sur le lit d'appoint de ma chambre, au lieu de retourner à Topsfield. Mais elle a insisté en répétant que tout allait bien. De toute façon, elle avait son match de tennis hebdomadaire le lendemain matin. Elle a promis de m'appeler quand elle rentrerait, mais une fois dans ma chambre, je me suis endormi rapidement. Quand je me suis réveillé ce matin, il y avait un message de Marianne sur mon téléphone : « Quelle bonne soirée, mon cher Frank. Nous verrons comment je joue au tennis avec une poche de glace sur la tête demain, ha ! Je t'en prie, restons en contact. C'est bientôt le printemps, je veux t'emmener faire du canoë sur la rivière Ipswich. »

Aucun message de Lulú, mais il est encore tôt, à peine 11 heures. J'avais prévu de garder la moitié de ce cookie géant aux flocons d'avoine et aux pépites de chocolat pour plus tard dans la journée, parce que j'ai toujours faim à la maison de retraite et qu'il n'y a rien qui me fasse envie là-bas, mais je viens d'en savourer la dernière bouchée. Je regarde autour de moi les autres clients de ce café genre tech qui prennent leur petit déjeuner diététique et leur café, tant de jeunes femmes au visage frais et à l'allure décontractée et, chose inhabituelle pour Boston, pas toutes blanches, mais certainement très diplômées et bien au fait de modes de vie dont je n'ai pas la moindre idée.

Je pourrais aussi bien y aller. Je vais marcher jusqu'à South Station, peut-être même passer devant le pont de Congress Street en tirant ma valise à roulettes, mon sac à dos sur les épaules, le cadenas de la salle de sport caché dans une paire de chaussettes, et la boîte de biscuits français au beurre dans son joli sac. L'exercice et l'air frais de l'Atlantique me feront du bien, mais mon mauvais genou me fait mal comme s'il avait lui aussi un peu la gueule de bois. Et la soirée d'hier ? Je pense que Marianne et moi en avons tiré ce que nous souhaitions. Elle était toujours blessée, après toutes ces années, par ce que Ian et tant d'autres de nos camarades de classe lui avaient fait, détruisant du jour au lendemain tout ce qui lui paraissait compréhensible et digne de confiance à propos de son monde et de qui elle était dans ce monde. Elle voulait me parler parce que nous étions proches à l'époque ; elle savait que j'avais été blessé moi aussi, et qu'au moins je serais intéressé. Il y a des gens qui pensent, Oh, ça va, c'était l'adolescence, comment peux-tu ne pas t'en remettre ? Ils sont comme ceux qui disent, Qui se soucie de ce qui s'est passé dans le lointain petit Guatemala il y a tant d'années, pourquoi en faire toute une histoire ? Je n'aime pas les gens comme ça. Alors pourquoi Lexi ne devrait-elle pas parler à son psy de ce que ça lui a fait d'être témoin des violences de Bert pendant toutes ces années, si c'est ce dont elle pense avoir besoin ? Qui suis-je pour dicter ce qui doit ou ne doit pas laisser une marque ? Le rythme de ma marche s'accélère, j'ai hâte de le dire à Lexi et de lui demander pardon d'avoir été infect auparavant.

Hier soir, avec Marianne, j'ai pu avouer quelque chose que j'avais caché pendant plus de trente ans, et vu comment je me sens ce matin, c'est comme si j'avais connu l'amour réciproque au lycée, après tout. Je peux donc remonter le temps et recommencer ma vie sentimentale, en avançant jusqu'à aujourd'hui : un homme confiant depuis l'adolescence dans sa capacité à inspirer l'amour, et qui sait quoi en faire. Les passants qui me croisent sur le trottoir regardent avec suspicion cet homme adulte qui rit tout seul, n'est-il pas sur le point de sortir une hache de son manteau, mais d'autres sourient franchement, qu'est-ce qui peut les faire réagir si différemment ?

C'est précisément ici, de l'autre côté de Fort Point Channel, sur un terrain brûlé par le soleil près de l'aéroport Logan, qu'au début de ma dernière année de lycée, alors que j'essayais de jouer au football universitaire, nous avons eu une mêlée de pré-saison fin août contre les East Boston High School Jets. Quelques minutes après avoir été pris comme remplaçant au poste de cornerback, je me suis élancé de biais pour saisir une passe qui était loin de sa cible, mes crampons se sont pris dans une motte de gazon desséché, et je suis tombé. Je me suis relevé, j'ai sauté sur une jambe, j'ai boité jusqu'à la ligne de touche, et ma carrière de footballeur s'est terminée là. Je n'ai jamais compris comment il a été décidé dans le cabinet du médecin de me mettre un plâtre au lieu de m'opérer, que ce soit la décision du médecin, de ma mère ou des deux. Le médecin qui a traité mon genou et contribué à le bousiller pour toujours parlait avec un accent allemand prononcé. Une forte main poilue serrée autour de ma cuisse et l'autre saisissant le bas de ma jambe, il a fait pivoter le mollet d'un côté à l'autre à partir du genou, en chantonnant bruyamment de sa voix grinçante : *Loosey Goosey, Loosey Goosey*. Au fil des années, a raconté Herr Doktor, il avait traité des dizaines de garçons de notre équipe de football, mutilés à vie, et plusieurs fois pendant l'examen, sous le regard de ma mère, il a qualifié l'entraîneur Tyree de boucher, en insistant sur le mot « boucher » avec un tel mépris qu'on aurait dit un de ces commandants nazis comiques à la télévision, *Ach, ist a butcher*! J'avais l'impression que le médecin essayait d'impressionner ma mère sur le mode de la compétition virile en rabaissant autant que possible Coach Tyree.

Avec la jambe plâtrée à la rentrée de la dernière année de lycée, je suis resté à la maison après les cours, ce qui a été crucial pour m'aider à obtenir les notes dont j'avais besoin afin d'avoir une chance d'entrer dans une université décente. Pratiquement du jour au lendemain, j'ai appris à affirmer ma volonté et à me servir de mes méninges comme je ne l'avais jamais fait auparavant, à être attentif en classe, à étudier, à faire mes devoirs. Après le départ de Yolandita pour épouser Richard, vétéran de la guerre du Vietnam et directeur chez Sears, Carlota Sánchez Motta, une mormone du Guatemala dont un parent était ami avec Abuelita, est venue vivre avec nous et fréquenter notre lycée. Bien sûr, je n'aurais jamais laissé personne m'entendre parler espagnol à Carlota là-bas, tout comme je n'aurais jamais attiré ce genre d'attention sur moi en répondant en cours d'espagnol les années précédentes. Mais à la maison, chaque fois que Carlota me parlait dans son anglais imparfait, j'insistais pour lui répondre dans mon espagnol imparfait, jusqu'à ce qu'un jour elle se taise et me regarde avec une expression blessée et déconcertée. Tu as tout le lycée pour pratiquer ton anglais, lui ai-je dit, mais moi, je ne peux pratiquer l'espagnol qu'ici. Ses yeux étaient comme deux pleines lunes noires de détresse qui se levaient derrière des joues brunes arrondies et légèrement marquées d'acné, et elle s'est exclamée, Oh, Frankie, comment ai-je pu ne pas y penser ? Ici, nous ne parlerons qu'espagnol, je te le promets ! Après ça, quand elle parlait en espagnol, je répondais en anglais. *Ay, que malo eres,* a-t-elle dit en me tournant le dos pour s'éloigner. Carlota, je suis désolé, je ne faisais que plaisanter, Carlota, *perdón* ! me suis-je écrié. *Por favor, perdóname !*

Ce même automne, après avoir été membre ordinaire dévouée de la Société latino-américaine de la Nouvelle-Angleterre pendant deux décennies, ma mère en a été élue trésorière. La société philanthropique organisait régulièrement des événements littéraires à son siège, une *brownstone* de Back Bay, le quartier des brahmanes de Boston. C'est Mamita qui m'a dit que la littérature latino-américaine rencontrait tant d'intérêt dans le monde qu'on parlait d'un boom. Lorsque Carlos Fuentes est venu donner une conférence à la société, elle s'est assise à côté de lui au déjeuner, ils ont parlé de Jorge Negrete, et Fuentes a même chanté un bout de la chanson qui dit : *qué lejos estoy del suelo donde he nacido* ; Mamita l'a accompagné. Elle aimait chanter malgré sa petite voix peu audible ; depuis qu'elle s'était tenue trop près de pétards d'anniversaire quand elle était petite, elle était sourde d'une oreille. L'élégant professeur argentin du MIT, président de la Société latino-américaine et ami intime de ma mère, était également un ami de Jorge Luis Borges à qui il donnait des conseils scientifiques pour ses histoires. Cette année-là, ma mère semblait avoir toujours avec elle un livre de Carlos Castaneda sur don Juan Matus, le chaman peyotl des Indiens. *Voir : Les Enseignements d'un sorcier yaqui* était aussi un livre assez célèbre pour qu'on parle de raz de marée, pensais-je. Le premier livre du genre que j'ai lu était *Pas de lettre pour le colonel*, de García Márquez, une édition de poche bilingue que Mamita utilisait dans l'un de ses cours d'espagnol. Sur l'étagère des livres nouveaux de la bibliothèque publique, j'ai trouvé *Le Plus Beau Tango du monde* de Manuel Puig, dont l'action se déroule dans une petite ville d'Argentine où la médiocrité mesquine et les écarts de conduite sexuels secrets de ses adolescentes ressemblent encore plus à notre ville que le décor de la Nouvelle-Angleterre du *Carrie* de Stephen King. Mamita disait toujours que les livres de Gabriel García Márquez lui faisaient revivre le triste *pueblo* dont notre famille était originaire du côté d'Abuelita, situé au milieu des plantations de sucre et de caoutchouc et des terres agricoles de la Costa Sur. Ce printemps-là, l'ophtalmologue que Carlota a rencontré au mariage de ma cousine Denise à Framingham lui a dit qu'elle lui rappelait son personnage féminin préféré dans *Cent ans de solitude*. Il n'a pas voulu dire lequel et l'a mise au défi de lire le livre et de le découvrir.

Pendant les premières semaines où Carlota a vécu avec nous, mon père a réussi à garder son calme, mais très vite, il a recommencé à fulminer et à brailler : Yoli Jésus-Christ Tout-Puissant, lâche-moi la grappe. Parfois, Lexi aussi faisait des crises de colère. Je me demandais si Carlota regrettait d'être venue vivre avec nous.

Cet automne-là, j'ai découvert que je n'avais plus vraiment d'amis. Certains m'avaient laissé tomber avant même la terminale ou s'étaient éloignés, ou, comme Space, avaient déjà disparu dans leurs propres désastres solitaires. Certains avaient des amoureuses ou des copains sérieux. Je n'avais même pas essayé d'embrasser une fille depuis Arlene Fertig.

Quand Carlota avait fini de ranger après le dîner et que tout le monde dans la maison était allé se coucher, nous nous asseyions à la table de cuisine en formica pour faire nos devoirs. Elle se penchait sur le manuel qu'elle étudiait ou sur le cahier dans lequel elle écrivait, sa concentration directe comme un fil à plomb, ses cheveux noirs soyeux encadrant son visage, son avant-bras et sa main bruns et lisses, les doigts légèrement enroulés reposant sur le dessus de la table tandis que le crayon dans son autre main slalomait rapidement sur une page en faisant de l'algèbre. Parfois, elle me demandait comment dire ou épeler ceci ou cela en anglais. Elle se levait, allait jusqu'au réfrigérateur, l'ouvrait et restait là à le regarder fixement, comme hypnotisée, et je regardais la forme de ses épaules fines sous son cardigan noir, et si elle portait une jupe, l'arrière de ses genoux et ses mollets, comme de petites chouettes posées sur les troncs minces qui sortaient de ses chaussettes. Lorsqu'elle revenait vers moi avec un bol de gelée ou une boîte de tarte aux myrtilles du supermarché, disposait des assiettes à dessert, me tendait une cuillère ou une fourchette, je lui disais merci et je mangeais en la regardant à peine. Maintenant, c'était moi qui me sentais toujours déconcerté.

Un soir, Carlota a levé les yeux au ciel et a dit, Notre guerre au Guatemala va devenir plus importante que celle du Vietnam, tu sais. Tu es aussi guatémaltèque, Frankie, a-t-elle dit. De quel côté tu seras ? Elle portait un pull rayé crème et rose, un bandeau élastique orange ramenait ses cheveux sur son front ; quelques minutes auparavant, j'avais été sur le point de la taquiner en lui disant qu'elle ressemblait à un esquimau orange-vanille, mais maintenant elle ressemblait à un garçon qui cherche la bagarre. Je ne peux pas me battre dans une guerre contre les États-Unis, lui ai-je dit. C'est parce que tu es comme tous les autres de ton lycée qui ne savent rien, a-t-elle dit en levant le menton, les narines un peu dilatées. Mais tu devrais savoir, parce que tu n'es pas seulement d'ici. Je regardais fixement dans un coin du plancher en essayant de comprendre si c'était sérieux. J'avais pensé que la guerre était finie maintenant ; pendant mes derniers étés au Guatemala, personne dans ma famille n'avait parlé de guerre, même si l'on voyait des soldats partout, des jeunes Mayas à l'air sévère, bien musclés, qui passaient dans des camions ou des jeeps pourvus de mitrailleuses à l'arrière. Reprenant sa voix de gentille Minnie Mouse, Carlota a dit, Je suis reconnaissante d'être dans ce pays, d'apprendre l'anglais, de me faire de nouveaux amis. Dans cette ville, même un facteur, comme le père de Chip, possède une maison, une voiture, et personne n'a jamais faim, et ce pays est une grande *maravilla*, je sais. Mais Frankie, dit-elle, nous devons être prêts à nous battre pour les gens qui n'ont rien mais qui sont *notre* peuple, Dieu me le dit dans mon cœur. Je voulais demander qui était Chip, mais je me suis écrié, Tu te trompes sur moi. Je ne veux pas manifester avec des hippies geignards, je veux me battre pour de vrai. Et j'ai essayé de faire en sorte que mes yeux brûlent comme les siens. Avant de devenir le Comandante, Che Guevara était médecin au Guatemala, a dit Carlota. Tu le savais, Frankie ? Elle m'a raconté que le jeune Che était venu au Guatemala pour soigner les pauvres, mais qu'il avait été témoin du renversement par les États-Unis de la révolution démocratique de notre pays en 1954, des bombardements sur la capitale, des bébés déchiquetés dans leurs maisons explosées, et de la façon dont le Président s'est rendu sans armer les gens qui voulaient se défendre. Après cela, dit Carlota, le Che a compris qu'il n'y a pas de moyen pacifique de défendre une révolution contre les Yankees, il suffit de regarder ce qui est arrivé l'année dernière au Chili. Je me suis souvenu des photos du magazine *Life* que j'avais vues quand j'étais enfant, montrant le cadavre maculé et à moitié nu du Che, étendu sur un banc en bois, des soldats debout autour de lui, le poussant, tirant sur ses cheveux. Carlota est retournée à ses devoirs, et j'ai essayé d'en faire autant. Un peu plus tard, avant que nous allions nous coucher, elle m'a demandé si elle pouvait signer mon plâtre, qui était barbouillé mais encore lisible là où j'avais essuyé ce que les lycéens y avaient écrit, « Mange beaucoup de bananes, Gols ! » et autres. Avec un marqueur rouge, elle a écrit *HASTA LA VICTORIA SIEMPRE* au-dessus de son nom, et elle a dessiné et colorié une étoile écarlate. Alors que je la regardais se pencher sur ma jambe, écoutant le crissement de son marqueur contre le plâtre, une chaleur m'a traversé comme une vague, une chaleur qui m'a porté jusqu'à cette pièce fermée où les émotions sont stockées comme des vélos sur qui personne n'est jamais monté.

Ma professeure de sciences sociales, Mlle Mahan, gentille et douce, avait constamment le rire à la bouche pour ponctuer tout ce qu'elle disait de politique à tendance de gauche. Elle avait consacré certains cours à César Chávez et à l'Union of Farm Workers et portait un pin's UFW sur la veste en jean qu'elle gardait en classe. Une fois, quand je suis allé à son bureau pour lui poser une question, j'ai vu ses yeux vagues injectés de sang et senti une odeur d'alcool mêlée à celle des bonbons à la menthe pour l'haleine. Je ne savais pas sur quoi écrire mon essai de fin de premier trimestre pour ce cours. Carlota a suggéré que j'écrive sur Thanksgiving : une fête très intéressante que nous n'avons pas au Guatemala. Je me suis alors souvenu de ce que Jim Cerullo avait dit en espagnol en classe de seconde, la même classe où Joe Botto avait été affublé du sobriquet Joe le Zob ; Jim, dont le père était propriétaire de Cerullo Farm and Nursery, était devenu Jaime. Il a dit à notre professeur, *señora* Hogan, qu'il prenait des cours d'espagnol pour pouvoir communiquer avec les ouvriers agricoles migrants qui travaillaient pour son père. Pas communiquer, a-t-il rectifié, diriger. Si j'allais interviewer ces ouvriers agricoles migrants qui se trouvaient ici même dans notre ville et que j'écrivais mon mémoire sur le sujet, Mlle Mahan me donnerait probablement une bonne note. Carlota voulait m'accompagner pour traduire, mais j'ai protesté que je n'avais pas besoin d'une interprète. Elle a remarqué, Peut-être qu'ils parlent *k'iche'*. Elle pouvait parler cette langue maya parce qu'elle avait grandi dans une *finca* de caféiers. Je n'avais jamais demandé à Carlota où elle avait grandi, je ne savais pas pourquoi sa famille était mormone ou même ce que cela signifiait. Ton père cueillait le café ? j'ai demandé.

Non, il était le comptable de la plantation. J'imaginais Bob Cratchit en train de travailler sur son livre de comptes à la lumière d'une bougie, dans une pièce chaude et sombre remplie de sacs de café en toile de jute, de moustiques et de mites. Cerullo dit que les travailleurs parlent espagnol, ai-je affirmé. J'y suis allé seul pour lui montrer que je pouvais le faire. On venait de m'enlever mon plâtre et, la jambe ballante, je me suis traîné sur Parish Road avec mes béquilles. Un chemin de terre bordé de grands pins d'un côté et de fourrés desséchés de l'autre menait à une brève rangée de cabanes en bois brun. Je n'ai pas vu d'ouvriers agricoles dans les environs et je me suis reposé sur mes béquilles, en écoutant les bruits de gens au travail de l'autre côté des pins, le fer frappant ou tintant sporadiquement. L'air avait une odeur épicée de conifères, de terre froide, de feuilles et de broussailles flétries, avec quelque chose comme de la noix de muscade ou des clous de girofle, et une fumée suggérant que l'hiver approchait, comme si, de l'autre côté de South Hill, il pouvait déjà neiger. Je ne vivrai jamais en ville, me disais-je, mais toujours près des forêts. Finalement, un groupe d'hommes a tourné sur la route à travers les pins et s'est dirigé vers moi. Ils portaient des jeans, des casquettes de base-ball, des sweat-shirts. L'un d'eux, en veste de camionneur de velours côtelé effilochée, semblait être leur chef. Il était le plus petit, mais aussi le plus vieux, avec une barbe poivre et sel, la peau comme un vieux gant de base-ball, des yeux profondément enfoncés cernés de rides en forme d'éventail. J'ai expliqué en espagnol pourquoi j'étais là, et quand je leur ai dit que j'étais un camarade de classe de Jaime, ils m'ont regardé d'un air absent. Le fils du propriétaire de la ferme, ai-je précisé.

El joven Jeem ? a demandé l'homme le plus âgé d'un ton bourru. Dans notre cours d'espagnol, il s'appelle Jaime, ai-je expliqué. L'homme plus âgé a gloussé et a répété Jaime avec insistance, et les autres ont ri aussi. J'ai sorti mon carnet de notes de ma poche arrière et j'ai commencé à poser mes questions, et à presque toutes – Avez-vous l'impression d'être exploité ? Est-ce que M. Cerullo vous vole sur votre salaire ? ils ont répondu non. À quelques-unes, Vos pays vous manquent-ils ? Vous aimez le travail à la ferme ? ils ont répondu oui. J'ai demandé, Est-ce qu'ils vous donnent assez à manger ici ? Et l'homme plus âgé a aboyé, *Con una comida comen tres.* Je ne savais pas s'il voulait dire qu'un repas était si copieux qu'il pouvait nourrir trois travailleurs ou que trois devaient partager un repas assez copieux pour un seul, mais j'ai hoché la tête comme si j'avais compris et une phrase favorite de l'oncle Memo m'est revenue. Je me suis exclamé, *Ala gran chucha* ! et tout le monde a explosé de rire. L'homme âgé, qui s'appelait Eugenio Pérez, était originaire du Mexique. Ce premier après-midi, je n'ai pas rencontré les trois travailleuses migrantes car elles préparaient des tartes à la citrouille, les fameuses *pumpkin pies,* dans la cuisine du magasin de la ferme. Eugenio le prononce *pumkeen,* comme ma mère et Carlota. Les ouvriers allaient bientôt descendre dans des fermes en Floride pour l'hiver. C'est à Eugenio que j'ai le plus parlé, surtout lors des visites suivantes. Il était d'abord venu aux États-Unis avec d'autres Mexicains, conduits dans un camion au milieu de la nuit depuis Tijuana à une exploitation de poivrons en Californie. Ils sont arrivés vers 3 heures du matin et à 4 heures, dit Eugenio, ils étaient déjà au travail dans les champs. Après trois autres semaines de dur labeur, on leur a dit qu'ils avaient payé ce qu'ils devaient en transport, logement et pension, et quelques jours plus tard, la récolte de poivrons s'est terminée et Eugenio s'est retrouvé bloqué en Amérique avec seulement quelques jours de salaire en poche. « Les poivrons verts que l'on trouve dans nos sandwichs saucisse-poivrons et sur les pizzas en ville, proviennent des fermes de Californie où Eugenio a travaillé », ai-je écrit dans ma dissertation. Dans la marge, Mlle Mahan a tracé une rangée de points d'exclamation et un OUI ! Si ces connaissances, que je devais à Eugenio Pérez, ont fait grimper ma note jusqu'à mon tout premier A+, elles m'ont aussi directement aidé à entrer au Broener College, sur les rives du lac Seneca, à Wagosh, dans l'État de New York.

Un mois plus tard, un soir, ayant oublié ses clés, Carlota a sonné à la porte ; tout le monde était couché sauf moi, et j'ai ouvert pour la trouver dehors sur le perron avec le garçon qui s'est avéré être Chip. De frais nuages d'haleine alcoolisée s'échappaient de leurs bouches, leurs visages étaient gelés mais leurs sourires presque incandescents. Chip, pas très grand, avait de longs favoris orange ; il m'a tendu la main sans enlever sa moufle de ski et, me regardant dans les yeux, a souri comme un prince de Disney à la mâchoire carrée. Je l'avais à peine remarqué au lycée. Je crois qu'il était dans l'équipe de foot. Je me suis préparé à entendre Carlota murmurer qu'elle allait faire descendre Chip en douce dans sa chambre. Au lieu de cela, ils ont échangé un rapide baiser sur les lèvres, elle est entrée, et j'ai fermé la porte sur Chip. Elle a enlevé ses bottes, de la pointe des pieds au talon, comme une experte de la Nouvelle-Angleterre, et avec un sourire timide qui m'a donné l'impression d'être un étranger, elle a murmuré,

Buenas noches, et a dévalé les escaliers dans ses chaussettes de laine jusqu'à sa chambre.

Ce printemps-là, ma cousine Denise s'est mariée à Framingham. Sur le parking du restaurant et de la salle de réception où se déroulait le mariage, une dispute a éclaté entre mes parents dans la voiture, qui s'est rapidement muée en haine mutuelle virulente. J'étais habitué aux hurlements accusateurs de Bert, à ses reproches et à ses plaintes, mais ils avaient pris un côté frénétique et suppliant. Ma mère, qui n'élevait presque jamais la voix, hurlait son indignation et sa douleur envers mon père d'une manière que je n'avais jamais entendue auparavant, qui sonnait à la fois nouvelle et très ancienne. C'est cette année-là que j'ai pris conscience pour la première fois du malheur de ma mère, une prise de conscience progressive mais déconcertante qui allait culminer des mois plus tard, pendant ma première année à Broener, un week-end de décembre juste avant les vacances de Noël, lorsque je suis venu de Wagosh, dans le Nord de l'État, jusqu'à New York pour accompagner mes parents au mariage d'un autre parent éloigné à Long Island. Cet automne-là, Lexi avait commencé à fréquenter un pensionnat privé pour filles situé dans la ville voisine de l'université, et elle ne voulait pas s'en éloigner pour un week-end. J'ai pris le bus jusqu'à l'affreux hôtel près de l'aéroport LaGuardia où se trouvaient mes parents, et quand je suis entré dans la chambre, j'ai trouvé ma mère seule, sanglotant sur le lit la tête dans les draps. Maman, qu'est-ce qui ne va pas ? ai-je demandé une fois, puis deux. Finalement, sa petite voix étouffée a dit dans l'oreiller, Oh, Frankie, ce n'est rien. Sa posture n'a pas changé. Il y avait un lit de camp au pied du lit, installé là pour que j'y dorme.

Où est papa ? Elle n'a pas répondu. Il était probablement quelque part à regarder un match de football sur lequel il avait parié. Maman, tu as bu ? j'ai demandé. *Ay*, Frankie, *no seas baboso*, a-t-elle dit dans l'oreiller ; elle a même fait une faible tentative pour rire. Pourquoi n'as-tu pas appelé d'abord ? a-t-elle demandé un moment plus tard. Frankie, laisse-moi seule quelques minutes, s'il te plaît, pour que je puisse me ressaisir. Elle pleurait à nouveau doucement. D'accord, Mami, calme-toi. Je suis sorti de la chambre. Pendant un moment, je suis resté dans le couloir à me demander si je devais y retourner. Je me sentais impuissant mais aussi blessé. Je me serais sans doute enfui vers la ville, que ma mère ait pleuré ou non, car il était hors de question que je dorme sur ce lit de camp comme un chien aux pieds de mon père.

J'avais demandé à ma mère si elle avait bu parce que le printemps du mariage de ma cousine Denise et de la dispute dans la voiture, j'étais rentré un soir et je l'avais trouvée évanouie sur le sol de la cuisine. Mamita n'avait jamais été une buveuse, même si elle aimait bien un unique verre de sherry après le dîner, le soir, avec un bol de cacahuètes salées, assise les pieds en l'air dans son fauteuil inclinable, pour regarder une rediffusion de *I Love Lucy* ou Carol Burnett à la télévision, Mary Tyler Moore aussi. Maintenant, elle buvait du sherry avant le dîner. Il suffisait de trois petits verres pour la faire tomber par terre, les mains croisées sur le ventre.

Peu de temps après ma première année d'université, mes parents se sont enfin séparés, comme ma sœur poussait ma mère à le faire. Le monde de ma sœur s'ouvrait d'une façon qui n'aurait pas été possible si elle était allée dans notre lycée. Mamita, déterminée à épargner à Lexi cette épreuve, elle avait déjà eu des moments assez difficiles au collège, avait persuadé Abuelita de payer pour que Lexi aille à l'école privée de filles et même pour qu'elle y soit pensionnaire, bien que ce soit près de la maison.

Ce jour-là, sur le parking devant la salle du mariage de la cousine Denise, ma sœur et moi nous étions sentis obligés de rester sur le siège arrière de la voiture pendant que nos parents poursuivaient leur dispute enragée, comme si nous étions les vigiles d'un hôpital où ils avaient été transportés après un accident. Finalement, alors que le pugilat commençait à se calmer, les silences entre les crises devenant plus longs, Lexi et moi avons échangé des regards et nous sommes sortis de la voiture. Nous avons traversé le parking gravillonné vers une entrée voûtée dans le faux mur de briques genre Nouvelle-Angleterre coloniale, jusqu'à la cour ombragée d'arbres et de tentes où le mariage avait lieu. Carlota était venue quelques heures plus tôt pour aider aux préparatifs du mariage. Tante Milly la payait, bien sûr. Mais si Carlota avait dit qu'elle ne voulait pas travailler ce jour-là ? Tante Milly l'aurait-elle quand même invitée ? J'ai aperçu Carlota debout, seule, dans un coin bordé de forsythias en fleur d'un jaune mousseux, les bras croisés, serrant ses coudes. À plusieurs reprises, elle a porté à ses lèvres la cigarette qu'elle tenait dans une main. Je n'avais jamais vu Carlota fumer auparavant. Fumer, boire, le communisme, peut-être coucher avec Chip, elle n'était plus une fille mormone bien sage. L'eye-liner coulait en traînées sur ses joues. Ils me traitent comme une putain de bonne, a-t-elle répondu quand je lui ai demandé ce qui se passait. Je ne l'avais jamais entendue dire « putain » non plus. Qui ça ?

J'ai demandé. *Eux,* a-t-elle dit, ta tante, les responsables, la fleuriste, *púchica,* tout le monde.

Comment ils te traitent comme une bonne ?

La fleuriste m'a fait arracher les épines des roses, regarde. Carlota a levé les doigts, mais ils avaient l'air normaux. Ils saignaient encore il y a quelques minutes, a-t-elle dit avec une moue. Ils ne connaissent même pas mon nom, a-t-elle ajouté en tirant une nouvelle fois sur sa cigarette et en clignant rapidement des yeux. *Mees,* miaula Carlota d'un ton caustique, viens ici pour repasser ces nappes. Elle a expiré la fumée à nouveau et a dit, Mais le fils de la fleuriste m'a aidée avec les roses. Au moins, lui, il est gentil.

Elle parlait de l'ophtalmologue. Il était venu tôt, lui aussi, pour aider sa mère, la fleuriste, une vieille amie et voisine de tante Milly. À la table où la fleuriste et ses deux assistantes avaient fait leur travail, le premier plat de ce scandale amoureux avait été servi. Pendant qu'ils arrachaient les épines, avait-il dit à Carlota qu'elle lui rappelait son personnage féminin préféré dans *Cent ans de solitude* ? Je ne me souviens pas avoir remarqué l'ophtalmologue au mariage, mais lui et Carlota ont commencé à sortir ensemble juste après. Il avait une vingtaine d'années, était grand avec de longs bras musclés, une tignasse de boucles noires sur la tête ; basané, il conduisait une MG vert foncé, souvent avec un kayak attaché sur le toit. Pour autant que je sache, la fleuriste n'a jamais pardonné à ma tante d'avoir amené Carlota au mariage, où cette Guatémaltèque, qu'on lui avait sûrement décrite comme la bonne de Bert et Yoli, avait volé le cœur de son fils unique. À cause de l'opposition de la fleuriste à cette histoire d'amour, j'ai entendu ma mère dire plus tard que l'ophtalmologue avait lui aussi cessé de parler à sa mère. De vrais hors-la-loi de l'amour, Carlota et l'ophtalmologue. Carlota était censée retourner au Guatemala à la fin de l'été. Un soir humide et chaud, rentrant à pied depuis l'arrêt de train après le travail, je l'ai trouvée dans notre jardin, debout à côté des plants de tomates enroulés sur leurs tuteurs torsadés de mon père. Elle portait un short de sport, un T-shirt et des chaussettes blanches, les cheveux collés par la sueur sur le côté de son visage. La porte arrière de sa chambre, qu'elle avait laissée entrouverte, donnait presque directement sur le potager, et ses baskets étaient posés dans l'herbe juste à côté. Pourquoi tu restes là à regarder les tomates ? lui ai-je demandé. Elle m'a regardé comme si elle sortait d'une transe et m'a dit qu'elle avait fait du jogging. Du jogging ? Pourquoi ? Parce que l'ophtalmologue lui avait dit qu'elle n'était pas en forme et qu'elle avait pris un peu de poids. Allons, tu n'es pas du tout en surpoids, lui ai-je dit. Non, il a raison, je suis une grosse loche. Les lèvres serrées en signe de dégoût, elle a tendu le bras en pinçant son biceps entre deux doigts pour me montrer à quel point il était flasque. C'était troublant que le fait d'être sérieusement amoureuse ait rendu Carlota insatisfaite d'elle-même à ce point ; c'était comme un de ces moments dans un roman ou un film où vous comprenez que l'enfance de votre personnage préféré est terminée. Mais ce n'est pas comme si je tenais, quand j'irai à l'université, à faire partie de l'équipe d'aviron de Charlie's Reever. Tu vas aller à l'université ici ? j'ai demandé. Cette année je n'ai eu que des A et des B, a-t-elle répondu. Elle n'avait pas eu de mauvais résultats à l'examen de fin d'études, le SAT, mais comme son anglais était devenu bien meilleur depuis les épreuves, elle voulait les repasser. L'ophtalmologue l'encourageait à s'inscrire dans les universités où elle pouvait se rendre depuis la maison. Elle n'arrivait pas à décider si elle voulait étudier l'histoire de l'art ou la médecine. L'ophtalmologue l'avait emmenée dans des musées. Sa visite au musée Isabella Stewart Gardner lui a fait comprendre qu'elle serait heureuse de passer le reste de sa vie à étudier de belles peintures. Mais si elle allait à l'université à Boston, lui ai-je demandé, où vivrait-elle ? Elle a répondu par un haussement d'épaules apathique. Peut-être que ma mère te laissera rester ici, me suis-je risqué à dire. Trois semaines plus tard, Carlota a annoncé qu'elle déménageait le lendemain, qu'elle allait vivre avec l'ophtalmologue. J'étais le seul de notre famille sur le trottoir pour voir Carlota partir. Elle m'a pris dans ses bras pour me donner une bise sur la joue, m'a promis de rester en contact, les amoureux sont montés dans la MG et sont partis. Je n'ai pas revu ni entendu parler de Carlota depuis.

Ce même été, lisant souvent dans le parc Boston Common le matin avant d'aller travailler sur le bateau du Tea Party et dans le train du retour, j'ai terminé *Cent ans de Solitude*, m'y frayant un chemin comme s'il s'agissait à la fois d'un labyrinthe bondé et d'un jeu d'illusion optique où il faut trouver le visage caché, mais aucun des personnages ne me rappelait vraiment Carlota. Quand elle a quitté la maison, Carlota n'avait toujours pas lu le roman. Peu après, tante Milly a déménagé avec oncle Lenny en Floride. Les années suivantes, si elle avait des nouvelles de Carlota et du fils de la fleuriste, elle n'en parlait jamais. Une nuit brûlante et moite à Managua, un ami qui avait été un combattant sandiniste étant adolescent m'a emmené dans un refuge pour guérilleros guatémaltèques blessés, car il envisageait d'apporter ses compétences en matière de combat à Guate et voulait parler à un *comandante* qui se remettait d'une blessure à la jambe. Le refuge se trouvait dans la coquille d'une maison au milieu des ruines du centre ancien détruit par le dernier tremblement de terre et par la guerre. Le *comandante* prenait l'air, assis sur une chaise devant la porte, et pendant que lui et mon ami conversaient solennellement, j'ai aperçu à l'intérieur une femme sur un lit de camp contre le mur du fond. Elle se relevait sur un coude, avec ses bandages de gaze enroulés autour de la tête et sur un œil, et nous regardait de l'autre œil à travers la vapeur de cette pièce étouffante éclairée seulement par quelques bougies. Ce n'est que plus tard que je me suis posé la question : Au fond, est-ce que cette guérillera blessée pouvait être Carlota ?

Pendant la majeure partie de ce printemps, les matins où je devais me rendre au bateau du Tea Party, mon père insistait pour m'accompagner en voiture jusqu'à Boston, se détournant de son itinéraire habituel pour me laisser descendre près du Common. Nous quittions la maison juste après l'aube alors que je ne devais pas être à mon travail avant 9 heures. Il avait probablement pensé que nous allions avoir des conversations et réparer un peu notre relation avant que je parte pour l'université, mais il s'était rendu compte qu'il n'avait pas plus à me dire que je n'avais à lui dire. Il gardait toujours l'autoradio réglé sur une station de Boston qui diffusait des informations et des résultats sportifs ; un de ces matins, nous avons entendu parler de la chute de Saïgon. Pendant toute mon enfance, Bert avait été mis en rage par la guerre du Vietnam, hurlant à la télévision : Je crache sur ce pays, je crache sur ce pays ! Les matins de week-end, sur le parking de Stop and Shop, il y avait toujours des hommes d'âge moyen et des vieillards portant des chapeaux des vétérans des guerres étrangères américaines, étrangement suaves et pourtant prêts à l'insulte, avec leurs pétitions sur porte-bloc à pince réclamant la prison pour Hanoi Jane, appelant à une nouvelle escalade ou une nouvelle campagne de bombardement, ou encore demandant la grâce du lieutenant Calley ou quelque chose à propos des soldats disparus au combat, et mon père fulminait : Dégage de mon chemin, espèce de belliciste, avant d'entrer dans le supermarché pour acheter son maquereau fumé et ses bagels. En même temps, il considérait les hippies, même les hippies qui protestaient contre la guerre, avec dégoût et une répulsion furieuse. Et moi, j'étais assis à côté de lui avec ce buisson afro qui me poussait sur la tête.

Le soir, en faisant ma ronde de vérification avant la fermeture, je me glissais sur le foc pour attacher et fixer la voile roulée, et j'aimais bien m'installer là, à califourchon, jambes pendantes, en regardant l'eau étincelante qui ondulait sous le pont de Northern Avenue, avec ses teintes bleu chrome à cette heure du soir, et le vol des mouettes. J'ai eu beaucoup de chance de faire ce travail sur le *Beaver II*. C'était comme « mon premier bateau » dans les histoires de développement personnel de Joe Polish, un bateau qui m'avait emmené loin de chez moi, dans un port lointain d'où je pouvais maintenant mettre les voiles dans n'importe quelle direction. À mesure que la fin de l'été approchait, chaque fois que je devais enfoncer mon chapeau de marin Jack Tar sur ma coiffure de plus en plus volumineuse, je me rappelais la raison pour laquelle j'avais laissé pousser mes cheveux comme ça, mon téméraire plan secret, et je sentais mon estomac se serrer nerveusement.

Quelques jours avant mon départ pour l'université, je suis allé avec ma mère dans un salon de coiffure de la ville voisine. La coiffeuse a appliqué une pâte chaude et suffocante qui me brûlait le cuir chevelu, l'a étalée et fait pénétrer dans mes cheveux à l'aide d'une palette en plastique, a massé le tout avec des doigts gantés de caoutchouc jusqu'aux poignets, dans des enchevêtrements gluants. C'est un sacré boulot ! s'est-elle exclamée. Je suis resté sous le sèche-cheveux un long moment, puis la coiffeuse s'est mise au travail avec ses ciseaux. L'opération a bien duré deux heures et ma mère est restée patiemment assise, feuilletant parfois un magazine féminin ou regardant un point invisible dans l'espace. Lorsque nous avons quitté le salon, j'avais des cheveux raides tombant presque jusqu'aux épaules, soyeux et épais. Je me souviens qu'ils me chatouillaient les clavicules et que c'était très excitant. La coiffeuse a déclaré que je ressemblais à un George Harrison enfant. Je pensais que mes cheveux ressemblaient plus à ceux de Todd Rundgren, mais lorsque le film *Masculin Féminin* de Godard a été projeté à Broener un soir de week-end au début de l'automne, j'ai réalisé qu'ils évoquaient plutôt ceux de Chantal Goya. Lorsque nous sommes rentrés du salon de coiffure cet après-midi-là, le dégoût de mon père ne m'a pas dérangé, car à quoi aurais-je pu m'attendre ? Ça ne l'a pas empêché, le jour de mon départ pour l'université, de m'offrir un cadeau, une pipe en écume de mer, avec une boîte de tabac et des cure-pipes de chez Leavitt et Peirce à Harvard Square, où il achetait ses propres pipes, son tabac et ses cigares. Un universitaire se doit d'avoir une pipe, m'a dit Bert.

Il est presque midi à South Station, et je regarde le tableau d'affichage en cherchant le numéro de voie du train pour la maison de retraite de Mamita quand mon téléphone vibre, un SMS de Lulú. C'est en anglais : « Tani veut savoir. Plus de fenêtres dans le monde ou plus d'enfants ? C'est mignon. Je lui dis que mon ami connaît la réponse ! Plus de fenêtres ou plus d'enfants ? *Besitos.* » Je marche sur la longue plate-forme d'un pas qui a trouvé un nouveau ressort. *Pelícanos* et maintenant ça. Lulú est-elle poète ? Dans un peu plus d'une heure, je serai à Green Meadows, j'entrerai dans la salle de séjour surchauffée de l'étage où est ma mère, où je la trouverai comme toujours assise dans son fauteuil roulant, souvent assoupie comme un loir, et je m'imagine en train de crier avec un enthousiasme si débordant « Mamita, je suis amoureux ! » que tous les autres vieillards atteints de démence et d'Alzheimer qui se trouvent là, avec leurs visages aussi pâles qu'une pâte à tarte surgelée, relèveront la tête pour me sourire. Frankie, quelle bonne nouvelle ! dira Mamita. Cela signifie-t-il que tu me donneras bientôt un petit-enfant ?

Plus de fenêtres que d'enfants dans le monde ou plus d'enfants ? Alors que nous sortons de la gare, à travers un ravin de béton ensoleillé, ce train de banlieue, avec son plancher d'acier crasseux et ses sièges en cuir brun éraillé, me rappelle un véhicule de transport de troupes, peut-être un camion IFA d'Allemagne de l'Est comme ceux utilisés par les sandinistes. J'ai voyagé à l'arrière de quelques-uns d'entre eux, serré sur une banquette entre de jeunes soldats et leurs kalachnikovs dans une odeur de métal et de graisse, de corps surchauffés dans des treillis de lourd tissu vert, de vieille sueur et toujours d'une légère mais envahissante odeur de merde, résultat de ce que la peur constante fait aux estomacs retournés d'adolescents déjà infectés par les parasites de la jungle. Mes mains, doigts entrelacés, pendent entre mes genoux. En fait, on passe beaucoup plus de temps à regarder ses mains qu'à regarder son visage. Mes mains me ressemblent sans doute plus que mon visage. Je les disjoins pour observer le grain de beauté au milieu de la paume gauche. À Wamblán, un avant-poste des forces spéciales sandinistes près de la frontière hondurienne, Jacinto, le jeune commandant, était convaincu qu'il s'agissait d'une cicatrice de stigmate et il ne savait pas si cela présageait du bon ou du mauvais. Mais pour que ce grain de beauté soit crédible en tant que stigmate, il faut imaginer les fidèles vénérant un Christ qui pend de la croix par un seul bras. Ces phalanges se sont écrasées sur le côté de la tête de mon père, le deuxième coup de poing plus fort que le premier alors même qu'il tombait en avant, la sensation effroyable de l'os et de la peau à travers les cheveux, un coup de poing criminel dans un sens où le premier ne l'était pas. Je ne peux pas m'en souvenir sans une boule à l'estomac. Le premier coup aurait-il pu suffire pour qu'il ne me frappe plus jamais, ou est-ce la suite qui lui a fait peur ?

Dans une ville comme la nôtre, il y avait facilement plus de fenêtres que d'enfants. La maison de Wooded Hollow Road, par exemple, avait, voyons, cinq fenêtres au rez-de-chaussée, sept à l'étage, plus les portes vitrées coulissantes donnant sur le porche. L'avantage numérique écrasant des fenêtres sur les enfants à Boston et New York, probablement dans n'importe quelle ville occidentale, n'importe quelle ville de Chine ou du Japon aussi. Mais qu'en est-il de Lagos, de Mexico, de Rio, des gratte-ciel sans enfants à côté de cercles de misère qui s'étalent sans cesse, où pullulent les enfants, plus d'enfants que de fenêtres, ou un nombre égal ? Les maisons traditionnelles des villages mayas, composées d'une seule pièce avec des murs en terre ou en briques de terre tassée avec de l'herbe et des brindilles, n'ont parfois même pas de fenêtre, juste une porte, et souvent une demi-douzaine d'enfants ou plus vivent à l'intérieur ; dans les foyers rustiques des pauvres du monde entier, au Mexique bien sûr, en Amazonie aussi, dans tous les environnements de jungle que j'ai visités, il y a beaucoup plus d'enfants que de fenêtres. « Chaque enfant représente une infinité de fenêtres, chère Lulù. L'amour aussi. Les questions ouvrent des fenêtres. » J'écris ces mots sur mon téléphone, j'appuie sur Envoyer, je m'adosse à mon siège. Merde, est-ce que je viens d'écrire cette idiotie ? Est-ce que je viens de dire à Lulú que je l'aime ? Je tape rapidement : « 80 % des enfants dans le monde vivent dans la pauvreté, donc plus d'enfants que de fenêtres. Mais en fait, je ne suis pas sûr. » Et : « Tu me manques. » Envoi.

Téléphone à María Xum, me dis-je, ici, sur le quai de la gare où je viens de descendre. Je veux savoir ce qu'il y a de si urgent. Dès la première sonnerie, elle répond : Allo ? Allo ? Je résiste à l'envie de raccrocher. María, c'est Frankie. Comme c'est à la fois stupide et automatique de m'identifier par mon nom d'enfant auprès de cette femme que je n'ai pas vue depuis l'âge de douze ans. Frankiiie ! María Xum s'écrie. Je suis si heureuse que tu aies téléphoné. Je craignais que tu n'aies pas reçu mon message. Je suis un peu surpris que l'accent de María ne soit pas si fort. Bien sûr, elle vit dans la région de Boston depuis une quarantaine d'années, mais Feli est ici depuis plus longtemps et ne semble pas aussi naturelle. Je suis au travail à la blanchisserie, dit-elle. Nous t'avons écouté à la radio hier soir, et oh, c'était si intéressant, Frankie. C'est pourquoi il fallait que je téléphone à la station de radio. Frankie, tu peux venir à ma laverie ? Nous pourrons parler là-bas. C'est dans l'est de Boston. Oui, je veux te dire quelque chose. Je sais que ça t'intéressera. Frankie, comment va doña Yoli ? Et M. Goldberg ? Je lui dis : María, mon père nous a quittés il y a quatre ans, mais il a eu une longue vie. J'ai rendez-vous avec Feli demain, alors j'accepte un rendez-vous dimanche, à la blanchisserie. Je suis la seule personne sur le quai. Une petite gare en briques rouges, qui a l'air d'être restée fermée pendant des années. En approchant en train, on passe de vieilles usines qui ressemblent à des châteaux bombardés au milieu des marécages abandonnés qui entourent cette ville. À une trentaine de kilomètres à l'intérieur des terres, c'est l'arrêt le plus proche de l'endroit où vit Lexi. Aucun taxi n'attend dehors, mais je n'ai qu'une demi-heure de marche environ jusqu'à la maison de retraite de ma mère.

Hier soir, au restaurant, j'ai raconté à Marianne que Lexi avait acheté cette vieille maison de capitaine de navire à New Bedford comme un investissement. Marianne a trouvé excentrique que ma sœur ait acheté une maison là-bas, même une vieille maison de marin ; elle avait l'impression que c'était une ville postindustrielle délaissée, où le commerce des fruits de mer est en train de sombrer comme le reste. Je lui ai dit que je n'en savais pas grand-chose, mais qu'une ligne de train de banlieue allait enfin être construite et que les yuppies travaillant à Boston et Providence allaient vouloir acheter les belles maisons anciennes.

Des maisons plus grandes, j'imagine, que celles devant lesquelles je passe sur le trottoir irrégulier de cette longue avenue qui mène au centre, en tirant ma valise à roulettes, une boîte de biscuits français au beurre sous le bras.

Bon, mais faire ça à mes cheveux, ça a vraiment changé ma vie ? Je dois dire que oui. Avoir des cheveux longs et lisses me convenait vraiment. Soudain, j'étais au moins un peu séduisant, et c'était déroutant, en partie parce que c'était un mensonge, et en partie parce que j'étais toujours moi. Le premier week-end au Broener College après la semaine d'orientation, c'était notre premier match de football universitaire, le seul auquel je sois jamais allé. J'étais assis dans les tribunes qui n'étaient pas plus grandes que celles de mon lycée, mais du côté du terrain, elles étaient remplies d'étudiants. Le stade était situé derrière la colline où se trouvaient les dortoirs des filles. Les dortoirs des garçons, dont le mien, se trouvaient de l'autre côté du campus, autour du quadrilatère. Dans la section voisine des tribunes, une jolie fille, assez petite, avec des boucles blondes chatoyantes et des yeux d'un bleu presque saphir, semblait garder les yeux fixés sur moi, et chaque fois que je jetais un regard dans sa direction, son sourire s'élargissait. Inutile de dire que j'avais du mal à croire ce qui se passait. Son père était cadre chez Bloomingdale's, et elle venait de Syosset, Long Island, une JAP classique, m'avait dit Frecky Papperman, qui habitait mon bâtiment. Il avait déjà repéré Abbie Schneider, il pensait que c'était l'une des plus jolies filles du groupe de première année. Qu'est-ce que tu veux dire, une JAP classique ? j'ai demandé. Frecky m'a expliqué : Juive, Américaine, Princesse. Chez moi je n'avais jamais entendu appeler les filles juives comme ça. Broener était connue comme une école JAP, m'a dit Frecky. Ce soir-là, Abbie est devenue ma petite amie. Pour la première fois depuis Arlene Fertig, j'ai flirté avec une fille, toujours la nuit sur une pelouse, dans le campus. Abbie était d'une nature douce et assez réticente, une adolescente de banlieue conventionnelle du genre de celles avec qui je n'aurais eu aucune chance chez moi. Elle avait un fort accent de Long Island et c'était aussi une fumeuse invétérée. J'ai rempli beaucoup de nos silences avec des histoires inventées, des mensonges purs et simples sur ce que j'avais été au lycée.

Nous sortions ensemble depuis un peu plus d'un mois l'après-midi où sa colocataire, une WASP BCBG, une beauté sévère au regard noir, m'a intercepté sur la pelouse tapissée de feuilles d'automne à l'extérieur de leurs dortoirs et m'a annoncé qu'Abbie ne voulait plus me voir. Elle m'a demandé de te dire ça, a rapporté la colocataire, et aussi de la laisser tranquille. Son regard lointain à la Clint Eastwood, empreint d'une compréhension dédaigneuse, restait fixé sur mes cheveux lissés, qui commençaient à se soulever sur les côtés comme des ailes desséchées, refoulées par la repousse de boucles pas encore tout à fait visible en dessous. Imaginez les conversations qu'Abbie et sa colocataire ont dû avoir à mon sujet : Comment c'est, comme plan sexe ? Il est bon au lit ? Eh bien, non. Il n'a même pas essayé de me toucher… mon… Oh mon Dieu, faites que ça s'arrête, je jure de creuser un trou profond dans un dépotoir, de m'y enterrer et de ne plus jamais en sortir. Notre campus souffrait de l'horrible ségrégation américaine habituelle, le petit nombre d'étudiants noirs aussi isolé qu'un groupe de survivalistes, à l'exception de quelques athlètes dans les fraternités. Il y avait aussi un couple de boursiers portoricains transférés à Broener, tous deux sans doute originaires de quelque part dans une mégalopole du Nord-Est. Ils étaient devenus inséparables, lui avec une grosse coupe afro et elle avec des cheveux noirs lisses et brillants, une peau brun cendré, de grands yeux comme des étangs ombragés. Ils s'asseyaient ensemble sur une colline derrière un dortoir et il jouait pendant des heures sur ses bongos. Je les espionnais de loin, mourant d'envie d'aller les voir, de leur dire bonjour et de les aborder en espagnol, mais bien sûr je n'osais pas. Dans mon bâtiment, au bout du couloir, il y avait un garçon, star de lacrosse et de basket, l'Adonis classique. Il prenait dix douches par jour, exposant ses muscles d'albâtre dans la salle de douche avec une serviette enroulée autour de sa taille étroite et mobile. En quelques semaines, il était le nouveau copain d'Abbie. Depuis nos chambres, nous pouvions entendre ses cris d'extase qui résonnaient dans tout le couloir. Ils avaient l'air heureux ; pour ce que j'en sais, ils sont mariés maintenant.

Mais les cours étaient intéressants, et avoir de bonnes notes était une nouveauté, augurant que je pourrais être transféré dans une autre université, une où personne ne me connaissait, et recommencer à zéro. J'ai suivi un cours magistral donné par un doux génie quadragénaire qui parlait comme un enfant de cinq ans surdoué, pour étudier les hiéroglyphes égyptiens, *L'Épopée de Gilgamesh,* les présocratiques, les fugues de Bach et *Alice au pays des merveilles* ; nous écrivions des essais en hiéroglyphes égyptiens avec des crayons de couleur, tout cela pour nous aider à déployer toute l'amplitude perdue de nos cerveaux mythopoïétiques. En prophètes des temps modernes, sous la férule d'un vieux marxiste écossais, nous lisions *L'Autobiographie de Malcolm X, La Pédagogie des opprimés,* Marcuse. Au lieu d'un travail universitaire final, les étudiants pouvaient choisir un projet participatif, et celui de la plupart d'entre eux, arrangé par le professeur grâce à son amitié avec un camarade infiltré de l'État policier, était de passer un week-end dans une cellule de prison à Buffalo, où il fallait payer le gîte et le couvert. J'ai décidé, pour mon projet, de devenir un vrai prophète des temps modernes, en sautant dans des trains de marchandises jusqu'aux villes proches des Finger Lakes dans l'État de New York pour apparaître sur les parkings des supermarchés en distribuant des tracts au nom des United Farm Workers. Ma réputation se répandrait, celle d'un garçon maigre aux cheveux longs avec un badge de la militante Dolores Huerta sur le revers de son bonnet de laine, qui distribue des tracts de l'UFW, puis disparaît ! Mon sac à dos rempli de tracts ronéotypés, j'ai descendu l'escarpement raide qui borde notre campus jusqu'à la voie ferrée près du lac et, courant à côté d'un des wagons d'un train de marchandises au ralenti, je me suis hissé par les portes latérales ouvertes. Je suis descendu à Penn Yan, j'ai distribué mes tracts sur le parking d'un supermarché A&P, et disparaissant aussitôt, j'ai pris un bus pour retourner à Broener, le cœur battant au rythme d'une fierté sincère.

Mamita partage sa chambre avec une institutrice de Worcester, Susan Cornwall, veuve depuis longtemps et retraitée, perpétuellement alitée comme une bûche à la crème sous sa couverture beige, le nez rose cireux et les yeux myopes dirigés vers le plafond, ses cheveux argentés posés sur l'oreiller derrière elle comme une serpillière essorée. Elle n'est catatonique qu'en apparence, parce qu'elle entend tout et peut même parler. Un matin, peu après l'arrivée de ma mère, Susan Cornwall a interrompu son bavardage amical pour lui crier : Vas-tu te taire, s'il te plaît, tais-toi ! Je ne supporterai pas le son de ta voix une seconde de plus, tais-toi !

Ma mère n'a jamais pardonné à sa colocataire cet emportement, ne lui a pas adressé un seul mot depuis, pas un seul « bonjour », « bonne nuit » ou « à tes souhaits ». Elle ne répond à ses rares interventions que par le silence.

Pour autant que je sache, Mamita est la seule résidente de Green Meadows qui ne soit pas blanche. En revanche, le personnel semble être principalement composé d'Antillais, de Brésiliens et d'Asiatiques, et beaucoup d'entre eux paraissent vraiment apprécier ma mère. Ils reconnaissent la douceur tropicale de ses manières ; quelques-uns lui parlent en espagnol. Lexi insiste sur le fait que Green Meadows n'est pas seulement le meilleur endroit qu'elle ait pu trouver pour notre mère avec « notre » budget. Elle est sûre que les gens paient beaucoup plus ailleurs sans obtenir le genre de soins personnels que Mamita reçoit ici. Nous avons vraiment eu de la chance. En plus, c'est relativement facile de conduire jusque-là depuis New Bedford. Mamita reste assez occupée. Elle aime bien les parties de bingo et les chants, elle a ses séances de réadaptation physique, et un prêtre catholique vient une fois par mois célébrer la messe dans la chapelle ; les autres jours, un laïc de l'Église dirige le service de prière du dimanche et aussi un groupe de lecture de la Bible en milieu de semaine auquel ma mère s'est jointe. Dans la salle à manger du rez-de-chaussée, Mamita devait s'asseoir pour chaque repas à la même table avec trois autres femmes, dont la veuve d'un policier de Boston, avec un visage rougeaud et noueux et des yeux comme des billes violacées. Lors de l'une de mes premières visites, j'étais à côté de Mamita au dîner lorsque la veuve du policier, braquant son regard vitreux sur la table, a lancé : C'est impoli de ne pas parler anglais. Cela nous distrait. Elle était toujours en train de tracasser ma mère, m'a dit Lexi qui s'est occupée de l'affaire, et Mamita a été déplacée à une table avec des dames plus sympathiques.

La porte de la cage d'escalier qui donne sur le hall d'entrée est fermée à clé, alors je monte un étage en ascenseur jusqu'à l'aile des patients atteints de démence et d'Alzheimer, appelée Golden Meadows, et je me dirige vers la chambre de ma mère. La première chose que je remarque est que le lit de Susan Cornwall, le plus proche de la porte, est vide. Je recule pour vérifier l'étiquette du nom sur le cadre de la porte. Susan Cornwall est toujours là, au-dessus de Yolanda Goldberg. Danielle, l'infirmière haïtienne, est dans la chambre ; elle a dû entrer juste avant moi pour emmener ma mère aux toilettes. Mamita est à côté d'elle, dans son fauteuil roulant, et me sourit, les lèvres jointes, en faisant sa mignonne tête d'*axolotl*. Elle se fait toujours coiffer lorsqu'elle sait que je viens, et ses cheveux sont disposés sur sa tête en boucles qui évoquent des rubans de Noël rouge-orange usagés. Je me penche pour embrasser sa joue pâle, lui montrer la boîte de biscuits et lui demander des nouvelles de Susan Cornwall. Danielle dit qu'elle a été emmenée à l'hôpital pour des examens de routine. Je pose les biscuits sur le rebord de la fenêtre de Mamita, à côté des photos encadrées qui s'y trouvent ; celle avec ma mère, ma sœur et Bert avec un bout de carton sur le visage, je m'en souviens maintenant, a été prise au mariage de Yolandita avec Richard, vétéran du Vietnam et directeur de Sears. Quand nous parlons au téléphone, Mamita me voit-elle comme je suis maintenant ou comme j'étais quand j'étais petit ? Laissant la porte de la salle de bains ouverte pour se donner de l'espace, Danielle soulève Mamita de son fauteuil roulant d'un geste expert pour la mettre sur les toilettes, et je sors dans le couloir pour attendre. Le jour viendra où ma mère, ou Susan Cornwall, survivra à sa Némésis et se retrouvera à partager une chambre avec un lit vide et un placard nettoyé, jusqu'à ce qu'une nouvelle colocataire soit installée et qu'un nouveau nom soit inscrit sur la porte. La survivante ne ressentira pas le moindre pincement au cœur mais se sentira plutôt comme un soldat engourdi par une longue guerre. Lexi m'a dit que Susan

Cornwall ne reçoit jamais de visite, que son fils unique vit dans le Wisconsin et n'est pas venu la voir depuis cinq ans.

Mamita, je lui demande, quel était le nom de cette pension de famille où vous habitiez, Dolores Ojito et toi ? C'est comme si recommençait la conversation de notre dernière rencontre. Elle m'avait dit le nom. Je l'avais même noté, mais j'ai perdu le carnet ; les carnets tombent si souvent de ma poche. Elle a dû emménager dans la pension au printemps 1952, parce que c'est à ce moment-là que Doroteo Guamuch Flores a gagné le marathon de Boston, et je sais qu'Abuelita était ici avec Mamita, parce qu'elle aimait toujours raconter comment, ensemble, quelque part sur le parcours, elles avaient encouragé leur compatriote.

Le regard de ma mère se retire dans le temps, ses cils couleur rouille s'abaissent en frémissant. Notre-Dame… la… elle balbutie, *Ay no*, Frankie, *no se*. Puis elle prononce à voix basse, comme si elle était ensorcelée : La Maison de la Congrégation-de-Notre-Dame. C'est ça, j'ai déjà cherché, une pension rattachée à un couvent de religieuses cloîtrées, les Filles du Cœur Immaculé de Marie, toujours en activité, un bâtiment de briques et de granit à l'angle exposé de Charlesgate Road et du Pike, à quelques pâtés de maisons du Berklee College of Music, où ma mère allait passer les quinze dernières années de sa vie professionnelle.

Mamita, c'est vrai que tu étais une professeure distinguée de marimba à Berklee.

Ay, hijo, et des rires s'échappent d'elle, son corps sans forces tressaille dans son fauteuil roulant. En tant que fils, j'ai d'innombrables défauts, mais j'ai toujours été bon pour faire rire Mamita.

À l'époque où elle était une jeune Guatémaltèque d'une vingtaine d'années à Boston, secrétaire bilingue, pensionnaire à La Maison de la Congrégation-de-Notre-Dame, qu'aurait-elle pensé si elle avait pu entrevoir son avenir, professeure à Berklee, enseignant l'espagnol, et non le marimba, à certains des étudiants musiciens les plus doués du monde ? Aurait-elle eu l'impression de réaliser un rêve ou aurait-elle rêvé d'autre chose ? Aujourd'hui, même les questions les plus banales semblent solliciter son esprit comme le ferait une énigme difficile, et ses yeux s'emplissent d'anxiété.

Tu ne te rappelles pas quel était ton rêve d'avenir à l'époque, Mami ?

Non, Frankie, dit-elle fermement, je ne sais pas. J'ai également remarqué que son anxiété s'atténue lorsqu'elle peut répondre à une question par une réponse dont elle est sûre.

Tu étais juste heureuse d'être à Boston, probablement, je dis. Vous vous amusiez bien, Dolores Ojito et toi, à sortir avec ces *muchachos* de l'école d'Harvard, Zbiggy Brzezinski, rien que ça, pas vrai Mami ?

Ça la fait sourire. Un soir où j'étais étudiant, nous regardions les informations sur la télévision portable dans la cuisine ; le Président Carter présentait les nouveaux membres de son cabinet, quand les yeux de ma mère se sont écarquillés et elle s'est exclamée : Zbiggy ! Elle le connaissait depuis l'époque où, célibataire, elle travaillait à Boston et était invitée à des fêtes d'étudiants étrangers. Après l'une de ces soirées, Zbigniew Brzezinski l'avait portée dans ses bras pour traverser un terrain boueux à Harvard. Je lui ai demandé comment il était, et elle a répondu : Zbiggy était comme un lion ! *Liiii-yun,* elle l'a prononcé.

Ay, Mamita, comment une *niña bien* des tropiques comme toi a pu se retrouver dans un endroit pareil ? C'est une autre de nos habitudes. Chaque fois que je lui rends visite à Green Meadows, je lui demande ça, et elle répond toujours de la même façon : *Ay, no sé, hijo*, et son fou rire qui se prolonge en hilarité incontrôlable.

De l'école primaire à la fin du lycée, Mamita a fréquenté la première école bilingue du Guatemala, le Colegio Inglés Americano pour les filles.

Chez elle, elle avait un singe-araignée de compagnie, Coco, à qui elle ne parlait qu'en anglais, de sorte qu'à l'âge de dix ans elle pouvait servir d'interprète pour les clients américains qui venaient dans les magasins de ses parents. Un matin, Mamita a trouvé Coco recroquevillé dans un coin du patio, affaissé en avant, la tête coincée dans une tasse à café. Coco, réveille-toi ! ordonna-t-elle dans son *inglés americano* anglais. Ce n'est pas drôle ! La mort accidentelle de son singe par étouffement l'a tellement affectée que même un an plus tard, lorsque quelqu'un lui demandait, Quoi de neuf, Yoli ? elle répondait, Coco est mort. Il n'existe plus. C'est pourquoi, nous a-t-elle dit à Lexi et à moi, elle ne s'est jamais autorisée à s'attacher à nos animaux de compagnie. C'est vrai que ma mère n'a jamais aimé nos bêtes. Fritzie a été envoyé vivre dans le Maine, et quelques jours après notre emménagement dans la nouvelle maison de Wooded Hollow Road, meublée de neuf et moquettée de bleu pâle, Beaker, mi-beagle, mi-cocker, s'est échappé de sa laisse dans la cour pendant que Lexi et moi étions à l'école, et il n'est jamais revenu. C'est pratiquement un jeu pour nous maintenant. Je taquine ma mère en lui disant que je l'ai toujours soupçonnée d'avoir donné mon chien pour que ses pattes boueuses ne viennent pas salir son nouveau canapé et ses tapis. Elle nie toujours, et nous finissons par nous esclaffer, Mamita en mode fou rire. La possibilité que son déni soit vraiment un mensonge, qu'elle se serait forcée à maintenir toutes ces années, comme si elle craignait que je sois aussi dévasté maintenant en apprenant la vérité que l'aurait été ce garçon de dix ans, c'est ce qui me fait rire, mais je ne comprends pas ce que ma mère trouve si drôle. Après avoir obtenu son diplôme du Colegio Inglés Americano, Mamita est allée à l'université en Californie, à San Jose State, rejoignant son frère qui était en troisième année à l'université de Berkeley. Memo y avait été envoyé par mes *abuelos* pour faire des études de commerce afin qu'à sa sortie, il soit prêt à profiter des opportunités que l'économie américaine d'après-guerre en plein essor apportait même au Guatemala. Lorsque son frère a obtenu son diplôme, Mamita est rentrée chez elle aussi. Un an plus tard, Abuelita l'a emmenée à nouveau à l'étranger, cette fois à La Nouvelle-Orléans, la ville américaine la plus accessible au Guatemala pendant les décennies, où la Great White Fleet de la United Fruit Company naviguait dans le Golfe entre La Nouvelle-Orléans et Puerto Barrios, transportant des passagers autant que des bananes. Même pendant notre enfance, Lexi et moi avions, d'une manière ou d'une autre, compris que Mamita avait eu, dans sa jeunesse, un amour tragique, qui avait quelque chose à voir avec la façon dont elle avait fini par vivre à Boston, où elle était devenue notre mère. Je ne me souviens pas que nous ayons eu la moindre idée de ce qui rendait cet amour si tragique. Tout ce que nous savions, c'est que ce prétendant, ou *novio*, était un bel Italien désargenté, et qu'Abuelita n'allait pas laisser ma mère épouser quelqu'un de pauvre, quoi qu'il arrive. Alors elle a épousé mon père, qui était loin d'être riche.

Au cours d'une de mes visites passées à Green Meadows, lorsque ma mère m'avait étonné par sa nouvelle franchise, elle avait affirmé, Abuelita m'a empêchée de gâcher ma vie. Lorsqu'elle nous parle, à ma sœur et à moi, Mamita fait toujours référence à sa propre mère en l'appelant Abuelita. C'était la première fois que j'entendais le nom de Lucio Grassi, mais je suis sûr que Lexi le connaissait depuis longtemps. *Ay* non, Frankie, la façon dont il a profité de moi, il m'a menti et a volé mes économies ! s'exclame ma mère, sa voix de jeune fille pleine d'incrédulité. Je savais qu'au Guatemala et en Californie, elle avait eu des relations amicales avec des jeunes hommes, qu'elle avait eu des amoureux, mais elle était là, presque soixante ans plus tard, à ressentir comme un nouveau choc le fait que quelqu'un qui jurait l'aimer ait pu la traiter avec une malhonnêteté aussi calculée.

Lucio Grassi était arrivé un jour au Guatemala et s'était introduit dans certains cercles de jeunes. Blond, les yeux verts, avec des taches de rousseur, fort et gracieux comme un cheval de cirque : les amis de Mamita disaient qu'il était le plus bel homme qu'ils aient jamais vu. Un jour, Lucio Grassi lui a dit qu'il avait l'ambition d'ouvrir un hôtel de style européen sur le lac Atitlán, considéré à l'époque comme un paradis inexploité. Il avait trouvé des partenaires désireux d'investir mais avait besoin d'argent pour sa propre part. Son grand-père avait géré un hôtel en bord de mer à Gênes, qui avait été détruit par les bombardements pendant la guerre ; il avait l'hôtellerie dans le sang. Mamita a prêté à Lucio Grassi toutes ses économies. Plus tard, elle a découvert qu'il n'y avait pas de projet d'hôtel, pas de partenaires. Il avait juste besoin d'argent pour vivre, même pour lui offrir des cadeaux, à elle et pas seulement ; il s'est avéré qu'elle n'était pas la seule *damita* à qui il avait emprunté de l'argent. Bien sûr, après ça, elle en avait fini avec Lucio. Mais j'avais peur qu'il continue à me courir après, Frankie, m'a-t-elle dit. J'ai vu des photos de ma mère à l'époque, ses yeux ensorcelants et son sourire de jeune fille souligné de rouge à lèvres, l'étincelante cascade de ses cheveux ondulés, les robes et les blouses qui découvraient ses épaules. Dans une société ou à une époque différente, sa relation avec Lucio Grassi aurait probablement pu suivre son cours enivrant sans conséquences sur sa vie, jusqu'à ce qu'elle se réveille : Mais tu n'as pas un sou, *mi amor*. Je ne peux pas t'épouser. Qu'est-ce qui m'a pris ?

Étant donné qu'elle venait d'une famille de commerçants plutôt prospères, mais pas de planteurs de café ou de magnats comme celle qui produit tout le ciment du pays ou une autre qui fabrique toute la bière, Mamita n'était vraiment pas une proie intéressante pour les chasseurs de fortune. Ce devait être sur elle que pesait la pression de convertir sa beauté et son éducation respectable en fortune. Lucio Grassi a continué à la poursuivre, avec ses justifications et ses arguments apologétiques. Il a même sangloté à ses pieds. C'est ce que ma mère m'a confié lors de ma dernière visite à Green Meadows, l'air encore chavirée par le souvenir. Comme les acteurs de tant de films italiens, comme Giovanni rampant devant sa jeune amoureuse gringo, Lucio s'est donné en spectacle. Il ne pouvait pas vivre sans elle, il s'est arraché les cheveux. Mais il ne lui a jamais remboursé l'argent. Assis là, dans la maison de retraite, j'étais soudain si sûr que ma mère chérissait ce souvenir de la grande passion qu'elle avait suscitée que j'ai eu envie de me lever de ma chaise et de crier à Lucio Grassi : Espèce de pauvre crétin ridicule, relève-toi donc et laisse ma mère tranquille !

Personne ne m'a jamais accusé d'être froid, c'est sûr, mais je n'ai jamais pleuré sur une femme comme ça. Je ne peux qu'imaginer Gisela savourant le spectacle si je gémissais à ses pieds en m'arrachant les cheveux, je vois d'ici son sourire impitoyablement amusé.

Quand Mamita disait qu'Abuelita, en lui faisant quitter le Guatemala, l'avait empêchée de gâcher sa vie, je comprenais que cela voulait dire « à point nommé ». Quelques années plus tard, Lucio Grassi a épousé une vieille amie d'école de ma mère, *not a beauty pero siempre bien simpática,* Beatriz Oiza, issue d'une de ces familles extrêmement riches des plantations de café. Lucio et Beatriz ont eu sept enfants et les ont élevés à Vista Hermosa, alors un quartier à la mode, où ils ont mené une vie tranquille ; ils ont également acheté une propriété en Italie et y sont restés pendant les pires années de la guerre, car leur richesse faisait de la famille une cible évidente pour les enlèvements. Mais Lucio et sa femme, même avant les accords de paix de 1996, ont commencé à passer quelques mois par an au Guatemala parce qu'il n'était pas prudent de rester aussi loin de leurs plantations de café, et aucun de leurs enfants, maintenant adultes, étudiant, se mariant, s'installant en Italie, demandant toujours de l'argent, ne voulait assumer cette responsabilité. Je doute que ma mère ait jamais envié Beatriz Oiza. Elle n'a jamais voulu de la vie de riche épouse latino-américaine oisive qui aurait pu être la sienne. Aussi attachée à sa famille que l'était Mamita, elle ne s'était jamais imaginée travailler dans le magasin de jouets et de vêtements pour bébés qui était le pilier de la famille. Au lieu de cela, elle a pris la voie qu'elle a choisie, Boston, Sacco Road, une carrière de près de quarante ans en tant que professeure d'espagnol, maintenant Green Meadows.

Mais Mamita s'est d'abord rendue à La Nouvelle-Orléans, où l'Italien a peut-être proposé un aller-retour en cargo bananier, car quelque chose a envoyé Abuelita là-bas en toute hâte, sur un vol de la Pan Am, pour escorter Mamita jusqu'à Boston et la Maison de la Congrégation-de-Notre-Dame. Abuelita, ou doña Hercilia comme on la connaissait, a toujours eu de bonnes relations avec le gouvernement, que ce soit pendant la dictature d'Ubico ou après la révolution d'Octobre qui apportait la démocratie, parce que les politiciens et les bureaucrates de tous les partis avaient besoin d'acheter des jouets pour leurs enfants ou petits-enfants pendant Noël et Tres Reyes. Les relations d'Abuelita ont probablement joué un rôle dans l'obtention rapide par Mamita d'un emploi de secrétaire bilingue auprès du consul guatémaltèque à Boston. Dolores Ojito, également originaire de Guatemala City, bien qu'elles ne se soient pas connues là-bas, était la colocataire de ma mère à Notre-Dame. Dolores, ou Lolita, travaillait aussi comme secrétaire bilingue, au siège de la United Fruit Company, sur State Street. Mais je n'avais jamais entendu parler, ou bien je n'avais pas enregistré l'amitié de ma mère et de Dolores Ojito et leurs lieux de travail respectifs, jusqu'à ce que ma mère aille vivre à Green Meadows. Quand elle m'en a parlé, cela semblait trop beau pour être vrai : un roman d'espionnage de la guerre froide de John le Carré mélangé à une version latino-américaine du roman de Muriel Spark sur les femmes vivant dans une pension de Londres après la Seconde Guerre mondiale. Mamita et Lolita, deux jeunes secrétaires de Guatemala City, venues chercher leur avenir dans ce que l'on appelle ici le centre de l'univers, mais si ce n'est pas vraiment l'univers, c'est incontestablement le commerce mondial de la banane. Avant le renversement du Président Jacobo Árbenz en juin 1954, Mamita, qui travaillait au consulat du Guatemala à Boston, était essentiellement au service de son gouvernement, tandis que sa meilleure amie et colocataire, Lolita Ojito, travaillait pour la United Fruit Company. Bien que la CIA ait organisé et réalisé le coup d'État contre Arbenz, la compagnie de bananes de Boston en était notoirement l'instigatrice.

Mais qu'est-ce que cela a à voir avec Mamita et moi, un demi-siècle plus tard, assis ici dans le coin des visiteurs à Green Meadows, jouant au Scrabble et bavardant ? Je l'ai amenée ici dans son fauteuil roulant. L'air est plus frais, il passe par les portes pneumatiques qui s'ouvrent sur un parking bordé de pins. La salle à manger, bien éclairée et agréable, où Mamita prend encore habituellement ses repas du soir, est située entre le coin des visiteurs et Lilac Meadows, l'aile tranquille où elle a vécu pendant sa première année. Lorsque le temps est plus clément, je l'emmène dehors, dans le jardin situé au milieu du complexe, et parfois je la pousse sur le trottoir pour aller dans le quartier voisin, sur Codman Road, qui ressemble à Sacco Road avec ses petites maisons de type ranch et ses cours. En la poussant, je me mets à courir en chantant *Georgy Girl,* ou une autre chanson que Mamita aimait bien, mais au lieu de chanter ou de rire, elle écarquille les yeux.

Le plateau de Scrabble est posé sur la table entre nous, Mamita est assise dans son fauteuil roulant, sa veste matelassée marron portée sur les épaules comme une cape, son cardigan molletonné rose zippé jusqu'au cou. Selon nos règles, elle peut former des mots en espagnol ou en anglais, mais je ne suis autorisé à utiliser que l'espagnol, malgré l'absence de lettre ñ. Il y a deux ans, Mamita était meilleure au Scrabble. Aujourd'hui, ses doigts arthritiques tremblent lorsqu'elle pose une lettre, épelant des mots comme « si », « non » ou « que », peut-être même un « *mama* » ou un « *casa* ». Il y a un an, elle pouvait encore épeler un mot comme « *maestra* ».

Si le coup d'État n'avait jamais eu lieu, si son pays était encore une démocratie au lieu d'une dictature militaire de droite, la vie de ma mère aurait-elle pris une autre direction ? Après quelques années passées à Boston en tant que jeune célibataire étrangère, la nouveauté se serait-elle dissipée et, comme Abuelita et elle n'avaient plus besoin de se méfier de Lucio Grassi, serait-elle rentrée chez elle ? Ou serait-elle restée et aurait-elle épousé Bert Goldberg de toute façon ?

Il y a quelques jours, quand j'ai téléphoné à Mamita pour lui dire que je venais lui rendre visite, elle a dit, en anglais : Le soleil du Guatemala me manque, la *chaleurdusoleil,* tu sais ? Ici, ils ne me laissent pas sortir. Je ne me souvenais pas qu'elle s'était jamais plainte, pas ces dernières années, et certainement pas à propos de Green Meadows, se gardant de dire quoi que ce soit que je pourrais interpréter comme une critique de Lexi, qui prend toutes les décisions concernant les soins à notre mère. *Chaleurdusoleil* en un seul mot, c'est adorable. Non, Mami, j'ai dit, tu ne peux pas aller dehors. C'est encore l'hiver, je sais qu'il a été long. Voudrais-tu retourner au Guatemala, au moins pour une visite ? C'est une autre chose qu'elle n'admet jamais désirer. Mais elle a répondu : Oui, mais je ne peux pas. Quelque chose est arrivé à mes jambes. Je suis dans un fauteuil roulant. Ces derniers temps, elle me parle souvent de son fauteuil roulant comme s'il s'agissait d'un événement récent. J'ai joué le jeu : Oh non, maman, comment c'est arrivé ? Je ne sais pas. Lexi ne veut pas vivre au Guatemala, dit ma mère. Elle est heureuse ici, elle a sa vie ici.

Alors, ai-je proposé au téléphone, nous pourrions peut-être trouver un moyen d'y retourner en visite bientôt.

Tu sais, Frankie, dit ma mère pendant la partie de Scrabble, Lexi est une personne importante à New Bedford.

Vraiment, maman ? Importante comment ?

Elle est mariée à un policier. Et elle a des enfants.

Mais Lexi ne me l'aurait-elle pas dit ? je me demande. La dernière fois que je l'ai vue, il y a deux ans, elle n'a pas parlé de mari ou d'enfants, elle n'avait pas l'air d'une femme mariée à un policier, et encore moins d'une mère de famille. Lexi et moi sommes-nous si éloignés l'un de l'autre ? Je sais que je suis un frère distant et négligent, mais nous ne sommes pas brouillés, n'est-ce pas ? Elle m'a écrit avant Noël, en m'invitant chez elle.

Je demande : Tu veux dire les enfants du policier d'un mariage précédent ?

Maintenant, l'expression de ma mère semble à la fois vide et consternée. C'est génial, maman, que les choses aient si bien marché pour Lexi, j'ajoute. C'était courageux de sa part d'acheter cette maison à New Bedford. Combien d'enfants a-t-elle, au fait ?

Memo, dit ma mère, et elle pousse un soupir mélancolique. Je ne me souviens pas du nombre d'enfants.

Je m'appelle Frankie, je lui dis, pas Memo. Même avant, Mamita avait une propension à mélanger les noms dans ce qui semble être un écho verbal d'un bégaiement mental, de sorte que lorsqu'elle veut s'adresser à moi, elle dit : *BertMemoLexi – Frankie...* À ma soeur, elle pourrait dire, *FrankieConyYolanditaLexi...* Mais plus récemment, elle semble vraiment me confondre avec son frère. Les gens ont toujours dit qu'il y avait une ressemblance ; quand j'étais jeune, je ressemblais soi-disant à Tío Memo jeune. Peut-être que quand je serai vieux, ce sera le cas aussi. Memo est un vieil homme séduisant, élégant.

Lexi est allée voir un *brujo,* dit ma mère.

Un *brujo* ? Je répète. Tu veux dire comme un chaman maya ?

Je ne sais pas, répond-elle, son rire mêlant malice et embarras.

Si elle a lu un jour les livres de Carlos Castaneda sur le chaman yaqui don Juan, ma mère n'a jamais cru à ce genre de sorcellerie, probablement même pas quand elle était petite, et je lui demande : Maman, de quoi tu parles ? Pourquoi Lexi est-elle allée chez un *brujo* ?

Frankie, Lexi a demandé au *brujo* de t'aider à trouver une femme pour que je puisse avoir un petit-enfant, dit-elle. Tu ne trouves pas que c'est très gentil de sa part ? Elle me fait un sourire plein d'espoir.

Mais maman, je dis, tu viens de me dire que tu es déjà grand-mère. Tu as dit que Lexi a des enfants.

Ce ne sont pas les enfants de Lexi, répond-elle, donc ce ne sont pas mes petits-enfants. Oh, Frankie, je ne sais pas, dit-elle plaintivement. Lexi m'a dit qu'elle avait demandé à un *brujo* de t'aider, *pues, ojalá, verdad ?*

Mami, j'espère que tu deviendras grand-mère un de ces jours, mais si cet enfant est le mien, ce ne sera pas parce que Lexi est allée voir un *brujo.*

Ce que je me disais, c'est que si Lulú et moi finissons par nous marier, Marisela deviendra la petite-fille de ma mère. Mais elle ne le sera pas vraiment, bien sûr. Marisela est la cousine germaine de Lulú.

Sur le plateau du Scrabble, au-dessus du *i* du « si » de ma mère, j'ai posé un *p* et un *s* et en dessous, un *c*, un *o*, un *s*, un autre *i*, un autre *s*, « *psicosis* ». Pas mal, mais nous ne comptons pas les points. Je choisis sept nouvelles lettres et je dis : *Psicosis,* Mamita. À toi.

Devant ce dernier *s*, ma mère laisse tomber un autre *i*.

Je dis « is » au lieu d'un autre « si », *muy interesante,* Mami. Pendant l'année qui a précédé le coup d'État, je me demande ce que Yoli et Lolita, l'une travaillant pour le consulat de son pays, l'autre pour la puissante compagnie de bananes, savaient ou avaient remarqué. L'une a-t-elle transmis une information, chuchoté un secret, porté une liasse de documents volés ou un télégramme intercepté à l'autre ? N'auraient-elles pas au moins su que quelque chose se tramait ? J'ai essayé de déterrer tout lien que ma mère et Dolores Ojito auraient pu avoir avec le coup d'État ou tout souvenir qu'elle pourrait en garder. Je me suis forcé à lire au moins une partie de tous les livres que j'ai pu trouver sur le coup d'État, dont j'avais entendu parler pour la première fois au lycée par Carlota Sánchez Motta, qui n'avait pas les faits exacts mais dont l'indignation était réelle, en cherchant une référence à tout rôle, même mineur ou accidentel, que ma mère et Dolores Ojito auraient pu jouer, ou à leur proximité avec les hommes qui ont aidé à organiser la calamité ou peut-être essayé de l'empêcher. J'espérais toujours avoir au moins, dans les mots imprimés, leurs ombres en robes ou jupes à taille de guêpe traversant le brouillard bostonien des salles de conseil, des bureaux, des clubs privés de gentlemen et des salons de cocktail.

Au cas où les bananes seraient un jour éliminées de la terre par un fléau sans remède, obligeant les brahmanes de la banane de Boston à trouver un autre fruit à cultiver là-bas ou même à en développer un nouveau comme l'était plus ou moins le pamplemousse, la United Fruit Company avait prudemment gardé en jachère une grande partie des terres qu'elle possédait au Guatemala. Les expropriations de terres de la réforme agraire du Président Árbenz incluaient ces hectares en jachère. Environ un Guatémaltèque sur six a obtenu des terres. Les sages de DC ont demandé, Et si tous les autres gouvernements d'Amérique latine font ce qu'Árbenz a fait ? Les paysans réclameront de plus en plus de terres, et la prochaine étape sera… L'un des vénérables brahmanes de Boston qui avait fondé la Latin American Society of New England était aussi l'ambassadeur des États-Unis aux Nations unies, et Mamita a pu le rencontrer. M. l'ambassadeur, j'imagine quelqu'un disant, Voici *señorita* Yolanda Montejo, secrétaire au consulat du Guatemala. Elle vient à chacun de nos événements. Le lieu de travail de Yolanda ne l'aurait-il pas rendue un peu suspecte aux yeux de l'ambassadeur ? Ou alors le patron de Yolanda, le consul, était peut-être en fait déjà connu de l'ambassadeur comme un collaborateur secret mais fiable. Je n'ai aucun moyen de savoir si l'un ou l'autre est vrai. Les discours de l'ambassadeur, qui s'enflammait poliment en attaquant le régime fantoche à la botte de Moscou d'Árbenz, représentaient un point culminant récurrent des sessions de l'ONU de l'époque, comme du Shakespeare de la guerre froide. Mais il n'était pas vrai qu'Árbenz cachait des armes de destruction massive du bloc de l'Est dans les volcans. « De tels mensonges ne sont pas des mensonges, ils doivent plutôt être compris en sémiologie comme des incantations séraphiques pour faire le bien » : c'est ainsi que le célèbre responsable des relations publiques de la United Fruit Company, né à Vienne et neveu de Sigmund Freud, a expliqué cette nouvelle forme de propagande dans l'un de ses livres pionniers. Les auteurs du coup d'État ont compris que dans un pays aussi pieux et arriéré que le Guatemala, la plus puissante force du bien qu'ils pouvaient exercer serait l'archevêque, qui a commencé à prêcher énergiquement contre le Président athée communiste. C'est ce même archevêque qui, deux ans plus tard, interdira à Mamita d'épouser un juif au Guatemala, la forçant au dernier moment à déplacer son mariage à Mexico. Bien que les bananes n'aient rien à voir avec cette décision, on peut au moins dire que Mamita était directement liée au coup d'État par le mariage.

La secrétaire bilingue de United Fruit, Lolita Ojito, n'a-t-elle jamais subtilisé une note ou une page d'agenda sur laquelle le neveu de Freud avait griffonné quelque chose comme « si ça doit marcher, les amis, il faut que l'archevêque soit de la partie, et *pronto* » pour l'apporter à sa meilleure amie de la Guilde de Notre-Dame, de façon que Yoli la donne au consul qui l'aurait transmise directement au Président Árbenz, peut-être à temps pour sauver la situation ? Il n'en a rien été. En tout cas, la situation n'a jamais été sauvée. Interroger Mamita sur le coup d'Etat s'est avéré plutôt futile. Si seulement j'avais pensé à lui poser la question il y a des années. Si seulement.

Mamita, ce consul pour qui tu travaillais, je lui demande, quel était son nom ? Elle répond avec assurance, je ne me souviens pas, Frankie. Elle ne se souvient jamais du nom de ce type. Le consulat guatémaltèque était situé au 72 Liberty Street, un vieil immeuble de bureaux qui n'existe plus. J'ai trouvé l'adresse lors de ma dernière visite de deux jours, en passant la matinée à la bibliothèque publique devant les colonnes de lignes imprimées ternies sur l'écran, à parcourir des microfilms flous d'annuaires téléphoniques de Boston des années 1950 avec une loupe fournie par les bibliothécaires. Il m'a fallu des heures pour trouver. J'ai fini par devoir courir en clopinant jusqu'à la gare de Back Bay pour prendre mon train pour New York, et je n'ai pas eu le temps de m'arrêter chez le traiteur italien pour acheter le sandwich dont j'avais rêvé toute la matinée. Mais au moins maintenant je peux dire, 72 Liberty Street, c'est là que tu travaillais. Ça te dit quelque chose, maman ?

Pendant que ma mère regarde d'un air endormi le plateau de Scrabble, je sors mon téléphone. Lulú n'a pas répondu à mon message sur les enfants et les jeux de hasard. A-t-il pu se perdre ? Dois-je le renvoyer ? Non, mieux vaut attendre.

Mami, je sais que le consul avait le droit de gérer ses propres affaires dans le consulat. Il importait des chaussures d'Italie, n'est-ce pas ?

Comme si elle avait cette réponse toute prête et qu'elle attendait juste de la donner, ma mère dit : Non, pas des chaussures, Frankie. Des talons et des semelles.

Tacones y suelas en espagnol, de si jolis mots, ça pourrait être un titre de chanson. Le consul n'a importé que des *tacones y suelas*, Ma ?

Oui, dit-elle, dans une pièce du consulat, il gardait des boîtes en carton pleines de *tacones y suelas.*

Quand nous parlons de ses années au consulat, ma mère ne fait jamais allusion au coup d'État, mais elle ne manque pas de mentionner cette pièce et les boîtes en carton remplies de talons et de semelles. Qu'est-ce qui fait que cette pièce reste si présente dans sa mémoire alors que tant d'autres choses ont disparu ? C'est peut-être la corvée quotidienne consistant à remplir des factures et d'autres formulaires pour l'importation de talons et de semelles d'Italie et leur expédition vers des usines de chaussures et des cordonniers aux États-Unis qui a laissé une trace indélébile dans sa mémoire. Quand je serai très vieux et que quelqu'un dira « *pelícano* » et que je m'illuminerai de reconnaissance, est-ce que je me souviendrai pourquoi je le fais ?

Sur le plateau du Scrabble, je viens d'épeler « *chumpa* », un mot utilisé uniquement en Amérique centrale. Tu te souviens de ce que c'est, *chumpa,* maman ? je lui demande. Une veste, répond-elle avec une note de ressentiment, comme si elle réfléchissait : Tu crois que je suis tellement hors d'âge que je ne me souviens pas de ce qu'est une *chumpa* ? Tu peux faire un mot avec un *a* dedans ? *Calamidád* ? *Calambre* ? *Cat* ? Non, *no puedo,* dit-elle.

Et le *p* ? *Chompipe.*

Avec une main noueuse qui tremble, elle glisse lentement le *a* sous le *p.* Tu vois ? Tu peux le faire, Mamita. « Pas » est un mot tout à fait correct.

Après le renversement de gouvernement au Guatemala, Yolanda Montejo et Lolita Ojito se rendaient-elles compte d'avoir été les témoins de choses qu'elles n'avaient pas saisies ? En grandissant, je n'ai jamais entendu ma mère s'exprimer d'une manière qui aurait pu faire penser qu'elle ne partageait pas les opinions politiques de sa famille, en ce qui concerne le Guatemala je veux dire, bien qu'elle n'ait jamais exprimé ces opinions avec la véhémence familiale en usage. L'année suivant ma naissance, après avoir quitté mon père et m'avoir emmené vivre avec elle dans la maison de mes *abuelos*, Mamita a rencontré, ou au moins vu de près lors d'une réception au Club Guatemala, le vice-Président d'Eisenhower venu manifester son soutien à la dictature post-coup d'État. *Ay*, non, ce Nixon-là, disait-elle en racontant l'histoire des années plus tard, et elle sortait la lèvre inférieure, fronçait les sourcils, haussait les épaules et ajoutait, *Que hombre más feo*, qu'il est laid, cet homme.

Si je me souviens bien, Mme Chiang Kai-shek, qui avait étudié à l'université des femmes de la ville voisine, était sa personnalité politique préférée. Maman, je te demande, qui admirais-tu le plus, Mme Chiang Kai-shek ou Jackie O ?

Mme Chiang Kai-shek, répond-elle sans hésiter. Elle a mis le monde en garde contre les communistes.

Mon expression doit être un peu surprise, car elle sourit comme si elle était gênée et laisse échapper un de ses petits rires glapissants. Je sens des larmes monter et je cligne des yeux énergiquement pour les faire disparaître.

Quand Lexi était en fin de primaire ou en sixième, elle avait une amie à l'école, Caroline Biddle, qui vivait près de Riverbend Street, dans un coin reculé de la ville encore plus exclusif que les Ways. Caroline, comme ma sœur, était grande et athlétique, avec de larges épaules. Ses cheveux roux tombaient en boucles souples jusqu'à ses épaules, et ses yeux bleus avaient un éclat taquin qui pouvait rapidement devenir quérulent. L'autre amie de ma sœur, Bonnie, encore plus grande, les cheveux longs, d'une beauté saisissante, jouait de la guitare. Les trois filles s'enfermaient dans la chambre de ma sœur et chantaient sur des disques des Cowsills et des Troggs. À travers la porte fermée, leurs voix semblaient émaner de frêles enfants. Elles allaient former un groupe de rock, disaient-elles, Bonnie à la guitare, ma sœur aussi parce qu'elle avait facilement appris à jouer, et Caroline, au tambourin, serait la chanteuse principale. Lexi avait invité Caroline et Bonnie à dormir à la maison un samedi soir pour qu'elles puissent s'entraîner pendant le week-end. Caroline avait expliqué qu'elle voulait bien, mais que sa mère devait lui donner la permission, et que pour cela, elle devait d'abord venir chez nous et rencontrer ma mère.

Mme Biddle, une femme au foyer, a dû venir avec Caroline à Wooded Hollow Road un après-midi où ma mère n'avait pas à enseigner. Elle n'aurait pas annulé une classe juste pour recevoir Mme Biddle. Les deux femmes ont pris le café ou le thé avec des biscuits fourrés à la crème de citron, assises sur le canapé du salon, face au portrait de jeunesse de ma mère en robe de soirée bleu argent sur fond céruléen, les épaules nues, une orchidée sur un côté de son décolleté. La peinture, dans un cadre blanc orné d'une bordure dorée, avait été réalisée à l'huile par Herb, un ami d'enfance de mon père devenu portraitiste à Boston. Mamita aurait sorti sa plus belle argenterie et sa porcelaine fine, enfilé une robe élégante, arrangé ses cheveux indisciplinés en chignon brun sombre. Assises sur des chaises, Lexi et Caroline mangeaient des biscuits, elles aussi. Au cours de ce tête-à-tête, comme Lexi s'en est souvenue des années plus tard, Mme Biddle a montré du doigt plus d'une fois l'un ou l'autre des objets folkloriques guatémaltèques exposés parmi les bibelots Hummel et les porcelaines disposées sur les tables basses en disant quelque chose comme : C'est une pièce intéressante, Yolanda. Ce à quoi ma mère répondait : C'est une sculpture sur bois d'un Indien maya portant une charge de bois de chauffage sur son dos. Ou encore : Cette figurine d'argile représente une femme maya vendant ses produits au marché. Souvent, lorsque des personnes qui ne connaissaient rien du Guatemala venaient chez nous, Mamita se lançait dans le même discours que celui qu'elle tenait sûrement à Mme Biddle, expliquant que le pays était célèbre pour les indigènes mayas qui vivaient dans les montagnes, conservant leurs anciennes traditions, si pittoresques, mais aussi, vous savez, arriérées. La capitale Guatemala City, où elle a grandi, était une ville moderne, avec de grands immeubles et des centres commerciaux, comme Miami. Elle aurait également parlé à Mme Biddle des magasins familiaux, en particulier du magasin de jouets bien connu de la Sexta Avenida, en centre-ville, et de l'émission matinale pour enfants de son frère, diffusée le week-end à la télévision guatémaltèque, qui proposait des concours de Jingle Hop, de yo-yo et de hula hoop. Il avait même réalisé une publicité télévisée avec des enfants et des adolescents faisant du hula hoop sur les marches d'une ancienne pyramide maya à Tikal. Ce sont ces mêmes ruines spectaculaires que l'ambassadeur Henry Cabot Lodge avait visitées. L'ambassadeur avait été tellement impressionné par le Guatemala ! Mamita connaissait l'ambassadeur et certains membres de la famille Cabot Lodge, et les brahmanes de Boston de la Société latino-américaine de la Nouvelle-Angleterre. Bien sûr, elle aurait aussi raconté à Mme Biddle comment elle était devenue professeure d'espagnol à l'université, comment elle avait étudié à Boston et à l'étranger, et aussi, avec fierté, comment le *junior college* féminin de Brookline dont elle était membre de la faculté l'avait envoyée en Amérique du Sud, à Buenos Aires, Bogota, Santiago, pour recruter des étudiants. Elle avait également dû dire à Mme Biddle que son mari, Bert, ingénieur chimiste, était responsable de la production de prothèses dentaires à la Potashnik Tooth Company de Cambridge.

Mme Biddle semblait satisfaite de ce qu'elle avait entendu. Pourquoi ne l'aurait-elle pas été ? a remarqué Lexi en racontant l'histoire des années plus tard. Maman était chaleureuse et gracieuse, et Mme Biddle devait se rendre compte à quel point elle était exceptionnelle, une femme du Guatemala qui était devenue professeure d'espagnol à l'université et trésorière de la Société latino-américaine de la Nouvelle-Angleterre.

Alors, Caroline peut rester dormir ? a demandé ma mère, posant la question comme une formalité polie.

Non, je crains bien que non, Yolanda, a répondu Mme Biddle. Je suis désolée.

Mamita a regardé Mme Biddle, muette d'étonnement. Après un silence pénible, Mme Biddle a dit : Je crois qu'il n'y a rien d'autre à dire, Yolanda, alors Caroline et moi ferions mieux d'y aller. Ma mère est restée assise bien droite, toujours muette, pendant que Mme Biddle s'est levée. Lexi m'a dit qu'elle n'a jamais oublié le regard de notre mère, et que cela l'a toujours troublée depuis. Caroline et ma sœur ne se sont plus parlé. Des années plus tard, Lexi a appris que Mme Biddle avait fait une dépression nerveuse. L'incident n'était donc pas ce qu'il semblait être. Mme Biddle était « instable ». Naturellement.

Alors que déclinait le prestige de la Société latino-américaine de la Nouvelle-Angleterre, en même temps que la guerre froide des années 1950 commençait à perdre en puissance, on entendait de moins en moins les noms des vieux amis philanthropes qui avaient fait fortune dans la banane, jusqu'à ce qu'il n'y ait presque plus de raison de les citer. Lorsque Mamita avait été élue trésorière de la société, le nouveau président était Bruno Irigoyen, astrophysicien du MIT venu d'Argentine, expert en télescopes et ami de Borges. La société s'est mise à inviter des orateurs aux points de vue opposés, qui se disputaient furieusement sur des sujets tels que le coup d'État et les dictatures militaires au Chili et en Argentine, et il y avait presque toujours des pleurs dans l'assistance, ou, après coup, des verres de vin jetés avec mépris sur des plastrons de chemise et même des lancers de chaises pliantes, Bruno menaçant d'appeler la police et traitant les gens d'imbéciles inciviques. Ma mère et ses amies décrivaient toujours tel ou tel événement comme « révélateur ». À cette époque, Mamita citait également la sagesse des chamans peyote tirée des *Enseignements de don Juan.* Je me souviens particulièrement de la citation « Je suis un guerrier maîtrisé ».

Ma mère, comme tant d'autres immigrants, a passé sa vie entre deux cultures et deux pays ; après un certain nombre d'années, elle a peut-être eu l'impression de n'être à sa place ni aux États-Unis, ni au Guatemala. L'une des choses les plus étranges que j'ai faites dans ma vie a été de suivre son chemin, en un sens de me désinvestir volontairement pour me couler dans ce moule en deux parties, n'étant chez moi nulle part.

Le dernier voyage de Mamita au Guatemala remonte à sept ans. J'y étais. Je l'ai emmenée à San Sebastián, l'église de sa paroisse d'enfance, où elle avait été baptisée et avait prévu de se marier, où ma sœur et moi avions été baptisés aussi, et où, un dimanche soir, un an avant notre visite, l'évêque militant des droits de l'homme avait été matraqué à mort dans le garage de la maison paroissiale. Le sacristain, Toño, encore traumatisé, et moi avons fait faire un petit tour à ma mère : Monseigneur a été trouvé juste ici, *señora,* dans une mare de sang. Ils avaient croisé ses mains sur sa poitrine comme ça et croisé ses pieds au niveau des chevilles. À quoi j'ai ajouté : Trente-six fractures du crâne, maman. Il a été frappé si violemment avec, probablement, un tuyau en métal, que sa mâchoire a été repoussée dans sa trachée. *Ay no,* Frankie, *que feo,* a murmuré ma mère.

La dernière visite de Lexi au Guatemala remonte à un été, un ou deux ans après la fin de ses d'études secondaires. Au fil des années, j'ai entendu des versions partielles et contradictoires de ce qui s'est passé pendant ces quelques mois, principalement de la part de ma mère et de Feli ou de membres de notre famille, mais pas beaucoup directement de Lexi. Elle m'a raconté seulement qu'elle aimait se rendre à pied à l'hôtel Camino Real avant la tombée de la nuit, les cyprès qui bordent l'Avenida Reforma étant à cette heure-là envahis d'étourneaux bavards, pour acheter le *New York Times* qui arrivait toujours à l'hôtel l'après-midi avec un jour de retard. Elle s'asseyait seule au bar avec un verre de vin pour le lire, comme je le faisais régulièrement lorsque j'habitais chez Tío Memo quelques années auparavant, même si je buvais de la bière. Tía Meche était scandalisée. Elle a accusé ma sœur d'aller à l'hôtel pour essayer de draguer. Il y eut d'autres incidents de ce genre, résultats inévitables de l'affirmation par une étudiante gringa solitaire à l'étranger de ses propres droits individuels et de sa confrontation avec les idées rigides et vieux jeu de ma tante sur la façon dont une jeune femme célibataire était censée se comporter. Les insinuations de ma tante sont devenues de plus en plus perfides ; des mots horribles ont été échangés. Un soir, Tía Meche a envoyé notre cousin alcoolique Fernando chercher Lexi dans une discothèque, où il l'a trouvée assise à une table en train de converser et de boire avec un importateur libanais de cardamome. Il a traité Lexi de *puta* dès qu'ils ont été de retour à la maison, devant notre tante. Ma mère n'a jamais pardonné à Meche la façon dont ma sœur a été traitée cet été-là, c'est la seule chose pour laquelle elle n'a jamais caché sa colère. C'est probablement une partie de la raison pour laquelle Lexi semble se considérer uniquement comme américaine et aussi, malgré sa proximité avec ma mère et ses sentiments empoisonnés envers mon père, comme juive, sans jamais brouiller son identité comme je l'ai fait depuis l'enfance. Je me précipite à Guate dès que j'en ai l'occasion, pas seulement pour rendre visite à la maisonnée, même si je m'arrête toujours au moins au magasin de jouets du centre-ville, le quartier général de la famille, pour dire bonjour.

La colère brille dans les yeux de ma mère. Qu'est-ce qu'il y a ? je demande.

Memo, dit-elle, pourquoi n'es-tu pas venu à mon mariage ?

Memo n'est pas venu à votre mariage ?

Elle reste bouche bée et, au bout d'un moment, elle dit, Non, il n'est pas venu, Frankie.

Mais il y était, je crois. J'ai vu des photos du mariage à Mexico, et Memo était là. Ou je me trompe et je confonds avec les photos de ma mère au mariage de Memo et Meche, c'est probablement ça. Bon sang, nos deux mémoires sont nulles.

Mamita ferme à nouveau les yeux comme si elle méditait.

Souvent, lorsque ma mère me demande d'essayer de mieux m'entendre avec ma sœur, elle donne du poids à ses instances en me rappelant quel bon frère Memo a toujours été pour elle. Pourtant, Mamita est maintenant convaincue que Memo n'est pas venu à son mariage. S'il ne l'a pas fait, pourquoi ?

Elle est réveillée, et me regarde de travers. Elle dit, Frankie, *péinate.*

Si, Mami, je réponds. Je passe les doigts dans ma tignasse. Il ne se passe pas une visite sans que ma mère me dise avec fermeté de me donner un coup de peigne.

Ses yeux se ferment. Bientôt, j'entends son doux ronflement.

Je sais que Lexi a eu des moments difficiles dans le passé, mais il semble qu'elle aille beaucoup mieux maintenant, une personne importante à New Bedford, selon ma mère, mariée à un policier, une femme qui peut aller voir un chaman maya pour lui demander de jeter un sort pour aider son frère à trouver une épouse…

Lourdes López, en ce moment, est la seule candidate connue pour le poste. Dans le Dunkin' Donuts et au cours de la matinée qui a suivi notre première nuit d'amour, elle m'a raconté des histoires de son enfance, comme celle du vieil homme qui venait dans son village vendre des glaces les week-ends et les jours fériés et qui, parce que sa mère le laissait ranger son chariot en bois derrière leur petite maison pendant qu'il partait se soûler et dormir quelque part, permettait à Lulú de gratter les restes de glace au fond du chariot avec une cuillère ; des souvenirs heureux, les seules fois où elle a goûté de la glace dans son enfance. Lorsqu'elle était adolescente, elle et sa mère ont quitté Veracruz pour s'installer à Ecatepec, dans l'État de Mexico, où l'oncle de Lulú travaillait pour les chemins de fer. Là-bas, dit-elle, elles vivaient dans une petite maison en béton comme toutes les autres de leur rue. Leur voisin d'à côté rapportait des chiens errants chez lui et les gardait sur son toit, les nourrissant pour les faire grossir afin de pouvoir mélanger leur viande avec de l'agneau dans la *birria* qu'il vendait dans un stand sur le trottoir. Il gardait ses moutons dans un petit enclos dans son jardin. La nuit, Lulú pouvait entendre les chiens aboyer innocemment, excités d'être nourris.

C'était les années où Lulú ne portait que des T-shirts de groupes de rock, des jeans déchirés et une perle d'acier dans la langue. Sa meilleure amie, Janeth, l'a convaincue d'essayer le crack quand elles avaient quinze ans. Elles ont loué une chambre à l'heure dans une pension bon marché, Janeth montrant à Lulú comment faire cuire la drogue dans une cuillère. Janeth et elle se sont rencontrées pour fumer du crack quatre ou cinq fois, comme si elles s'entraînaient à devenir des accros du crack, mais Lulú n'aimait pas ça. Le crack lui donnait des nausées et la rendait paranoïaque, et depuis lors, dit-elle, elle n'a plus jamais essayé de drogue, pas même de l'herbe.

Alors quel est ce message qui vient d'arriver de Lulú maintenant résolu : « Un garçon gringo m'invite à une fête pour prendre de l'ayahuasca. Il s'est installé dans la maison où mon amie et sa famille vivaient auparavant. Je suis triste parce que maintenant mon amie a déménagé à Yonker. Les drogues me font peur, alors je pense que je vais peut-être dire non. Mais il semble être un bon *muchacho.* Panchito, tu as déjà pris cette drogue ? »

Elle me demande de lui donner un avis sur la question de savoir si elle doit accepter cette apparente invitation à une pendaison de crémaillère chez ce bon gringo *muchacho,* ou si elle doit aller prendre de l'ayahuasca. Elle pense qu'il vaut mieux dire non, peut-être. Quand a-t-elle rencontré ce nouveau garçon adepte de l'ayahuasca ? J'ai vu Lulú la nuit avant celle-ci. Je ferais mieux de réfléchir à ce que je vais répondre. Je me sens un peu malade. Lors de l'une de nos premières conversations au Dunkin' Donuts à propos de son amie Brenda, l'étudiante aide-ménagère dont le petit ami paie les frais de scolarité, Lulú a dit que Brenda avait décidé d'essayer d'avoir une relation genre gringo new-yorkais plutôt que mexicain. En quoi est-ce différent ? avais-je demandé. Ici, à New York, a-t-elle expliqué, les couples se donnent de la liberté, mais ils doivent être honnêtes et parler de tout. Au Mexique, a-t-elle dit en étirant les lèvres de biais, un œil plissé, au moins une partie du couple, l'homme, ment probablement. Il est impossible, dit-elle, d'avoir une relation ouverte au Mexique parce que l'homme, presque toujours, mais probablement aussi la femme, deviendrait tellement jaloux qu'il se mettrait en colère. Mais les hommes, trop d'entre eux sont aussi violents. Tu sais ce que les gens disent : Il l'a frappée, mais c'est compréhensible parce qu'il était jaloux. Être jaloux est tellement stupide, a conclu Lulú. Je suis tout à fait d'accord, ai-je dit. Alors, ton amie a une relation ouverte. Oui, dit-elle, le petit ami de Brenda croit aux relations ouvertes. Mais ça ne veut pas dire qu'il veut coucher avec d'autres femmes, lui a expliqué son amie. Il dit qu'il ne veut pas le faire parce qu'il aime Brenda. Mais s'il lui arrive de coucher avec une autre femme, ou si Brenda le fait avec un autre homme, c'est permis, mais seulement à condition qu'ils ne le cachent pas, ils doivent tout se dire. Mon amie dit que c'est la façon dont les jeunes d'ici gèrent leurs relations.

On se dit tout, bien sûr, j'ai répété. Ici, à New York. Puis j'ai pensé : C'est peut-être la règle dans les relations d'aujourd'hui ; qu'est-ce que je sais de ce que font les jeunes couples ?

Avec une douce fermeté, Lulù a repris : Je pense que Brenda veut parler des gens qui ont fait des études.

Pendant ma première année d'université, après mon séjour dans cet hôtel près de LaGuardia, au lieu de rentrer chez mes parents pour le mois de vacances de Noël comme prévu, je suis resté à Manhattan, d'abord hébergé dans l'appartement familial d'un ami qui partageait la même résidence universitaire que moi. Lorsque son vol depuis Rochester, l'aéroport le plus proche de Wagosh, avait été annulé à cause d'une tempête de neige, ses parents avaient envoyé une limousine pour le conduire de Broener à New York, et sachant que je prévoyais de prendre un bus quelques jours plus tard pour rejoindre ma famille, il m'avait invité à l'accompagner et à rester chez lui. Je n'étais jamais monté dans une limousine. Elle traversait le blizzard et les fondrières comme un chasse-neige sur l'interminable autoroute jusqu'à New York. Voilà ce que c'est, l'argent, ai-je compris pour la première fois de ma vie. C'est ça, avoir vraiment de l'argent. L'appartement de la famille donnait sur Park Avenue, mais il avait un pied-à-terre personnel attenant, avec une entrée privée. Je n'ai jamais eu l'occasion de monter à l'étage où vivaient ses parents et ses sœurs, bien qu'une fois j'aie vu sa mère, ressemblant à Cléopâtre dans une robe brillante noire et or, un long manteau de fourrure drapé sur ses épaules, descendre les escaliers de l'appartement principal jusqu'au hall.

Je ne voulais pas retourner à Broener après les vacances de Noël. Je ne pouvais pas affronter le fait qu'il faudrait vivre dans la même résidence, au même étage que l'Adonis, chez qui Abbie Schneider avait pratiquement emménagé. L'Adonis devait savoir que tout ce que j'avais fait avec Abbie pendant notre histoire de plus d'un mois, c'était l'embrasser jusqu'à ce que nos lèvres soient comme des ballons mâchonnés, la peloter sous son soutien-gorge et me rouler sur elle en gardant tous mes vêtements. Ils ont dû bien en rire, avec un mélange de perplexité teinté de ridicule et d'hilarité, blottis l'un contre l'autre dans leur heureuse intimité, elle faisant même semblant d'avoir pitié et le grondant affectueusement de tant s'amuser de ses cruelles moqueries. À qui d'autre l'avaient-ils raconté ? J'étais sûr que si je devais retourner à Broener, j'allais crever d'humiliation. New York représentait la chance d'un nouveau départ, et même si je ne savais pas vraiment comment j'allais survivre, je me sentais un autre moi-même rien qu'en marchant sur les trottoirs. À la fin de cette première semaine à New York, j'avais trouvé un emploi dans une boutique de fleuriste sur Broadway, dans l'Upper West Side, où, pendant les premiers jours, j'ai dû attacher des milliers de pommes de pin à des couronnes de Noël avec des bouts de fil de fer. Bientôt, je louais une minuscule chambre dans un appartement voisin. Après Noël, six jours par semaine, je me levais à l'aube pour conduire la camionnette du fleuriste jusqu'au marché de gros de la Trente-huitième Rue à Chelsea, afin de récupérer les commandes de fleurs. La plupart venaient du monde entier, emballées dans de longs cartons, enveloppées dans des journaux humides de Colombie, d'Afrique du Sud, des Pays-Bas, d'Équateur, de Corée du Sud, du Costa Rica, d'Haïti. Parfois, les fleurs tropicales, oiseaux de paradis, anthuriums rouges en forme de cœur avec de longues étamines orangées, balisiers jaunes, tubéreuses au parfum entêtant, étaient emballés dans des journaux guatémaltèques, et certaines orchidées, transportées dans des caisses avec de la terre de jungle humide et moussue, provenaient également du Guatemala. Dans la salle de travail du sous-sol, je passais le reste de la matinée à trier les fleurs et à arracher les épines des tiges de rose, tout en subissant constamment les plaisanteries crapuleuses du propriétaire, Steve, un horticulteur juif et bouddhiste hirsute, aux oreilles d'elfe pointues et à la petite taille, et de Howie, la Grosse Brêle Réjouie des décorateurs fleuristes comme je l'avais surnommé en privé. Ils n'étaient pas en couple, mais ils donnaient l'impression d'avoir eu une liaison dans le passé. Howie m'appelait Sweetie Pie. À l'étage, les odeurs de fougère, de terre et de nutriments enrichis d'humus forestier profond, l'odeur des fleurs épanouies saturées de photosynthèse dans l'air humide du magasin donnaient l'impression d'être dans une forêt de nuages. Tout le monde gardait sa veste ou son pull, à l'exception de Howie : il travaillait toujours dans une vieille chemise en flanelle, souvent largement déboutonnée, qui glissait en dénudant l'épaule, une espèce de jambonneau constellé de taches brunes, ou bien exposait la graisse tremblotante de son ventre glabre, le nombril dégueulant par-dessus la ceinture comme un visage hurlant d'Edvard Munch. En bas, dans l'atelier, il me réservait ses blagues obscènes : Est-ce que Sweetie Pie a des petites cerises en tartelette ou des couilles bleues ? et Steve gloussait. Je leur criais en permanence, Fermez vos gueules ! Foutez-moi la paix ! Mais fermez-la ! Je ne suis pas homo ! Je faisais semblant de les menacer avec des ciseaux à fleurs. Ils couraient dans les coins comme pour se cacher, en pouffant. Ils me faisaient rire, mais je les faisais encore plus rire. Je considérais la brutalité de leurs pitreries comme partie intégrante de l'expérience new-yorkaise.

Vers midi, je repartais dans la camionnette jusqu'au soir, pour livrer des fleurs et des plantes. Souvent, une fois que les portiers des immeubles avaient reposé leur interphone et m'avaient fait signe d'entrer, j'apportais des fleurs dans des ascenseurs qui ouvraient directement sur des vestibules donnant un aperçu des maisons les plus opulentes de Manhattan. Un liftier m'a conseillé sévèrement de faire preuve de respect et d'enlever la casquette de base-ball des Red Sox que je portais, car l'appartement où j'apportais des fleurs avait appartenu à Babe Ruth. En général, je remettais les livraisons aux domestiques, mais parfois aussi à des femmes, généralement assez âgées, qui sortaient pour les recevoir et dont l'allure était fascinante, artificielle, glamour, des femmes qui sortaient l'hiver avec des toques en fourrure tout droit sorties d'un roman russe, de longs manteaux de vison, les mains plongées dans des manchons ; leurs visages étranges brillaient comme des verres de lait sous le néon, avec des lèvres d'un rouge intense. Un après-midi, Yoko Ono, bras dessus, bras dessous avec John Lennon, est venue vers moi en remontant Broadway, superbement léonine avec ses cheveux noirs flottants et son manteau de fourrure sombre et lustré à mi-cuisses, sa démarche puissante entraînant John presque en apesanteur, pâle et insignifiant dans sa petite veste de cuir noir et sa petite casquette noire ; je me suis senti devenir écarlate comme si j'avais été surpris en train d'espionner leur intimité. Je livrais des bouquets à des jeunes femmes à peine plus âgées que moi qui vivaient dans des immeubles sans portier et répondaient à l'interphone ou descendaient dans le petit hall d'entrée crasseux en pantalon de survêtement pour ouvrir la porte ; généralement ravies de recevoir des fleurs, elles respiraient les cônes de papier en s'exclamant joyeusement, certaines rougissaient même. C'étaient les mêmes qui s'excusaient sincèrement de ne pas pouvoir me donner un plus gros pourboire, ou parfois aucun pourboire du tout. Mais d'autres recevaient leurs fleurs avec un sourire en coin ou un roulement d'yeux exaspéré, rapportant leur bouquet vers l'ascenseur comme un lapin mort par les pattes arrière.

J'étais en train de faire des livraisons, coincé dans les embouteillages près du Lincoln Center cet après-midi de février, lorsque j'ai entendu à la radio de la camionnette qu'un violent tremblement de terre avait frappé le Guatemala. Les larmes m'ont brouillé la vue ; j'ai dû trouver un espace où me garer. Abuelita, le reste de ma famille, mes cousins, avaient-ils survécu ? Je n'avais pas vu Abuelita depuis l'été suivant la classe de cinquième, lorsque nous étions descendus pour la dernière fois avec ma mère. C'était l'été de la fête du quatre-vingtième anniversaire d'Abuelita, qui s'était tenue dans sa maison et à laquelle toutes les vendeuses du magasin avaient été invitées ; il y avait un groupe de marimba et des danses traditionnelles guatémaltèques. Regarder Mamita danser comme les filles mayas du village, les mains jointes derrière le dos, exécutant ces pas sautillants, un talon soulevé en arrière à la fois, était toujours un peu gênant. Chaque fois que je retourne au Guatemala et que je m'arrête à Juguetelandia, je passe dire bonjour à Amalia, qui a travaillé au magasin pendant au moins un demi-siècle, si flétrie et voûtée dans sa blouse bleue, avec son sourire qui s'étire comme un fil enduit de rouge à lèvres ; elle commence toujours par demander des nouvelles de ma mère, puis s'enthousiasme pour cette fête d'il y a trente ans comme si c'était la nuit la plus festive de sa longue vie : *Ay*, Frankie, c'était tellement *alegre*. Tu te souviens comment même Abuelita a dansé ? C'est à cette fête, devant tout le monde, qu'Abuelita a levé la main pour me pincer la joue et me déclarer le plus Montejo des Montejos, et ça m'a rendu tellement heureux.

Le tremblement de terre avait durement touché la capitale, mais en province, la situation était catastrophique : avalanches, routes et villages ensevelis. À Guatemala City, des maisons et des bâtiments s'étaient effondrés, y compris un hôtel à quelques rues des magasins de notre famille… On craignait des milliers de morts… Il était encore trop tôt pour le savoir. Je devais téléphoner à la maison, mais je gagnais plus en pourboires qu'en salaire et il me fallait d'abord terminer mes livraisons. J'ai tourné le bouton de la radio, à la recherche d'autres nouvelles. Au cours des heures suivantes, les évaluations de la catastrophe se sont aggravées et des appels urgents ont demandé des équipes de secours et des dons internationaux. Dès que je suis rentré au magasin, je me suis planté au milieu de l'étage pour parler à tout le monde du tremblement de terre au Guatemala et de ma famille, répétant les nouvelles que j'avais entendues à la radio, ma voix s'élevant dans les aigus avec l'émotion et la panique. Pourquoi cet étalage public ? Je suppose que je voulais que Steve et Howie, ainsi que Megan, qui travaillait à la caisse et dans l'atelier, sachent que je venais aussi de là-bas, le pays d'où provenaient certaines de nos fleurs exotiques, où un tremblement de terre avait anéanti des milliers de vies humaines en quelques secondes, dont peut-être certaines de ma famille. Mais je voulais aussi me prouver que ce lien émotionnel puissant que j'avais ressenti avec le Guatemala et ma famille dans la camionnette n'était pas faux, qu'il était réel, et je n'ai donc pas essayé de retenir les larmes qui jaillissaient de mes yeux et roulaient sur mes joues.

Bien sûr, Steve a dit que je pouvais téléphoner chez moi, même si c'était un appel longue distance. Ma mère a répondu qu'elle avait reçu un télégramme de Tío Memo indiquant que notre famille était en sécurité et qu'elle était plus inquiète pour moi que pour le Guatemala. Je lui ai dit que je m'en sortais très bien. J'ai un travail, je vais peut-être retourner à l'université, je ne sais pas encore. Mais, Frankie, tu n'as eu que des A sur ton bulletin, a-t-elle plaidé. Oui, on n'appelle pas ça des bulletins à l'université, maman, ce sont des notes trimestrielles. Frankie, nous sommes si fiers de toi. Papa voulait t'emmener dans un bon restaurant à New York pour fêter tes excellentes notes. En l'écoutant continuer, je me sentais en colère. J'aurais voulu qu'elle m'accuse d'être gâté et ingrat pour avoir quitté l'université que mon père avait payée, parce qu'alors j'aurais pu prononcer les mots que j'avais préparés : Je ne vais plus jamais lui coûter un centime. Je dois y aller, ai-je dit sèchement, je suis au travail. Je me souviens des expressions d'appréhension de Steve, Howie et Megan qui attendaient la fin de mon appel, et de leurs sourires de soulagement lorsque je leur ai dit que ma famille allait bien. Quelles bonnes et généreuses personnes c'étaient. Des années plus tard, lors d'un de mes retours d'Amérique centrale, je suis passé au magasin où j'ai appris que Steve était mort du sida et que Howie était parti vivre à Hawaï.

Le matin, au sous-sol, pendant que je m'asseyais sur un grand seau retourné pour arracher les épines des tiges de rose, Howie racontait souvent des histoires sur ses plaisirs nocturnes extrêmes dans les bars gays, comme s'offrir à travers un trou dans le mur aux hommes anonymes qui attendaient de l'autre côté. Si Steve était là, il souriait tristement avec ce qui semblait être une résignation bouddhiste destinée à suggérer, je pense, qu'il avait fait ça aussi, et qu'il espérait surtout ne plus recommencer. C'est immonde, vous êtes vraiment des gros dégueulasses, je m'exclamais, ce qui, bien sûr, les faisait rire aux éclats. Pour moi, l'inébranlable joie de vivre que montrait presque toujours Howie était un mystère du tempérament humain, jusqu'à ce que je conclue que c'était sa bravoure qui alimentait la jubilation qu'il exprimait dans une sexualité démente et effrontée ; c'était une chose difficile à concevoir pour quelqu'un comme moi, qui, quelques mois auparavant, dormait encore toutes les nuits dans son lit d'enfant. Qui était le plus admirable ? Howie ou Ian Brown, la personne la plus effrontément caractérisée par sa sexualité que j'aie connue avant Howie ? Howie, et de loin. Steve et Howie avaient peut-être été amants, mais ils étaient devenus de bons amis. Les filles qui sortaient avec Ian finissaient par le mépriser. J'avais décidé que Howie, la Grosse Brêle Réjouie des décorateurs fleuristes, même parmi les fleurs et les plantes entassées sur sa table de travail au sous-sol, trônait au sommet d'une sorte de mont Olympe du sexe ; comme un moine novice partant pour un long voyage apostolique, tout ce que j'avais à faire pour connaître les bas-fonds était de marcher autour de Times Square et de m'arrêter dans un de ces peep-shows ou lieux de sexe en direct. Je prenais ma place dans le défilé de jour qui entrait et sortait rapidement, principalement des hommes en costumes sombres et cravates ; j'avais entendu des adolescents noirs se moquer de ces hommes d'affaires « faux riches » sur le trottoir, détaillant leurs costumes et pardessus bon marché, et même leurs chaussures ; il y avait toutes sortes de types aussi, qui, une fois entrés, s'ignoraient sans reconnaître l'existence des autres même une fraction de seconde, tout en jetant des regards affamés autour d'eux. Si vous mettiez une pièce de 25 cents dans une fente, une fenêtre ou un volet s'ouvrait et vous pouviez voir un homme et une femme faire un soixante-neuf ou une femme pratiquer un cunnilingus sur une autre ; après une dizaine de secondes, la fenêtre se refermait, mais si vous glissiez une autre pièce, la fenêtre s'ouvrait ; le ventre de la femme alors tremblait dans l'orgasme. Certains passages s'ouvraient pour laisser passer les mains des clients et j'ai pu toucher les seins pâles et les tétons durs comme du gravier d'une fille de mon âge, avec un si beau sourire. Elle m'a dit qu'elle venait du Honduras et qu'elle aimait la façon dont je la touchais. Je parie que tu rends ta copine heureuse, a-t-elle dit. Même si elle n'avait dit ça que pour que je mette plus de pièces dans la fente, je suis parti en marchant sur un nuage et en essayant de me rappeler exactement comment je l'avais touchée pour pouvoir le faire à nouveau. Je me suis demandé ce qui se passerait si j'osais demander à la fille hondurienne de sortir avec moi. Ce n'est pas comme si j'allais dans ces endroits tous les jours, plutôt toutes les deux semaines, et bien que j'aie sûrement essayé de la retrouver, tout ce dont je me souviens avec certitude, c'est que je ne l'ai jamais revue.

Lors de cet appel chez le fleuriste, j'avais donné à ma mère le numéro de téléphone de l'appartement où je vivais. Le jeune couple qui y habitait, Gail et Blake, m'avait loué une minuscule chambre avec une seule fenêtre donnant sur un étroit puits de lumière. Gail avait deux chiens bâtards qu'elle avait trouvés abandonnés dans les rues de New York et qui se battaient sans cesse. Je détestais promener ces chiens qui voulaient toujours attaquer les autres et les vieilles personnes marchant avec une canne qu'ils croisaient. Elle avait aussi un chat orange hyperactif qu'elle avait récupéré dans un refuge. Blake présentait une émission de jazz tard le soir sur une station de radio obscure et il dealait du speed. Une fois, quand mon père avait téléphoné, j'avais réussi à raccrocher après quelques mots et j'avais enlevé l'écouteur de son socle. Ensuite je l'avais oublié, ce qui avait rendu Gail furieuse : elle avait essayé de joindre l'appartement des heures durant depuis le restaurant où elle travaillait. Elle était toujours de mauvaise humeur, en partie à cause de tout le speed qu'elle prenait pour tenir quand ses journées de serveuse se prolongeaient la nuit et parce qu'elle et Blake étaient toujours fauchés. Blake râlait sans arrêt : Si tu ne dépensais pas autant en nourriture pour les chiens !

Tío Memo m'a téléphoné en février de cette même année. Il était venu à New York comme chaque année pour la Foire internationale du jouet aux États-Unis, et il m'a emmené dans un restaurant italien de Greenwich Village, où nous avons eu une longue discussion, de loin la plus longue que nous ayons jamais eue. Lorsque je suis entré dans le restaurant, les cheveux lissés jusqu'aux épaules, mon oncle m'a regardé me diriger vers notre table avec dans son regard grave et sévère une expression de stupeur. Deux semaines s'étaient écoulées depuis le tremblement de terre ; le nombre de morts dépassait les vingt mille. Personne dans notre famille n'avait été blessé, et si les employés des magasins avaient tous survécu, certaines de leurs maisons s'étaient effondrées ; des proches avaient été tués ou gravement blessés. La nuit qui a suivi le tremblement de terre, alors que les répliques continuaient, Abuelita et Tía Nano avaient dormi dans leur voiture que leur chauffeur, Chepe, avait sortie du garage pour la garer dans le terrain vague de l'autre côté de la rue. Chepe, âgé lui-même et armé d'un pistolet, avait monté la garde. Nous ne savions pas encore qu'Abuelita avait un cancer et qu'il lui restait moins de deux ans à vivre. Lorsque sa fin est devenue proche, la pauvre Mamita a annulé sa dernière semaine de cours avant les vacances de Noël pour pouvoir passer plus de temps avec elle à Guate ; quand elle est rentrée fin janvier pour commencer le nouveau semestre, Abuelita était encore en vie. Un soir, un mois plus tard, après sa séparation d'avec Bert, toute seule dans la maison, Mamita a reçu de son frère l'appel téléphonique qu'elle avait tant redouté.

Dans le restaurant italien, je grignotais encore les petits pains avant que le repas soit servi lorsque j'ai raconté à Tío Memo que j'avais trouvé ma mère en sanglots dans sa chambre d'hôtel. Je voyais bien que je le mettais immédiatement mal à l'aise. Mon père la rend vraiment malheureuse, ai-je affirmé avec force, comme il rend tout le monde malheureux, mais c'est ma mère qui en a le plus souffert, et comme elle ne se plaint jamais, personne ne le remarque ni ne fait rien.

Ahh la gran, soupira mon oncle en étirant les lèvres et en inspirant entre ses dents comme à son habitude. *Qué pena, pobre la Yoli.* Je n'aime pas entendre ça. Il a fait une pause avant de dire, C'était peut-être juste une mauvaise journée. Toutes les femmes sont émotives, Frankie.

Plutôt que de donner un avis direct sur le mariage de sa sœur, Tío Memo s'est lancé dans une histoire sur ma mère dans sa jeunesse, comme s'il voulait cacher un indice dans ce qui semblait au départ n'être qu'un récit de réminiscences affectueuses. Mais aujourd'hui encore, je ne comprends pas l'histoire que Tío Memo m'a racontée ce soir-là. En règle générale, on évite de parler de sujets désagréables dans la famille Montejo Hernández. Mon oncle, en particulier, cherche toujours la prochaine occasion de dire « *ala, qué alegre* » ou « *qué alegre, vos* », des mots agréables à prononcer. J'aime les dire aussi, avec ironie ou sarcasme, mais aussi avec une joie loufoque : Oh, quel bonheur ! Mais à quoi peut bien servir toute une vie dans la vente de jouets, si ce n'est à amener les gens à s'exclamer « *Qué alegre* » !

Pendant leur adolescence, a raconté Tío Memo, Mamita et lui partageaient les mêmes amis, un groupe de jeunes gens pleins d'entrain *ala, qué alegre.* Ils allaient dans le chalet familial sur le petit lac près de la ville, Amatitlán, pour faire du ski nautique, ou dans les *fincas* de café de leurs amis pour monter à cheval et pique-niquer, et c'était toujours si *alegre.* Mais ma mère s'était particulièrement rapprochée d'un *joven*, dit Tío Memo, qui était un étudiant brillant, un intellectuel même – j'avais l'impression que mon oncle le qualifiant d'intellectuel était comme cette règle de Tchekhov qui veut qu'on présente un pistolet au premier acte – d'une bonne famille, une bonne famille qui employait la mère du *joven* comme servante. Comme le garçon était très intelligent et avait hérité du teint clair de son père, il avait toujours été autorisé à vivre dans cette maison et avait fini par être reconnu par le père qui lui avait donné son nom. La mère du jeune homme avait continué à travailler dans la maison et à vivre à l'étage des domestiques avec son fils pendant ses premières années, puis le père lui avait acheté une petite maison dans le quartier ouvrier de La Limonada et lui versait une pension mensuelle. Le jeune homme aimait passer les week-ends et les vacances scolaires avec sa mère à La Limonada, où il était le seul garçon à avoir la peau et les cheveux clairs. Tío Memo disait que c'était probablement la source des rancœurs sociales du jeune homme, qui se sentait déchiré entre deux mondes opposés. Sa mère était morte alors que le garçon était encore adolescent. Mon oncle et ma mère avaient assisté à l'enterrement, où le cercueil était porté jusqu'à la tombe sur une petite charrette en bois peinte en jaune, remplie de fleurs et tirée par un âne.

Ce soir-là, dans le restaurant italien de Greenwich Village, lorsque Tío Memo me parlait du jeune intellectuel et de ma mère, il avait dû me dire son nom. Plus tard, je me suis vaguement souvenu que ce pouvait être René, Ramón ou Raul, bien que je confonde toujours ces noms, souvent à mon propre désarroi ; chaque fois que l'on me présente un René, je ne manque jamais de l'appeler Ramón ou Raul la fois suivante. C'est pourquoi je le considère toujours comme *el joven.* Adolescents, Tío Memo et ce jeune homme, *el joven,* avaient participé au mouvement étudiant qui avait déclenché la révolution pacifique d'octobre 1944 ; on appelait alors ces jeunes *Chiquilines de la Revolución.* Tout le monde était si heureux et fier que le Guatemala devienne une démocratie ! Même ma mère, à douze ou treize ans, se tenait devant le magasin pour distribuer des tracts de campagne pour Arévalo. Quelques années plus tard, Tío Memo était parti pour l'université en Californie et deux ans plus tard, ma mère l'a suivi ; le jeune homme est allé à San Carlos, l'université publique de Guatemala City. Après notre retour de Californie, a dit mon oncle, nous ne l'avons plus revu. Il a ajouté qu'*el joven* était du genre à aimer rester étudiant éternellement. Quelques années plus tard, j'apprendrai que des gens comme mon oncle aimaient décrire les militants de gauche comme des étudiants perpétuels, ce qui signifie que les universités étaient l'endroit où ils pouvaient s'installer pour comploter l'avènement de la révolution ouvrière et paysanne au lieu de devoir travailler.

Je sais maintenant, même si je ne le savais pas à l'époque, que c'est après la Californie et avant son départ pour Boston que Lucio Grassi est entré dans la vie de ma mère, mais Tío Memo n'avait pas mentionné l'Italien. Le restaurant était une trattoria vénitienne à l'ancienne, avec des nappes blanches et des serveurs âgés en nœud papillon, la plupart moustachus. C'était le préféré de mon oncle. Au cours des vingt années suivantes, lorsque Tío Memo revenait en février pour le salon du jouet, si j'étais aussi en ville, nous retournions dans ce restaurant. Je commandais toujours les spaghettis bolognaise à la vénitienne.

Yoli avait toujours tant d'amis ! m'a confié joyeusement Tío Memo. Elle était l'âme de toutes les fêtes. Il a laissé échapper un éclat de rire avant d'ajouter, Mais la famille n'a jamais pensé que son amitié avec ce *joven* était bonne pour elle. Comprends-tu ce que je veux dire, Frankie, quand je dis qu'il ne se faisait à lui-même aucun bien ? Après un silence, j'ai demandé : Tu veux dire qu'il avait des tendances autodestructrices ? Oui, Frankie, il était autodestructeur et aussi destructeur. Ce *patojo* faisait toujours ce qu'il voulait et ne se préoccupait jamais de la façon dont ses actes pouvaient affecter les autres. J'ai compris, me suis-je dit. Tío Memo poussait la conversation dans une direction censée être instructive pour moi, qui me comportais aussi, pensait-il, de façon autodestructrice, faisant ce que je voulais sans tenir compte de la façon dont mes actes affectaient mes parents.

Tío Memo avait poursuivi son récit. Ma mère était déjà à Boston depuis un an ou deux, le coup d'État avait eu lieu et le *joven destructivo* faisait partie des centaines de Guatémaltèques qui s'étaient réfugiés à l'ambassade du Mexique. Trois mois ont passé avant que le nouveau gouvernement n'autorise ces réfugiés à s'exiler, la plupart au Mexique.

Tu veux dire qu'il était dans le gouvernement d'Árbenz ? ai-je demandé.

Pas que je sache, non. Il était plutôt ce qu'on appelle un compagnon de route. Tu connais ce terme ?

Je l'avais entendu. Les gens en étaient toujours affublés dans les années 1950, pas vrai ? OK, donc ce gauchiste autodestructeur était ami avec ma mère. Mais qu'est-ce que tu veux dire, Tío ? À quel point étaient-ils amis ? Ma mère était-elle aussi une compagne de route ?

Mon oncle avait semblé trouver ça vraiment drôle ; adossé à son siège, il avait ri de bon cœur. Non, Frankie. Yoli n'était pas intéressée par ce genre de choses. Ils étaient juste de bons amis, tu sais, comme le sont les jeunes gens qui plaisantent et rient à propos de n'importe quelle bêtise.

Quelle sorte de bêtises, ai-je demandé. Tu te souviens d'un exemple, Tío ?

Mon oncle avait semblé y réfléchir pendant un moment, ce que j'ai supposé être pour la forme, avant de dire : Une fois, nous sommes allés tous les trois au cinéma, et peut-être parce que le *joven* avait faim, ou bien c'était une indigestion, mais son estomac n'arrêtait pas de gronder, assez fort pour qu'on l'entende en étant assis à côté. Alors Yoli a penché la tête vers son estomac et a dit, Chut, vilain estomac, on essaie de regarder le film ! Eh bien, l'estomac de ce jeune homme lui a répondu en grognant plus fort que jamais ! Je ne sais pas comment il faisait, comme un ventriloque. Ils ont été obligés de quitter le cinéma, car ils ne pouvaient pas s'arrêter de rire. *Ala, qué alegre,* Frankie.

L'histoire de mon oncle m'avait fait rire aussi, même si elle ne semblait pas avoir de rapport avec le malheur de ma mère. Mais Mamita n'était pas le seul sujet dont nous parlions au restaurant ce soir-là. Tío Memo avait sa mission : découvrir ce qui m'arrivait vraiment et me convaincre de retourner à l'université. N'était-ce pas vrai, m'a-t-il demandé, que je n'avais eu que des A ce semestre ? C'était vrai, je l'avais admis. Alors pourquoi ne voulais-je pas y retourner ? L'université était-elle trop facile ? Il y a une *jovencita* derrière tout ça, *verdad,* Frankie ? Mon oncle s'est penché en avant, comme si on en arrivait à la vérité. Non, vraiment, il n'y en a pas, Tío, j'ai dit. J'aimerais bien, mais non, pas de fille. J'ai vu de l'inquiétude dans les yeux de mon oncle. Peut-être qu'il pensait, Frankie a fui l'université parce qu'il était bouleversé à cause de Yoli ? Et maintenant le voilà avec des cheveux lissés de fille. Quel étrange garçon est mon neveu !

Avant même de commencer à travailler au magasin de fleurs, avec un peu de l'argent que mon ami de l'université m'avait prêté, je m'étais fait lisser les cheveux par une lesbienne *boricua* super mignonne et bavarde, aux cheveux teints en rose brillant, dans un salon de coiffure unisexe d'Amsterdam Avenue, qui m'avait dit en partant, Si tu étais une fille, je sortirais avec toi, et m'avait embrassé en laissant un nuage de rouge à lèvres rose sur ma joue. Mes cheveux étaient maintenant plus longs que jamais, avec un style froissé-décoiffé comme j'en avais rêvé, quelque chose comme celui de Jim Morrison à la fin de sa vie ou même comme celui de Chantal Goya après une folle nuit d'amour. Partout où j'allais, des filles me souriaient, bien qu'il ne se soit rien passé avec aucune. Je commençais à tomber amoureux de Gail, qui semblait vouloir rompre avec son copain, lequel n'était jamais à la maison de toute façon. Chaque soir, je promenais fidèlement ses horribles chiens dans le parc Riverside. Gail mesurait un peu plus d'un mètre cinquante, avec une joliesse d'elfe, des yeux en amande ensommeillés et des cheveux noirs ondulés qui serpentaient jusqu'à ses hanches étroites. Comme la plupart des serveuses de New York, elle voulait être actrice. Un soir, je l'avais rejointe au Dublin House après son service. Nous étions tous les deux un peu ivres lorsqu'elle a fait un geste vers une autre jeune femme adossée contre le mur du fond dans une veste en cuir rouge et une classique petite robe noire, et elle a dit : Je veux la baiser. À quoi j'avais répondu, Je veux être lesbienne. Gail avait ri, posé ses petites mains dans mes cheveux et dit, Dommage que tu n'en sois pas une, alors. Assis face à mon oncle, je me suis trouvé ridicule et pathétique. Sentant une rougeur cuisante me monter au visage, j'ai pris une serviette pour me cacher en faisant semblant d'éternuer. Frankie, *estás bien* ? a demandé mon oncle. Je me suis excusé et je suis allé dans les toilettes pour hommes, où dans le miroir j'ai découvert une poussée d'urticaire. Je me suis penché sur le lavabo en m'aspergeant le visage d'eau froide.

Au dessert, un gâteau roulé au chocolat noir et aux cerises appelé Vampire Cake, j'ai demandé à mon oncle si je pouvais venir au Guatemala et m'installer chez lui. Ce que je me racontais à moi-même, c'est que New York ne me convenait pas, et que je devrais aller au Guatemala pour aider les victimes du tremblement de terre. Tu sais, tu es toujours le bienvenu, Frankie, a dit Memo, mais je pense que ce serait mieux si tu retournais d'abord à l'université.

Mon oncle savait raconter une histoire d'une manière qui vous faisait sentir, au cœur de la pâtisserie burlesque qu'il préparait, des couches de glaçage plus sombres qui s'évaporaient dès que vous essayiez de les saisir. Tout ce que je voulais que mon oncle dise, c'était : J'ai toujours su que Bert était un *hijo de la gran puta*, et que ma sœur avait ruiné sa vie en l'épousant.

Ay Yoli, s'est soudain écrié Tío Memo. *Pobrecita*, la Yoli.

Sí, Tío, *pobrecita*, ai-je répondu sur le même ton. Me permettre cette exclamation a été comme presser une éponge, et mes yeux se sont remplis de larmes qui n'étaient probablement pas seulement pour ma mère.

Quelques semaines plus tard, je me suis fait couper les cheveux court chez un barbier et je suis retourné à Broener pour le trimestre de printemps. Au mois de janvier suivant, j'étais de retour à New York pour intégrer un programme spécial à la New School.

Alors que nous finissions nos cafés, Tío Memo a encore dit quelque chose qui m'a surpris : Ce *joven*, plus si *joven* que ça, il est venu à Boston et il y a retrouvé Yoli.

Peut-être parce que je m'étais attardé en silence sur mes propres problèmes, il ne m'est pas venu à l'esprit de demander si la venue de ce *muchacho* à Boston s'était produite avant ou après ma naissance.

Quand mon oncle a ajouté un moment plus tard que ma mère avait renvoyé *el joven* et lui avait dit de ne plus la déranger, j'ai senti qu'il improvisait. Qui sait où il est maintenant, avait conclu Tío Memo. Cuba, probablement, et il s'était esclaffé à l'idée qu'*el joven* se trouvait dans le Cuba communiste au lieu du Guatemala, le petit pays de la liberté.

Lors de certaines de mes visites précédentes à Green Meadows, j'avais demandé à ma mère si elle se souvenait de son vieil ami qui était venue la chercher à Boston. À chaque fois, elle semblait vraiment réfléchir avant de hocher la tête ou de dire, Frankie, je ne me souviens pas. Lors de notre dernière rencontre, devant le plateau de Scrabble, j'avais dit ne pas savoir si son nom était René, Ramón ou Raul. Peut-être qu'il s'appelait Rodrigo ou Roberto. Peut-être que c'était Juan, Tomás, Diego, Gonzalo, Miguel.

Miguel ? a-t-elle répété doucement. Qu'est-ce que tu veux dire, Miguel ? Il y avait une note de défi dans la voix de ma mère.

Avant de partir aujourd'hui, je vais demander à ma mère qui était Miguel.

Mami, cette dent que papa a faite pour toi ? je lui demande. Tu l'as toujours, n'est-ce pas ? Elle ne répond pas. Elle me regarde comme si elle ne m'avait pas entendu ; elle attend que je reprenne notre conversation.

Un soir, alors que j'avais environ onze ans, Bert avait emmené la famille au restaurant et avait offert à Mamita un écrin de bague en velours. Lorsqu'elle l'a ouvert, au lieu d'une bague avec une pierre précieuse étincelante, c'est une étincelante dent artificielle qu'elle a trouvée. Elle a pourtant semblé heureuse de son cadeau et a ri gaiement, sa serviette de table masquant sa bouche. Depuis des mois, elle arborait un sourire à la Alfred E. Neuman, avec un trou dans la gencive là où une incisive avait été arrachée. Mon père avait dû mettre toute son expertise dans cette dent, essayant d'atteindre la perfection telle que la définissait son métier.

Tu te souviens que papa t'a fait une dent, je te le demande, n'est-ce pas ? Oui, je m'en souviens, Frankie, dit-elle.

Souris, lui dis-je, et elle sourit. Ses dents de devant sont toutes à peu près les mêmes, en bonne santé pour son âge. Je ne peux pas dire laquelle est l'implant, cependant.

Mon père détestait le terme « fausses dents ». Qu'est-ce qu'elles ont de faux ? bougonnait-t-il lorsque quiconque les appelait ainsi. Quand on ne fait pas bien les choses, c'est là que ça a l'air faux ! s'écriait-il. Une fausse dent est une dent mal faite. Je peux en repérer une dans la bouche de quelqu'un à trois mètres de distance !

Dent artificielle, dent prothétique, ce sont les termes corrects. « Un mélange de science et d'art », une fois que vous commencez à faire des recherches dans le domaine, vous tombez sans cesse sur cette description. Bert était un ingénieur chimiste, mais aussi un coloriste ou un chimiste des couleurs. L'histoire des sciences m'a appris que la production moderne de dents artificielles en céramique trouve son origine dans les méthodes et les découvertes des alchimistes et des kabbalistes européens. Il en va de même pour l'histoire du roman *Frankenstein* de Mary Shelley. Comment Frankenstein a-t-il eu ses « dents d'un blanc de nacre » ? Bert l'alchimiste, un praticien contemporain de cet ancien métier sacré des kabbalistes. Il me suffit de faire glisser mon ordinateur portable hors de mon sac à dos, de le poser sur mes genoux et d'ouvrir le fichier de bureau intitulé (désolé papa) « Fausses dents » pour trouver ces notes copiées d'un journal :

« La lumière traverse la porcelaine d'une manière qui la fait paraître à la fois lumineuse et éclairée de l'intérieur. Une dent artificielle formée de matériaux en porcelaine, contenant des particules opacifiantes finement divisées, y compris des particules de pigment réfringent, peut réfracter et transmettre la lumière d'une manière ressemblant exactement à l'opalescence d'une dent naturelle. »

Mamita, souris encore, s'il te plaît, je te le dis. Garde ce sourire une seconde. Je sors mon téléphone de ma poche et je prends une photo du sourire de ma mère.

J'avais terminé l'université depuis un an quand je suis allé vivre dans la maison de Tío Memo à Guatemala City.

La plupart du temps, je me terrais dans la chambre de mon cousin – Freddy étudiait à Texas Tech – côté jardin, à l'opposé de la maison principale, essayant d'écrire les trois nouvelles requises pour envoyer ma candidature en mastère d'écriture créative, et je passais la plus grande partie de mon temps libre à traîner avec les *primas*, mes deux cousines adolescentes, et leurs amis. Sur un coup de tête, j'ai également soumis ces histoires à l'éditeur de fiction d'un magazine de New York dont le nom, lorsque mes *primas* essayaient de le prononcer, ressemblait à *Er-squirrel*. Quelques mois plus tard, j'étais de retour à New York, vivant dans un loft sous-loué au-dessus d'un magasin d'aspirateurs sur la bruyante Quatorzième Rue avec trois colocataires, dont Frecky Papperman, et j'étais encore à moitié endormi le matin où il a apporté le téléphone avec son long cordon dans ma petite alcôve en contreplaqué installée côté rue. Un certain M. Rust, me dit Frecky, était en ligne. Il s'est avéré que le vénérable rédacteur en chef du magazine *Er-squirrel* m'appelait pour me dire qu'il voulait publier deux des trois histoires que j'avais envoyées. L'une était inspirée par la cabane à outils de Space Cavanaugh, l'autre parlait en partie de Gail, de ses chiens et de la boutique de fleurs. Plus tard, j'ai traîné au lit pour essayer d'absorber cette nouvelle et j'ai finalement choisi un livre de poche, dans la pile à côté de mon matelas, qui semblait approprié à ce moment de changement de vie, la biographie d'Ernest Hemingway par Carlos Baker ; je l'ai ouvert à l'index, j'ai trouvé mon nom, et j'ai cherché la page où j'ai lu qu'un matin de novembre 1981, Francisco Goldberg avait appris qu'il était devenu un écrivain publié lui aussi. *Ah ! ah ! ah !, notre Hemingway, mais tu n'as pas le caractère, pas les tripes...*

La jeune assistante éditoriale chargée de la pile de manuscrits m'a dit plus tard que c'était l'anomalie de recevoir une enveloppe en papier kraft couverte de timbres de la poste aérienne guatémaltèque qui l'avait rendue curieuse de lire ce qu'il y avait à l'intérieur. Grâce à ce coup de chance, je gagnais ma vie en tant qu'écrivain, j'avais vendu mes histoires pour mille dollars chacune, et j'ai donc décidé de ne pas accepter l'offre d'une bourse pour un programme de mastère d'écriture, mais de passer les quelques années à venir au milieu des champs de maïs à travailler sur *In the Toolshed and Other Stories.* J'ai écrit mon premier article de « correspondant de guerre » pour *Er-squirrel.* Les nouveaux propriétaires avaient décidé qu'ils voulaient apporter du sang neuf au journalisme du magazine, et j'ai raconté ce qui se passait au Guatemala, tel que décrit, essentiellement, à travers les yeux de mes *primas* et de leurs amis. « Mon père dit que chaque matin, lorsqu'il fait son jogging, il passe devant au moins un cadavre jeté sur le bord de la route. » « Les gens disent que ça va être un novembre noir, que les Mayas vont descendre des montagnes vers la ville avec leurs machettes et nous massacrer tous ! » Lorsque Bonzo a été élu Président, Tío Memo et Tía Meche étaient aux anges, eux qui méprisaient le précédent président américain comme Jimmy Castro. Les droits humains n'étaient que les droits des communistes. Dans mon article, je ne décrivais pas seulement la vie à l'abri des hauts murs de la classe moyenne supérieure, qui cachaient à la vue l'anéantissement qui se déroulait au-delà, j'essayais aussi de décrire ma propre culpabilité et mon désarroi de me trouver piégé derrière ces murs. Ce qui est frappant, c'est que Tío Memo n'a jamais dit un mot négatif sur mon article, du moins pas à moi, alors qu'il s'inspirait en grande partie de ce que j'avais observé en vivant dans sa maison.

Un soir de cette année-là à Guatemala City, mon oncle et ma tante avaient organisé un cocktail, et c'est là que j'ai rencontré Ursula, qui était venue avec ses parents. Elle avait à peu près mon âge, peut-être un an ou deux de moins, une fille mince vêtue d'une robe jaune démodée que ses parents l'avaient sûrement obligée à porter parce qu'elle semblait vraiment mal à l'aise dedans. Son père était beaucoup plus âgé que Tío Memo, mais il lui montrait de la déférence. Il s'avéra qu'Ursula était étudiante en médecine à l'université publique San Carlos. Tenant à la main nos scotchs et sodas très dilués servis dans des verres drapés avec soin dans des serviettes en papier, comme le veut l'usage poli évitant de se refroidir les doigts, nous étions contraints d'entamer la conversation. Quel que soit le sujet avec lequel nous l'avions commencée, l'urgence dans ses yeux brun pâle, agrandis par ses verres de lunettes, et sa voix déterminée ont eu vite fait de me le faire oublier. Ursula a raconté qu'une fois par semaine, elle avait un cours de médecine légale à la morgue de l'hôpital Roosevelt. Certains jours, quand elle arrivait, il y avait tellement de corps qu'il fallait les empiler comme du bois de chauffage sur le sol. Je me souviens de ses mots exacts : Et tu devrais voir dans quel état ils arrivent.

Je devrais voir. Enfin, probablement, je devrais, mais… Quelques jours plus tard, dans un réduit de l'hôpital réservé au personnel, j'ai enfilé, par-dessus mes vêtements, la blouse de médecin qu'Ursula m'avait remise. Elle a glissé une paire de gants d'examen dans la poche et a accroché un stéthoscope autour de mon cou, un instrument étrange pour l'endroit où nous allions. Nous sommes entrés dans la morgue. Il n'y avait pas de corps empilés comme du bois de chauffage ce jour-là, mais des cadavres étaient étendus sur trois des tables d'autopsie en béton. Le sol en ciment avait un éclat humide, comme s'il venait d'être arrosé. Jusqu'à ce jour, la seule personne morte que j'avais vue, un rapide coup d'œil dans le cercueil ouvert, était le grand-père Moe en costume-cravate et kippa blanche. Sur la table d'autopsie la plus proche de nous gisait le corps d'un jeune homme au corps musclé, au beau visage, aux traits amérindiens, aux yeux sereinement fermés, à la peau jeune et humide, avec une moustache noire qui semblait douce et des poils au menton. Son torse et ses bras étaient mouchetés de points brunâtres. Ursula a chuchoté, Ce sont des brûlures de cigarettes. Ce qui ressemblait à une ampoule crevée, circulaire et rose, était là où son pénis aurait dû être. Ses pieds lisses n'étaient pas tachés et avaient un air mélancolique, pointant vers le haut comme s'ils regardaient son visage. Ce que nous faisions était risqué, et pas seulement risqué je crois ; nous sommes sortis rapidement. Dès que nous sommes montés dans sa voiture, une de ces petites voitures à hayon, elle m'a demandé si j'avais remarqué que sa gorge avait été tranchée. Je ne l'avais pas remarqué. Ils l'avaient déjà nettoyée, a-t-elle dit, et ils avaient lavé le sang.

Ensuite, nous sommes allés dans un restaurant de la Zona Viva, tenu par un Belge, où nous avons commandé une quiche et une salade et essayé d'avoir une conversation normale. Au fil des ans, j'ai souvent décrit cette visite à la morgue comme « le jour où je suis devenu journaliste ». Comme si le simple fait de poser les inévitables questions, qui était-il, qui lui a fait ça et pourquoi ? m'avait fait dégringoler dans un tunnel souterrain sans fin d'où j'étais sorti transformé en reporter. Tout le Guatemala savait probablement qui faisait ça, surtout aux jeunes hommes et femmes, et pourquoi. Alors quelle différence cela pouvait-il faire de le voir par soi-même ? Parce que le fait d'être témoin d'une telle chose vous implique, cela permet à cette réalité de continuer à vivre à l'intérieur de vous, en devenant plus sombre, plus impénétrable, à moins que vous n'acceptiez le défi de vivre avec elle et d'essayer de la rendre plus précise. Bien sûr, vous pouvez aussi essayer de la fuir. Mais est-ce que même le journaliste le plus astucieux et le plus expérimenté pourrait m'expliquer comment le meurtre d'une victime de torture vue à la morgue et le fait de manger une quiche au restaurant du Belge s'accordent de manière cohérente dans la même heure, ou même dans la même vie ? Je me souviens de notre déjeuner, de la quiche et de la salade, aussi bien que de la morgue. Nous n'avons pas mangé dans un silence complet, mais je ne sais plus ce que nous avons dit, il me reste l'impression que les yeux d'Ursula ressemblaient à de petites feuilles humides collées à l'intérieur de ses verres de lunettes. Je me suis demandé ce qui allait se passer ensuite. Il ne semblait pas possible qu'elle me ramène tout simplement à la maison de mon oncle après le déjeuner, mais c'est tout ce qui s'est passé.

J'ai laissé cette histoire de morgue en dehors de mon premier article de journaliste pour ne pas exposer Ursula à un quelconque danger. Plus tard, j'ai appris que ses parents l'avaient envoyée vivre en Californie.

Avant de quitter la maison de retraite aujourd'hui, je vais montrer à ma mère cette photo de son grand-père maternel posant avec sa mère, Abuelita, quand elle était jeune. J'ai la photo dans mon sac à dos. Je l'avais aussi apportée lors de ma dernière visite, mais sans la sortir cette fois-là. Je ne voulais pas la bouleverser, même si je pense que c'est normal qu'elle la voie. Comme *el joven*, le père de ma mère était un enfant illégitime, mais cela n'a jamais été un secret. Ma mère nous a toujours parlé de son grand-père, le colonel Montejo, qui avait reconnu Abuelito comme son fils. Ma mère connaît les noms de ses deux grands-pères, mais elle n'a jamais été capable de me dire qui étaient ses grands-mères.

Mami, c'est impossible que ton père ne t'ait jamais parlé de sa propre mère, lui disais-je. Il ne l'a jamais fait, répondait-elle, comme si c'était normal.

Les quelques fois où j'ai demandé à Tío Memo, il a répondu à peu près la même chose : *Ay* Frankie, *a saber*, qui sait. Peut-être que la mère de mon *abuelo* était une prostituée ou une belle concubine. Peut-être était-elle une servante, comme la mère d'*el joven.*

Le père d'Abuelita, Luis Hernández, a émigré d'Espagne et est devenu éleveur. Mamita avait toujours des histoires à raconter sur son grand-père maternel. Sa véritable vocation d'éleveur de bétail était apparue tardivement, après des années d'échecs dans ses efforts pour devenir riche, mais c'est ainsi que la légende du *gachupín* sous les tropiques est née. Selon certaines versions, il aurait débuté comme voleur de bétail, partant à cheval vers Salvador avec ses cow-boys hors-la-loi pour voler ses premiers troupeaux. Au Guatemala, ses troupeaux ont prospéré et se sont multipliés, tout comme le nombre de ses ranchs. Il est devenu maire de son *pueblo* et a épousé la plus belle *niña* qui y vivait. Dans l'histoire familiale que ma mère et mon oncle ont partagée, cette fille, leur grand-mère, était encore adolescente, et Luis Hernández avait la cinquantaine. Elle lui a donné six enfants, quatre garçons et deux filles, mais elle est morte en donnant naissance à Tía Nano, la petite sœur d'Abuelita que Mamita a toujours aimée comme une seconde mère.

Quel était le nom de la plus jolie fille du *pueblo,* Mamita, qui a donné naissance aux six enfants de l'éleveur espagnol, dont ta propre mère et ta tante ? Ma mère ne connaissait pas son nom, ni rien à son sujet.

J'insistais beaucoup : Tu veux dire que tu ne connais le nom d'aucune de tes grands-mères, et que ça ne te dérange pas ? Tu n'étais même pas curieuse ? Non, ça ne la dérangeait pas. Elle n'était même pas curieuse.

Après la mort de mon arrière-grand-père, l'éleveur espagnol, ses quatre fils ont hérité de ranchs, et ses deux filles, Abuelita et Tía Nano, sont venues à la capitale avec leur dot dans des malles pour vivre dans un pensionnat, une sorte de *finishing school* dirigée par des sœurs jumelles venues de France. Abuelito gérait l'un des grands magasins généraux de l'avenue Séptima, dans le centre, et le week-end, il vendait des jouets importés d'Allemagne et de France depuis une charrette dans le parc central de la ville, en face de la cathédrale. C'est lors d'un de ces dimanches dans le parc qu'il a rencontré Abuelita.

Deux arrière-grands-mères sans nom, comme deux vides dans la tête. L'identité disparue de la femme du patriarche éleveur espagnol, mon arrière-grand-mère, c'était le mystère familial qui me rendait le plus perplexe. Jusqu'à ce que, il y a environ un an, une lettre du Guatemala arrive pour moi par la poste chez mon éditeur de New York. Cette enveloppe aurait pu facilement être égarée si la jeune assistante de rédaction qui l'a ouverte, reconnaissant son importance potentielle pour moi, ne l'avait pas postée en express à Mexico. À l'intérieur de cette enveloppe se trouvaient une lettre privée et une photo. La lettre était d'une femme nommée Sandra Hernández, qui m'écrivait que nous étions apparentés par la famille Hernández. Nous devions être proches en âge. Elle avait l'intention de m'écrire depuis qu'elle avait lu une interview dans un journal guatémaltèque dans laquelle je disais ne rien savoir de mes deux arrière-grands-mères. « Tout d'abord, je peux vous dire que nos arrière-grands-parents étaient originaires de Los Esclavos, Santa Rosa, sur la Costa Sur », écrivait Sandra. « Notre arrière-grand-père s'appelait Luis Hernández, agriculteur et éleveur de bétail de profession, et notre arrière-grand-mère s'appelait Francisca García. Tout le monde l'appelait Panchita. Comme la couleur de sa peau le démontrait, elle était d'origine africaine. Votre arrière-grand-mère Panchita était aimée de tous pour sa personnalité vive, la force de son caractère et sa gentillesse. Elle est morte en couches, en donnant naissance à sa fille, María, qu'on a appelée Nano. Voilà, Francisco, ce qui a été transmis de mon *abuelo* à mon père et à nous, au sujet de notre arrière-grand-mère. » C'est la partie de la lettre que je connais par cœur maintenant, même si l'ensemble faisait plusieurs pages, racontant toute l'histoire du clan d'éleveurs Hernández, génération par génération, jusqu'à Sandra et ses propres enfants. Lorsque Luis Hernández est mort, ses ranchs ont été laissés à son fils aîné ; Abuelita, orpheline, exilée par ses frères à la ville avec sa petite sœur et leurs maigres héritages sans terre, a rompu les relations avec la famille pour toujours. Sandra Hernández est aujourd'hui professeure d'études féministes et de genre à l'université San Carlos à Guatemala City. « Au sujet de votre famille du côté des Montejo, a-t-elle écrit, tout ce que je sais, c'est que votre grand-père s'est suicidé. »

La mère d'Abuelita était noire, c'était le grand secret de famille. Sur la Costa Sur, les Espagnols avaient fait venir des esclaves africains des plantations des Caraïbes, principalement pour travailler dans les plantations de sucre, dans la chaleur des plaines que tant de Mayas des hautes terres ne pouvaient supporter. Qu'Abuelita ait été une mulâtresse, avec son nez plat et ses larges narines, ses joues rondes et même ses yeux aux paupières lourdes, semblait maintenant évident sur ses photos, bien que cela ne m'ait jamais effleuré auparavant. Mamita, avec ses cheveux roux crépus, était ce qu'on appelait autrefois, dans une ville comme. La Nouvelle-Orléans, une *quadroon*. Ce que Sandra a écrit sur le suicide d'Abuelito était également nouveau pour moi. Je supposais qu'il pouvait être bipolaire, peut-être schizophrène, mais j'avais toujours compris qu'il était mort renversé par un bus dans le centre de Guatemala City. Après tout, don Paco était connu pour être toujours pressé, fonçant sur les trottoirs, le dôme brillant de son crâne chauve baissé, tandis que les piétons s'écartaient pour lui laisser le passage. Il semblait crédible qu'il ait été accidentellement heurté par un bus, et je considère toujours cette version comme la plus probable. Mais je comprends aussi que si Abuelito s'était bien suicidé, même en se précipitant au-devant d'un bus, cela aurait été tenu secret vis-à-vis de ma sœur, de moi et de nos cousins. Quand j'étais petit, ma mère avait laissé échapper quelques histoires sur les épisodes maniaques « hauts en couleur » de son père, qui étaient en fait des accès de délire pur. Certains matins, en chantant inexplicablement des airs de Verdi à tue-tête, Abuelito s'enfuyait de la maison pour aller en ville, finissant inévitablement dans un bordel pour distribuer l'argent et les biens de la famille à des prostituées. Il ne chantait des arias de Verdi que pendant ses crises. Abuelita avait réussi à faire mettre tous les comptes bancaires et toutes les propriétés à son propre nom, une manœuvre sans précédent pour une femme à l'époque : la fille mulâtresse de l'éleveur de bétail, jouissant du vernis apporté par l'école française, si ce n'est pas une fiction, a toujours eu des amis là où ça comptait.

Tío Memo devait poursuivre son père et lui faire enfiler une camisole de force. Puis ils prenaient le tortillard de la United Fruit Company avec ses wagons en bois à ciel ouvert, qui traversait le cœur des plantations de bananes, un tunnel vert émeraude avec des arrêts portant le nom d'universités de l'Ivy League, jusqu'à Puerto Barrios, où ils réservaient une cabine sur un cargo de bananes – certains passagers étaient plus cintrés que les bananes – jusqu'à La Nouvelle-Orléans pour qu'Abuelito puisse recevoir une thérapie par électrochocs. Lorsque j'avais inclus certaines de ces histoires dans mon premier roman, ma mère avait réagi comme si, désormais, partout où elle irait, les gens allaient dire : Regardez cette pauvre femme, il y a des cas de folie dans son ascendance, personne ne devrait prendre le risque d'épouser un enfant de cette famille. Que quelqu'un ait réagi ou non comme ma mère le craignait n'est pas la question, j'avais violé sa discrétion et sa bienséance innées. À partir de ce moment-là, elle ne laissa plus passer une occasion de dire à ses parents et amis guatémaltèques : Ne dites rien à Frankie. Il le mettrait dans un livre.

La photographie que ma lointaine cousine Sandra Hernández avait envoyée avec sa lettre était une copie d'un portrait de studio à l'ancienne de l'arrière-grand-père Luis posant avec sa fille adolescente, Abuelita. Avec son costume sombre froissé, ses chaussures poussiéreuses, son épaisse ceinture à double boucle, sa splendide crinière blanche, sa posture assurée et son expression de dur à cuire où se devine une tristesse sous-jacente, il avait l'air d'un voleur de bétail impitoyable devenu éleveur et maire, prospère mais toujours aussi impitoyable. En aucun cas il ne pouvait passer pour un Espagnol.

J'ai pris la photo dans mon sac à dos, l'ai sortie de son enveloppe et posée sur le plateau de Scrabble pour que ma mère la voie. Je lui ai parlé de la lettre de sa parente éloignée, Sandra Hernández, professeur à San Carlos. Ton *abuela* s'appelait Francisca, mais tout le monde l'appelait Panchita. Panchita avait des ancêtres africains, ai-je ajouté en passant. Elle était noire.

Ma mère a gloussé, fait claquer sa langue, et a affirmé : *Ay* Frankie, ce n'est pas vrai.

Mais ton *abuelito* avait l'air d'un bandit intimidant, ai-je continué allègrement. N'est-ce pas ? *Ma*, vraiment, quel bel homme impressionnant ! Tu peux être fière. Mais ce n'était pas un Espagnol, ça, c'est sûr.

Ma mère a regardé fixement la photo. La peau de son crâne est visible, blanche à travers ses boucles orangées. C'est trop dur pour elle maintenant. Toutes ces années où ma mère s'est tenue au-dessus du lavabo pour lisser ses cheveux et les teindre, était-elle pleinement consciente de ce qu'elle cachait et pourquoi ? Mon père le savait-il, le soupçonnait-il ou avait-il une opinion à ce sujet ?

Bien que mes *abuelos* ne soient pas là pour s'expliquer, il semble évident qu'ils ont fait disparaître leurs mères afin de protéger leurs enfants de la vérité sur leurs ancêtres et des répercussions sociales si les autres le découvraient. Dans le cas de l'arrière-grand-mère Panchita, au moins, c'était une honte raciale.

Abuelita est si belle, je dis. N'est-ce pas ? N'est-ce pas merveilleux d'avoir cette photo d'Abuelita quand elle était jeune ?

Un léger sourire se dessine sur les lèvres de ma mère, et son expression rêveuse n'est pas loin des larmes. Mon cœur se serre. Mamita aimait tellement sa mère. Je range la photo. Ce n'est pas comme si une grande injustice avait été réparée, pas même celle commise au sein d'une famille. Mais je suis heureux d'avoir cette photo. Je suis heureux d'avoir découvert que mon arrière-grand-père Luis Hernández ressemblait à don Cabrón et qu'il n'était pas espagnol. Je suis encore plus heureux d'avoir une idée de qui était mon arrière-grand-mère. Ça me plaît qu'elle s'appelle Panchita. Si j'ai une fille un jour, je l'appellerai Panchita.

Yolandita était un ange, s'exclame Mamita. Elle était comme une petite poupée !

Je lui ai dit que je voyais Feli demain, et elle a commencé à parler de Yolandita comme elle le fait toujours quand je mentionne Feli. Elle tend les mains vers moi comme pour m'implorer et dit : Sais-tu que deux jours après la mort de Yolandita, son mari, Richard, est allé faire du jogging, mais il a eu une crise cardiaque et est mort ? Frankie, il est mort d'un cœur brisé.

Les sentiments de ma mère envers Feli sont plus complexes que ceux qu'elle éprouve envers Yolandita, plus profonds, plus difficiles à exprimer. Le second mariage de Feli a été heureux et stable, elle a élevé des filles qui sont allées à l'université et poursuivent des carrières, toutes deux mariées à des hommes qui ont bien réussi. Feli a étudié le marché boursier et a réalisé des investissements intelligents avec les revenus de son mari. C'est aussi une femme au franc-parler dont la franchise a parfois dû offenser ma mère ou briser des illusions.

Je dis à ma mère que je vais aussi aller voir María Xum. Tu te souviens de María Xum, Mamita ? Elle parlait à peine espagnol quand elle est venue vivre avec nous. Le *k'iche'* ou le *kaqchikel*, l'un ou l'autre, était sa première langue, tu te souviens ? Ma mère essaie de se souvenir de María Xum sans y parvenir. Tu te souviens de la fois où tu as surpris María en train de manger un paquet de beurre avec un couteau et une fourchette au milieu de la nuit ? je demande. Tu as dû lui expliquer que ce n'était pas le genre de choses qui se mange de cette façon.

Ma mère regarde fixement le plateau de Scrabble, et avec ce qui semble être un léger effort de ses mains, elle prend deux lettres et les pousse en place sous le *m* de *MUSA*.

M U X

Mux, je dis. *Qué bueno, Ma.* Xum à l'envers. Ou c'est un mot maya ?

Ma mère me regarde. Elle a même l'air un peu coupable, et je dois me mordre un peu les joues pour ne pas rire.

Peu après le coup d'État, mais avant que ma mère ne rencontre mon père, les parents de Dolores Ojito ou Lolita ont navigué avec des amis sur un yacht depuis Izabál et le Río Dulce jusqu'à Miami, d'où ils allaient prendre l'avion jusqu'à Boston pour rendre visite à leur fille. Mais le yacht a disparu dans une tempête, il n'y a eu aucun survivant. Lolita a changé du jour au lendemain, me racontait Mamita. Dolores s'est réfugiée dans sa relation avec un étudiant diplômé en philosophie du Boston College, et quelques mois plus tard, ils se sont mariés. Il est devenu professeur, puis administrateur de l'université. Bien que Dolores vienne de temps en temps aux événements de la Société latino-américaine de Nouvelle-Angleterre, cela fait des années que ma mère ne l'a pas revue ; elle n'a pas même eu de ses nouvelles.

Le consul guatémaltèque à Boston a été remplacé par un nouveau consul après le coup d'État, et Mamita a peut-être été remplacée aussi, ou a décidé de partir d'elle-même. Mais dans son emploi suivant, elle était secrétaire bilingue à la Potashnik Tooth Company, et la façon dont elle a toujours raconté l'histoire de sa rencontre avec mon père est qu'elle arrivait souvent en retard au travail, ce que le consul devait tolérer mais pas son nouveau patron. Le jour de son licenciement, Bert Goldberg, chef du laboratoire de dents artificielles de la Potashnik, l'a trouvée en larmes près d'une fontaine dans un couloir et l'a invitée à dîner. En dépit de son poste assez peu prestigieux et des vingt années qui les séparaient, Bert était un célibataire athlétique qui fréquentait des cercles intéressants, des rédacteurs sportifs pleins d'esprit, des joueurs invétérés, des vétérans de la Seconde Guerre mondiale sarcastiques issus de son quartier d'enfance de Dorchester, dont un devenu portraitiste mondain à Boston, et même un collectionneur de pièces aveugle. Dans la quarantaine, Bert Goldberg, qui jouait pour l'University Club, avait été champion d'État de squash de classe B, et il avait invité la jeune secrétaire bilingue à ses matchs. Assise dans les sièges de spectateurs surélevés, Mamita regardait mon père et son rival se déplacer en shorts clairs dans cette boîte blanche exiguë, s'attaquant aux balles noires ultra-rapides qui ricochaient sur les murs et les coins. Bert avait autrefois joué au base-ball dans la Cape Cod League, ce qui ne signifiait rien pour ma mère. Il finit par raconter à Mamita certaines des difficultés qu'il avait endurées en tant que jeune garçon, comment son père l'avait obligé à vendre des pommes de terre dans une charrette après l'école alors qu'il n'avait que huit ans et comment sa mère, Rose, était morte quand il était encore adolescent.

Lorsqu'il a rencontré ma mère, Bert vivait avec mon oncle Lenny et la tante Milly dans leur maison de Waban. Lors de l'enterrement de mon père, ma cousine Denise s'est souvenue avec affection que lorsqu'elle était petite, son oncle Bert se glissait dans sa chambre pour cacher des cadeaux dans ses chaussures. Lexi m'a dit un jour que notre père, lorsqu'il faisait la cour à Mamita, l'emmenait dans les restaurants et les boîtes de nuit les plus branchés de Boston. Lorsque des étudiants du genre de Zbiggy Brzezinski l'invitaient également, elle se faisait un plaisir de citer sciemment les noms des restaurants et des clubs où elle savait que ces *muchachos* n'avaient généralement pas les moyens de l'emmener. D'après Lexi, Mamita pensait que cela faisait partie du plaisir de sortir avec un homme plus âgé. Et juif, en plus. Qu'est-ce que ça pouvait bien faire ? Lucio Grassi, qui prétendait être un fervent catholique, l'avait volée et avait menti. Peut-être qu'en emmenant Mamita dans ces endroits de luxe, Bert lui avait donné une fausse impression de richesse.

***

J'ai remonté Mamita dans son fauteuil roulant jusqu'à sa chambre. Elle est assise sur son lit, tournant le dos à Susan Cornwall, revenue de l'hôpital. Installé dans le fauteuil d'angle, face à ma mère, j'ai la boîte de biscuits français au beurre sur les genoux. Nous venons de manger un biscuit. J'en ai aussi offert un à Susan Cornwall, qui maintenant, allongée sur le dos sous sa couverture, le déguste par petites bouchées lentes et gourmandes. Depuis notre retour dans sa chambre, Mamita répond à mes questions sans ses hésitations habituelles. Je lui tends un autre biscuit, j'en prends un pour moi et, sentant qu'il n'y aura pas de meilleur moment que celui-ci, je lui demande : Mami, pendant toutes les années où tu vivais avec papa, est-ce que tu as eu des amants ?

Elle vient de mordre une bouchée, et comme stimulée par le beurre et le sucre français cuits au four et par une lucidité nouvelle dans cette ambiance « thé de l'après-midi », Mamita me répond : Oui.

Maman, vraiment ?

Oui, dit-elle. Elle sourit faiblement et dit : Juste un, Frankie.

Il s'appelait Miguel ? je demande.

Mais Frankie, comment tu le sais ? Oui, Miguel, dit-elle en écarquillant les yeux. Il était de Mexico City. Il travaillait pour Honeywell, qui l'a fait venir à Boston pendant un an pour apprendre à utiliser les nouveaux ordinateurs.

Il est si évident qu'ils ont dû se rencontrer à la Société latino-américaine de Nouvelle-Angleterre que je ne pose même pas la question. Mamita, je dis, je suis vraiment heureux d'entendre ça. Je suis si content pour toi que tu aies eu une histoire d'amour. Elle se redresse, avec sur le visage une expression de jeune fille empressée. Mes paroles sont sincères, mais je me sens aussi un peu mal. Pourtant, je ne peux m'empêcher de demander : Mamita, quand Miguel et toi vouliez être seuls ensemble, vous alliez où ?

On se retrouvait parfois au Hilltop Sheraton, répond-elle.

Le Hilltop Sheraton, vraiment ? Les biscuits français ont dû droguer ma mère comme un sérum de vérité. Le Hilltop

Sheraton est dans notre quartier, près de la Route 128. Les soirs d'été au lycée, on se faufilait parfois dans la piscine.

C'était à l'époque où j'étais au lycée, non ?

Elle réfléchit avant de répondre : Oui, c'est vrai.

Alors, que s'est-il passé ?

Ce qui s'est passé ? Eh bien, il a dû retourner au Mexique, Frankie. *Ay*, Mami, je dis, je suis vraiment désolé. Tu étais très triste ?

Oui, j'étais triste, dit-elle.

Est-ce que tu l'aimais, maman ?

Et avec ce ton de voix et cette énonciation qui me rappellent une concurrente bien élevée d'un jeu télévisé des années 1950, celle qui garde son sang-froid même si elle sait qu'elle donne la réponse gagnante, Mamita me dit : Oui, je l'aimais, Frankie.

Et ce Miguel, c'est lui qui t'a donné *Les Enseignements de don Juan* et les autres livres de Carlos Castaneda ?

Elle rit doucement. Oh, je ne me souviens pas, dit-elle. Mais il aimait lire.

« Je suis un guerrier maîtrisé », tu te souviens de ça, maman, ta citation favorite de don Juan ? La compréhension apparaît dans ses yeux comme deux petites bulles de lumière fragiles. C'est ça ? Tu te souviens, maman ? Je répète, « Je suis un guerrier maîtrisé ! »

Elle rit un peu. Oui, elle dit. Je me souviens. Maintenant elle se sourit à elle-même.

Il était du genre hippie ?

Il avait les cheveux longs, dit-elle en riant à nouveau. Mais pas aussi longs que les tiens ! Mais, oui, Frankie, il aimait la vie.

Il aimait la vie, je répète. Mais tu veux dire d'une manière décontractée ?

Comment ça ? demande-t-elle.

Ce n'était pas un buveur ou un fêtard, dis-je.

Oh non, dit-elle. Il avait une personnalité tranquille.

Une personnalité tranquille, pas comme papa.

Ay non, dit-elle.

Est-ce que tu penses encore à Miguel ?

C'était seulement un an, tu sais. Et seulement à Boston. Mais j'ai de bons souvenirs de Miguel, oui, et elle sourit, les lèvres fermées.

Après son départ, tu l'as revu, maman ?

Je devais suivre un cours d'été sur les écrivains mexicains à Cuernavaca, sur Juan Rulfo et quelques autres, dit-elle. Elle fait une pause, semble rester aussi immobile que possible, comme si cela pouvait l'aider à se souvenir, mais soudain ses cils clignotent rapidement. Mais non, dit-elle, je n'y suis pas allée, Frankie. On ne s'est jamais revus. Elle est assise, mains croisées sur ses genoux, le regard perdu, mais lorsqu'elle tourne son attention vers moi, elle pose une main sur le bras du fauteuil et relève le menton avec un air de satisfaction tranquille. Une lueur passionnée brille au fond de ses yeux comme si un nouveau souvenir allait y poindre. Quelque chose dans sa posture et sa prestance me rappelle le portrait d'elle en robe de soirée qui était accroché dans notre salon. Mais elle baisse la tête et regarde par terre.

Eh bien, je suis fier de toi, Mami. Que tu aies été assez courageuse pour faire ça, pour avoir ton histoire d'amour.

Oui, Frankie, dit-elle. Elle lève à nouveau les yeux, fronce légèrement les sourcils pendant un moment, puis tend la main vers un autre biscuit, et je lui avance la boîte.

Je me sens comme un cambrioleur qui se serait introduit par effraction dans sa mémoire. Mais j'ai aussi cette pensée, qui ne me disculpe pas : Outre les menaces que j'ai reçues, je suis revenu du Mexique pour cette raison, rendre visite à ma mère à Green Meadows et lui poser toutes les questions qui ont finalement conduit à celle-ci. C'est comme si je m'étais lentement frayé un chemin dans les rues étroites et sombres de ses souvenirs qui s'estompent pour finalement découvrir cet espace de lumière et de calme où elle garde, au lieu de boîtes en carton remplies de talons et de semelles, son secret le plus précieux.

Où ma mère était-elle en son for intérieur, que voyait-elle autour d'elle, alors qu'elle me parlait ? Peut-être le passé, un état de rêve ou un fantasme avaient-ils déplacé le présent ? Était-elle vraiment consciente de ce qu'elle était en train de partager avec moi ? Demain, elle ne se souviendra peut-être pas que nous avons eu cette conversation. Mais je sens aussi qu'elle n'aura pas oublié Miguel, que même si elle s'égare parfois en essayant de revenir à son jardin secret, elle s'y rend régulièrement.

Mamita n'est pas allée à Cuernavaca cet été-là. Quelqu'un, Mamita ou Miguel ou peut-être les deux ensemble, a décidé qu'elle ne devait pas y aller. Mais pendant plusieurs étés, quand nous étions enfants et au moins jusqu'à nos années de collège, elle s'est parfois rendue à l'étranger pour suivre des cours de plusieurs semaines. Ces cours lui permettaient d'enseigner la littérature à un niveau simple plutôt que de donner uniquement des leçons de langue. Elle est allée à Mexico, à l'université nationale autonome, et plus d'une fois en Espagne. Un été, à Madrid, elle a étudié la littérature de l'âge d'or dans le cadre d'un programme suivi par des étudiants de l'université de La Havane et en est revenue avec une aversion catégorique pour les hommes cubains. *Los Cubanos son muy groseros, no son caballeros, son tremendos,* disait-elle toujours, et aussi qu'ils étaient bruyants. Au début, j'ai cru qu'il s'agissait de loyaux *fidelistas* et de communistes qui se moquaient d'elle parce qu'elle venait du Guatemala, une colonie américaine servile et humiliée, le pays qui avait laissé son territoire être utilisé pour former les soldats participant à l'invasion de la baie des Cochons, où ils ont été mis en déroute. Il y a quelques années seulement, je me suis rendu compte qu'il y avait probablement une autre raison pour laquelle Mamita avait toujours l'air si perturbé lorsque j'évoquais Cuba et les Cubains, que ce soit en lui racontant mes propres voyages sur l'île ou en lui demandant encore de me parler de ces Cubains fréquentés des années plus tôt à Madrid. *Son tan groseros,* Frankie. *No tienen respeto.* De quelle manière, Mamita ? Elle a fait une grimace, a claqué des dents, et a dit, Tu sais, ils sont si agressifs et grossiers. Comment, tu veux dire à propos de la politique ? *Ay* non, Frankie, *ya.* Mami, ai-je dit en riant, je sais ce que c'est. Ils venaient vers toi pour flirter lourdement, non ? Je parie qu'ils se moquaient de toi en te traitant de prude. À quoi t'attendais-tu ? ai-je dit. Une belle *chapina* toute seule à Madrid, et tout le monde sait comment sont les hommes cubains aussi. Elle a serré les lèvres et s'est détournée, mais je voyais qu'elle cachait son amusement et même qu'elle étouffait un rire. Alors j'ai su que ce n'était pas une chose de vraiment terrible qui lui était arrivée avec ces Cubains étudiants en littérature communiste à Madrid.

J'ai compris, Mamá. Miguel, intelligent, hippie, romantique, un peu libre d'esprit, son enthousiasme pour ces livres de mysticisme sur le peyotl, son attitude respectueuse de Mexicain et ses manières directes, d'une maladresse séduisante, après deux décennies de relations avec Bert, il est facile d'imaginer ce que tu trouvais si attirant chez lui. Quand tu seras à Cuernavaca, Yolanda, nous nous échapperons à San Luis Potosí pour quelques jours et avec un chaman pour nous guider, nous prendrons des champignons magiques ou du peyotl. Yolanda, ta vie ne sera plus jamais la même. Les rêves de Mamita sur ce que ce qui les attend, Dieu seul le sait, font briller ses yeux. Elle rit, emballée. Oui, Miguel, nous le ferons, oui.

J'ai réservé une chambre dans un hôtel d'autoroute qui appartient à un grand groupe. En attendant mon taxi sur le parking de Green Meadows, je pense : La façon dont tu réponds au message de Lulú sur Ayahuasca Bro et sa pendaison de crémaillère hipster pourrait s'avérer très importante, Frankie Gee, voire décisive. Mais réponds-lui plus tard, à l'hôtel. Prends un verre au bar et réfléchis-y. Tu ne veux pas tout gâcher.

Après m'être enregistré à l'hôtel, j'entre dans le bar, et je n'ai pas envie d'y passer une minute de plus ; il est bondé de commerciaux bruyants, et les murs vert irlandais sont décorés d'affiches « artistiques » représentant des athlètes emblématiques de Boston. À travers les têtes et les épaules des clients, je crie au barman de me servir un double Maker's on the rocks, que je vais porter dans ma chambre avec mes bagages. Au service d'étage, je commande une soupe à l'oignon française, un steak haché à la Salisbury avec sauce aux champignons et un autre bourbon, celui-ci pur. Quand je serai prêt à le boire, je prendrai de la glace dans la machine au bout du couloir. J'aimais les dîners télévisés devant un steak à la Salisbury quand j'étais enfant, celui-ci ne sera probablement pas pire que ceux-là.

Ce premier matin avec Lulú dans mon appartement, la neige fraîche recouvrait les branches des arbres devant la fenêtre, on entendait dehors le raclement de la pelle à neige, mon vieux radiateur à vapeur sifflait et gargouillait quand nous nous sommes réveillés dans mon lit en nous embrassant, en nous caressant, cette douce suite de chocs sensuels délicieux, est-ce que nous n'avons pas aussi commencé à nous confier l'un à l'autre ? Lulú s'est confiée à moi. Allongée sur le ventre, les bras croisés sur les oreillers, elle m'a regardé de son œil de biche par-dessus son épaule nue et m'a dit :

Si j'avais un père, un père qui se souciait de moi, il dirait que tu es trop vieux, et il ne nous laisserait pas être ensemble. Peut-être qu'il ferait tout pour l'empêcher, même me kidnapper et m'enfermer dans ma chambre, tu vois ? Son sourire, je suppose, était ambigu. Mais je n'ai pas de père. Ou alors, je ne sais pas où il est. Je n'ai qu'une mère à qui je ne parle plus et de toute façon j'ignorerais ses conseils. Il n'y a personne que je doive écouter. Mon cousin ne se mêle pas de ma vie. La seule personne responsable de ma vie, c'est moi.

Quelques instants plus tard, Lulú a repris : J'ai fait des choses dont je ne suis pas fière, Panchito.

Ah oui ? J'ai attendu un moment avant d'ajouter : Moi, tu sais, il y a tellement de choses dont je ne suis pas fier, Lulú. Je pourrais écrire une encyclopédie avec toutes ces choses.

Tant que ça ? a-t-elle demandé.

Je suis là depuis bien plus longtemps que toi. J'ai accumulé mon lot d'erreurs, tu peux le croire.

Moi, des erreurs, je ne veux plus en faire, a-t-elle annoncé. Mais si tu as l'intention d'en faire encore, ne les fais pas avec moi.

Elle m'a donné un coup léger sur le biceps, pour rire, puis elle m'a un peu mordu.

Lulú a les plus beaux pieds nus qui soient. Une voûte cambrée parfaite et des orteils comme l'intérieur velouté des gousses d'arachide en deux délicates rangées quasi identiques.

Bon, maintenant, sois honnête mais pas trop ; mieux encore, ne sois pas malhonnête.

Je réponds au texto de Lulú : « L'ayahuasca donne la diarrhée et fait vomir. Je n'aime ni l'un ni l'autre, c'est pourquoi je n'en ai jamais pris. Mais il ne faut pas que ça t'empêche de le faire. ;) Amuse-toi bien. Tu me manques *xo* ».

Maintenant il faut attendre qu'elle réponde. J'emporte le petit conteneur de glace en polystyrène dans le hall.

Samedi

Pas de message de Lulú ce matin. Dans le taxi qui me conduit à la gare, j'ai une vision d'horreur : j'entre dans un café de Brooklyn et là, je vois Lulú et son buveur d'ayahuasca qui prennent le petit déjeuner, avec un bébé dans une de ces poussettes qui ressemblent à un rover d'exploration sur Mars et une fille qui pourrait être la petite sœur de Lulú mais qu'elle présente comme la nounou. Mais Lulú ne la présenterait pas comme ça. Elle dirait quelque chose comme : Voici mon mari, Sam, et voici Susana. Et moi je penserais : La nounou. Puis elle se tournerait vers Bro Ayahuasca et Susana et dirait, Francisco était le professeur d'écriture de Marisela au centre de soutien scolaire.

Je prendrai mon train de banlieue jusqu'à la ville la plus proche et de là, je continuerai en taxi. Je vais retrouver Feli dans un de ces McCafé qui servent des sandwichs dans la zone industrielle.

Nous prenons maintenant la sortie de la Route 128 qui passe juste en dessous de la colline escarpée surplombant l'autoroute, avec ses pentes couvertes de pins sombres et le Hilltop Sheraton à son sommet. Un hôtel aseptisé pour voyageurs d'affaires où il était très peu probable qu'elle croise jamais un voisin, mais d'où elle pouvait facilement rentrer à temps pour le dîner avec Bert et ses enfants. *Ay*, Mamá. Nous prenons l'avenue qui passe devant le quartier où habitaient Ian Brown et Arlene Fertig avant d'obliquer vers les anciennes prairies humides de la Charles River, maintenant comblées pour faire place à la zone industrielle. Des entreprises de haute technologie et de médias en ligne, les entrepôts des centres de distribution des grandes surfaces et des spécialistes du marketing en ligne, les studios de télévision d'une chaîne nationale à Boston sont désormais installés ici. Feli m'a demandé de la retrouver là-bas, plutôt que sur la place, où Dino's Subs & Pizza, autrefois le meilleur et presque le seul restaurant du coin, a disparu depuis longtemps pour être remplacé par une demi-douzaine d'établissements familiaux proposant un menu sain et des aires de jeux pour les tout-petits.

L'endroit est presque vide. Séparément ou ensemble ? demande la femme qui travaille au comptoir.

Ensemble ?

Oh mon Dieu, s'exclame-t-elle, en mettant une main sur sa bouche. J'aurais juré que vous étiez accompagné ! Elle a l'âge d'aller à l'université, un visage irlandais sympathique avec un nez en bouton de bottine, une masse de cheveux bouclés au milieu d'un crâne tondu de près sur les côtés.

Je regarde par-dessus une épaule, puis l'autre, et je me tourne vers elle en prenant l'air effrayé. C'est juste moi, je dis. Je vais prendre une tasse de café, s'il vous plaît. Noir. Croyez-moi, monsieur, dit-elle en pouffant. Je ne suis pas droguée. Je sais que ça peut paraître bizarre, mais la femme que j'ai cru voir à côté de vous ressemblait à… vous savez, l'actrice française dans le film *Le Fabuleux Destin d'Amélie Poulain*. Vous voyez de qui je parle ? J'ai vu les affiches, je dis. Eh bien, je ne me plaindrais pas.

Non, j'en suis sûre, dit-elle joyeusement en allant me servir ma tasse.

Je m'assieds près d'une fenêtre avec mon café. Feli a, quoi, soixante et un ans maintenant. Quand je parle à quelqu'un de Feli et de la vie qu'elle a menée ici avec son mari, le respect que je ressens me fait hésiter à prononcer l'expression « rêve américain » avec l'ironie manifeste habituelle. Mais je le fais quand même, en partie parce qu'à mon avis, la seule partie rêvée dans la vie d'une personne se passe pendant son sommeil. Le second mari de Feli, Giorgio Montolivo, est argentin, issu d'une famille italienne qui a émigré après la Seconde Guerre mondiale. Il est le chef mécanicien d'un garage spécialisé dans la réparation de voitures de luxe européennes à Brookline. Feli et lui ont acheté une petite maison à l'autre extrémité du marécage boisé près duquel nous vivions, à côté de l'étang et de l'ancienne usine de caoutchouc. Leurs filles, toutes deux plus grandes que leurs parents, sont allées au lycée le plus proche et plus tard dans de bonnes universités. Clara est analyste en technologie commerciale pour une entreprise de Waltham et a épousé un jeune homme issu d'une famille prospère qui possède plusieurs restaurants de fruits de mer réputés localement. La plus jeune, Jenny, est devenue banquière d'affaires et s'est mariée à un banquier d'affaires ; ils vivent à Dover. Jusqu'à présent, les filles ont donné à Feli et Giorgio cinq petits-enfants.

Par la fenêtre, je vois Feli entrer dans le parking au volant de sa Jaguar orange vermillon, un modèle de la fin des années 1970 que Giorgio a récupéré dans son garage et magnifiquement restauré en y mettant tout son savoir-faire. Elle traverse le parking, toujours aussi vive, avec sa coupe courte acajou, de grandes lunettes de soleil cuivrées, un rouge à lèvres magenta, un pantalon de velours côtelé brun étroit, une veste léopard courte. Lorsqu'elle franchit la porte d'entrée et me voit, elle se déhanche en tendant les poings comme si elle m'invitait à danser et s'exclame : Frankie ! Ses traits caramel sont un peu plus aigus, plus tirés, mais elle est la même. Quand nous allons commander, la fille du comptoir nous fait un sourire malicieux en disant : Séparément ou ensemble, monsieur ? Elle pense que Feli est ma femme ou ma compagne. Avec un clin d'œil, je réponds : Ensemble, et je commande le sandwich spécial au bœuf haché et une bouteille de Snapple. Feli prend un muffin pommes-épices et une tisane de camomille. De retour à la table, Feli explique qu'elle voulait qu'on se rencontre ici plutôt que sur la place parce qu'elle en a assez de la façon dont même les jeunes mères de notre ville la dévisagent. L'autre jour, elle faisait des courses chez Walgreens tout en parlant sur son téléphone portable quand, en approchant de la caisse, elle s'est sentie tellement provoquée par le regard d'une femme qu'elle a demandé, Excusez-moi, on se connaît ? On s'est déjà rencontrées ? Alors pourquoi vous me regardez comme ça ? Ça vous dérange que je parle espagnol ? Ce n'est pas illégal, non ? Parce que Feli rit en racontant l'histoire, j'en fais autant. *Ay* non, Frankie, elle continue. Chaque année, cette ville s'enrichit, et les gens deviennent pires, et elle met deux doigts sous son nez et le soulève. Je ne doute pas de la véracité de ses propos ni du fait que la ville soit toujours aussi blanche, mais je pense aussi que ces jeunes mères voient surtout d'autres adultes qui leur ressemblent jour après jour et ne rencontrent jamais quelqu'un comme Feli, qui se promène dans sa magnifique vieille Jaguar. Elle n'est clairement pas la nounou de quelqu'un.

Nous avons parlé de sa famille, de sa fierté que son petit-fils de huit ans, Colum, parle couramment l'espagnol et l'anglais.

Elle dit qu'elle n'a jamais de nouvelles de Lexi sur un ton destiné à me faire comprendre qu'elle en est un peu blessée. Mais elles n'ont jamais été aussi proches que Feli et moi. Lexi était un nouveau-né quand Feli est arrivée, alors que Feli et moi nous sommes immédiatement liés dans nos solitudes partagées au sous-sol. J'ai fini mon sandwich, mais Feli n'a mangé que quelques bouchées de son muffin. Je lui pose des questions sur le mariage de mes parents, pendant les premières années où elle vivait avec nous. Est-ce qu'ils s'entendaient au moins un peu mieux que plus tard ? Tu sais, je fais juste quelques recherches pour l'émission spéciale du cinquantenaire de *The Newlywed Game*, je plaisante, mais Feli ne semble même pas m'entendre. Son expression, la façon dont elle enlève ses lunettes de soleil, m'arrêtent net.

Ses petits yeux ambrés, ombrés de noir, passent en une seconde de l'inquiétude à la résolution. Avec un élan d'émotion, elle dit : Oh Frankie, aucun enfant ne devrait jamais voir et entendre ce que toi et ta sœur avez vu et entendu dans cette maison. Lexi était trop petite pour comprendre, mais toi, tu étais si effrayé. Tu pleurais toujours, *ay no*.

Je ne sais pas de quoi elle parle. Je ne me souviens pas d'avoir été effrayé comme elle le suggère. Je me souviens que lors de ce premier hiver dans notre ville, alors que je me remettais de la tuberculose, j'étais debout sur le canapé vert près de la baie vitrée pour regarder les enfants du voisinage ; ils venaient dans notre cour enneigée avec leurs habits chauds et leurs bonnets pour me regarder de l'autre côté de la vitre. Je me souviens des corbeaux aux croassements rauques qui traversaient le ciel gris de l'hiver comme les singes volants du *Magicien d'Oz*. Je me souviens d'avoir eu les poignets rougis par les bords de mes moufles trempées de neige, et de la façon dont les stalactites qui pendaient de l'avant-toit de la maison et du seuil de la porte, argentés et transparents, se rétrécissaient en longues pointes acérées qui, lorsque je restais debout à sonner à la porte, pressé d'entrer pour faire pipi, risquaient de se briser et de me transpercer le crâne jusqu'au cerveau. Je pourrais si je le voulais me plonger dans un kaléidoscope de souvenirs d'enfance. Mais je n'ai aucun souvenir de ce que Feli commence à me raconter sur mes parents.

Deux fois, ta mère a essayé de quitter ton père pendant ces années, dit-elle.

Deux fois, Mamita a fait ses valises et les a posées dans le salon, prête à fuir à nouveau au Guatemala chez ses parents. La première fois, elle a fait les bagages pour ma petite sœur et moi aussi, mais si je comprends bien Feli, cette deuxième fois, elle allait s'enfuir sans nous. Les deux fois, la tante Milly, convoquée par mon père, s'est précipitée chez nous pour dire à ma mère qu'elle ne lui permettrait pas d'abandonner son mari, qu'elle ne lui permettrait pas de détruire la famille de son frère et de ruiner sa vie.

M. Goldberg restait assis sur sa chaise en faisant comme ça, poursuit Feli en se tordant les mains, mais ohhh, la tante Milly l'a grondé lui aussi. Elle lui a dit qu'il devait changer ou il allait perdre sa femme et sa famille. Doña Yoli avait fait ses bagages et était prête à partir pour l'aéroport, mais tante Milly l'a convaincue de rester. J'ai vu ça deux fois, Frankie. À l'enterrement de ton père, dit Feli, tante Milly est venue de Floride dans son fauteuil roulant, si vieille maintenant, et elle s'est excusée auprès de doña Yoli. J'ai entendu ta tante dire : Je suis désolée, Yolanda, pour la façon dont tu as souffert avec Bert toutes ces années. Je me sens responsable, parce que je t'ai forcée à rester.

Ton Tío Memo n'aimait pas rendre visite à ta mère chez elle, poursuit Feli. C'est pourquoi quand il venait, il restait à l'Holiday Inn de Dedham. Memo savait comment ton père traitait Yoli, il l'a toujours su. C'est pourquoi il ne supportait pas d'être avec Bert.

Je n'ai pas remarqué la conversation entre tante Milly et ma mère à l'enterrement. Enfant, je n'étais pas conscient de l'hostilité de Tío Memo envers mon père. J'étais sourd aux notes glacées que cachait la bonhomie forcée avec laquelle Tío Memo parlait à son beau-frère.

Ma mère sanglotant dans son lit, sa chemise de nuit arrachée de son épaule, sa peau griffée et meurtrie, des éraflures qui saignaient, Feli semble penser que j'ai vu ça aussi. Des marques de griffes sanglantes sur l'épaule douce et nue de ma mère, comment ai-je pu ne pas m'en souvenir ? Mon père, me dit Feli, assis au bord du lit, le visage dans les mains, s'est levé en invectivant ma mère pour filer dans la salle de bains en claquant la porte. Ce n'est pas arrivé qu'une fois, Frankie, dit-elle. Peut-être que je l'ai vu ou peut-être qu'en entendant le vacarme, j'ai couru vers la porte de la chambre, mais si je l'ai fait, je ne m'en souviens pas. Quand M. Goldberg essayait de faire l'amour à doña Yoli, dit Feli, il n'y arrivait pas. Alors il devenait enragé et c'est là qu'il la frappait. M. Goldberg était impuissant, dit-elle. Ma mère disait à Feli de m'emmener en bas. Ta mère, dit Feli, elle me racontait tout. Parce qu'à cette époque, Frankie, elle n'avait personne d'autre.

Son oncle, elle entend par là Rodolfo Sprenger Balbuena, le colonel de l'armée guatémaltèque qui a fini par devenir général et dont elle dit toujours qu'il était comme un père pour elle, lui disait qu'elle devrait quitter notre maison. Elle n'avait aucune obligation envers nous ou envers quiconque d'endurer une telle horreur et une telle tristesse, répétait son influent parent militaire. Elle était jeune et devait rechercher son propre bonheur. Mais je ne pouvais pas laisser ta mère seule avec ton père, dit-elle. Ou vous abandonner, toi et Lexi. Je ne pouvais pas, Frankie.

Feli me dit que Tía Meche lui téléphonait souvent du Guatemala pour la remercier de s'être occupée de ma mère, de moi et de Lexi. Tía Meche avait bien raison de remercier Feli, je pense. Grâce à Feli, j'étais heureux, protégé autant que possible dans notre monde privé au sous-sol, jouant aux cartes, allant avec elle jusqu'à la place pour acheter des bonbons, l'accompagnant même parfois à Boston pendant ses jours de congé pour voir un film en matinée et manger une pizza dans le North End.

Je trouvais toujours ta mère tremblante, Frankie, tremblante comme ça. Et Feli tend ses mains et les fait trembler. Il était brutal avec elle, M. Goldberg, dit Feli. Oh, elle a souffert, Frankie. Ta mère a souffert et elle ne pouvait pas en parler à sa famille. Ton *abuelita* était une catholique tellement stricte. On ne pouvait jamais divorcer. On était censé accepter ton destin. Doña Yoli disait toujours à sa mère que tout allait bien pour qu'elle ne s'inquiète pas. J'avais l'impression d'être responsable de ta mère, dit Feli. Je n'avais pas peur de ton père. Dieu m'a donné la force de lui tenir tête. Je me mettais entre eux et je lui disais, Je vais leur dire ce qui se passe ici, au Guatemala, et cela faisait peur à M. Goldberg. Alors il nous tournait le dos et s'en allait. Doña Yoli m'appelait son salut. Cony, *tu eres mi salvación*, disait-elle. Ses études, puis son enseignement, ça l'a sauvée aussi, dit Feli. C'était son moyen de fuir tout ça. Sa Société latino-américaine aussi.

Je me souviens d'avoir été laissé à la maison avec Feli presque tous les jours parce que ma mère partait en voiture, la voiture qui précédait sa Rambler. Certains adultes se souviennent des choses terribles qu'ils ont vues lorsqu'ils étaient petits et peuvent devenir des témoins précieux lors des procès pour atrocités et crimes de guerre ; d'autres oublient ou bloquent tout. Enfin des crimes de guerre, c'est exagéré. Les souvenirs de Lexi concernant des incidents comme celui où j'ai été « presque assassiné » sont plus précis que les miens ; il semble même qu'elle se souvienne plus clairement que moi de la façon dont Bert me battait. Pourtant, mes souvenirs de tant d'autres choses anciennes sont détaillés, intacts. Il ne semble pas que Feli ait inventé tout cela.

La portière de la Jaguar se ferme avec un *clic* net, je m'affale sur le cuir rouge du siège et le moteur s'allume dans un doux ronronnement. C'est la classe, dis-je, ce qu'il faut dire quand on se fait conduire dans une vieille Jaguar. Feli me conduit à la gare de Newton Highlands. Ainsi Mamita répétait à Feli : Cony, *tu eres mi salvación.* Mais elle était aussi le mien. Feli a toujours aimé bavarder et raconter des histoires sur ma mère, sur toute notre famille, mais elle ne m'avait jamais confié ce qu'elle vient de me dire sur mes parents, sur ma mère qui voulait partir, sur mon père violent, sur son *problemita.* Pourquoi maintenant ? Peut-être qu'elle voulait me le dire depuis des années et qu'aujourd'hui elle a senti ou décidé que c'était le moment. Parfois, les gens aiment bien entendre les histoires d'horreur familiale de leur lointain passé parce qu'elles semblent excuser et expliquer tant de choses. Mais je n'aurais jamais souhaité qu'on me raconte ce que Feli vient de me dire sur mon père. Je me concentre sur ce que je viens d'apprendre, sur ma mère en tant que femme ayant subi cette violence, une jeune épouse isolée dans ce pays, piégée avec mon père, et une sorte de panique m'envahit. Il faut que je me retienne de jeter mes bras autour du cou de Feli comme un petit garçon effrayé. Nous sommes garés devant l'arrêt du train, près de l'endroit où le trottoir descend vers les rails. J'ai la main sur la poignée de la porte et je suis sur le point de dire au revoir et de sortir, mais je me tourne vers Feli pour lui demander, Pourquoi as-tu décidé de me dire tout ça sur mes parents aujourd'hui, Feli ? Pourquoi maintenant et pas il y a des années ?

Feli, les deux mains posées sur le volant de bois, a l'air un peu inquiète. J'ai peut-être l'air trop agité. J'essaie de me composer un visage et je dis aussi calmement que possible, Je veux dire, je suis vraiment content que tu me l'aies dit. Je me demande juste pourquoi aujourd'hui.

Frankie, doña Yoli m'a fait promettre de ne jamais en parler, ni à toi, ni à Alexandra, répond Feli d'un ton ferme qui suggère que, comme nous connaissons tous deux ma mère, ça devrait être évident. Et oui, dit-elle, tant d'années ont passé depuis que ta mère m'en parlait. Mais la dernière fois que je vous ai vus, doña Yoli n'était pas dans sa maison de retraite depuis très longtemps. Sa mémoire va se détériorer. Il ne te reste peut-être plus beaucoup de temps pour lui parler. Je ne sais pas si tu le feras un jour ou non. Mais j'ai décidé qu'il n'était pas juste, Frankie, que tu ne saches rien de ce que ta mère a dû endurer, après son retour chez M. Goldberg.

Tu veux dire que Lexi n'est pas au courant ? je demande.

Je ne lui ai pas dit, Frankie. Tu sais, Lexi ne m'appelle jamais.

Tu penses que c'est pour ça que ma mère a quitté Bert la première fois, après ma naissance, quand nous sommes retournés au Guatemala ?

Je ne vivais pas encore avec vous, alors je ne sais pas, dit Feli. Mais doña Yoli m'en a parlé un peu. Ton père était ce qu'il était, Frankie. Mais il a empiré après votre retour, après la naissance de Lexi. Abuelita a forcé doña Yoli à revenir à cause de ses croyances religieuses. Aussi, quand tu es tombé malade, elle a fait en sorte que ta mère se sente trop coupable. Ce n'est pas parce que ta mère a quitté M. Goldberg que tu es tombé malade, ce n'était pas juste qu'Abuelita la fasse se sentir fautive. Mais pour ta mère, Abuelita ne pouvait jamais avoir tort.

Sur le chemin de Boston, le train s'arrête à Longwood. Par la fenêtre, je vois l'édifice en briques de Longwood

Towers, l'auvent vert familier devant l'entrée de l'ancienne résidence hôtelière de luxe, aujourd'hui transformée en appartements et duplex inabordables. Le club de bridge que fréquentait mon père se trouvait au sous-sol. J'y suis allé de temps en temps, une fois avec ma sœur pour jouer les caddies lors d'un tournoi de bridge le week-end : nous apportions de nouveaux jeux de cartes aux tables et récupérions les cartes jouées et les cartes de score. Lexi était meilleure que moi, arrivant à chaque table au moment voulu. Un joueur m'a demandé pourquoi j'avais l'air si endormi, et à la fin du tournoi, Lexi avait reçu plus de pourboires que moi. L'atmosphère au club de bridge était un mélange de concentration digne d'une bibliothèque et d'éclats de voix acariâtres, dans un nuage constant de fumée de cigarettes et de cigares, de plaintes, de sarcasmes, de hurlements de désillusion histrionique et de défaite. Pour pouvoir le répéter à l'école, j'ai mémorisé cet échange entre deux hommes jouant pour la première fois en tant que partenaires. Premier joueur : Arrêtez de m'appeler Fuck, je m'appelle Fuch [*fewk*]. Joueur 2, plus tard dans l'après-midi, jetant rageusement ses cartes : Aww, va te faire *fewk.* La plupart des joueurs de bridge étaient des Juifs d'âge moyen, bien que certains soient jeunes, étudiants des universités de la région de Boston, fumeurs en chaîne mal rasés, dont les chemises boudinaient les bourrelets de graisse. Mon père n'était pas particulièrement drôle, mais il riait au club de bridge comme il ne le faisait jamais à la maison. Grand maître, ancien champion de Nouvelle-Angleterre, Bert était une figure vénérée là-bas. Votre père est bon aux jeux, à tous les jeux, disait ma mère.

Est-ce que je parlerai un jour à ma mère de ce que Feli m'a dit ? Je ne le sais pas encore. Je dois réfléchir à la façon dont je l'aborderai et dans quelles circonstances. Lexi n'est-elle vraiment pas au courant ? Si c'est quelque chose dont ma mère et Lexi ont déjà parlé, j'aimerais le savoir. J'ai été absent pendant tant d'années. Je suis un étranger, du moins en ce qui concerne le monde secret partagé par Lexi et Mamita.

J'aimerais pouvoir me souvenir de chaque seconde de ma vie jusqu'à présent, en 3D Technicolor et en son multicanal, et à chaque scène passée, redevenir exactement tel que j'étais.

***

Je retourne à l'hôtel où j'étais descendu la nuit où j'ai dîné avec Marianne. Aucun message sur mon téléphone. Je devrais peut-être sortir et aller manger un cheeseburger dans un bar sympa quelque part, mais non, la foule des bars de Boston du samedi soir, je préfère l'oublier. Je commande une pizza individuelle au pepperoni et ce que le menu du service d'étage appelle la salade César santé au chou kale avec une bouteille de vin rouge. J'allume la télé sur SportsCenter. Je dois admettre que je suis totalement consterné.

Qu'est-ce que la solitude, vraiment ? Ne faut-il pas qu'elle fasse souffrir nuit et jour, qu'elle pèse au moins comme une tristesse à bas bruit, mais permanente, pour être réelle ? Sinon comment pourrait-il être vrai, comme je l'ai lu dans le journal, que la solitude est un marqueur de mort précoce au même titre que le cholestérol ? Je ne suis pas déprimé, je ne pense même pas être si seul que ça. J'ai juste été seul plus longtemps que je ne l'aurais souhaité.

Et me voilà à nouveau sur cette plage crasseuse de Tanger, me débattant sous le poids de nos sacs chargés de tous les beaux objets, tissus et sacs d'épices et de thé que Gisela a achetés dans les étals et les boutiques caverneuses de la médina de Fès, et essayant de l'apercevoir au bout de la plage, dans la brume bleue du bord de mer qui l'a engloutie pendant qu'elle poursuivait la silhouette fuyante d'un chameau repéré au loin, ou peut-être même y avait-il deux chameaux. Au bureau du ferry, lorsque Gisela nous a fait part de sa déception de quitter le Maroc après seulement six jours, et le jour de son anniversaire qui plus est, sans même avoir pu monter sur un chameau, le sympathique employé lui a dit qu'elle pouvait le faire sur la plage. Il était encore temps si elle se dépêchait d'y aller ; notre ferry pour l'Espagne partait dans deux heures. La marée était basse mais commençait à peine à remonter, et la grande plage était bondée, principalement d'hommes et de garçons dans leurs longues djellabas, assis sur le sable, jouant au football, debout en petits groupes discutant, fumant, marchant seuls ou à plusieurs. Les nombreux chiens errants imitaient les humains, assis sur le sable, courant après les joueurs de football, se déplaçant en groupes ou bien seuls. Si elle obtenait sa balade en chameau, elle me pardonnerait, mon mensonge serait effacé. Elle resterait toujours aussi exigeante avec moi comme avec les autres. C'est un être à plusieurs têtes, une boule de nerfs explosifs ; la clé pour rester avec elle, c'est d'apprendre à éviter ses fusibles. Je voudrais lui expliquer à quel point je la comprends, mais je sais que c'est impossible, elle ne sait pas vraiment comment assimiler et répondre à ce que je ne sais généralement pas exprimer de toute façon, pas sur le moment, quand c'est le moment d'exprimer les choses. On ne peut pas faire en sorte que Gisela se sente aimée sans qu'elle ait l'impression que l'on essaie de la changer d'une manière inacceptable, et d'une certaine manière, c'est pareil pour moi ; nous ne sommes pas doués pour être aimés. Cela ne l'a pas empêchée de me laisser essayer et même d'espérer que je réussisse. Je lui disais : Fais-moi confiance, je te protégerai. Mais elle me répondait : Et qui va me protéger de toi ? Il nous reste un peu plus d'une heure. L'air est chaud, collant et fétide, avec des odeurs de poisson pourri, d'ordures et d'excréments. Ce qui ressemble à des tuyaux d'égout émerge ici et là du sable, libérant des fluides qui s'écoulent dans des fossés étroits et peu profonds vers la mer. Je ne peux pas sauter par-dessus comme Gisela a dû le faire, je suis trop alourdi par les bagages, alors je fais des détours en zigzag. La lumière baisse ; notre ferry part dans une heure et dix minutes. Je garde les yeux fixés sur l'horizon brumeux, à la recherche du moindre signe d'un chameau, ou du blanc éclatant de son chemisier. Il ne reste plus qu'une heure. Si nous manquons le ferry, nous devrons passer la nuit à Tanger, et nous perdrons aussi notre vol de retour de Madrid. Le glamour cosmopolite et bohème de Tanger semble bien loin, même si le vieux guide touristique d'occasion qu'elle a acheté un jour dans une librairie de Mexico recommande d'y rechercher la trace de Jean Genet. Sur l'avenue séparée de la plage par un long mur, les réverbères se sont allumés et je vois le toit des bus illuminés qui passent. Le soir tombe vite maintenant ; les gens quittent la plage en masse. Quarante-cinq minutes. En courant sans s'arrêter, on peut arriver au quai des ferries en dix minutes. Elle n'a pas dû pouvoir rattraper son chameau et reviendra bientôt seule, découragée. Je cherche du regard une tache blanche qui pourrait être son chemisier. La réalité, pour Gisela, est une tapisserie symbolique qui se débobine dans le temps, l'image d'une fille marchant seule sur une plage assombrie devant être interprétée par elle-même comme une carte de tarot que l'on vient de retourner. Le fait qu'elle n'ait pas pu faire son tour de chameau aujourd'hui, le jour de son anniversaire, sera le dernier jugement fatal sur notre relation.

Mais je peux arrêter de m'inquiéter pour ça parce qu'elle arrive, *yay*. Même à travers le brouillard, je distingue la forme d'un chameau, sa tête et son cou en forme de coton-tige. Et n'est-ce pas une cavalière ? Si je ne vois pas le blanc de son chemisier, c'est parce qu'il fait trop sombre maintenant, que la brume est trop épaisse et qu'ils sont probablement encore trop loin. Le propriétaire du chameau doit être à pied, menant sa bête par un licol et une longe. Je suis si soulagé, si heureux qu'elle ait pu faire son tour en chameau, que je me fiche de rater le ferry. Il y a peut-être un vol de nuit de Tanger à Madrid. Mais attendez, pourquoi le chameau traverse-t-il la plage en diagonale, vers le côté ville, semblant se diriger vers une sortie dans le mur ? Je distingue son cou ondulant et sa tête qui oscille tandis qu'il monte les marches carrelées à balustrade qui mènent à la plage, et même si je crie très fort, Gisela ! le chameau franchit l'entrée vers la ville et sa rumeur, hors de vue. Prennent-ils un raccourci vers le port des ferries ?

Pense-t-elle que je l'attends là-bas ? Vingt-cinq minutes. Sous le poids du sac à dos chargé, un lourd bagage dans chaque main, je cours dans le sable vers les marches. Un sordide fossé d'eau sale sépare la marche du bas de la plage. Les gens qui quittent la plage y barbotent, certains remontent les ourlets de leurs djellabas. Je relève le bas de mon pantalon et je patauge dans mes bottines, en tenant nos sacs bien haut ; en haut des marches, sur le trottoir bien éclairé, je regarde dans les deux sens, du haut en bas de l'avenue, les bus, les voitures, les taxis, les piétons : pas le moindre chameau. Paniqué, je demande aux passants, en espagnol et en anglais, s'ils ont vu une femme en blanc sur un chameau. Personne ne l'a vue. Depuis le trottoir, la plage en contrebas n'est plus qu'une vaste étendue noire. Je redescends avec les sacs jusqu'à la dernière marche. De là, on peut encore voir au bout de la plage les vagues argentées, le clair de lune et les réverbères qui donnent au brouillard une lueur presque violacée. Vingt minutes. Je remonte les marches, les redescends. Moins de quinze minutes maintenant. Trois chameaux s'approchent de moi à travers le brouillard, rapidement, comme dans un film en accéléré. Ils semblent couverts de poussière d'or. Elle est assise sur son chameau, un sourire jusqu'aux oreilles, l'air si heureux et fier. Le propriétaire fait monter nos bagages sur le dos de sa bête, m'aide à m'installer sur le troisième chameau, et nous partons au galop sur le sable vers le port des ferries et vers notre avenir programmé.

Il y a environ trois ans, dans la Condesa, à El Centenario, un soir où la *cantina* était pleine d'ivrognes, une amie de Gisela m'a repéré depuis sa table et m'a fait signe de sortir pour fumer. Tu savais que Gisela est en Iran ? m'a-t-elle demandé, sur le trottoir. Son nouveau compagnon, un photojournaliste et correspondant de guerre espagnol, l'avait invitée à un long voyage de reportage en Iran, en Irak et en Afghanistan. Gisela a toujours rêvé d'un voyage comme celui-là, m'a confié son amie. C'est exactement de ça qu'elle a besoin. Cela va lui changer la vie… si elle survit ! Oh, elle va survivre, j'ai dit. Elle est comme un homard qui peut vivre dans l'eau bouillante. C'est vrai, c'est l'Espagnol qui pourrait ne pas survivre à Gisela ! Nous nous sommes pliés de rire tous les deux. Un rire complice, ai-je pensé. Même si je pensais qu'il fallait être heureux pour Gisela, ça me faisait mal de me rappeler qu'elle n'avait pas trouvé en moi le partenaire qu'elle voulait ou dont elle avait besoin, comme elle avait dû le faire avec cet Espagnol.

Environ deux mois plus tard, je suis tombé à nouveau sur l'amie de Gisela, cette fois dans le Superama de Calle Amsterdam. Quand elle m'a vu, elle a lâché son caddie et s'est approchée de moi presque en bondissant, les yeux brillants. Elle s'est exclamée, Yo, tu ne vas pas croire ce qui se passe avec Gisela en Iran ! Elle m'a dit qu'à Téhéran, où débutait le voyage de Gisela et de son compagnon, le photojournaliste et correspondant de guerre espagnol avait été trop terrifié pour quitter sa chambre d'hôtel. Ce *gachupín* s'était avéré être un imposteur. Il n'avait jamais couvert une guerre de sa vie. Il prenait parfois des photos de stations balnéaires pour des magazines de voyage espagnols et vivait de l'argent de sa famille. Il ne voulait littéralement pas quitter leur chambre d'hôtel ! Sérieux, il avait peur de *los Iraníes*, c'est ce que Gisela a écrit dans son courriel.

Ay no, pauvre Gisela, poursuit son amie, elle n'a jamais eu de chance avec les hommes. Mais tu sais comment elle est quand elle est en colère. Gisela et l'Espagnol ont failli être expulsés de leur hôtel, le propriétaire a menacé d'appeler la police. Gisela est partie toute seule avec son appareil photo et un sac à dos, mais pas seulement pour faire un tour le temps de se calmer. Son courriel avait été envoyé depuis une ville sainte, des semaines après qu'elle a quitté Téhéran. Gisela voyage en Iran toute seule, en portant un tchador ! Non, vraiment, Gisela en tchador. Cette fille est plus folle qu'un lapin, mais elle dit qu'elle n'a jamais été aussi heureuse.

J'ai décidé d'écrire à Gisela aussi, juste pour lui demander si elle allait bien. Je lui écris encore chaque année pour son anniversaire. Geronimo Tripp était souvent en Iran. J'ai transmis son adresse électronique à Gisela et l'ai encouragée à lui écrire. Il serait heureux d'avoir de ses nouvelles et l'aiderait comme il le pourrait. Environ trois semaines plus tard, lorsqu'elle a répondu, j'ai ouvert son message et il était vide. Je lui ai écrit qu'il était vide et qu'elle devait le renvoyer. Trois semaines plus tard, j'ai reçu un autre message de sa part : Pourquoi ce courriel est-il arrivé vide ? Il m'a fallu beaucoup de temps pour l'écrire. C'était un très long courriel. Ce très long message reçu m'a hanté pendant des années. Typique de sa part d'accepter la perte de ses mots comme un signe du destin qu'il serait impie de défier en essayant de les recréer. Dans la nouvelle missive, que j'ai relue des centaines de fois, elle écrivait qu'elle avait passé six semaines dans une ville appelée Ispahan, se promenant couverte de noir de la tête aux pieds, mais que cela n'avait aucune importance. Tous les hommes étaient des chiens. Elle n'avait jamais vu un endroit où il y avait autant de harcèlement sexuel. Ils lui criaient des obscénités dans la rue, la suivaient à pied et à moto, l'espionnaient. De toute façon, elle s'amusait comme une folle, elle avait plein d'histoires à raconter. Maintenant, elle était à Yazd, et amoureuse de l'endroit ; c'était l'une des plus anciennes villes du monde, super cosmopolite avec des Afghans, des Pakistanais et des nomades, un endroit féroce. Yazd ressemblait à certaines des villes que nous avions visitées au Maroc, écrivait-elle, mais il n'y a personne dans les rues ; la chaleur est insupportable. Elle cherchait un logement à louer. Elle voulait se perdre dans le désert.

Plus d'un an après, à Bagdad, un soir, Geronimo Tripp a entendu des journalistes parler d'une Mexicaine vivant à Kaboul, Flower Street, dans une maison partagée par des travailleurs humanitaires étrangers. Lorsqu'il l'a entendu la décrire comme belle mais difficile, il a eu l'intuition qu'il s'agissait de Gisela. L'un des journalistes, un Italien, semblait très épris d'elle. Gero a perdu toute trace d'elle depuis. Il y a un an, j'ai revu son amie, qui m'a dit que Gisela était de retour au Mexique, vivant dans la Sierra Tarahumara avec son mari, un médecin sans frontières bulgare qu'elle avait rencontré quelque part en Afghanistan, et leurs enfants, des jumeaux. Elles avaient déjeuné ensemble lors de son passage à Mexico pour une journée avant de prendre un vol pour Paris plus tard dans la nuit. Moins d'une semaine plus tard, je revoyais cette amie ; cette fois, Gisela exposait dans une galerie à Paris les photographies qu'elle avait prises pendant sa première année en Iran, lorsqu'elle vivait seule dans une ville du désert.

Nous pouvons laisser derrière nous ce qui nous a rendus impossibles à aimer. Nous pouvons grandir, évoluer ou nous battre bravement pour nous en sortir et devenir aimables.

L'horloge indique 4 h 03 du matin. Je viens de me réveiller en me posant des questions : Lexi pourrait-elle être la fille d'*el joven* ? Tío Memo a donné l'impression qu'*el joven* était blond, n'est-ce pas ? C'est absurde, il ne faut pas que je sois absurde.

Tante Hannah était presque blonde. Lexi ressemble même à tante Hannah, n'est-ce pas ? Tante Hannah qui est décédée il y a quelque chose comme vingt-cinq ans. J'attrape mon téléphone, peut-être qu'un message de Lulú est arrivé et que je n'ai pas entendu le buzz… Zip, nada.

Dimanche

Il y a quelques années, alors que je faisais des recherches sur la science et l'histoire des dents artificielles, pensant que cela m'aiderait à mieux comprendre Bert si jamais je voulais écrire sur lui, je suis tombé sur quelques publications techniques dans lesquelles Leslie Potashnik et le laboratoire Potashnik étaient cités dans des notes de bas de page ; c'était le laboratoire que mon père avait dirigé. Contre toute attente, j'ai finalement trouvé ce que j'avais espéré, la mention du nom de mon père. Dans un article du journal de la dentisterie prothétique intitulé « Sourceless Illumination and Color Measurement », par le Dr Rishi Kamble de l'école de médecine dentaire de l'université du Connecticut, plusieurs phrases étaient consacrées au travail et à l'expertise de Bert Goldberg. J'ai écrit au Dr Kamble, qui m'a invité à Storrs. Il s'est avéré que Rishi avait été l'un des cinq apprentis de Bert pendant ces cinq années où la nouvelle direction de Potashnik l'a gardé pour former ses propres remplaçants ; il n'avait que quelques années de plus que moi. En me présentant aux thésards de son laboratoire, Rishi m'a dit : Voici le fils de Bert Goldberg.

Bert faisait les porcelaines chez Potashnik, vous vous souvenez ? Les dents de ton père, Francisco, avaient un style très reconnaissable.

Nous déjeunions plus tard dans un restaurant italien non loin du campus de l'école dentaire lorsque Rishi a dit : Bert Goldberg était un scientifique, mais aussi un artiste. Il a comparé les techniques mises au point par mon père et une poignée de ses contemporains dans le monde entier à celles utilisées pour produire les fameuses fleurs de verre du Glass Flowers Museum de Harvard, mais, bien sûr, dans une gamme de couleurs beaucoup plus étroite. Entre la dent la plus foncée qu'on pouvait faire et la plus claire, blanche comme une perle, a expliqué Rishi, il existe une infinité de teintes et de nuances, et c'est là que Bert a exercé sa maîtrise.

Tu veux dire quelque chose du genre « enfermé dans une coque de noix, et s'y sentir roi d'un espace infini[1] » ? Exactement, a dit Rishi, et nous avons ri d'un air entendu.

Mais je dois dire, Daddy-O, que je ne crois pas vraiment à cette histoire d'artiste : bien sûr, Bert a souffert, mais il a toujours eu les consolations de son art. Non, c'était son destin de souffrir à cause de ce qu'il était, et même s'il s'en sortait souvent sans dommage, ce n'était jamais l'art qui lui permettait de le faire.

Est-il vrai que le fils soit son père et que le père son fils ? Les gens racontent ça, mais est-ce vrai ? Et que les filles deviennent leurs mères, est-ce vrai aussi ? Je pense que rien de tout cela n'est vrai. Pas nécessairement.

1. Hamlet, acte II, scène 2 (N. d T.).

J'avais dix-huit ans quand j'ai quitté cette maison et cette ville, alors il ne faut pas s'en faire pour moi, me dis-je, dans ce Starbucks au coin de la rue près du parc. Mais ma mère et sa fille dévouée ne se sont jamais échappées, ou quand elles l'ont fait, ce n'était jamais assez longtemps ou assez loin.

En marchant jusqu'ici depuis l'hôtel, j'ai traversé le Common. L'herbe gelée craque, les plaques de neige durcissent, on sent une léthargie glacée de fin d'hiver dans l'air, tout est fatigué d'être mort. Un écureuil sautille sur le sol gelé avec un morceau de neige dans sa bouche ; non, c'est un morceau de cuillère en plastique. Je me souviens être venu ici une fois, quand j'avais environ six ans, avec ma mère, pour donner des cacahuètes aux écureuils. C'était l'un de ces après-midis de week-end où elle m'emmenait en ville pour voir un film avec Cantinflas dans le sous-sol d'une vieille église de Boston, Lexi, encore toute petite, restait à la maison avec Feli. Mamita avait été convoquée dans mon école primaire et on lui avait dit de ne parler que l'anglais avec moi à la maison, et une fois par semaine, je quittais la classe pour prendre un cours d'élocution afin de me débarrasser de cet accent non américain qui persistait obstinément. Peut-être que les comédies avec Cantinflas y étaient pour quelque chose, mais nous parlions espagnol pendant ces dimanches après-midi à Boston, et j'adorais me sentir si proche de Mamita, comme si nous étions seuls dans une ville étrangère. Près de nous, sur la pelouse, une vieille femme vêtue d'un long manteau de fourrure sombre, au visage pâle et rond, donnait des noix aux écureuils, des noix aussi grosses que la tête des animaux. La femme m'a souri et m'a dit, Alors, jeune homme, tu ne crois pas qu'un écureuil puisse manger une noix entière ? Elle parlait avec ce que je pensais être une voix de télévision publique, comme cette femme dans *The French Chef.* Son lancer trompeur donnait l'impression que la noix était aussi lourde qu'une boule de bowling, mais elle a roulé jusqu'à un gros écureuil. Le mot espagnol pour écureuil est *ardilla,* un nom féminin. L'écureuil a saisi la noix dans ses griffes avant, l'a mise dans sa bouche avant d'escalader un tronc d'arbre et de s'y suspendre tête en bas, les griffes arrière enfoncées comme des crochets de fer dans l'écorce, pattes écartées et souplement tendues, pour tourner et retourner la noix dans ses mains en la rongeant. Lorsque ses dents ont percé la coque dure, nous l'avons entendu. La vieille femme nous a souri et a dit : N'est-ce pas merveilleux ? Oh oui, a dit Mamita. Nous avions tous le sourire.

Dans un moment, je prendrai le métro pour aller dans East Boston voir María Xum et sa laverie. Elle a quelque chose d'urgent à me dire. Mais je ne m'attends pas à ce que María me fasse des révélations à la Feli sur mes parents. D'abord, elle n'est pas restée avec nous aussi longtemps, et ensuite elle n'a pas eu ce degré de proximité émotionnelle avec nous.

À l'enterrement de Bert, qui s'est déroulé dans le cimetière d'une ville voisine, sous la direction d'un rabbin qui, malgré son air bienveillant et son bagout, ne connaissait manifestement rien de mon père, qu'il appelait un membre de la Grande Génération, celle de la guerre – ça lui allait comme un gant –, j'ai lu l'éloge funèbre que j'avais écrit dans un carnet pendant le vol en provenance du Mexique. Je racontais l'histoire d'une visite à Bert en Floride. Nous étions allés dans un de ces endroits où l'on parie sur des chevaux hors-piste, où la plupart des retraités sont assis à des tables sur des chaises pliantes et regardent les courses de Hialeah ou de Gulf Stream sur un écran de télévision en circuit fermé. Au comptoir d'une pièce adjacente, on plaçait ses paris. Mon père était un excellent connaisseur des chevaux, et pendant qu'il étudiait les formulaires des courses, d'autres joueurs, hommes et femmes âgés, venaient se placer derrière lui, essayant de regarder par-dessus son épaule pour voir quels chevaux il entourait avec son bout de crayon sur son formulaire ou indiquait sur les tickets de pari. Je ne me souviens pas qu'il ait jamais perdu, mais, du moins devant moi, il ne pariait que de petites sommes. Ce jour-là, dans la salle de paris hors hippodrome, il y avait un type, imposant et menaçant, aux cheveux noirs ébouriffés, aux joues et au menton basanés, plus âgé que moi mais jeune pour cet endroit, dont j'ai supposé qu'il devait aussi rendre visite à sa famille en Floride. Pendant chaque course, il criait et agitait les bras dans tous les sens, se levait sans cesse et bloquait la vue de tout le monde sur l'écran. Il ressemblait à Bluto. Les personnes âgées présentes étaient trop passives ou trop polies pour réprimander le fils de quelqu'un, même s'il se comportait mal, mais plusieurs fois, je lui ai crié de s'asseoir et il m'a lancé des regards menaçants. Alors que quatre chevaux bien groupés, dont celui sur lequel mon père et moi avions parié, abordaient le dernier virage, il s'est à nouveau dressé devant l'écran, agitant les bras et braillant le nom de son cheval, et j'ai crié : Assis ! On veut voir la course, pas ton gros cul ! Pendant mon éloge funèbre, j'ai crié ces mots comme je l'avais fait en Floride : Pas ton gros cul ! Lorsqu'il m'a entendu – il m'avait sans doute entendu depuis le début, mais c'était la première fois que je mentionnais son gros cul, Bluto s'est retourné et a foncé entre les tables, le poing levé en position d'attaque, avec une vitesse qui m'a stupéfié. Il était massif. Je me suis levé de ma chaise et j'ai tendu les mains pour le repousser, mais au moment où il allait me défoncer le visage, Bert, un octogénaire, s'est levé entre nous en hurlant : Retourne sur ta chaise, sale brute. Laisse mon fils tranquille. Tu as cherché les ennuis toute la journée. Retourne à ta chaise, et assieds-toi pour qu'on puisse regarder les courses, espèce de brute !

J'ai fini mon éloge en pleurnichant : Oh papa, papa, tu étais le meilleur. Oui, je l'ai fait. Ma sœur, qui se tenait à côté de moi, a lu ensuite l'éloge qu'elle avait écrit, mais elle n'a même pas pu terminer le premier paragraphe. Elle est restée là à sangloter et à frapper sa liasse de papiers imprimés sur sa cuisse comme un tambourin, et j'ai mis mon bras autour d'elle. Il y a eu des moments où il nous a aimés comme nous aurions souhaité qu'il le fasse toujours ; il a peut-être fallu le choc de la mort pour nous le rappeler. Je ne suis pas retourné dans ce cimetière depuis et je ne saurais pas comment le trouver, je ne connais pas son nom ni même celui de la ville où il se trouve, Norwood, Canton, Dedham. Ma sœur le sait. La dernière fois que nous nous sommes vus, il y a quelques années, lorsque nous avons emmené ma mère dîner, nous avons parlé du fait qu'aucun de nous n'était allé sur la tombe de mon père depuis sa mort. On récolte ce qu'on sème, a conclu Lexi.

Teddy Feinstein, que mon père avait aidé à devenir paysagiste, a également pris la parole lors des funérailles. Il a raconté que lorsqu'il était enfant, son propre père travaillait tout le temps, même le samedi, mais Bert avait toujours du temps pour lui. Il n'avait que trois ans lorsqu'il a commencé à accompagner mon père dans notre jardin, presque tous les jours et les week-ends lorsqu'il faisait beau, aidant avec les rosiers, le potager, la pelouse. Bert l'avait même emmené à l'étang Sarah Hancock et lui avait appris à faire des ricochets. Teddy s'est alors mis à pleurer et, gêné, a fini par dire qu'il voulait seulement remercier mon père pour tout, et il est allé s'asseoir.

Bert ne m'a jamais emmené à l'étang pour faire des ricochets. Ton père aime les enfants des autres plus que les siens, disait ma mère. Je me souviens être resté éveillé dans mon lit la nuit suivant l'enterrement, me demandant ce que j'aurais pu faire, enfant, pour que mon père m'aime autant qu'il aimait Teddy.

Pendant les premières années de la séparation de mes parents, alors qu'il avait son appartement à Walpole et qu'il travaillait encore à l'usine de dents, Bert revenait toujours faire un tour du jardin et venait même s'asseoir dans son fauteuil à l'intérieur. Mamita, qui avait du mal à assumer seule les responsabilités de la maison, le convoquait de plus en plus souvent. Après avoir pris sa retraite, Bert a passé ses hivers en Floride, mais lorsqu'il revenait dans le nord au printemps, au volant de son Oldsmobile, c'est finalement à Wooded Hollow Road qu'il s'installait. En définitive, il a vendu son appartement en Floride.

Quelques années avant sa mort, Bert a essayé de me présenter des excuses pour m'avoir tant battu quand j'étais jeune. Il en voulait à notre voisin, Phil Ferrini. Lorsque Phil Ferrini, qui vivait dans le quartier de Blue Jay Road, a connu des temps difficiles, mon père l'a aidé à trouver un emploi au service des ventes de Potashnik. Lorsqu'ils se rendaient ensemble au travail, ils aimaient parler de leurs enfants à problèmes. Phil Ferrini avait une fille, belle et capricieuse, Michelle, et l'un des garçons qu'elle fréquentait pendant un certain temps était Ian Brown. Quand elle a cessé de venir en cours, il y a eu des rumeurs sur un avortement tardif secret. Sur le chemin du travail, Phil Ferrini conseillait Bert sur la façon d'élever les enfants d'aujourd'hui : les battre comme plâtre. Les coups, c'est comme ça qu'on obtient leur attention ! beuglait mon père ce dimanche après-midi, des années plus tard, à demi allongé sur son lit contre des oreillers empilés, comme un vieil empereur. Ce salopard de Phil Ferrini, je regrette de l'avoir écouté, ce salopard ! Gisela appréciait même les plus violentes de mes histoires sur Bert, mais ce mélange qui n'appartenait qu'à elle de cruauté, d'empathie et de comique dans son caractère se délectait particulièrement de l'histoire des excuses de mon père. Chaque fois qu'elle avait besoin d'une justification pour quoi que ce soit, elle adorait dire : Mais Phil Ferrini m'a dit de le faire !

Des années plus tard, j'avais alors la trentaine, j'étais un romancier et un journaliste publié, et même Bert était fier de moi, je suis venu en visite à la maison pour présenter mes parents à ma compagne Camila Seabury. Bert a emmené Camila dans le jardin sous prétexte de lui montrer ses rosiers, mais en réalité, c'était pour lui parler seul à seule. Frankie est toujours blessé par ses copines, lui a-t-il dit. Promets-moi que tu ne vas pas lui faire du mal aussi, ou alors arrête tout de suite, avant que ça n'aille trop loin. Je t'en supplie, ma chère. Cette conversation l'a tellement inquiétée qu'elle me l'a cachée pendant des années, jusqu'à ce que notre relation soit terminée et que nous devenions des amis.

Mais je ne suis pas comme toi, Daddy-O. Oh non, vraiment pas. S'il y a une chose dont je suis vraiment sûr maintenant, c'est que je ne suis pas comme toi, du moins pas en ce qui, d'après ce que Feli m'a dit, te définit le plus crucialement. Lorsque Pénélope Myint était doctorante et vivait dans son appartement-terrasse à Cambridge, deux mois seulement après le début de notre relation, elle a fait quelque chose de si désinhibé et si joyeusement érotique que ma bite a fléchi de terreur. *Trop femme pour moi.* Je me suis acharné sans succès, me serrant contre elle trempé de sueur d'angoisse, la honte gagnant mon dos comme une nageoire écarlate. Ça a duré deux semaines d'échecs frénétiques répétés encore et encore, mais impossible d'abandonner, de m'enfuir et d'aller me blottir dans un coin sombre pour l'éternité ; la terreur de recommencer chaque nuit et chaque jour était comme un virus d'angoisse et d'humiliation qui s'enfonçait dans chaque partie de moi-même, infectant chaque organe, chaque veine et chaque terminaison nerveuse. Mais Pénélope était incroyablement patiente. Ohhh, c'est pas drôle, disait-elle en faisant la moue, jamais rien de plus méchant. Donc, Pops, ici nous pouvons faire la distinction significative. Je n'ai jamais ressenti un éclair de colère envers Pénélope, je me suis plutôt défoulé sur moi-même, sortant du lit et frappant le mur jusqu'à ce que mes articulations palpitent et saignent. Finalement, quelque chose arrive pour débloquer le traitement cognitif des stimuli sexuels et faire taire les voix intérieures de la terreur, laissant l'étincelle divine s'envoler. Un soir, allongée sur son lit, elle a nonchalamment laissé passer un genou par l'ouverture de son peignoir blanc, révélant l'intérieur si souple et si doux d'une cuisse qu'il semblait n'avoir jamais été exposé à la lumière ni à l'air et y attirant spontanément mes lèvres ; j'étais guéri.

Tu vois, papa. Pas comme toi. Je n'ai jamais été tenté de la frapper. Moi, en dépit de mon humiliation, de la douleur et de la déception, de la peur de me révéler non seulement à elle mais à moi-même comme un homme fini, j'ai préféré aller de l'avant, continuer à essayer, faire confiance à l'amour que je portais en moi, non seulement pour Pénélope mais pour ce que je désirais de la vie, tout ce que je croyais désespérément que la vie pouvait encore être.

Non. Jamais comme toi. Si je peux être navré pour toi, c'est parce que tu ne ressemblais pas plus à ton fils. C'est clair pour moi depuis je ne sais plus quand, peut-être depuis le moment où je t'ai frappé au visage, te laissant par terre en couinant Yoli Yoli. Ce qui est vraiment impardonnable, c'est ce que tu as fait à ta jeune épouse étrangère, ta captive, ma mère. Même si je sais que c'est à elle de te pardonner, pas à moi.

Un auvent écarlate en lambeaux au-dessus de la porte, Blanchisserie Aleph en lettres blanches délavées mais encore lisibles sur le revers. Aleph, vraiment, comme dans l'histoire de Borges ? María Xum sort de derrière son comptoir pour m'accueillir entre les rangées de machines à laver et de sèche-linge. Son agitation manifeste me fait penser qu'elle n'a pas dû vraiment croire à ma venue. Elle est plus petite que dans mon souvenir, mais je reconnais son franc sourire, ses lèvres pulpeuses, même si, dans le métro, la voyant assise en face de moi, je n'aurais pas su que c'était elle. Avec ses cheveux poivre et sel tombant librement sur les épaules, ses lunettes à monture métallique, son jean et son pull gris confortable en grosse maille, elle pourrait être en fin de carrière de professeur de théorie marxiste à l'université. Nous sommes tombés dans les bras l'un de l'autre, et avec un geste fier de la main, elle m'a annoncé : Voilà ma laverie. Les machines sont vieilles mais elles sont encore excellentes. Tu veux dire que tu es propriétaire ? ai-je demandé. Oui, elle est bien propriétaire. En prenant soin de ne pas paraître trop surpris, je dis, C'est merveilleux, María. Son sourire s'élargit, elle est manifestement d'accord. Oui, merci, dit-elle. Son expression est devenue solennelle. Elle me regarde et dit, Bien sûr, dans cette histoire, il y a aussi des raisons de pleurer, Frankie. Elle soutient mon regard, jusqu'à ce que je réponde, Je suis sûr qu'il y en a, María, et elle ajoute, *Pues sí*, avec un demi-sourire triste. Elle retourne derrière son comptoir. Je reste les mains enfoncées dans les poches, en face d'elle, un peu mal à l'aise, tandis que María commence à me raconter son histoire, dans son anglais vivifié par l'accent énergique de sa langue maternelle maya. Elle travaillait ici depuis seize ans lorsque le propriétaire initial, *el señor* Alberto Markowitz, un Argentin, s'est suicidé. Avec ses économies, elle a racheté la moitié des parts de la veuve ; l'autre moitié a été achetée par la cousine cadette d'Alberto, Alicia. La veuve est retournée en Argentine avec son fils de douze ans. Il y a deux ans, María a pu acquérir la part d'Alicia, et elle est maintenant la seule propriétaire. María me dit qu'elle a élevé Harry, son fils, toute seule. Son premier mariage avec le mexicain Juan Camacho a été bref, et elle ne s'est jamais remariée. Harry est un vétéran de la guerre en Afghanistan qui habite maintenant sur la côte ouest, mais María n'est pas seule. Pendant des années, par le biais de son église, elle s'est engagée auprès de la communauté centraméricaine locale. Plusieurs fois, dit-elle, elle a accueilli des personnes qui avaient besoin d'aide pour s'installer à Boston. Rebeca est avec elle depuis cinq ans maintenant ; elle est originaire de Quiché, comme María elle-même. Elle termine ses études secondaires au printemps. Rebeca vient le dimanche pour donner un coup de main, me dit María. Mais je crois qu'elle s'est trop amusée avec ses amis hier soir. *Pues*, les ados sont comme ça, fiesta, fiesta, dit María en agitant les poings en l'air comme une pom-pom girl. Tu sais, Frankie, dit-elle avec un petit sourire en coin, pour les églises et les laveries automatiques, le dimanche est le jour le plus chargé. Je vois à l'éclat de ses yeux qu'elle est ravie que j'aie ri aux éclats devant cette remarque presque aphoristique. Bien sûr, je suis impatient d'entendre ce qu'elle a à dire sur toutes sortes de choses, sur sa vie depuis qu'elle a quitté notre maison et sur son fils qui était soldat en Afghanistan, mais je veux surtout savoir pourquoi il était si urgent que nous parlions. María me conduit vers l'une des longues tables qui servent à plier les vêtements et montre une étagère sur le mur au-dessus. Elle contient une petite collection de livres ayant appartenu, explique-t-elle, à *el señor* Alberto, qui aimait lire. *Rayuela* de Cortázar, un recueil de nouvelles ; une anthologie de Borges aussi, dont sans doute *El Aleph* ; *El túnel* de Sabato ; un livre non argentin *De perfil*, de José Agustín, l'écrivain mexicain de La Onda, la nouvelle vague littéraire des années 1960 ; *El Beso de la mujer araña* de Manuel Puig. Ça alors, voilà mon premier roman, un sparadrap orange en travers du dos. Je rougis d'embarras ; c'est donc pour ça qu'elle m'a fait venir ici. María le prend et me dit, Je prends toujours des livres à la bibliothèque, mais j'ai acheté celui-ci. Oh oui, Frankie, il m'a beaucoup plu. Tu peux le signer pour moi ? Le livre a l'air d'avoir été lu, le dos est froissé. Je ne peux pas m'empêcher de te demander, Maria, est-ce que la mère du roman te rappelle ma mère ?

Doña Yoli ? dit-elle avec une expression de surprise. Oh non, dit-elle. Je n'ai jamais pensé ça.

Merci, María. Ma mère a toujours craint que les gens pensent que c'est un portrait d'elle.

Doña Yoli est beaucoup plus gentille, *pues*, dit-elle. Dans ton livre, c'est le père qui est l'homme gentil, et María me regarde d'un air entendu, en haussant les sourcils.

Cette María Xum est vraiment marrante. Qui l'aurait soupçonné ? Tu es une bonne lectrice, María.

J'aime lire, Frankie, dit-elle.

Après avoir signé le livre et l'avoir rendu, je lui demande quel âge avait *señor* Alberto lorsqu'il s'est suicidé : Il avait quarante-trois ans, il y a six ans de ça. Il aurait mon âge. Elle ajoute gravement, *La Mort de l'évêque*, j'ai beaucoup aimé aussi. Nous en avons parlé dans le club de lecture de notre église, et je pense que nous avons tous appris beaucoup de choses sur le Guatemala, mais oh, c'est tellement terrible ce qui se passe dans notre pays !

Oui, bien sûr, terrible, mais merci, je réponds. Et avant que je puisse réfléchir à ce que je vais dire ensuite, María doit retourner à son comptoir, où une petite queue de clients, dont certains nous regardent avec des expressions d'agacement, attend. Elle prend le paiement de l'un et le linge à laver d'un autre, en soulevant un sac qui fait presque deux fois sa taille pour le poser sur la balance. Dans le pot à pourboires posé sur le comptoir, un seul billet de cinq dollars est enroulé sur quelques pièces. La porte s'ouvre deux fois de suite, d'autres clients entrent. Il y a vraiment de plus en plus de monde, une demi-douzaine de personnes qui font leur propre lessive, assises sur des chaises en plastique en attendant la fin de leur cycle, ou debout et pliant à la table ; d'autres déposent du linge ou viennent le chercher. À la plupart de ses clientes, essentiellement des femmes qui s'expriment en espagnol et en anglais, María essaie de vendre des Tupperware, en sortant des catalogues et des échantillons de sous son comptoir. Mais elle ne propose pas de Tupperware aux quelques jeunes hommes débraillés qui sont venus faire leur propre lessive et qui ont tous l'air d'avoir une sacrée gueule de bois.

Je lève les yeux vers l'horloge. Il est 12 h 20 et j'ai faim. J'aurais sans doute dû prendre autre chose qu'un café au Starbucks. Je devrais demander à María si elle veut une pizza ou un plat chinois à emporter. Je peux aller en chercher pour nous deux. Ou peut-être devrais-je lui dire que je reviens tout de suite et trouver un endroit dans le coin pour manger un hamburger ? Je suis là, à me demander quoi faire, quand j'entends María dire mon nom, et elle se tient juste en face de moi, et avant qu'elle puisse dire autre chose, je lui sors les mots que j'ai répétés il y a quelques minutes : María, tu dois corriger tes préjugés sexistes. Je parie que certains de ces hommes ont plus besoin de Tupperware que les femmes, pour les aider à garder leur soupe aux palourdes bien fraîche. María a l'air confuse, jusqu'à ce que ses lèvres s'écartent, laissant échapper un petit gloussement semblable à une toux étouffée. *Ay*, Frankie, tu ne changeras jamais, dit-elle en souriant. Toujours à plaisanter et à taquiner ! C'est vrai que j'aime bien raconter une petite blague ringarde ou volontairement bizarre pour faire rire, mais je rencontre toujours des gens qui n'apprécient pas du tout mes blagues. Certains les ressentent même comme une agression, alors que pour d'autres, les mêmes mots et la même présentation déclenchent au moins un petit éclat d'hilarité. Mamita, qui adore rire, a épousé Bert, qui ne racontait jamais d'histoires drôles.

Une adolescente est arrivée à côté de María ; plus grande, elle me sourit, ses joues sont minces et douces. Elle porte un sweat à capuche bleu et or des Jets du lycée d'East Boston, l'école qui m'a valu un genou brisé. María me dit, Voici Rebeca. C'est la jeune fille qui vit avec elle et qui aide à la laverie. Rebeca hisse un panier à linge en plastique débordant sur une table pliante et, pendant une fraction de seconde, semble terriblement désorientée quant à ce qu'elle doit faire ou dire ensuite. Elle tend une main pour serrer la mienne, ses doigts sont glacés et elle dit, alors même que ses yeux, un peu rougis, se tournent vers María, Enchantée de vous rencontrer. Nous vous avons entendu à la radio. Elle tape doucement sur l'épaule de María et lui dit, Bon, je vais aller travailler et vous laisser tranquille, et elle file vers le comptoir. Quelle gentille fille, dis-je à María, dont le visage levé vers moi a maintenant une expression troublée.

Frankie, quand je t'ai dit que j'avais quelque chose d'important à te raconter, c'est parce que j'ai parlé à une femme. Elle s'appelle Zoila, elle s'est échappée du Guatemala avant que les affreux ne réussissent à la tuer. Je pense que c'est une histoire terrible, oui, et il y en a trop comme ça. Mais quand je t'ai entendu à la radio, je me suis dit, il faut que je parle à Frankie. L'histoire de Zoila sera un nouveau chapitre dans son livre sur le meurtre de notre *Monseñor*. Si tu peux l'écrire avant les élections, je sais que tu peux empêcher ce général Puño de Piedra d'être Président.

Puño de Piedra est le nouveau surnom de campagne du général Cara de Culo, pour sa poigne ultra dure sur la loi et l'ordre. Mais María, dis-je, les élections sont dans deux mois. Je ne suis pas sûr d'avoir même envie d'entendre ce qu'elle est sur le point de me dire. Enfin, si, je le veux.

Mon appréhension vient de ce que j'anticipe que María pourrait attendre de moi à ce sujet.

María explique que dans son église, il y a un bureau au sous-sol où l'on aide les immigrants. De l'aide pour les lois sur l'immigration, les impôts, ou un prêt hypothécaire, toutes ces choses, dit-elle, et même pour trouver un avocat. Un prêtre âgé, Padre Lorenzo, a dirigé le bureau pendant des années, mais il est maintenant parti dans une maison pour prêtres très âgés. Padre Rolando, un très jeune prêtre, uruguayen, a pris la relève. Rolando est le fils d'un guérillero de Tupamaro qui a été tué quand il était petit, explique María. Et sa mère a été emprisonnée pendant de nombreuses années ; il a été élevé par sa grand-mère. Mais le *padrecito* ne connaît pas grand-chose du Guatemala, dit-elle. C'est pourquoi, lorsque Zoila est allée lui raconter son histoire, il ne savait pas trop quoi penser. Alors il m'a demandé, María, peux-tu venir parler à ton *paisana* et me donner ton avis ?

Ainsi, par une journée très froide de février, il y a quelques semaines à peine, María est allée la rencontrer à l'église, tôt le matin, avant d'ouvrir la laverie. Zoila, dit-elle, est jeune mais pas si, si jeune. Mais on peut voir que la souffrance l'a fait vieillir, dit-elle. Ses cheveux noirs sont tressés de fils d'argent, et elle est si *delicada*, Frankie, et ses yeux si pleins d'effroi et de tristesse, comment a-t-elle pu survivre à des choses aussi terribles ? Comment a-t-elle pu traverser seule le Mexique et arriver jusqu'à Boston, où elle est venue vivre avec sa cousine ? Moi aussi, je suis petite, dit María. Je suis une *K'iche'*. Zoila est métisse, mais nous, les petites femmes du Guatemala, sommes toujours beaucoup plus fortes que ne le pensent les hommes. N'est-ce pas, Frankie ? Mais quand Zoila a commencé à raconter son histoire, María ne comprenait plus rien : elle a pensé que c'était une histoire tirée de mon livre sur le meurtre de l'évêque, qu'elle avait sans doute oubliée, parce que Zoila mentionnait tant de personnes qui figurent dans le livre. Même l'ami du *capitán,* Ulíses, qui, vers la fin, est retrouvé assassiné dans le coffre d'une voiture, était aussi dans l'histoire de Zoila.

Ulíses était probablement l'ami le plus proche du *capitán* Psycho-Sadique à l'époque du meurtre de l'évêque, et plus tard son principal lieutenant dans le trafic de rue des narcotiques. On a supposé que Psycho-Sadique avait ordonné son meurtre depuis la prison, soit parce qu'Ulíses en savait trop, soit parce qu'il avait eu maille à partir avec le redoutable *capi,* soit pour les deux raisons. C'était l'un de ces meurtres sur lesquels on enquête à peine, voire pas du tout parce qu'ils semblent si inévitables, et j'ai été frustré de ne pas pouvoir en savoir plus. Maintenant, María dit que Zoila avait un *novio,* dans le bureau duquel elle a trouvé plusieurs reçus pour des achats d'armes signés par Ulíses. Des armes à introduire dans la prison pour le *capitán,* elle en était sûre. Le copain de Zoila était directeur de la prison où avaient été envoyés les trois militaires condamnés pour leur rôle dans le meurtre de l'évêque. Et maintenant, María me raconte que Zoila a entendu le directeur et le *capitán* parler et planifier un meurtre dans la prison, sur les ordres du général Cara de Culo.

Holà, quoi ? j'interromps. María, Qu'est-ce que tu veux dire : Zoila a entendu ça ? Comment ? Qui ?

Nous nous sommes installés sur des chaises en plastique, face à face. María tourne la tête et le torse, d'abord dans un sens puis dans l'autre, comme pour s'assurer que personne ne nous écoute ou peut-être simplement pour se dire, elle est toujours là, dans sa laverie, où tout se passe bien en ce dimanche d'affluence.

Le directeur de la prison travaillait par roulement de deux semaines, explique-t-elle. Deux semaines là-bas, deux semaines chez lui. Zoila restait avec le directeur quand il était à la maison, et bien qu'elle ait gardé sa chambre dans un petit appartement qu'elle partageait avec une amie dans un autre quartier de la ville, il lui avait récemment demandé de vivre dans sa maison quand il n'était pas là aussi. Zoila pensait que d'ici peu, ils se marieraient ; pour un temps, c'était ce qu'elle voulait. Dans la journée, Zoila travaillait dans une crèche. Lorsque le directeur travaillait, elle se rendait presque quotidiennement à la prison, lui apportait ses repas, généralement du *pollo campero* qu'il était heureux de manger tous les jours de la semaine, et elle ramassait aussi son linge. C'est ce qu'elle faisait dans la chambre du directeur, rassemblant son linge sale, lorsqu'elle a entendu le *capitán* entrer dans le bureau adjacent. De là, dans la chambre, Zoila pouvait entendre le *capitán* et le directeur discuter et planifier un meurtre. Plusieurs fois dans la conversation, le général Cara de Culo avait été mentionné. Elle a décidé de rester dans la chambre sans faire de bruit jusqu'à ce que le *capitán* parte et de faire ensuite comme si elle n'avait rien entendu.

Depuis que le capitán Psycho-Sadique était détenu dans sa prison, le directeur avait changé. Il avait beaucoup plus d'argent, conduisait une nouvelle jeep, une de celles que conduisent les narcos, avec des vitres pare-balles noires. Il avait acheté des oies pour les élever dans son jardin.

À Guatemala City, certains préfèrent les oies aux chiens de garde, et pas seulement parce qu'elles répondent à un intrus nocturne par une explosion de cacardements frénétiques. Il est facile de tuer deux ou trois chiens de garde. Mais essayez de tuer une douzaine d'oies avec un pistolet ou une machette, dit María à Zoila.

Zoila était déjà perturbée par ces changements de comportement chez le directeur avant même d'entendre parler du meurtre. Mais après le meurtre, elle a rompu avec lui. Elle ne voulait pas que le père de ses futurs enfants soit un fonctionnaire corrompu de plus, impliqué dans des meurtres et Dieu sait quels autres crimes.

Attends, quel meurtre ? Je connais peut-être le meurtre dans la prison dont elle parle, celui dont les rumeurs font état, le reliant à Cara de Culo et aux hommes emprisonnés pour le meurtre de l'évêque. Mais María dit qu'elle ne sait pas de quel meurtre il s'agit, parce que Zoila ne lui a pas dit. Il y a tellement d'assassinats au Guatemala, dit-elle. Regarde combien de témoins disparus il y a dans ton livre, dit-elle. Oui, c'est vrai, je dis. Parce que María devait être à la laverie à temps pour l'ouvrir, ce matin-là, leur conversation a été un peu précipitée. Elle pensait qu'elle et Zoila auraient beaucoup d'autres occasions de parler. De plus, elle doit admettre que Zoila lui faisait peur. María précise, Je pense que Zoila craignait de m'en avoir déjà trop dit, car avant de partir, elle m'a demandé : Ne dis pas au *padre* Rolando que j'ai dit que le général était impliqué, je n'ai parlé au *padre* que du directeur et du capitaine. Mais Zoila a dû le dire aux avocats, dit María. Parce que si elle doit demander l'asile, il faut évidemment parler du général.

Des avocats ici à Boston ? Je suppose que c'est ce que tu veux dire. Zoila est venue ici juste après avoir rompu avec le directeur ?

Non, après avoir rompu avec le directeur, Zoila est retournée dans l'appartement qu'elle partageait avec son amie, dit María. Quelques jours plus tard, elle se rendait à son travail lorsqu'elle a été enlevée et ramenée chez le directeur, qui l'a enfermée dans un réduit avec un petit matelas en mousse sur le sol. L'histoire que María commence maintenant à raconter presque à toute vitesse est horrible mais familière, voire inévitable. Deux hommes portant des masques de ski sont entrés régulièrement dans le réduit pour exiger que Zoila leur dise ce qu'elle avait entendu discuter entre le capitán Psycho-Sadique et le directeur de la prison, ainsi que tout ce qu'elle savait sur les affaires de la prison du capitán et sur le rôle de Cara de Culo. Ils voulaient aussi savoir à qui elle en avait parlé. Ils étaient sûrs qu'elle en avait au moins parlé à sa colocataire. Zoila a insisté sur le fait qu'elle n'avait entendu que cette conversation et que, bien sûr, elle n'en avait parlé à personne. Les hommes ne l'ont pas crue. Ils sont venus tous les jours pour hurler et la frapper en la traitant de menteuse. Les oies étaient toujours bruyantes le matin. Lorsque Zoila entendait leur vacarme après des heures de silence, me dit María, elle savait qu'un nouveau matin était arrivé et que bientôt les séances de torture quotidiennes allaient recommencer. Le directeur aussi est entré dans le réduit. Elle était déjà trop faible pour s'asseoir, mais il s'est agenouillé près du matelas et l'a suppliée de dire aux hommes masqués ce qu'ils voulaient savoir pour qu'on les laisse tranquilles. Il a promis qu'il cesserait d'être gardien de prison. Ils iraient vivre dans un endroit lointain et paisible, peut-être en Suisse, ils se marieraient et il l'aimerait pour toujours. L'amie de Zoila, sa colocataire, a été assassinée ; les hommes masqués lui ont montré une coupure de presse. Maintenant, María prend une profonde inspiration, expire et dit gravement : Ils lui ont fait les pires choses que des hommes mauvais peuvent faire à une femme, elle est tombée malade et a failli mourir. Elle s'est réveillée dans une clinique. Près de son lit se tenaient le directeur, la mère du directeur et quelques hommes qu'elle ne connaissait pas. Tu sais qui est la mère du directeur, Frankie ?

Non, María, je ne sais pas, je dis.

C'est Matilda Ercolano Garay.

La femme que Cara de Culo a choisie pour être sa vice-Président. Je dis, Ah, maintenant je commence à voir clair. Bien qu'en réalité, je ne voie qu'un tunnel de brouillard. J'ai entendu dire que Matilda Ercolano est la maîtresse du général, lequel est marié. J'ai entendu dire, mais je n'en parle pas à Maria, que son défunt père, propriétaire d'une entreprise de construction et ancien membre du Congrès du Petén, était impliqué dans bon nombre des affaires les plus sales du pays et que sa famille l'est toujours.

Oui, le futur vice-président, dit María. Mais c'était il y a trois ans, ce qui s'est passé dans la clinique. Personne n'avait encore entendu parler de cette femme. La mère du directeur a dit à Zoila, Tu es en vie grâce à moi, parce que je suis intervenue, et elle a dit à Zoila que si elle promettait de garder secret tout ce qu'elle savait, qu'elle rentrait chez elle avec son fils le directeur et qu'elle le laissait s'occuper d'elle, qu'il était bon avec elle et qu'elle était bonne avec lui, alors il ne leur arriverait rien. Zoila a obéi, ou fait semblant d'obéir, mais quelques semaines plus tard, elle s'est échappée. Elle est venue ici, à Boston, à Chelsea, pour vivre avec sa cousine et travailler comme gouvernante. L'année dernière, le mari de sa cousine, un *Puertorriqueño*, a encore essayé de la molester, Frankie. Tu comprends ? Oui, plusieurs fois, il a insisté, mais cette fois-ci, c'était différent. Zoila était tellement en colère et effrayée qu'elle en a parlé à sa cousine, et le mari, pour se venger, a appelé la police douanière ; une procédure d'expulsion a été lancée contre Zoila et elle a dû porter un bracelet électronique à la cheville. C'est alors qu'elle est venue parler au *padre* Rolando. J'ai dit au *padre* que je croyais bien sûr à l'histoire de Zoila et que l'Église devait l'aider. Maintenant, avec son avocat, *padre* Rolando m'a dit que Zoila réclamait un sursis à la déportation et faisait une demande d'asile. Tant mieux, maintenant Zoila sera en sécurité, ai-je pensé. Mais voilà, il y a seulement une semaine et quelques jours, qui est venu à Boston pour coincer Zoila sur le parking devant le supermarché où elle allait faire ses courses ? demande María. Qui est venu lui dire qu'au Guatemala, ils savent qu'elle parle à des avocats ? Qui, à ton avis, Frankie ?

Je ne sais pas.

Voilà ce que le *padre* Rolando m'a dit. C'est très confidentiel, d'accord. Je sais que tu comprends, Frankie. Ils ont montré à Zoila sur un téléphone des photos de ses deux sœurs, de ses parents, des enfants de sa sœur. Ils lui ont dit, Maintenant tu sais qu'on peut vous avoir, toi et ta famille, Zoila, alors bien sûr tu ne diras rien, à aucun avocat, à propos du général, du capitaine ou du directeur. Quand tu auras ton audience sur ta demande d'asile, nous aurons quelqu'un dans la salle pour écouter ce que tu diras.

Sur le parking d'un supermarché, ici à Boston ? Qui était-ce ?

Matilda Ercolano Garay. Et quelques types du Guatemala. C'est ce qu'elle a dit au *padre* Rolando.

Alors, ils ne veulent vraiment pas que ça se sache, pas vrai ?

L'avocat a emmené Zoila, elle se cache. Je ne sais pas quand je la reverrai. Mais Frankie, tu dois écrire sur ce sujet.

María, j'aurais besoin de parler à Zoila ou au moins à son avocat. Et je devrai vérifier l'histoire autant que possible. Et il me faudrait aussi la permission de Zoila.

S'il te plaît, Frankie, je pense que tu peux aider à empêcher ce général assassin d'être Président. María tend les mains comme pour saisir les miennes, mais les retire.

Je vais essayer, María. Je te le promets. Peux-tu dire à *padre* Rolando que je veux lui parler ? Il sera peut-être en mesure de me mettre en contact avec l'avocat de Zoila. C'est vraiment le seul moyen.

Et voilà, l'idée qu'ici, je suis hors de portée du général Cara de Culo et du *capitán* Psycho-Sadique vient d'être pulvérisée.

***

Quand elle a nous a quittés pour épouser Juan Camacho, María me le dit maintenant, elle était déjà enceinte. Mais Juan l'a abandonnée, la laissant seule dans leur appartement de Boston qu'elle ne pouvait pas payer sans lui. Elle a travaillé comme femme de ménage dans la journée pour diverses familles de la banlieue, faisant de longs trajets en train et en bus, avec son bébé, et c'était si difficile. Quand *el señor* Alberto a ouvert, dit-elle, j'ai eu de la chance qu'il m'engage. Son fils, Harry, est lui aussi diplômé du lycée d'East Boston. Puis il s'est engagé dans l'armée et y est resté vingt ans. Harry était dans un bataillon de transport en Afghanistan, il y a fait trois campagnes et il vit maintenant à San Diego où il dirige son entreprise de camionnage. Il n'aime plus venir à Boston, dit María, mais un jour, j'irai le voir ; je ne suis jamais allée en Californie. Oh, je pense que tu vas adorer là-bas, lui dis-je. Mais pour tout dire, je ne suis jamais allé à San Diego non plus, même si je connais Tijuana. J'aime beaucoup Los Angeles.

Je suis à côté de María, devant une table de pliage, pendant qu'elle trie du linge entassé. Elle me dit, Un jour, *el señor* Alberto m'a apporté le magazine avec ton article sur notre évêque et le meurtre, et il m'a demandé, María, ce n'est pas le garçon dont tu t'occupais ? Pourrait-il y avoir plus d'un Francisco Goldberg du Massachusetts et du Guatemala ? J'étais tellement surprise ! Entre-temps, María a formé deux tas de chaussettes, un tas de chaussettes de femme et un autre d'homme, me semble-t-il, et d'un geste expert elle rapproche les chaussettes assorties, les lissant d'un coup de main rapide, ses doigts arrachent les peluches du sèche-linge comme les plumes de petits poulets. Elle pose une chaussette sur l'autre en croix, plie, rabat, replie, le résultat est un parfait petit paquet de chaussettes. Elle répète les mêmes gestes encore et encore, tout en parlant. Il y a une inquiétante étrangeté dans les mouvements de ses mains, qui sont ceux d'une poupée mécanique.

La dernière fois que j'ai vu doña Yoli, me dit-elle, c'était il y a dix ans, je crois.

Tu l'as vue il y a dix ans ?

Un peu plus, je crois.

María me raconte que c'était au sous-sol de l'église d'Arlington Street, lorsqu'elle est allée écouter Penny Moore donner une conférence. C'était bondé, Frankie. Tant de gens voulaient tout apprendre de cette femme si courageuse, qui sait tant de choses sur le Guatemala. Penny est vraiment une femme exceptionnelle, je le dis. C'est toujours une amie très chère. Et tu dis que ma mère était là ?

Oh oui, doña Yoli a fait le discours d'introduction. Elle ne t'a jamais dit ça ? Elle a dit, je suis si fière de présenter l'amie de mon fils, Penny Moore.

Je ne l'ai jamais su. Si ma mère ou Penny me l'ont dit, je suppose que c'est entré par une oreille et sorti par l'autre ; l'explication la plus probable, j'ai honte de l'admettre, était qu'à l'époque je ne pensais qu'à Gisela Palacios. Ces années passées à parcourir le pays en donnant des conférences soir après soir, jour après jour, doivent être un souvenir flou pour Penny maintenant. Mais ma mère, présenter Penny ? Bien sûr, pendant ces années-là, Mamita changeait, évoluait. Elle entendait ce que les gens disaient sur les guerres en Amérique centrale dans l'environnement universitaire où elle travaillait et à la Société latino-américaine, elle lisait tout ce que je publiais et probablement plus encore, elle connaissait Penny et son travail. Mamita, tu t'es vraiment investie, n'est-ce pas ? Mais je n'en savais même pas la moitié, car je nourrissais mon ressentiment à l'idée que Lexi était la seule à absorber ton attention. Pourtant tu étais là, sans même que j'y prête attention, à montrer ton amour de cette façon maternelle et dévouée. Qui aurait pu prévoir alors que moins de dix ans plus tard, tu serais dans une maison de retraite ?

Mon attention se reporte sur María, qui parle du club de lecture de son église. C'est un petit groupe, dit-elle, cinq d'entre nous viennent d'Amérique centrale, une *señora* du Pérou. C'est moi qui ai suggéré ton livre, dit-elle. Les trois Guatémaltèques voulaient le lire pour en savoir plus sur le meurtre de *Monseñor*, notre martyr pour la justice. *Padre* Blackett nous a demandé ce que nous pensions du fait qu'un juif ait écrit ce livre sur un évêque catholique. Frankie, j'étais tellement choquée que je me suis sentie obligée de prendre la parole. J'ai dit, Mais *Padre*, dans le livre, Frankie a écrit qu'il est catholique, lui aussi, et qu'il a été baptisé dans l'église où *Monseñor* a été assassiné. Le père Blackett ne le savait pas. Frankie, il n'avait même pas lu ton livre. Et, imagine, il menait la discussion du club de lecture et disait des choses comme ça.

Même si je n'étais que juif, María, cela ne me disqualifierait pas pour écrire ce livre, je remarque avec toute la bienveillance dont je suis capable. Pourtant María se trompe. Dans le livre, je n'ai pas écrit que je suis « catholique, moi aussi », mais seulement que j'ai été baptisé dans cette même église. Mi-catholique, est-ce que quelqu'un peut être qualifié comme ça, est-ce que ça a un sens ? Je suis à moitié catholique. Je crois à moitié en Jésus-Christ, notre demi-Sauveur. D'où mes stigmates sur une seule main.

Parfois, les gens sont simplement surpris ou déstabilisés par un nom comme Goldberg dans un contexte latino-américain, dis-je à María.

Tu sais, Frankie, répond María, quand je suis arrivée ici, je ne savais pas que Goldberg et Markowitz étaient des noms juifs. Je pensais que c'était juste des noms qui ne sont pas comme les nôtres, des noms américains comme Smith et Brady. Dans nos villes et nos villages, on ne rencontre jamais de juifs, et beaucoup de gens ont des idées bêtes d'ignorants. J'ai donc été déçue par le père Blackett.

Blackett. Il est irlandais ? je demande.

Oui, dit-elle. Mais il est de Boston. Dans notre église, nous avons des prêtres qui sont latino-américains aussi, comme *padre* Rolando.

Il est probablement juste très vieux jeu, et de Boston alors, je dis. Il est vieux ?

Autour de quarante ans, je pense.

Eh bien, comme je l'ai dit, ça arrive tout le temps, les gens réagissent comme ça. Mais surtout les Américains, pour une raison ou une autre. Une fois, au Mexique, après la présentation d'un livre, je discutais avec deux écrivains mexicains, Federico Campbell et mon ami Martín, quand une *gringa*, une étudiante, je crois, s'est jointe à notre conversation, une jolie fille en T-shirt et jupe, avec de longues jambes minces enfoncées dans une paire de grosses Doc Martens. Elle était venue au Mexique pour suivre des cours de littérature, et elle connaissait Martín. Tout le monde s'est tourné vers elle, et Martín nous a présentés. C'est Federico Campbell. Oh, *mucho gusto*, comment allez-vous ? Et voici Francisco Goldberg. *Goldberg !* ? cette *gringa* m'a crié en plein visage. Ce n'est pas un nom mexicain ! Comme si elle m'accusait de… m'accusait de quoi, au juste ? Pourquoi n'a-t-elle pas réagi comme ça au nom de Federico Campbell ? Est-ce qu'elle pensait que Campbell est un nom mexicain ? Federico est beaucoup plus blanc que moi, d'ailleurs. Il ressemble au Père Noël sans la barbe. Oui, bon, c'est comme ça, hein.

Comme je te l'ai dit, je me suis habitué à ce genre de choses il y a longtemps. J'essaie de ne pas y attacher d'importance.

María a l'air un peu décontenancée, elle n'avait sans doute pas prévu que sa remarque me mette dans cet état. Et je n'ai même pas épuisé la question. Pourquoi cette fille n'était-elle pas froissée ou au moins surprise dans l'idée qu'elle se faisait de la mexicanité par le nom de famille de Federico ? Parce que pour quelqu'un comme elle, Campbell est un nom à consonance blanche, et que le Blanc est le modèle. Le Blanc passe à travers les murs. Un Mexicain portant le nom de Campbell ne sera pas soupçonné, de manière quasi instinctive, d'essayer de faire quelque chose, de s'approprier quelque chose de façon malhonnête ou opportuniste. Qu'est-ce qu'il pourrait bien avoir à y gagner ? Si mon nom de famille avait été Olajuwon ou même Mohammed, cette fille aurait quand même été surprise, d'une façon différente. Peut-être aurait-elle pensé que Martín se moquait de sa crédulité de *gringa*. Oh oui, Francisco Mohammed, bien sûr, dis-m'en une autre. Le père Blackett, quant à lui, dénonçait ce qu'il considérait peut-être comme une violation déterminée. C'était bien que María lui tienne tête, presque comme Mamita il y a si longtemps avec le père Doyle.

María me demande soudain, Que fait Alexandra maintenant, Frankie ? Est-elle mariée ? Je lui dis que Lexi n'est pas mariée, je n'ai aucune raison de mentionner le policier, et qu'elle vit à New Bedford dans une grande maison victorienne qu'elle a achetée.

María prend soudain un air tourmenté et murmure, comme pour elle-même : J'ai failli oublier. Elle se lève et repasse derrière son comptoir. Je vois Rebeca qui lui dit quelque chose, María acquiesce, disparaît, se redresse un instant plus tard et se dirige vers moi avec un grand sourire. Quand elle me rejoint, elle me tend la main, et dans sa paume, il y a une pointe de flèche. C'est cette pointe de flèche, n'est-ce pas ? Allons, mais qu'est-ce qui se passe ? Qu'est-ce que Maria fait avec ça ? Elle me dépose la pointe de flèche dans la main. Du quartz blanc, brillant, mortellement effilé. Bien sûr, elle me semble un peu plus petite maintenant que la dernière fois que je l'ai eue en main, puis abandonnée en tombant sur l'herbe tandis que mon père, debout au-dessus de moi, enragé, me cinglait les cuisses avec sa ceinture. Vraiment, Bert, pour celle-là, je ne peux pas t'en vouloir.

Un sourire se dessine au coin des lèvres de María. Je dis, C'est la pointe de flèche de Lexi, n'est-ce pas ? María hoche la tête : Tu la reconnais ! Elle a l'air un peu inquiet, comme si elle s'était attendue à ce que je crie de joie et de surprise. Elle m'explique que Lexi lui avait demandé de la garder en sécurité, alors elle l'avait glissée dans un sac où elle rangeait des boutons et d'autres bricoles. En quittant la maison, inquiète et préoccupée, sachant qu'elle était déjà enceinte de Harry, elle avait oublié de la rendre. *Díos mio*, dit-elle, tant d'années ont passé. S'il te plaît, quand tu donneras ça à Lexi, dis-lui que je suis désolée de ne pas l'avoir rendue plus tôt. Mais n'est-ce pas une bonne chose, Frankie, que ce soit toi qui donnes ça à Lexi ? Oh, je suis sûre que toi et Lexi allez en rire maintenant ! Le regard plein d'espoir de María m'émeut tellement que j'en perds le souffle et m'affaisse, mais je me ressaisis et lui souris : Oh María, elle va être tellement surprise !

Rebeca sort pour faire une pause, boire un soda et manger un morceau, alors María doit s'occuper des clients à nouveau. J'aurais dû dire au revoir à Rebeca quand elle est partie. Maintenant, la politesse exige que j'attende de pouvoir saluer les deux. La première fois que j'ai vu cette pointe de flèche dans la main de Lexi, je me suis immédiatement souvenu d'avoir lu l'histoire d'une flèche tirée par un guerrier Wampanoag à une distance de deux cents mètres, flèche qui avait traversé un milicien puritain et la femme avec qui il se promenait, les clouant tous les deux au tronc d'un arbre, et j'ai pensé, Ce devait être une pointe exactement comme celle-ci. C'est ce qui a particulièrement attisé ma convoitise, je crois. Je la mets dans ma poche et m'assois pour attendre. Le soleil du milieu de l'après-midi, qui perce faiblement le ciel couvert de nuages, semble maintenant infuser la façade en stuc de l'autre côté de la rue, la faisant briller d'un vert *tomatillo.* Si María réussit à m'aider à entrer en contact avec Zoila, est-ce que j'écrirai quelque chose sur son cas ? Nous verrons bien. Si elle m'en donne l'autorisation, avec suffisamment d'informations pour que je puisse creuser un peu plus, bien sûr que je le ferai. Comment pourrais-je refuser ?

Toute ma vie, j'ai répondu à une version de l'inévitable question : Mais n'es-tu pas juif ? Tu ne viens pas de te présenter à moi comme Frank Goldberg ? Alors que veux-tu dire quand tu ajoutes que tu as été baptisé dans cette église ? Je suis à moitié juif, ai-je toujours répondu. En général, j'ajoute : Ma mère est catholique. Quand j'étais enfant, je précisais : Je suis à moitié juif et à moitié catholique. Ces questions avaient un côté menaçant ; dans une certaine mesure, elles l'ont toujours. Lorsque je répondais ça, les gens pensaient-ils que je me disais juif, ou pas ? C'est à ça que je réfléchis, installé dans ce pub chic et branché où je me suis arrêté après avoir dit au revoir à María et Rebeca à la laverie et m'être promené un peu dans le quartier, furieux envers le père Blackett, la pointe de flèche de Lexi dans ma poche.

Quand j'étais enfant, je n'aurais jamais osé le dire à voix haute : Je veux être une seule chose, comme une personne normale, même si j'y pensais sans arrêt. Avoir une mère originaire du Guatemala est déjà assez bizarre, mais au moins elle est catholique. Je préfère être catholique parce que c'est plus normal. Je savais qu'il y avait une sorte de loi rabbinique qui stipulait que si la mère n'était pas juive, ses enfants ne le sont pas non plus, mais ce n'était pas une loi que je voyais appliquée de quelque façon que ce soit, ou que quiconque semblait connaître ou apprécier. Quand j'étais enfant, j'ai demandé à ma mère de me laisser aller à l'école du dimanche à St. Joe. Mais Bert a dit, Yoli, ils vont le massacrer. Il ne peut pas se défendre contre un Gary Sacco, qu'est-ce qui va se passer quand tous les enfants seront des Gary Sacco ? À la place, on m'a mis dans des cours d'hébreu après l'école. Je ne sais pas comment Bert n'a pas prévu le désastre que ça allait être. Lorsque, deux semaines plus tard, j'ai tout simplement cessé d'y aller, pas un grain de poussière n'a été remué par une requête ou une protestation de quelque côté que ce soit.

Je veux être rien. Pourquoi je ne peux pas juste être rien ? Et si j'avais dit ça ? Mais qu'est-ce qu'un gamin de quatorze ans peut vraiment savoir sur le fait de n'être rien ? Pardonne-nous nos *nada* comme nous pardonnons à ceux qui nous ont *nada*, comme dit Hemingway[1]. Mais il n'y a pas de bière Nada India Pale Ale sur la carte des boissons, alors je commande timidement une bière Spaceman IPA. La serveuse, grande et mince, tout de noir vêtue, me rassure en me disant que j'ai fait un bon choix. Je commande aussi un sandwich grillé à la *fontina* et au *guanciale*. Elle apporte la bière, et je trinque silencieusement à *nada*.

Jusqu'à la fin de l'école primaire, Mamita nous ramenait toujours à Guatemala City pour l'été, et même si nous étions censés être en vacances, on nous mettait toujours à l'école.

1. *Un endroit propre et bien éclairé*, Ernest Hemingway, 1933.

Pendant quelques-uns de ces étés, j'étais inscrit au Colegio Ann Hunt. Ann Hunt était une expatriée de l'Alabama, et son mari, Scobie, possédait des agences de voyage et des hôtels touristiques. C'est au Colegio Ann Hunt que j'ai rencontré pour la première fois, dans la bibliothèque de l'école, le phénomène de la classification stricte des écrivains par ethnie et par race. Les étagères étiquetées « américaines » contenaient des livres d'écrivains allant d'Alcott à Wolfe. Les étagères du bas, à quelques centimètres du sol, de deux bibliothèques adjacentes étaient étiquetées « Nègre », de Baldwin à Wright, et « Juif » de Bellow à Wouk. Le bas des reliures était couvert de la poussière des balayages successifs. Latino/Latina, ou Hispanique, ou quelle que soit l'étiquette qu'Ann Hunt aurait pu leur donner, ne faisaient pas encore partie de son univers, pas plus que les Asiatiques, les Amérindiens, etc. À quoi ressemblerait la bibliothèque d'Ann Hunt aujourd'hui, si elle était toujours en vie et si sa manie de séparer et de classifier ne s'était jamais relâchée ? En expansion constante, en bifurcation infinie ? Je sais maintenant qu'Ann Hunt a été une pionnière de l'industrie américaine du livre multiculturel, même si c'était par inadvertance. Elle aurait dû recevoir une médaille.

« Dans une société hyper capitaliste comme la nôtre, cette marchandisation de l'ethnicité et de la race est inévitable et c'est aussi une bonne affaire, bien meilleure que de disperser ces écrivains comme des paillettes de sucre multicolores dans nos pâtes commercialement mieux établies, mais il faut être clair sur ce que l'on vend. Quelqu'un qui achète un roman dans notre créneau très convoité des Américano-Guatémaltèques ne veut pas avoir la surprise d'y trouver un tas de Juifs et de demi-Juifs ». Je n'avais pas prévu, lorsque j'ai publié mes premières nouvelles, à quel point j'aurais pu me faciliter la tâche en publiant sous le nom de jeune fille de ma mère, Montejo, comme l'ont fait d'autres écrivains dans des situations comme la mienne. Puis j'ai pensé que, puisque j'avais déjà publié sous le nom de Goldberg, toute modification me ferait honte, comme si j'admettais que cela me gênait d'être considéré comme seulement juif. J'étais jaloux des écrivains plus ou moins juifs et dont le nom de famille ne sonnait pas juif, tous ces Millers et Bakers, Mailer, Salinger et Proust, comme je l'étais de ceux qui avaient simplement changé de nom sans en payer le prix en termes de honte ou de ridicule, de James Horowitz à James Salter, expliquant qu'ils ne voulaient pas être catalogués comme « encore un écrivain juif new-yorkais ». Est-il vraiment possible que l'architecte Frank Gehry aurait reçu moins de commandes importantes s'il avait gardé son nom, Frank Goldberg ?

Ce n'est qu'il y a environ un an, lorsque j'ai lu un essai sur Natalia Ginzburg et sa jeunesse de fille italienne à Turin, portant un nom de famille juif malgré sa mère catholique, une fille issue d'une famille farouchement antifasciste, désireuse de s'intégrer à ses camarades de classe catholiques presque tous issus de familles fascistes, que j'ai compris que mon propre désir de m'intégrer était assez normal. La solitude ressentie par ceux qui ne peuvent s'intégrer nulle part l'est tout autant. Natalia s'est débattue avec ce genre de tristesse et d'exclusion, qu'elle appelait en privé le « pathos *ebraico* ». Chaque fois que je la lis, elle me rappelle que ce n'est pas si mal d'être toujours un outsider.

Un jour, Gero Tripp et moi étions en Espagne pour de brèves vacances de travail avec Teresa Fijalkowski qui éditait nos deux livres cet été-là, elle nous avait invités dans la maison qu'elle louait près de Bilbao, et Gero a dit en plaisantant que quel que soit le pays où je me rendais, les habitants de ce pays me considéraient toujours comme appartenant au groupe ethnique à la peau sombre le plus méprisé là-bas. En Espagne, on m'appelait *moro* partout où j'allais. Même au Guatemala, au bar Quixote, un ivrogne blond et costaud m'a insulté en me traitant de *morenito de mierda* et m'a donné un coup de tête. Dans le métro parisien, un groupe de jeunes voyous de banlieue en survêtement m'ont suivi hors du wagon en imitant de la musique arabe de dessin animé. En novembre dernier, dans un bar près de Carroll Gardens où j'étais ami avec Deandra, la barmaid, un soir où j'étais le dernier client, trois copies conformes de petits truands tout droit sortis du film *Les Affranchis* sont entrés et s'en sont pris à moi sans attendre : Hé, toi, t'es ricain ? T'es newyoricain ? Yo, Ricain, fais pas comme si tu m'entendais pas ! Et ainsi de suite. J'étais assis tout au bout du bar. Deandra s'est approchée et m'a dit à voix basse : Ne dis rien, ne bouge pas, je vais appeler la police. Comme si j'étais sur le point de dire quelque chose. Mais ils ont dû l'entendre dire police, parce qu'ils se sont levés et ont filé vers la sortie.

Un soir, au Elaine's, ce célèbre bar de célébrités de l'Upper East Side où Teresa me demandait parfois de la retrouver, c'était à l'époque où elle me publiait pour la première fois, quand je venais d'Amérique centrale pour un temps ou dans les années qui ont suivi, je revenais à notre table depuis les toilettes pour hommes quand j'ai vu s'avancer vers moi ce type de Britannique toujours bourré avec un nom à trait d'union aristocratique, un ami de Teresa et de ses proches de la scène nocturne new-yorkaise qu'elle appréciait, je ne sais même pas comment l'appeler, un écrivain mondain ? Ivre mort, il m'a saisi par le devant de ma chemise et m'a crié, Je vous hais, vous, les immigrés basanés qui puent la sueur, avec vos chemises criardes. Je ne l'ai pas frappé, même si j'étais encore à un âge où il est normal et juste, je pense, de frapper un connard qui vous saute dessus et vous parle de cette façon. J'étais trop abasourdi et stupéfait pour réagir, trop intimidé par le décor de glamour et de pouvoir de New York. Ma chemise était un peu criarde, j'aurais dû en porter une autre. Il m'a fixé dédaigneusement en plissant les yeux et s'est éloigné. Quand je suis revenu à notre table, j'ai raconté à Teresa et à ses amis ce qui venait de se passer. Oh, oui, il est comme ça, ont-ils dit. Ne fais pas attention à lui. C'est juste son sens de l'humour irrévérencieux, Jimmy adore jouer les mauvais garçons. Jimmy, c'est comme ça qu'ils l'appelaient. Ah oui, bien sûr, compris, ouais. Plus tard, Teresa m'a dit : Je suis désolée que ça te soit arrivé, Frank. Ce doit être blessant d'être pointé du doigt comme ça. Et j'ai dit, Ce qui me fait mal, c'est que je ne lui ai pas cassé la gueule. Je n'ai jamais voulu être quelqu'un de fermé, toujours sur la défensive à propos des questions raciales, ça semblait particulièrement inapproprié dans mon cas de toute façon, métissé, sans appartenance particulière dans le regard des autres. Mais cette insulte a continué à me travailler pendant des années, plus que d'autres comparables. Teresa ne sort pas d'un milieu huppé, même si les gens le supposent toujours. Elle vient de la classe ouvrière de Detroit, elle est passée par Harvard, Oxford. Quand, à la fête de Noël d'une maison d'édition, Teresa m'a dit que le Britannique du bar avait été poignardé dans le ventre par une prostituée transsexuelle et qu'il était à l'hôpital, ma réponse est sortie toute seule : Bien, j'espère qu'il va mourir. Teresa était horrifiée. Quoi qu'il en soit, il était son ami. Je me suis excusé, mais je n'ai pas pu m'empêcher d'ajouter que j'espérais que la transsexuelle avait un bon avocat. Je suis sûr qu'elle a sa version de l'histoire, ai-je dit.

À une autre occasion, plus ancienne, j'attendais au bar bondé de ce même Elaine's où je devais retrouver Teresa, et une femme séduisante s'est approchée de moi, a emmêlé ses doigts dans mes cheveux en broussaille et s'est exclamée avec une gaîté alimentée par l'alcool : Oh, toi l'Irlandais noir, tu es boxeur, pas vrai ? Donc, je ne suis pas toujours ce que les gens détestent le plus. En me souvenant d'elle, où qu'elle soit, je souris dans mon verre d'IPA Spaceman presque vide.

J'ai aussi subi ma part d'antisémitisme. En Europe, et comment, mais généralement plutôt en tant que spectateur, à commencer par mon tout premier voyage au Royaume-Uni, où des Britanniques blancs m'ont pris pour un Pakistanais et se sont déchaînés sur les Yiddish. Cette histoire-là est ma préférée, si on peut le dire ainsi. À mon hôtel de La Havane, alors que je me prélassais sur un fauteuil inclinable en essayant de lire au bord de la piscine, un quatuor de sex-touristes masculins poilus venus d'Espagne étaient dans l'eau et s'éclaboussaient mutuellement comme des gamins tout en déclamant à voix haute, de leur voix de baryton castillan, *Muere, perro judio.* À chaque « meurs, chien juif », je me sentais envahi de furieuses vagues d'adrénaline. Le maître-nageur, un Afro-Cubain d'environ dix-huit ans, mince, la peau couleur miel foncé, s'est approché du bord de la piscine et leur a dit : *El racismo no está permitido en la piscina.* S'ils continuaient comme ça, leur a-t-il dit calmement, ils devraient partir. Ce maître-nageur et ses mots, si beaux. Le racisme n'est pas autorisé dans la piscine.

La serveuse apporte mon sandwich. Bien sûr, Natalia Ginzburg vient d'une famille d'universitaires et de littéraires aimante et bruyante, où tout le monde parle, sauf la petite Natalia, la plus jeune, qui regarde et écoute. Sous le régime fasciste italien, son père a perdu son emploi à l'université à cause des lois antijuives ; il a dû s'exiler, et ses frères ont été emprisonnés, tout comme de nombreux amis et collègues de leur famille. Leone, le mari juif de Natalia, un héros de la résistance antifasciste, est né à Odessa, en Ukraine, la même région du monde où, chose incroyable, Bert Goldberg est né un an plus tard. Leone a été battu et torturé à mort dans une prison romaine par des officiers SS. Dans son autobiographie, *Les Mots de la tribu,* Ginzburg mentionne à peine la mort de Leone, l'événement qui a le plus marqué et transformé sa vie, et pourtant, on ressent tellement son amour et son chagrin qu'ils semblent se répandre comme une matière spirituelle vivante dans l'encre même où sont imprimés ses mots. Ginzburg a grandi dans une famille laïque, sans aucun contact avec la culture juive, et encore moins avec la religion. C'est après la mort de Leone, explique-t-elle, qu'elle a commencé à identifier la persécution avec la judéité. Je relisais Natalia Ginzburg parce que j'étais curieux de connaître des écrivains à moitié juifs. Je n'ai pu en trouver que quelques-uns ; il doit y en avoir beaucoup plus. Muriel Spark en était une. Ginzburg et Spark se sont toutes deux converties au catholicisme. Comme l'amante de mon ami, sœur Julia, que sa mère catholique n'avait jamais fait baptiser. Spark aussi, jeune fille grandissant à Édimbourg, se sentait oppressée par la solitude du fait qu'elle n'appartenait à aucun groupe. Elle avait un père juif de la classe ouvrière ; sa mère était née protestante et, avec son frère, ils formaient une petite famille heureuse et unie, laïque comme celle de Ginzburg. Spark s'est décrite plus tard comme partagée entre les Juifs et les Gentils. Dans ses romans, les femmes dans son genre incarnent des personnages d'étrangères à perpétuité, choisissant qui et où elles veulent être, des « personnalités diasporiques » comme l'a défini un critique ; elles sont opposées à des personnages comme *miss* Jean Brodie qui appartiennent à un seul endroit et à une seule identité, pourvues de certitudes fixes, voire monomaniaques. À la trentaine, Spark s'est convertie au catholicisme de la manière la plus zélée, se cloîtrant dans son petit studio pour lire les treize volumes des écrits du cardinal Newman en vue de sa transfiguration. Presque chaque soir, elle rejoignait ses amis littéraires dans les salons des pensions de famille, les jardins et les pubs pour discuter, comme des apôtres réunis, de tous les aspects du catholicisme. Des années plus tard, le fils du premier mariage de Spark a prétendu avoir découvert un certificat de mariage juif prouvant que la mère de sa mère avait été juive elle aussi, et pas seulement son père ; après avoir décidé qu'il était lui-même juif à cent pour cent, il s'est mis à harceler si publiquement et si furieusement sa mère, qui avait d'après lui nié sa propre judéité, que Spark a fini par le rayer de son testament. Si je devais me convertir au catholicisme, je ne me réfugierais pas dans la lecture des treize volumes du cardinal Newman. La seule fois où j'ai éprouvé ce que je crois être des sentiments religieux forts et authentiques, c'était à la messe des veuves dans une ville sacrée maya dans la région des hauts plateaux pendant la guerre. Il s'agissait peut-être d'une messe maya catholique syncrétique ; le jeune prêtre maya a dit la messe en *K'iche'*. Il aurait été suicidaire d'annoncer publiquement une telle messe au nez et à la barbe d'une armée qui menait toujours sa guerre de la terre brûlée contre les paysans mayas de Quiché et qui, autant par effet symbolique que par commodité, aimait s'approprier les églises et les couvents locaux pour les transformer en centres d'interrogatoire et de torture. De fait, ce prêtre a été assassiné peu après. Mais la nouvelle de la messe a dû être murmurée et transmise par tous les chemins de montagne et de forêt des environs, car ce jour-là, les gens sont arrivés en masse des villages et des hameaux les plus éloignés, des centaines et des centaines de veuves d'hommes tués à la guerre, avec leurs enfants et d'autres membres de leur famille dans leurs vêtements indigènes usés et en lambeaux. Ils remplissaient l'église au coude à coude, dans la nef tendue de bannières l'air était épaissi par la fumée de l'encens brûlant et par les odeurs de branches de pin, de cire de bougie, de saleté, de sueur de mauvaise haleine, de cheveux non lavés ; il y avait des prières, des chants, des exclamations volubiles et pleines d'émotion dans ces prononciations *K'iche'* vigoureuses et éloquentes qui semblent si appropriées pour exprimer la douleur, comme certains diraient l'hébreu, des gémissements spontanés, des sanglots, des larmes silencieuses. Vous qui souffrez, vous êtes unis au Christ dans sa souffrance sur la Croix. Ensemble, joignez votre souffrance à celle du Christ et ensemble, vous serez fortifiés. Je l'ai ressenti dans toutes les parties de mon corps ; si j'avais été le genre de personne vraiment ouverte à ces choses-là, ç'aurait été un moment de transfiguration durable. L'image du Christ, Juif persécuté et cloué sur la Croix, a souvent été invoquée par Natalia Ginzburg pour expliquer sa conversion. En outre, son second mari était catholique. Natalia dit que c'est en tant que juive qu'elle a ressenti une solidarité militante avec tous les peuples persécutés ; pour elle, c'est ce que cela signifiait d'être juive, même si elle était aussi chrétienne. On peut être les deux à la fois. Peut-être pas toujours de manière cohérente, peut-être visiblement l'un et invisiblement l'autre, et vice versa. Natalia disait, Je suis pleinement catholique mais aussi pleinement juive ; mon père était juif et mon mari aussi. Il ne s'agit pas d'un découpage en parts égales comme pour une tarte. Tout comme Jésus-Christ était à la fois pleinement homme et pleinement Dieu, plutôt que le Fils de Dieu déguisé en jeune juif ou quelque chose de ce genre. Pleinement l'un, pleinement l'autre, en même temps. *E pluribus unum* implique une unité *mestizo,* pas une fusion, ni une bibliothèque comme celle d'Ann Hunt comprenant les Blancs d'un côté et une infinité d'éléments séparés relégués dans les étagères du bas.

Trois quarts juif et trois quarts catholique, je garde un quart de secret rien que pour moi.

Bonjour. À qui voulez-vous parler, s'il vous plaît ? Une voix d'enfant, de fille, je crois. Je demande Lexi. Je suis désolée, vous avez fait un mauvais numéro. Il n'y a personne ici qui s'appelle Lexi, dit la voix d'une petite fille confiante. Des notes de piano frappées méthodiquement en arrière-plan. Donc c'est vrai, il y a des enfants. Les enfants du policier ? Et Lexi a aussi un piano. Oui, elle a toujours eu l'oreille musicale.

Désolé, je veux dire Alexandra Goldberg. Est-ce qu'elle est là ? Yandra ! dit-elle joyeusement.

Yandra, je répète.

Oui, monsieur. Alejandra, mais tout le monde l'appelle Yandra. Mais je ne pense pas qu'elle puisse venir au téléphone tout de suite.

Elle ne peut pas ? C'est le frère d'Alejandra, Francisco. Frank.

Vous êtes son frère ? *Oh.* Oui, monsieur. Juste un moment, s'il vous plaît.

J'entends sa voix qui s'éloigne du téléphone en criant : Yandraaaa !

Yandraaaa ! Ton frère est au téléphone ! Un instant plus tard, elle dit autoritairement à quelqu'un : Doogy, *ve arriba y dile a Yandra que su hermano está en el teléfono.* Une autre voix enfantine, au bord du gémissement, répond : *Pero Yandra tiene cel, por qué no le marca ahí ?*

Elle parle dans le téléphone : Pourquoi n'essayez-vous pas son téléphone portable, monsieur ? Vous avez besoin du numéro ?

J'ai essayé, je réponds. Il n'y a pas eu de réponse. Mais je peux réessayer. Tu es sûre que Lexi est à la maison ? Yandra, je veux dire.

Oui, je l'ai vue monter les escaliers. Yandra donne un spectacle ce soir avec son groupe.

Son groupe ?

Oui, monsieur. Elles ont un spectacle à Acushnet.

À Acushnet ?

Oui, monsieur, c'est une ville près d'ici.

Ne m'appelle pas monsieur, d'accord ? Tu peux m'appeler Frank. Et toi, quel est ton nom ?

Monica Tupil.

C'est un joli nom.

J'entends Monica gronder à nouveau. *Vos cerote sube a ver que está haciendo Yandra, Pero YA ! Creo que se está bañando.* Dans le téléphone : À l'école, les enfants m'appellent Tulipe.

C'est un joli surnom. Il y en a sûrement des pires.

Je suppose que c'est bon. Je pense que Yandra est sous la douche. Je lui demanderai de vous rappeler quand elle sortira, si vous voulez. Est-ce qu'elle a votre numéro ?

Je vais attendre. Tu veux bien ? Comme ça, je ne la manquerai pas.

QUEEEÉ ? Púchica, inútil, ni siquiera le dijiste de su hermano ? Doooog ! No le puedo creer.

Monica pour moi : Yandra est sous la douche, mais Doog a oublié de lui dire que vous attendez au téléphone. Doog doit le crier devant la porte pour qu'elle *l'entende*. Vous voulez que je dise à Doog de retourner à l'étage et de crier, cette fois-ci ?

Bien sûr, si ça ne le dérange pas, je dis. Depuis mon téléphone, j'écoute Monica se déchaîner furieusement pour cette nouvelle itération.

C'est fait, monsieur, je lui ai dit d'y retourner.

C'est à ton frère que tu parlais. Doug, c'est ça ?

Oh mon Dieu non, s'il vous plaît, ce n'est pas mon frère. Quoi, est-ce que j'ai l'air d'une attardée moi aussi ? Oui, son nom est Doug, mais je l'appelle Doog. Mais son vrai nom est Crustacé Crétin Qui Pue.

Crustacé Crétin ? Je ris et elle fait de même, un gloussement espiègle d'enfant. Qui est cette fille bilingue, drôle et vive ? Tupil, c'est un nom de famille maya.

En arrière-plan, une voix féminine adulte et sévère, à l'accent prononcé, interrompt : Monica, ne dis pas crétin. Nous n'utilisons pas ce mot. Et Monica répond : Je suis désolée, Maki. Je ne le dirai plus.

C'est Maki, dit Monica au téléphone. Elle vient de rentrer du travail. Je ne sais pas si vous pouvez l'entendre au téléphone, monsieur, mais Doog est à l'étage et crie derrière la porte de la salle de bains que vous êtes là. Yandra va bientôt descendre.

OK. Eh bien, dis merci à Doog. Quel âge as-tu, Monica ?

Ça fait presque une semaine que j'ai dix ans. Vous savez quand c'est, mon anniversaire ? Le vingt-huit février. Ma mère dit que je suis née juste avant minuit, donc si je sortais quelques minutes plus tard, trois ans sur quatre, je n'aurais pas d'anniversaire.

Alors, je suis content que tu sois arrivée juste avant la fin du mois. Joyeux anniversaire alors, Monica.

Merci, monsieur.

Et Maki, c'est ta mère ?

Non. Maki n'est la mère de personne. Ma mère est à son travail. Elle travaille dans une usine.

Vraiment ? Quel genre d'usine ?

Ils font des gilets pour les soldats en Irak que les balles ne peuvent pas traverser, vous voyez ce que je veux dire ?

Gilets pare-balles, bien sûr. Pour les soldats américains en Irak ?

Oui, c'est ça. Quand vous voyez les soldats à la télé portant leur gilet pare-balles, c'est ma mère qui les a fabriqués. Pas seulement ma mère, beaucoup d'autres personnes y travaillent. Ici, ceux qui ne font pas des gilets travaillent tous dans les poissonneries.

Oh bien sûr, je dis, les usines de poisson. Et ton père ? Il travaille aussi dans les usines de poisson ?

Mon père ? Je ne sais même pas qui c'est. Je veux dire, je ne l'ai jamais rencontré. Il est quelque part dans ce pays, vraisemblablement, mais il n'est pas ici à New Bedford.

Vraisemblablement ?

Oui, monsieur, vraisemblablement. Il ne retournerait pas au Guatemala parce qu'il serait expulsé. C'est ce que dit ma mère.

On dirait que tu es une fille intelligente, Monica. Tu es une bonne élève ?

Je n'ai jamais que des A, monsieur. J'aime bien étudier, lire et faire mes devoirs, contrairement à certains autres attardés du coin que je ne nommerai pas. Elle chuchote : *Doog*.

Est-ce que quelqu'un joue du piano ici ?

Oui, monsieur. Je joue aussi du piano. Mais c'est Brigida. Elle vient de commencer. C'est la sœur de Doog, mais elle n'est pas aussi bête que lui. Leur mère travaille aussi dans une poissonnerie.

Et Yandra joue dans un groupe de rock ?

Ah oui, le groupe, dit Monica. Ce n'est pas vraiment un groupe de rock. Ils s'appellent les Ahab's Hussies. C'est de la musique de bar de marins jouée par des femmes un peu dingues. Des chants de marins, vous en avez entendu parler ? Ce genre de musique. Elles ne joueront pas avec Beyoncé au Gillette Stadium de sitôt, mais je suppose qu'elles ont des fans par ici. J'ai dit à Yandra que si elles voulaient faire un clip, elles feraient mieux d'engager des danseurs. Pour l'instant, leur grand final, c'est quand elles se retournent et qu'elles agitent leurs fesses devant le public. Je ne pense pas que voir ça dans un clip fera acheter des billets pour leurs spectacles à beaucoup de gens. Monica rit de bon cœur.

J'entends une voix de femme exploser dans le fond. Putain, Yandra, tu ne peux même pas allumer le feu sous les putains de *frijoles* ! Même pas ça ! *Fuck*, madame ! *Fuck* !

Oh-oh, c'est reparti, dit Monica au téléphone. Ne vous inquiétez pas, ça arrive tout le temps par ici. Oh wow, et maintenant voici Yandra qui descend les escaliers.

Madame ? Elle parle de ma sœur ?

En bruit de fond : *Lagranputa*, toujours la même excuse. Oh, j'ai un spectacle. J'ai une répétition. Je dois aller voir ma mère. Oh, j'ai ça. J'en ai rien à foutre, *señorita candil de la calle, oscuridad de la casa.* C'était ton tour de faire la *cena*, mais madame ne peut même pas allumer le feu sous les *frijoles.* Maki, s'il te plaît, juste une minute, je sais, je sais. C'est mon frère, s'il te plaît... J'entends ma sœur plaider. Maintenant, Lexi me parle fort dans l'oreille : Frank ! C'est vraiment toi ? Quelle surprise ! Mais Maki, en arrière-plan : Donne encore des pizzas Domino's aux *patojos*, hein, madame ? Quand ils seront tous obèses et diabétiques, ce n'est pas auprès de moi qu'il faudra venir te plaindre !

Oui, c'est moi, salut Lexi. On dirait que...

Maki : *Fuck*, madame !

Frankie, laisse-moi te rappeler...

Bien sûr, Lexi. On dirait que tu as un problème...

Maki : Je ne vais pas non plus à ton putain de spectacle de gouines ce soir.

Oui, un problème, dit Lexi, qui a l'air un peu paniquée. Frankie, je suis désolée, honnêtement, ce n'est pas si grave que ça en a l'air, je te rappelle tout de suite.

Yandra ? Fuck, madame Yandra ? C'était quoi tout ça ? C'est comme découvrir une nouvelle civilisation, pas en Amazonie mais au sein de sa propre famille.

J'attends sur Tremont, près de Boylston, sur le trottoir qui longe le parc. Il y a un Dunkin' Donuts juste de l'autre côté de la rue. Chaque fois que je verrai un Dunkin' Donuts, je serai comme ces chauffeurs de taxi de Mexico qui se signent quand ils passent devant une église, sauf que je penserai à Lulú. Le crépuscule est d'un brun doux et rosé, une lumière teintée de rose qui fait briller les fragments et les plaques de neige dans le parc comme de lointains icebergs. Nous sommes dimanche soir, mais il y a beaucoup de monde sur le trottoir et dans le parc, la circulation est ralentie. Le téléphone sonne dans ma main. Salut Lexi.

Bonjour Frank, j'ai oublié d'allumer le feu sous les *frijoles,* comme tu as dû l'entendre, dit Lexi sur un ton de culpabilité affectée et mortifiée. Les *frijoles* et le riz sont un aliment de base par ici, dit-elle, tout comme au Guatemala. Tu te souviens que nous avions toujours des *frijoles* chez Abuelita ? Mais ça prend des heures à cuire. Heureusement qu'on a des tortillas, des hot dogs à la dinde et des macaronis au fromage Kraft à la maison.

OK, Lexi, ça a l'air bien.

Cette brusquerie avare de mots quand je parle à ma sœur, il faut que j'arrête. Sois gentil avec elle. Parle-lui de cette fichue pointe de flèche.

Je suis ravie que tu aies pu rencontrer Monica, poursuit-elle. Je veux dire par téléphone, au moins. Elle n'est pas géniale, Frank ? Elle est née au Guatemala, mais elle n'avait qu'un an quand ses parents sont arrivés ici. Elle va aller à Harvard, tu verras. Lexi s'efforce de garder une voix dynamique, comme pour compenser le brouhaha que je viens d'entendre.

Oui, Monica a l'air extraordinaire, je dis. Mais dis donc, Lexi, ça a l'air animé, chez toi.

Oh, c'est sûr, dit Lexi. Maki est celle que tu as entendu crier pour les *frijoles.* Maki et moi sommes de bonnes amies. Alors ne laisse pas tous ses *fuck* te donner une mauvaise impression, Frank. Mme Yandra, c'est juste le surnom qu'elle me donne. Maki parle comme ça, parce que quand elle est arrivée ici, elle a entendu tellement de gens dire *fuck* qu'elle a cru que c'était ça, l'anglais. Tu comprends ce que je veux dire ? C'est un port de pêche ici, Frank, plein de pêcheurs, des gars rudes, alors tu peux deviner comment les gens parlent.

Je comprends, je dis. J'ai une surprise pour toi.

Je n'ai pas réussi à prononcer ça avec beaucoup d'enthousiasme.

Maki a vraiment beaucoup souffert, poursuit Lexi. Mais elle est si forte. Enfin, elle est forte et moins forte, comme nous tous, je suppose. Elle vit à New Bedford depuis douze ans. C'est une *bruja*, tu sais. Elle a des pouvoirs, alors fais attention, ha ha. En fait, elle ne l'est pas vraiment, c'est son *abuelita* qui était une vraie *bruja* maya. Maki a appris d'elle. Elle peut tout te dire sur ce truc de 2012 et comment certains vieux chamans prédisaient la fin du monde d'après le calendrier maya. Tu es au courant de ça, Frank ?

J'en ai entendu parler, je dis. Est-ce que c'est la *bruja* à qui tu as demandé de m'aider à trouver une femme ?

Maman t'a parlé de ça, n'est-ce pas, dit Lexi. Je lui ai demandé de ne pas te le dire, Frank. Je suis un peu fâchée contre Yoli parce qu'elle te l'a dit.

Ne sois pas contrariée, Lexi, je te dis. J'étais surpris quand maman me l'a dit, mais ensuite j'ai pensé que c'était vraiment gentil de ta part.

Un bref silence, suivi d'un petit rire de fausset. Ça a marché ? demande-t-elle.

Eh bien, j'ai pensé que ça marchait, un moment. Peut-être plus maintenant.

Je demanderai à Maki de le refaire, dit-elle. Quand elle sera de meilleure humeur, d'accord ? Ça va se calmer d'ici demain, tu verras.

OK, bien sûr, merci, Lexi. Alors comment ça se passe, ces gamins intéressants chez toi, des mères qui travaillent dans des usines et des conserveries de poisson. Tu tiens une pension de famille ?

Non, ce n'est pas une pension de famille, dit-elle. C'est une entreprise à but non lucratif, alors non, on ne peut pas l'appeler une pension de famille.

Une commune ?

Une commune ? Son rire est amusé mais abrupt. Oh Frank, c'est une si longue histoire. Il faudra que je te la raconte en personne un jour, si tu promets de ne pas l'écrire.

Ah, OK. Eh bien, je pensais venir demain.

Vraiment ? Pourquoi ? Un autre ricanement nerveux. Je veux dire, c'est merveilleux, Frank, dit-elle. Mais quelle surprise ! C'est vraiment inattendu.

J'ai quelque chose pour toi, lui dis-je.

Quelque chose pour moi ?

Quelque chose que tu as perdu il y a bien longtemps, et qui te manque.

Depuis longtemps ?

Oui, qu'est-ce qui te manque depuis, voyons, depuis la fin du primaire ?

Un frère ?

Un moment de silence. Je ne suis pas vexé, naturellement, juste un peu décontenancé. Elle rit et ajoute, Oh mon Dieu, je n'arrive pas à croire que j'ai dit ça. Je ne faisais que plaisanter.

Oui, j'avais compris, je dis. Pas de problème. Je n'ai pas été très présent toutes ces années, je le sais. Mais non, ce n'est pas moi, la chose qui te manquait. Quand je te la donnerai, je suis sûr que ça te reviendra. Donc, Lexi, tu es dans un groupe aussi, je continue. C'est génial.

Ouais, elle dit. Tu as toujours dit que je pourrais être comme Mama Cass.

Je me dis, Alors c'est comme ça. Je voulais juste que tu sois la musicienne que je savais que tu voulais vraiment être, au lieu de te lancer dans les affaires pour faire plaisir à maman. Et maintenant, voilà ! Ahab's Hussies, quel nom génial !

Merci, nous en sommes fières, dit-elle. On s'amuse bien, mais c'est juste du bricolage, tu sais. Tante Hannah doit se retourner dans sa tombe.

Lexi, tu ne t'es pas mariée sans me le dire, si ?

Quoi ? Non, Frank, bien sûr que non.

Avec un policier ?

Un policier ! Elle pousse un gémissement théâtral. Oh mon Dieu, non. Maman voulait dire Mauricio, mais c'était il y a trois ans, juste après que j'ai emménagé ici. C'était surtout un ami, mais il est encore dans les parages. Oui, il était policier, il y a longtemps, à Mexico, où tu habites. Vous avez dû vous croiser dans la rue là-bas. En tout cas, Mauricio a une histoire fascinante, Frank. Je te parlerai peut-être de lui un jour.

OK, bien sûr, je dis. Un ancien flic de Mexico à New Bedford, j'aimerais entendre son histoire.

Tu sais, la mémoire de Yoli commence vraiment à se détériorer, dit Lexi. Hier, quand j'ai vu la boîte de biscuits au beurre dans sa chambre, les biscuits gourmets de Paris, oh, ils sont si délicieux, Frank, je lui ai demandé si tu venais de lui rendre visite, et elle ne s'en souvenait même pas. L'infirmière m'a dit que tu avais été là la veille. Maman ne fait pas qu'oublier. Elle mélange aussi les fantasmes avec la réalité. Tu sais ce qu'elle m'a dit ? Qu'elle et Bert ont eu un mariage heureux. Quand on entend un truc pareil, on se dit : merde, à quoi bon tout ça, si on finit par tout oublier ? Mais Dieu merci, la plupart du temps, Yoli est toujours elle-même, notre remarquable et inspirante mère.

Oui, elle l'est encore, je dis. Et je suis content d'avoir pu la voir. Mais il semble que tu aies une grande vie de famille à toi maintenant.

Oui, la vie réserve bien des surprises, n'est-ce pas ? dit-elle.

J'ai hâte de t'entendre tout me raconter. Lexi, je peux te demander autre chose ?

Bien sûr, Frank, dit-elle.

As-tu encore ce vieux portrait à l'huile que l'ami de papa a fait de maman ? Il s'appelait Herb, tu te souviens ? Il venait à la maison parfois quand nous étions petits.

Bien sûr que je l'ai, dit-elle. Il est accroché dans notre salon. Herb n'était pas seulement l'ami d'enfance de papa. C'était un peintre très à la mode, Frank, avec un studio près de Newbury Street. Il trouvait Yoli si belle qu'il a offert de faire son portrait gratuitement à condition de pouvoir garder une copie pour lui-même. Elle était enceinte de toi quand elle a posé pour cette peinture. Tu le savais, n'est-ce pas ? C'était quelques mois après leur mariage. Ça se voyait déjà un peu, mais Herb l'a caché dans la peinture.

Je ne connaissais pas cette partie-là de l'histoire. Tu es sûre ?

Vraiment, tu ne le savais pas, Frankie ? Je l'ai toujours su. Tu savais que Herb était gay. Il le cachait, comme ça se faisait à l'époque, mais papa le savait et l'a dit à maman.

Est-ce que ça a quelque chose à voir avec la raison pour laquelle il a arrêté de venir à la maison ?

Je me souviens que maman a dit une fois qu'il avait déménagé au Maroc, mais je n'ai plus entendu parler de lui depuis très longtemps.

Maman t'a dit que Herb avait déménagé au Maroc, pas papa ?

Eh bien, oui, maman et Herb étaient amis aussi. Peut-être que le Maroc était un endroit où il pouvait être lui-même ? Je doute qu'il soit encore en vie, cependant.

C'était un vétéran de la Seconde Guerre mondiale. Les histoires qu'il me racontait étaient comme des épisodes de cette émission, *Combat !*

Oh oui, je me souviens un peu de ça, dit-elle. *Combat !* C'était ton émission préférée. Mais on se disputait toujours pour savoir laquelle était la meilleure, *Star Trek* ou *Perdus dans l'espace.* Tu me donnais l'impression d'être ennuyeuse parce que j'aimais *Star Trek.*

Le temps t'a donné raison, Lexi. *Star Trek* est un classique. *Perdu dans l'espace* est juste une autre sitcom idiote. Mais je voulais regarder *Perdus dans l'espace,* et les deux séries passaient en même temps. Tu dois aussi avoir les vieux albums photos de maman, non ?

J'en ai, oui, mais ils sont rangés. Je ne veux pas que les enfants s'en emparent.

Tu te souviens de ses photos de mariage ?

Je crois que oui, dit Lexi.

Y a-t-il une photo où l'on voit Tío Memo ?

Tío Memo n'est pas allé à la cérémonie, dit ma sœur. Il était opposé à ce mariage. Tu ne le savais pas, Frankie ? Il pensait peut-être que papa était trop vieux ou bien c'était parce qu'il était juif, ou les deux. Maman n'aimait pas vraiment en parler, tu sais. Mais oncle Memo s'est réconcilié avec Bert plus tard, dans l'intérêt de maman et de la famille. Tu sais à quel point maman aimait son frère. Tu as toujours été proche de Memo. Il ne t'a jamais rien dit à ce sujet ?

Non, il ne l'a jamais fait, je dis. Je me doutais qu'il n'était pas venu, mais je n'en étais pas sûr. Bon, je t'appelle demain pour te dire à quelle heure je viens. Ça te va ? J'ai toujours été curieux de voir New Bedford.

Curieux de voir New Bedford ? C'est une surprise. Ce n'est pas comme si tu avais fait un gros effort pour venir ici. Mais c'est une petite ville fascinante, Frank. Le premier port de fruits de mer d'Amérique, tu le savais ? J'ai un ami qui dit que c'est comme une ville frontière, sauf que la frontière est l'océan Atlantique au lieu du Mexique.

L'air sent si fort la morue /qu'il fait couler le nez et pleurer les yeux[1].

Je traverse le jardin public dans le froid qui commence à s'obscurcir, avec quelque chose comme une odeur tropicale de feu de cuisson et d'humidité chatoyante qui givre dans l'air. Je n'arrive pas à croire que je n'ai jamais su jusqu'à hier que Memo n'était pas au mariage ; personne n'en a jamais parlé, du moins pas devant moi. Je n'ai pas su non plus que ma mère était enceinte de moi lorsqu'elle a posé pour son célèbre portrait, ni que Herb était gay. Son patronyme était Felman. Vivre dans ma famille, c'est comme regarder un

1. Poème d'Elizabeth Bishop (N. de T.).

film en langue étrangère sans les sous-titres. Des flocons de neige volètent autour de moi comme des puces de glace. Ce premier hiver à New York, quand je n'étais pas retourné à Broener, enfin non, c'était peut-être le deuxième hiver, j'ai entendu John Cheever lire une nouvelle qui se terminait juste ici, dans Back Bay, le narrateur montant sur une statue, enlevant son chapeau et le posant sur la tête de la statue. La lecture avait lieu au Ninety-Second Street Y, la voix affable et un peu rauque de Cheever, son front rougissant qui brillait. J'ai entendu Robert Lowell lire à St. Mark's dans le Bowery ; Allen Ginsberg et Gregory Corso y étaient aussi, ce soir-là, la vieille église historique était bondée. Une foule tapageuse, composée principalement de jeunes bohèmes et punks du Lower East Side, narguait Lowell et le sifflait tandis qu'il tentait de lire ses poèmes. Ginsberg est monté sur scène pour les réprimander, indigné par l'impolitesse avec laquelle ils traitaient son ami, un grand poète, qu'il avait personnellement invité à faire une lecture dans ce lieu qu'il considérait comme son chez-lui. Était-ce simplement parce que Lowell, avec ses longs cheveux blancs balayés en arrière, était si patricien WASP et parlait avec la voix de John Cheever, le brahmane de Boston ? « Encore et encore, l'année naît… À la glace et à la mort. » C'est vrai, pas très beat ni punk, plutôt heavy metal ou Jethro Tull, bien que ce vers soit suivi d'un autre qui montre quelqu'un espionnant à travers le givre d'une fenêtre une jeune fille qui joue du cor. J'ai entendu Elizabeth Bishop lire au Guggenheim, devant un public beaucoup plus poli, mais je suis sûr qu'elle a vraiment ébloui ; je ne pense pas qu'elle ait lu *Village de pêcheurs* ; je m'en souviendrais si elle l'avait fait. Je ne suis pas allé à une seule lecture de poésie depuis que je suis revenu à New York. C'est triste de voir comment on laisse s'émousser des enthousiasmes de jeunesse autrefois si purs, mais c'est un enthousiasme que j'ai le pouvoir de raviver. Va à des lectures de poésie, Frankie Gee.

Dans tout le Guatemala, en l'espace de quelques années, des dizaines de milliers de corps encore jeunes ont été enterrés et cachés sous la terre, des jeunes assassinés, les bras fermes et souples embrassant la mort et la terre pour leur long voyage vers la métamorphose en squelettes ; beaucoup d'autres personnes ont été tuées, des nourrissons aux personnes âgées, mais ce sont surtout les jeunes qui ont disparu. Après la guerre, les anthropologues légistes ont passé des années à creuser pour retrouver leurs restes ; ils le font encore aujourd'hui. Bien sûr, Penny et moi avons aussi fait des recherches autour de ces corps. Cette ligne de l'*Iliade*, « Tout est plus beau parce que nous sommes condamnés. » Pendant de longues périodes, fasciné par cette obscurité, j'ai erré au milieu des brumes mortifères invisibles qui dérivent sur les trottoirs de tout Guatemala City, pensant vivre près d'une vérité éternelle. Ce n'est que lorsque j'y suis retourné dix ans plus tard, en commençant à enquêter sur le meurtre de l'évêque et en trouvant la ville toujours aussi terrifiante et hantée, que j'ai réalisé que j'avais raté ce sentiment de vulnérabilité qui vous fait aussi vous sentir jeune, comme si vous pouviez vous regarder à travers les yeux de parents impuissants à empêcher ce qui va arriver. C'est dingue. Personne ne devrait s'approcher d'une zone de guerre ou de meurtre s'il peut l'éviter ; d'un autre côté, on ne peut pas vraiment tirer de telles leçons sur la folie et la dépravation humaines sans y être soi-même. Maintenant, Cara de Culo envoie ses émissaires jusqu'ici pour attendre la pauvre Zoila sur un parking de supermarché en menaçant de les transformer, elle et ses proches, en brumes mortifères invisibles ; *eux* viennent avec des visas, bienvenue, profitez de votre séjour.

Cela me revient aussi maintenant, il y a quelques mois, lorsque je faisais ce reportage sur les *Abuelas* de la Plaza de Mayo et leur recherche des enfants de leurs fils et filles disparus. La plupart de ces jeunes mères étaient déjà enceintes lorsqu'elles ont été enlevées ; certaines avaient été engrossées dans les prisons clandestines de l'armée argentine, le plus souvent par des geôliers et des tortionnaires qui les ont violées. Nés dans les salles d'accouchement secrètes des hôpitaux militaires, sevrés au bout de quelques jours de mères qui allaient bientôt être embarquées sur des vols de la mort, ces enfants volés n'ont presque jamais été informés, en grandissant, de la vérité sur leurs origines par leurs parents adoptifs. À ce jour, près d'une centaine de ces enfants ont été retrouvés et réunis avec leurs grands-mères. J'ai interrogé plusieurs d'entre eux, qui ont maintenant une vingtaine d'années, et j'ai été frappé par leur manière d'idéaliser leurs mère et père de naissance, dont ils ignoraient jusqu'à récemment l'existence. Certains prétendaient en avoir eu l'intuition, avoir éprouvé des sensations déroutantes qu'ils interprètent maintenant comme des signes de communion mystique avec leurs parents biologiques, avec leur mère en particulier. Un jeune homme, sensible et musicien, aujourd'hui compositeur, m'a dit qu'il n'avait jamais compris comment il avait pu être issu de parents si différents de lui, si ternes et mélancoliques, d'une vieillesse suspecte, qui l'avaient élevé dans ce qui était alors un quartier ordinaire de la classe moyenne inférieure de Buenos Aires, devenu aujourd'hui un quartier branché ; ce jeune homme avait l'habitude de faire de longues promenades à bicyclette dans les zones industrielles, revenant compulsivement dans le même quartier de la même petite banlieue ennuyeuse et laide, allant jusqu'à dire à ses amis déconcertés qu'il voulait s'acheter une maison et vivre là-bas, où personne de sensé ne voudrait vivre s'il n'y était pas obligé. Il ne pouvait pas vraiment expliquer pourquoi il voulait y vivre, mais il savait qu'il le voulait. Ce n'est qu'après avoir été trouvé par les Abuelas qu'il a su : ce quartier marginal, dans une rue bordée de petites maisons lugubres qu'il avait souvent sillonnée à vélo, était l'emplacement de la planque des Montonero où ses parents avaient été enlevés ; son père était guitariste, sa mère déjà enceinte jouait de l'accordéon et du bandonéon. Il m'a raconté que chaque fois qu'il voyait une mère câliner son enfant ou un père jouer avec son bébé dans un parc, il pleurait ou se retenait de pleurer, pour eux et pour lui-même, pour ce qui avait été perdu et simplement pour la beauté de voir de jeunes parents aimants avec leurs enfants.

Il est à peine plus de minuit. Dehors, il neige toujours. Les formes sombres des pigeons se découpent sur le rebord de la fenêtre de ma chambre d'hôtel. Je me suis endormi en regardant le match des Celtics. C'est fini, mais l'émission d'après-match est toujours en cours ; ils ont gagné en double prolongation.

Le bar en bas doit être encore ouvert. Je sors du lit, j'enfile des vêtements. Pas de messages sur le téléphone. Je prends le livre de nouvelles de Jane Bowles que je suis en train de relire. C'est un petit bar qui donne sur le lobby près de l'entrée. Je suis le seul client. Le barman de ce soir, en chemise blanche, gilet de laine gris anthracite à losanges verts, nœud papillon noir qui semble s'enfoncer douloureusement dans son cou délicat et bronzé, porte un badge où est inscrit Mustafa. Je commande un double Knob Creek avec des glaçons et je lui dis, Merci, Mustafa, aussi chaleureusement que possible, mais après m'avoir servi, il retourne s'adosser au bar, perdu dans ses pensées. La première fois que je suis entré dans un bar pour boire un verre avec Lulú à Brooklyn, la barmaid, une femme d'une trentaine d'années aux bras pâles, nus et couverts de tatouages, a demandé à Lulú une pièce d'identité. Lulú n'en avait pas, alors elle a refusé de la servir. Lulú a dit que c'était bon, qu'elle prendrait juste une eau minérale. Mais j'étais indigné. Cela ne nous est jamais arrivé auparavant, ai-je insisté bruyamment. Elle a vingt-huit ans, bon sang ! Je parie que si elle était une jeune hipster blanche, vous n'auriez pas demandé à voir sa carte d'identité, n'est-ce pas ? J'ai raison, pas vrai ? La barmaid m'a dit froidement que si je ne baissais pas la voix, elle nous demanderait de partir tous les deux. Quelle salope, ai-je chuchoté quand elle s'est détournée, assez fort pour que Lulú entende. Nous sommes partis quand même. Sur le trottoir, Lulú était furieuse. Elle ne fait que son travail, m'a-t-elle lancé. Elle ne mérite pas d'être insultée parce qu'elle fait son travail, et tu n'as pas le droit de la traiter de salope. Je me suis défendu : C'est juste un mot que tout le monde répète, ça ne veut rien dire. Pas quand ça vient d'un homme, a-t-elle dit. Je l'ai juste chuchoté. Et je pense que son refus de te servir n'avait rien à voir avec l'idée de faire son travail. Je m'en fiche, a dit Lulú, debout sur le trottoir, le regard orageux, comme si elle allait me tourner le dos et me quitter, furieuse. Je me suis excusé, je lui ai dit qu'elle avait raison. Bien sûr qu'elle avait raison. Lulú a insisté : si jamais je parlais avec un tel manque de respect à une personne qui ne faisait que son travail, femme ou homme, elle ne m'adresserait plus la parole, plus jamais. Elle a dit que je n'étais pas différent des riches « bros » blancs dont je me moquais toujours. Ça m'a mis en colère. J'ai dit avec véhémence : Je ne suis pas comme eux, et tu sais que je ne le suis pas. Alors n'agis pas comme eux, a-t-elle répliqué. Tu dois respecter les gens, peu importe le peu d'argent qu'ils ont ou le travail qu'ils font. J'ai promis de ne plus jamais me comporter comme ça. Finalement, tout s'est arrangé, et nous sommes allés dans un autre bar, où, par coïncidence, la barmaid était une autre hipster blanche avec des tatouages sur les bras, les épaules et le cou, mais sympathique, et elle nous a servis tous les deux sans aucun problème.

J'ouvre le livre de Jane Bowles à l'endroit où je l'ai laissé et je fixe la page d'un regard vide.

Bien sûr, comme le dit Lexi, notre mère n'est pas toujours en contact avec la réalité de nos jours. Et je ne doute pas qu'elle mélange l'imaginaire et la réalité. Mais comment expliquer que Mamita se soit mise à lire *Les Enseignements de don Juan* avec tant de passion, autrement qu'en la sachant amoureuse, idolâtrant les enthousiasmes de son amant ?

Le whisky comme un poêle à bois ventru rougeoyant dans mon estomac, je n'avais pas envie de me coucher une fois remonté dans ma chambre, alors j'ai pris mon manteau et je me suis dirigé vers l'ascenseur. Mes pas m'ont porté ici, sur Arlington Street, le long du parc public. Les vieux *nahuals* brahmanes de Boston sont de sortie ce soir, là-haut dans les branches et les cimes glacées, recroquevillés dans leurs plumes noires contre le froid, levant une griffe pour tirer une bouffée d'un cigare de glace et soufflant la fumée dans la bruine de neige glacée, si on peut appeler ça de la neige. Elle clapote et tapote sur le trottoir qui ressemble à un ruisseau boueux de glace fondue. Quelque part dans Back Bay, dans l'une de ces rues, New Bury, Marlborough, Beacon Street ou Commonwealth Avenue, il devait y avoir le club des gentlemen avec son décor et son ambiance WASP de la vieille Nouvelle-Angleterre, où les brahmanes du négoce des bananes allaient se détendre le soir, invitant parfois leurs jeunes et jolies secrétaires bilingues. Bonjour monsieur l'ambassadeur, bonjour monsieur Dulles, dit Dolores Ojito. Quel plaisir de vous revoir. Voici mon amie, Yolanda. Dolores ajoute en baissant la voix, c'est la secrétaire du consul guatémaltèque ici à Boston.

Oh, je connais bien entendu *el señor* consul, dit le chef de la CIA, M. Dulles, mais s'il vous plaît, appelez-moi Allen. Vous plaisez-vous à Boston, Yolanda ? Je m'y plais beaucoup, Allen, hier nous sommes allés au Boston Common pour donner des noix aux écureuils. Lui offrant une cigarette, allumant la sienne, Dulles, baissant la voix comme un espion expérimenté, susurre avec son sourire sans joie : Attends de voir ce que nous allons faire à ton pays, Yolanda.

La Société latino-américaine était ici, dans ce quartier, presque certainement dans l'une de ces deux *brownstones* mitoyennes, mais il est difficile de le dire à cette heure-ci, à près de 2 heures du matin, alors que tous les magasins, restaurants et entreprises du quartier sont fermés et que les fenêtres sont obscurcies. Le panneau d'un agent immobilier s'affiche à la fenêtre du salon de l'une d'entre elles, et à côté, dans un bâtiment qui a été rénové de sorte que la vitrine soit presque au niveau du trottoir, il y a une optométriste et un magasin de lunettes haut de gamme. En examinant mon faible reflet dans le verre quelque peu embué, je vois des mains transparentes se lever derrière moi pour placer une paire de lunettes de marque sur mes yeux. Elles me vont parfaitement, et dans le reflet, j'ai l'air transformé, même mon sourire semble urbain, intelligent, élégant. Par-dessus mon épaule, l'optométriste transparente hoche la tête d'un air approbateur, un sourire coquin aux lèvres, et elle chuchote : Ce sont les lunettes que Marcello Mastroianni portait dans *Huit et demi*. Avec elles vous lui ressemblez. Je glousse, Oui, oui, un peu comme Marcello, et c'est là que je réalise qui elle est : Carlota Sánchez Motta ; ses yeux s'élargissent et ses lèvres s'écartent en signe de surprise. *Ay*, Carlota, *adoración* longtemps perdue, bien sûr, c'est ça que tu es devenue, une optométriste spectrale à Boston.

Lulú aime bien dire que pour elle tous les jeunes Blancs de New York se ressemblent, qu'elle ne peut pas les distinguer les uns des autres. C'est plutôt drôle, Lulú, lui dis-je, parce que je parie que c'est ce qu'ils disent de toi et de toutes les autres *pelicanitas*, et nous en rions. Lâche l'affaire, mec. Tu as promis de ne pas insister avec Lulú. Quelque part par ici aussi, mais dans quelle rue je ne sais pas non plus, se trouvait la pension confortable pour employées célibataires que Bert a convaincu Mamita de choisir à la place de sa pension de la Guilde de Notre-Dame.

En descendant Exeter Street, je jette un coup d'œil dans une ruelle qui passe derrière des commerces et des résidences et je vois une porte s'ouvrir. Elle doit être reliée au café TGIFriday du coin, qui a sûrement fermé ses portes il y a une heure environ ; un homme de petite taille, râblé, en uniforme blanc de cuisinier, en sort, traînant des sacs-poubelle qu'il hisse un par un dans une benne à ordures. Il retourne à l'intérieur sans fermer la porte et ressort avec d'autres sacs-poubelle. Cette fois, je le vois mieux quand il passe la porte éclairée, même si la neige brouille la vue : des cheveux noirs bouclés ou frisés, et peut-être le long triangle demi-isocèle d'un nez masculin maya. Le Témoin, si c'est lui, l'employé du restaurant dans la ruelle, et où qu'il soit dans le monde, a trente-trois ans maintenant, car neuf ans se sont écoulés depuis la nuit de 1998 où l'évêque a été assassiné. C'est son âge s'il est encore en vie. Le procureur du Guatemala qui s'occupe de l'affaire m'a dit il y a plus d'un an que lui et ses assistants avaient perdu toute trace du Témoin et que la commission des réfugiés des Nations unies au Mexique en avait fait autant. Ils ont dû accepter la possibilité que, par leur propre négligence, le général Cara de Culo et l'assassin, ou les assassins, du capitaine Psycho-Sadique aient finalement retrouvé la trace du Témoin. Le procureur a déclaré qu'il était également possible que le Témoin ait traversé la frontière avec les États-Unis, comme tant d'autres personnes fuyant pour sauver leur vie. Pour une fois, j'espère que les procureurs cachent la vérité, qu'ils ont déplacé le Témoin dans un lieu secret, qu'ils se préparent à lancer la prochaine série d'arrestations et qu'ils ne veulent pas qu'il parle à un journaliste. Mais je le cherche depuis que je suis revenu à New York. Chaque fois que j'aperçois, sans vraiment le voir en détail, un homme qui pourrait être centraméricain, qui a la même carrure et les mêmes cheveux épais et bouclés que le Témoin, un employé de cuisine, un type qui vend des fleurs devant l'étal d'une épicerie coréenne, ce gamin qui pousse un chariot de cacahuètes devant moi à Central Park et qui, lorsque je l'ai rattrapé, s'est avéré être chilien – j'ai acheté un sac de cacahuètes – ou même cet homme que j'ai vu longer à pied Lower Broadway dans un manteau d'hiver noir trop long, une mallette à la main, et qui, malgré ses lunettes, possédait clairement ces caractéristiques jusqu'à ce que je m'approche et que je voie que je m'étais trompé, chaque fois que je vois quelqu'un de ce genre, je suis ému et je me dis que c'est peut-être le Témoin.

C'est la déposition du Témoin qui a permis de condamner les trois militaires, dont le *capitán* Psycho-Sadique, et d'éveiller les soupçons sur Cara de Culo. Plus tard, il s'est réfugié au Mexique parce qu'aucun autre pays n'a voulu lui accorder l'asile. C'est parce que le Témoin, en comparaissant, avait dû admettre avoir joué un rôle, même mineur, dans le crime, puis avoir gardé secret ce qu'il savait jusqu'à ce que finalement, trois ans plus tard, lorsque l'affaire allait être jugée, il décide de parler. C'est sa complicité avouée, et pas seulement le fait qu'il soit un pauvre Indien ayant vécu dans la rue, qui l'a rendu inéligible au droit d'asile aux États-Unis, au Canada, en Suède ou ailleurs. C'était un ancien soldat sans abri qui vivait dans le parc à l'extérieur de l'église de l'évêque, lavant les voitures garées pour subvenir à ses besoins, lorsqu'il a été engagé de manière informelle par les services de renseignement de l'armée pour espionner l'évêque, et il était à l'extérieur de l'église le dimanche soir où *Monseñor* a rentré sa voiture dans le garage et a été battu à mort. D'après ce que le Témoin a bien voulu déclarer au procès, le *capitán* Psycho-Sadique et un autre soldat, le sergent, qui est arrivé sur les lieux dans une Cherokee noire vraisemblablement quelques minutes après le meurtre, lui ont ordonné de modifier le lieu du crime, de traîner le lourd cadavre de l'évêque par les poignets sur quelques mètres, en laissant une large trace de sang sur le sol en ciment là où glissait le jean de l'évêque ; il devait aussi froisser des journaux et les étaler pour faire croire à une lutte sauvage, et jeter un pull dans un coin du garage pour faire croire que quelqu'un, dans le feu de la passion homosexuelle, l'avait ôté et laissé derrière lui. Puis le témoin avait apporté le morceau de béton déchiqueté et l'avait déposé sur le sol baigné de sang, ce qui avait permis au premier procureur complice de prétendre que le morceau de béton était l'arme du crime utilisée dans ce crime passionnel, plutôt que les tuyaux d'acier et les poings américains plus probablement utilisés par les tueurs, qui s'étaient ensuite enfuis par les sorties arrière de l'église. Le *capitán* Psycho-Sadique et le sergent avaient pris soin de ne laisser derrière eux aucune trace de leur présence ; le Témoin, lui, allait laisser une empreinte de baskets ensanglantée, le léger frôlement du bout d'un doigt souillé contre un mur. Le Témoin savait qu'il lui suffisait d'obéir, de suivre les ordres, de se taire, pour que cette preuve soit ignorée, et il comprenait ce qui se passerait s'il désobéissait. Il voyait pourquoi les affaires de meurtre comme celle-ci n'avaient jamais de témoins. Après son service militaire, il avait suivi des cours pour entrer dans les services de renseignement de l'armée, où il n'avait pas été reçu. Mais il y avait appris comment l'unité connue sous le nom d'El Archivo envoyait ses camionnettes blanches pour enlever des gens dans les rues, il avait été emmené avec d'autres étudiants pour voir, dans une aile secrète ressemblant à un donjon de la même base militaire où le cours de renseignement avait lieu, les fosses profondes remplies de rats, de boue et d'excréments dans lesquelles certains de ces prisonniers enlevés étaient gardés. Le Témoin était terrifié à l'idée de finir comme l'un d'eux.

Sans lui, je ne serais pas ici, à Boston, en train de regarder cette ruelle et de me demander s'il ne pourrait pas être cet employé de restaurant. Il est d'une importance fondamentatle dans ma vie, même si je n'ai pas passé plus de quelques heures à lui parler. Personne de vivant, en supposant qu'il le soit, n'a exercé une influence plus directe sur la façon dont ma vie a tourné, du moins récemment. Le procureur qui avait obtenu les condamnations lors du procès a dû s'exiler avec sa famille vers une destination secrète. Mais le procureur qui a hérité de l'affaire m'a donné l'adresse du Témoin parce que je vivais à Mexico, où l'homme était alors caché ; le procureur et ses assistants voulaient que je lui pose certaines questions en leur nom. C'était il y a environ deux ans.

Nous avons parlé dans sa petite chambre sans fenêtre d'une pension pour prostituées située en face du stand de tacos où il travaillait, dans une rue qui ressemblait à un décor de film néoréaliste oublié où les mêmes prostituées se tenaient nuit et jour devant les mêmes portes et sur les mêmes trottoirs depuis des années, tandis que les arbres avares le long du trottoir arboraient les mêmes rares feuilles qui brillaient d'un vert jaunâtre au soleil. De sa voix hésitante mais obstinée, si familière grâce à son témoignage au procès et aux cassettes vidéo que j'avais regardées de façon obsessionnelle par la suite, le Témoin a dit, Pour eux, j'étais remplaçable et aussi facile à jeter que des ordures, mais nous le sommes tous pour eux, tous autant que nous sommes (moi aussi, donc, et Zoila, aussi insignifiants que les ordures). Au cours d'une audience préliminaire, *capitán* Psycho-Sadique avait réussi à s'approcher suffisamment du Témoin pour lui promettre à voix basse que, quoi qu'il arrive au procès et où que le Témoin finisse, ils ne cesseraient jamais de le chercher. Le Témoin vivait sa vie entre sa petite chambre déprimante et le stand de tacos. Même pour un *taquero,* il semblait un peu incongru, petit et étranger, la bouche pleine de dents cassées, avec un air furtif mais sûr de lui et même empreint de dignité. Les habitants du quartier avaient vu des types baraqués dans leurs amples costumes sombres, des procureurs guatémaltèques qui étaient arrivés avec lui lorsqu'il avait emménagé en face du stand de tacos et qui, au cours de la première année en particulier, étaient venus de temps en temps prendre de ses nouvelles. Ces voisins gardaient un œil sur lui et savaient qu'il ne fallait jamais répondre aux questions d'inconnus comme celui qui s'était présenté un matin au kiosque à journaux au bout du pâté de maisons, s'enquérant d'un *chaparrito guatemalteco* aux cheveux bouclés et parlant avec un accent qui n'était pas mexicain, mais qui ressemblait plutôt à celui du mystérieux *taquero.* C'était de toute façon le genre de quartier où personne ne répondait jamais à un étranger qui venait poser ce genre de questions sur qui que ce soit. Après cela, le Témoin n'avait pas quitté sa chambre pendant quelques jours. Il était seul dans cette vie, un pauvre indigène aux mains verruqueuses qui se vantait devant moi d'avoir appris à utiliser ces mains pour étrangler les gens pendant le cours de renseignement militaire auquel il avait échoué, et qui ne passait presque jamais une nuit sans que son sommeil soit perturbé par des cauchemars et des terreurs insomniaques. Le problème de sa survie le consumait.

Le Témoin me l'a dit à sa manière prudente et lentement énoncée : Ils me considéraient comme quelqu'un sans importance, jetable comme une ordure, un *Indio* sans abri et sans aucune valeur en tant qu'humain. Oui, j'étais pauvre, a-t-il dit, mais je n'ai jamais été un sale vagabond comme ils le disaient. Je prenais soin de moi. Je me lavais et je rinçais mes vêtements dans la fontaine du parc et j'achetais de nouveaux vêtements et des baskets quand j'en avais besoin. Je méritais autant de respect en tant qu'être humain que n'importe lequel d'entre eux. C'est pour cela qu'il était devenu témoin, j'ai compris, pour affirmer ce point. En conséquence, il avait dû fuir dans un pays étranger pour y vivre seul dans l'ombre. Il ne regrettait rien de tout cela. Il m'a dit qu'il le referait. Ce qu'il avait gagné en devenant un témoin, ils ne pourraient jamais le lui enlever. Dans son quartier, quelques rares personnes, dont le propriétaire du stand de tacos, savaient un peu plus que les autres pourquoi il était en danger. Mais à chaque fois que le témoin quittait son coin de rue pour se rendre dans le reste de la ville, les gens ne voyaient plus qu'un indigène anonyme. Même près de chez lui, personne ne saisissait vraiment que ce petit *taquero* silencieux qui paraissait si jeune avait changé le cours de nombreuses vies et avait même changé le cours de l'histoire, car les premières condamnations d'officiers militaires de son pays pour une exécution extrajudiciaire, une seule condamnation parmi un nombre peut-être inconnu d'exécutions criminelles de ce type, n'auraient jamais pu avoir lieu sans son témoignage. Sans le Témoin, ces militaires n'auraient même pas été arrêtés. Je n'aurais pas publié mon livre sur l'affaire. Je n'aurais jamais fui Mexico pour revenir à New York. Je n'aurais pas été bénévole au centre d'apprentissage de Bushwick et je n'aurais jamais rencontré Lulú. María Xum ne m'aurait pas entendu à la radio. Je ne serais pas en train de me balader dans Back Bay à cette heure-ci avec une pointe de flèche dans ma poche, dans ces rues pleines d'émanations dans la nuit glaciale. Retirez le Témoin de ma vie, et qui suis-je ? C'est comme si le Témoin était mon guide spirituel, le compagnon humble mais héroïque de mon âme. Ma vie m'appartient-elle vraiment si le Témoin peut en modifier le cours à ce point ? Eh bien, j'aurais pu ne pas écrire le livre.

Juste avant de rentrer et de fermer la porte, le cuisinier se retourne vers moi, debout dans l'embouchure de la ruelle, et non, son visage est trop étroit.

Debout à ce coin de rue, sous un réverbère, je sors la pointe de la flèche, je sens la neige comme du sable glacé qui frappe ma paume autour d'elle. C'est un frère qui lui manque, pas cette pointe de flèche. Je ne peux pas vraiment dire le contraire. J'ai lu quelque part que des Wampanoag empruntaient l'ancienne rue Newbury, venant de la forêt pour vendre pour trois fois rien d'énormes dindes sauvages aux colons puritains. Les réverbères projettent leur lumière ternie par la neige dans Marlborough Street ; de part et d'autre de la rue se dessinent les rangées de belles maisons victoriennes en terrasse, à peine esquissées comme au fusain, les baies vitrées noires comme de la roche polie ressortent à travers la brume hivernale. En déambulant dans cette rue où aucune lumière ne brille, je me dis qu'elle ne peut pas être très différente de ce qu'elle était lorsque Henry James l'a empruntée. Et c'est alors que j'aperçois, devant moi et haut dans l'obscurité, la seule fenêtre éclairée par une lampe du quartier et, derrière cette fenêtre, une forme géométrique d'un bleu céruléen, une partie d'un rectangle, un écran sur pied, un mur en saillie, peut-être une partie d'un grand tableau accroché à ce mur. Le même fond de soie céruléen ou bleu-vert du célèbre portrait de Lady Agnew of Lochnaw par John Singer Sargent. Herb Felman gardait une reproduction de ce portrait collée au coin supérieur de son chevalet lorsqu'il peignait son portrait de Mamita, dans lequel il a fait de la toile de fond une version impressionniste de celle de Lady Agnew. Lexi a l'original, alors celui qui est là-haut est la copie que Herb a exécutée pour lui-même, toujours accrochée dans son ancien atelier de peintre. Lorsqu'il est parti vivre au Maroc, Herb a laissé la maison à la fille de sa sœur, Beth, une jolie fille de mon âge aux yeux sombres cernés, qui est venue avec Herb, mon père et moi au Garden pour un match des Celtics un dimanche après-midi d'hiver, puis à Durgin-Park pour le dîner.

Je me souviens de l'adoration que Beth vouait à Herb, un héros de guerre et un portraitiste mondain prospère de Boston, dans la tradition de Sargent qui n'était pas encore éteinte. Je n'ai pas vraiment pensé à Beth depuis des années. J'étais en sixième, je crois, un garçon maigrichon et simiesque. Elle m'a écrit une lettre, mais tout ce dont je me souviens, c'est qu'elle semblait très soignée et sophistiquée, et pendant un certain temps, j'ai gardé la lettre sous mon oreiller. Beth vivait avec sa famille au-dessus de la boulangerie de son père à Quincy. J'ai dû répondre, mais je ne me souviens pas quoi. Mamita m'a dit qu'il y avait eu douze séances de pose en tout, trois par semaine, avant que Herb ne termine le portrait. Pour se rendre au studio de Herb, elle prenait le métro. Le temps qu'il faisait lors de ces séances aurait pu être le même que ce soir, la neige glacée frôlant la fenêtre. Mamita avait le même âge, vingt-six ans, que Lady Agnew quand elle avait posé pour Sargent.

La robe du soir aux épaules nues est à elle, une copie de *Vogue* faite par les couturières du magasin de robes et de chapeaux d'Abuelita. Elle gardait la robe dans le studio de Herb et se changeait derrière un paravent, dans le coin près du poêle à bois. Elle aurait préféré se changer dans l'intimité d'une autre pièce, mais Herb avait ses raisons de procéder ainsi. Il l'avait expliqué : Une chose que l'homme ou la femme de la rue ne comprend pas du tout à propos de la peinture de portrait, Yolanda, c'est que c'est du théâtre, comme un opéra ou une pièce. Écouter le bruissement de la soie et de la dentelle de la robe derrière l'écran, alors que le peintre est assis sur son tabouret devant le chevalet et attend patiemment de commencer, est le prologue musical. Souvent, Herb mettait un disque d'opéra en travaillant. Le matin où Mamita a eu six ans, son tympan a été soufflé par des explosions en chaîne de pétards allumés trop près, mais son *nahual*, un singe-araignée, a attrapé la fine membrane avant qu'elle touche le sol, l'a conservée sous la paupière veloutée d'un faon et, vingt ans plus tard, l'a transformée en un petit grain de beauté sur le dos de la main gauche de son fils, qui flottait dans son ventre sans avoir encore besoin de son vital grain de beauté directionnel. Mamita ne sait donc pas quels opéras joue Herb et n'apprécie pas la musique d'orchestre ou d'opéra de toute façon, une turbulence trop compliquée pour une seule oreille. Elle aime les chansons simples qu'elle peut chanter en tralala jusqu'à ce qu'elle arrive aux mots qu'elle connaît : *Let it snow, let it snow, let it snow.* Quand c'est sa propre voix dans sa tête, c'est presque comme si elle pouvait à nouveau entendre dans ses deux oreilles.

Herb est grand, le cou épais, la poitrine large et l'allure vigoureuse. Écoutant des disques d'opéra pendant qu'il peint, il s'anime, siffle les joyeuses notes de baryton de la mélodie entre des lèvres serrées, ramenant sans cesse le pinceau à la palette et jetant un coup d'œil à Mamita depuis un côté du chevalet. Pendant ces chœurs d'hommes entraînants que Mamita décrivait des années plus tard sans savoir de quoi il s'agissait – « comme tous les soldats qui chantent en défilant », donc peut-être *Boris Godounov* ou autre chose –, il arpente son atelier en fredonnant, s'arrête soudain devant la toile pour la regarder comme s'il ne l'avait jamais vue auparavant, puis il se lance dans un autre long intervalle de peinture, frappant vigoureusement, enduisant, étalant la peinture avec son pinceau ; son chant se réduit alors à une douce complainte pour finalement s'éteindre quand sa concentration devient trop intense, mais le disque tourne toujours, l'aiguille à vide sur le dernier sillon. Des cartons découpés posés sur le sol remplacent les toiles de protection et Herb tombe souvent à genoux pour dessiner par terre au fusain ou à la craie, des rangées de croquis préliminaires des mains de Mamita traversant le sol en carton. Mamita est stupéfaite qu'un homme puisse être devenu riche en faisant ce que fait Herb. Même en hiver, il porte un T-shirt blanc taché de pigments, de vrais crins de cheval noirs sortant du col en V comme un rembourrage, et si la pièce lui semble froide, au lieu d'engoncer ses bras dans des manches, il enfile un vieux gilet dont la laine hirsute est aussi raide que du papier mâché à cause des taches de peinture qu'il y laisse en essuyant ses pinceaux. Il a baptisé l'objet la tunique multicolore de Joseph en poil de mammouth laineux[1].

Il fait souvent ces petites allusions spirituelles sur la judéité. Comme Bert, il se considère comme un laïc non croyant. Bert mentionne rarement le judaïsme, mais quand il le fait, c'est sur un ton respectueux, ou nostalgique et affectueux, comme s'il parlait d'un vieux parent lunatique mais aimé. Le prêtre de San Sebastián, l'église familiale de Mamita, a accepté de les marier à condition que Bert s'engage à ce que leurs futurs enfants soient élevés dans la religion catholique. Mais nous n'avons pas été élevés dans la religion catholique.

Bert répète toujours que Herb est un véritable héros de guerre. Mamita l'a entendu se vanter auprès de ses amis du club universitaire de squash : Mon ami d'enfance Herb Felman a participé au Jour du débarquement, à la libération de Paris et à la bataille des Ardennes, alors ne me dites pas qu'il n'a pas eu une putain de guerre. Qui d'autre a vécu la guerre comme Herb ? Pas Bert, qui fabriquait des bombes dans une usine du Delaware. Bert a dit à Mamita que Herb est homosexuel. Peut-être que Bert se sent un peu mieux en évoquant l'homosexualité de Herb dans le contexte de sa propre guerre pas tellement virile. Il fallait

1. Dans la Bible, Jacob offre à son fils Joseph une tunique multicolore (Genèse 37, verset 3) (N. de T.).

bien que quelqu'un fabrique des bombes et de toute façon, Bert, dans la trentaine, était considéré comme trop vieux pour partir à la guerre sans être officier. Mais Herb était un GI ordinaire de trente-quatre ans. Avec son visage large et son nez aristocratique, ses cheveux bruns et son front haut qui se dégarnissait, ses sourcils sombres en broussaille et ses yeux brun ambré, Herb était un bel homme, ressemblant même un peu à ces guerriers aztèques aux larges épaules que Mamita a vus si souvent à Mexico pendant sa lune de miel, représentés sur des peintures murales et des statues. Mais la bouche de Herb est moins plaisante ; la façon dont ses lèvres très pulpeuses semblent presque se retourner lorsqu'il est excité, exposant de grandes dents de devant, lui rappelle ce célèbre comédien qu'elle est la seule à ne pas trouver si drôle que ça. Des années plus tard, les pieds dans le fauteuil inclinable de son salon, elle regardait Carol Burnett à la télévision dans un sketch joué avec ce pathos burlesque et vaillant qui provoquait toujours de tels éclats de rire chez Mamita, cela lui reviendra, et elle regardera son fils en disant, J'ai toujours pensé que Jerry Lewis aurait été plus drôle s'il avait été femme.

Herb commence chaque séance de pose en installant Mamita dans un fauteuil blanc à haut dossier, plaçant son bras nu sur l'accoudoir rembourré de façon à ce que la chair douce de son biceps mince et le dessous de son avant-bras soient tournés vers l'observateur, la main reposant légèrement paume vers le haut sur ses genoux drapés de soie argentée, ce qui lui donne l'air détendu et paisible d'une femme qui se délasse par un après-midi d'été. L'autre bras repose, coude classiquement plié sur le rembourrage, les doigts effleurant l'accoudoir en bois sculpté, la bague de fiançailles bien visible. Il glisse une orchidée, toujours fraîche, dans son décolleté. En lui montrant la reproduction de Lady Agnew, il dit, Essaie de tenir la tête comme ça, Yolanda, avec le sourcil gauche légèrement relevé. Il veut le contraste avec la légère chute de la paupière opposée. L'axiome du léger défaut de symétrie qui laisse la beauté s'épanouir sur la toile. Lors d'une de leurs premières séances, Herb lui a dit, Yolanda, je veux que tu me racontes une histoire drôle sans te permettre de sourire, et encore moins de rire. Elle lui a parlé de Coco, son singe de compagnie, et de la façon dont elle s'adressait toujours à lui en anglais. Parfait, Yolanda. Maintenant, raconte-moi l'histoire la plus triste que tu connaisses, mais encore une fois, en essayant de ne montrer aucune émotion. Mamita a raconté comment Coco était mort étouffé. Bien sûr, Mamita connaissait des histoires plus tristes, mais celle-ci, je pense, était celle sur laquelle elle comptait dans un contexte social inconfortable pour s'empêcher de rire impoliment. En racontant l'histoire drôle de Coco, Mamita a involontairement laissé un coin de sa bouche se tourner vers le haut, et quand elle a raconté l'histoire triste, de ce même côté, sa bouche s'est étirée très légèrement vers le bas. En combinant les deux d'une manière visiblement invisible, Herb a obtenu l'effet sensuel qu'il recherchait : le coin des lèvres de Mamita tremblant imperceptiblement, proche du tressaillement sous la tension des deux impulsions opposées. Dans les yeux, un rire silencieux ondulait à la surface lorsqu'elle racontait l'histoire drôle, tandis que leur profondeur s'assombrissait en transparence lorsqu'elle racontait l'histoire triste. Encore une fois, il les a combinés.

Je suis très heureux de la beauté du résultat, a dit Herb. Toi aussi ?

Oh oui, Herb, vraiment, a-t-elle répondu joyeusement. Je pense que tu es tout aussi bon que John Singer Sargent. Il n'y a pas de façon équivalente de dire « tout aussi » en espagnol. On peut dire « un petit peu de » ou « une petite pincée de ». Ça lui plaît de savoir manier correctement cet idiome raffiné.

Herb commence chaque séance en disant : Tu sais qu'il est impossible de peindre le visage d'une femme aussi beau qu'il l'est vraiment, Yolanda. Finalement, il a avoué qu'il citait Sargent. Herb s'identifie intensément à Sargent : un portraitiste à succès, originaire de Boston, aux ambitions artistiques plus vastes, qui s'est rendu sur les champs de bataille de la Première Guerre mondiale pour en peindre les horreurs, tout comme Herb s'est rendu à la Seconde Guerre mondiale pour contribuer à ses horreurs et tenter d'y mettre fin. Sargent était aussi un homme viril qui aimait les événements sportifs brutaux et qui ne s'est jamais marié, un solitaire malgré de nombreuses amitiés, y compris avec beaucoup des femmes qu'il a peintes.

Lorsque Herb avait neuf ans et que son professeur d'art avait déjà remarqué son don pour le dessin artistique, son frère aîné l'avait emmené voir Sargent au travail sur sa série de peintures murales à la bibliothèque publique de Boston. Son frère aîné était un ami du fils d'un des gardiens, et ils s'étaient arrangés pour y aller le matin, avant l'ouverture de la bibliothèque mais quand l'artiste était déjà au travail. Herb se tenait à l'une des extrémités du hall et observait, à travers la lumière grise et froide, Sargent qui, à l'autre extrémité, était debout sur une échelle pour peindre le long d'un raccord entre les fresques. Son chapeau melon avait tellement de pinceaux dépassant du ruban qu'il ressemblait à la coiffe du chef Massasoit, et il portait un gilet tacheté de plusieurs couleurs sur lequel il essuyait ses pinceaux, bien qu'il s'agisse d'un gilet de costume sur mesure, et non d'un gilet en laine comme celui de Herb. Le gardien a dit à Herb et à son frère que lorsque Sargent quittait la bibliothèque pour se rendre à l'une de ses soirées mondaines, il gardait le gilet et revenait en le portant encore le matin. Que penses-tu de cette anecdote, Yolanda ? N'est-ce pas merveilleux ?

Sargent travaillait sur l'une des dernières peintures murales de sa série *Le Triomphe de la religion*, qui était censée être la chapelle Sixtine américaine, a ajouté Herb. On attendait beaucoup de Sargent, et pas seulement à Boston. Mais il ne l'a jamais terminée. Probablement à cause de la peinture de la synagogue qui représente le Judaïsme à genoux, les yeux bandés, son sceptre cassé en deux, ne triomphant pas le moins du monde. Yolanda, tu comprends ce que je veux dire ? Il ne triomphe pas. Dans la peinture opposée de ce même mur, une jeune fille rayonnante dans une couronne de lumière symbolise l'Église chrétienne, victorieuse. On comprend pourquoi certaines personnes étaient contrariées, pas seulement les Juifs, mais aussi les Américains laïques, des contribuables qui ne pensaient pas que la bibliothèque publique devait être utilisée pour dénigrer une religion au détriment d'une autre. Entre ces deux peintures se trouvait un panneau plus grand, encore vierge, qui, selon le plan de Sargent, devait résumer et conclure toute la série. Peut-être avait-il en tête une allégorie d'images variées qui, d'une manière ou d'une autre, allait jeter une lumière nouvelle sur la fresque de la synagogue et absorber même le judaïsme dans le grand triomphe de la religion en Amérique. Mais j'en doute, a dit Herb. Le scandale qui a débuté à Boston a fait l'objet de reportages et de discussions dans tout le pays. Mon professeur d'art était l'un des Juifs qui se sont joints aux protestations à la bibliothèque, Yolanda, demandant que la fresque de la synagogue soit retirée. Je pense que même les Bostoniens qui étaient d'accord avec les protestations par principe se sont demandé, Qui sont ces maniaques barbus et exténués, qui crient avec leurs accents étrangers de bolcheviques ? D'où sortent-ils ?

Après une pause, il poursuit, Mais ce pauvre Sargent, vraiment, je pense que c'est une sorte d'innocence qui a été sa perte. Il s'est défendu avec toutes ces balivernes d'histoire de l'art sur les traditions médiévales dans la peinture religieuse, de Michel-Ange à la cathédrale de Reims. C'est correct si vous peignez dans une cathédrale médiévale ou même contemporaine, où je suppose que vous avez le droit de raconter à vos fidèles une version de leur propre histoire, mais pas dans une institution publique démocratique. Les administrateurs brahmanes de la bibliothèque n'ont pas reculé ; ils ont soutenu Sargent jusqu'au bout. Mais je pense que leur soutien l'a embarrassé. Il n'était pas idiot, il savait ce qui se passait. Il a finalement compris la vacuité de ce qu'il essayait de faire, la vaine grandiloquence de ce qui était essentiellement une imitation académique d'un type d'art pour lequel il n'éprouvait aucun sentiment profond, aussi excellente que soit l'exécution. Il a donc laissé ce panneau central vide et s'est retiré. Il s'est senti mis en accusation et il a vu qu'il n'avait rien de vraiment significatif ni de convaincant à apporter. Blâmer les Juifs et leurs protestations était une échappatoire facile. À Londres, Sargent était considéré par les snobs comme « le peintre des Juifs ». Mais il y avait une part de vérité là-dedans. Il a dit quelque part qu'il préférait de loin la vivacité émotionnelle et intelligente de ses femmes juives à la fadeur de la plupart des femmes aristocratiques britanniques dont il a peint les portraits. Notre Lady Agnew ici présente était une exception, mais de toute façon, elle était écossaise. Oscar Wilde était son ami. Et le Parlement venait de rendre criminel le fait d'avoir des relations physiques intimes avec une personne de son propre sexe.

Un silence s'est abattu sur eux. C'est le moment où Herb a le plus parlé de sa sexualité avec Mamita. Il semble plus désemparé qu'elle. Est-ce que ça lui a échappé ? Pense-t-il qu'elle ne le sait pas ?

J'ai oublié de nourrir les chiens, dit Herb. C'est horrible, Yolanda, je fais des cauchemars récurrents dans lesquels je voyage au loin, en Europe, et soudain je me souviens de mes chiens, de mon chat, qui sont ici à Boston dans une pièce, morts sur le sol, morts de faim parce que j'ai oublié de les nourrir. Que dirait Sigmund à ce sujet, tu crois ? S'il te plaît, excuse-moi, Yolanda.

Il se précipite hors de l'atelier. En bas, quelque part, se trouvent ses trois chiens. Elle ne connaît pas les races de chiens. Deux sont grands mais très minces, avec un long nez et de longues oreilles, des poils longs brun doré. Le troisième est petit, avec une fourrure blanchâtre et bouclée. Quelque part, il y a aussi un chat long, d'un noir somptueux, aux yeux vert émeraude.

Un dessin au fusain est fixé à un petit chevalet sur le sol, là-bas dans le coin, un homme nu à genoux, le torse tendu et parfaitement proportionné, droit mais arqué en arrière comme la tête, la bouche ouverte en signe d'extase ou d'angoisse, et entre les cuisses écartées, là où devrait se trouver son sexe, un espace flou. Je sais ce que tu dois penser, même toi, Mamita, parce que ça ne ressemble à rien d'autre. C'est comme si ce flou représentait le dos d'un fantôme nébuleux. Elle entend les chiens aboyer en bas, et maintenant la voix beuglante de Herb, genre chœur de l'Armée rouge, chante *Happy Birthday*. Un jeune homme asiatique vient quelques jours par semaine pour faire le ménage, mais il n'y a personne pour nourrir régulièrement ses chiens. Herb s'inquiète en permanence à l'idée d'oublier.

L'autre jour, j'ai pris cet enregistrement des *Suites françaises* de Rudolf Serkin, dit Herb lorsqu'il revient dans la pièce, tenant le disque. Je l'ai écouté dans ma chambre. Une ambiance plus calme, dit-il, plus calme mais magique.

Tu chantais *Happy Birthday*, Herb ?

Oui, à Mitzy. Ma femelle borzoi. Il s'éloigne du tourne-disque, la musique se répand doucement dans le studio. Même en écoutant avec une seule oreille, Mamita aime bien.

C'est magique, dit-elle.

La réalité est magique, tu ne crois pas, Yolanda ?

Cette affirmation, elle doit y réfléchir. Combien de personnes au Guatemala, dont certaines qu'elle connaissait, qui faisaient partie du gouvernement Árbenz ou qui étaient considérées comme sympathisantes, ont-elles été tuées ou emprisonnées au cours des trois années qui ont suivi le coup d'État ? Les gringos ont dressé une liste de communistes présumés pour le nouveau gouvernement, dix mille personnes sont censées y figurer. Pourrait-elle en être ? Ou était-elle considérée comme une jeune secrétaire ordinaire issue d'une famille anticommuniste connue, non-membre du service diplomatique d'Árbenz, qui avait juste trouvé par hasard un emploi au consulat de Boston ? Était-ce pour cela qu'après le coup d'État, elle n'avait pas voulu retourner au Guatemala, parce qu'elle avait peur ? Inquiète, aussi, que son amitié avec *el joven* ait pu éveiller les soupçons sur elle ? Dans sa dernière lettre, *el joven* écrivait que l'on pouvait être inscrit sur la liste des communistes si quelqu'un vous avait entendu dire ou soupçonné de croire que « dans une démocratie, le peuple choisit le gouvernement ». Au cours des mois qui ont suivi le coup d'État, alors qu'il s'était réfugié à l'ambassade du Mexique, *el joven* est tombé gravement malade de la typhoïde, comme des dizaines d'autres personnes entassées là. Les États-Unis faisaient pression sur la dizaine de gouvernements étrangers dont les ambassades au Guatemala hébergeaient des réfugiés pour qu'ils leur refusent l'asile à tous, car si l'un de ces réfugiés était autorisé à entrer dans leur pays, il continuerait à fomenter le communisme là-bas aussi, et tout cela se terminerait par une gigantesque tache rouge s'étendant du Mexique au Chili. Au fil des mois, ces pays, exaspérés de devoir s'occuper de leurs hôtes non invités, ont finalement défié le gouvernement américain, invoquant le droit d'asile international comme prétexte. Árbenz a été autorisé à entrer au Mexique, et un mois plus tard, *el joven* a suivi. Dans sa dernière lettre, *el joven* écrivait qu'il était allé voir Árbenz en Uruguay, où son exil se poursuivait, pour se terminer par un suicide après son retour à Mexico. *El joven* voulait venir à Boston ; il précisait qu'il avait un nouveau passeport et une nouvelle identité. Mais nous sommes retournés, Mamita et moi, au Guatemala en 1957 ou au début de 1958. À cette époque, le gouvernement était moins préoccupé par les secrétaires bilingues issues de bonnes familles capitalistes qui avaient épousé un gringo que par ce qui se profilait, pour ainsi dire, à l'horizon : une guerre qui allait durer plus de trois décennies.

Je suis sûr que Sargent n'était même pas un pratiquant régulier, poursuit Herb. En ce qui me concerne, je n'ai jamais mis les pieds dans une synagogue quand j'étais enfant. Mon père était un rouge, et nous l'étions aussi, et le père de ton mari aussi. Bert n'était pas vraiment un garçon de yeshiva, tu sais. Mais il en avait l'air, à son stand de colportage après l'école, à vendre des pommes de terre dans son manteau de laine et son pantalon enfoncé dans ses chaussettes noires, comme le vieux Moe l'obligeait à le faire. Je voyais Bert debout dans le froid, pesant les pommes de terre, et, oh Yolanda, laisse-moi te dire qu'il avait l'air désespéré. Qui aurait pu voir Bert à l'époque et imaginer, Voilà un futur champion de squash de l'University Club, le maître des dents en céramique, et le mari d'une belle jeune femme catholique de notre hémisphère sud ? La nuit précédant le Jour du débarquement est la seule fois où j'ai participé volontairement à un service religieux, avec un aumônier chrétien qui a été tué le lendemain à l'arrivée à Omaha Beach. Sur les cent cinquante hommes de mon bataillon, Yolanda, seuls dix-sept ont survécu pour se battre jusqu'à Paris. La religion, oui, *schmel*-religion, si tu veux mon avis. Bien sûr, de nos jours, il faut faire attention à ce qu'on dit ; il suffit d'être partisan de Roosevelt pour que les voyous de McCarthy te soupçonnent d'être un compagnon de route communiste. Si ces brahmanes qui me paient ont un jour vent d'un dixième de ce que je crois vraiment, tu me verras sur le trottoir devant le parc, en train de faire des portraits au pastel pour les touristes. Et le club de l'université snobinard aime avoir ton Bert dans les parages tant qu'il gagne des championnats de squash pour eux, mais le jour où ils apprendront que le vieux Pa Moe était un boulanger rouge, tu verras, ils le laisseront tomber comme une patate chaude.

Mamita, tu étais amoureuse d'*el joven* avant de rencontrer papa, c'est ça ?

Ay, Frankie, tu vois ça maintenant ? C'est pour ça que je ne veux jamais rien te dire, parce que tu prends juste un petit fil de vérité et tu tires dessus et il en sort une histoire inventée. Son nom n'était pas *el joven*, mais René, et c'était juste un ami très cher. On avait grandi ensemble. Je l'aimais bien, il était intelligent et il aimait rire. Il avait des sentiments pour moi, je le sais, mais moi, je n'en ai jamais ressenti pour lui. Il était *necio*, très têtu. Je sais que Memo t'en a parlé, puisque tu m'as déjà harcelée à ce sujet. Tu te souviens de ce jour où tu es rentré après avoir passé une année dans la maison de Memo ? C'était l'hiver, mais tu n'avais ni manteau d'hiver ni argent, et je t'ai emmené à Boston, chez Jordan Marsh. Le Beatle, John Lennon, avait été assassiné la veille, dans le magasin ils ne passaient que sa musique et tu ne pouvais pas t'arrêter de pleurer. *Ay chulo*, on était là dans le magasin à chercher des manteaux et tu te promenais en pleurant comme ça, comme un petit garçon. Je m'inquiétais, Frankie, à l'idée que la vie, surtout ces années difficiles que tu avais passées en grandissant avec Bert, t'ait donné un cœur dur. Ce jour-là, je voyais que tu étais une personne sensible, et ça me rendait heureuse. Mais j'aurais aimé que tu sois plus gentil avec Lexi. Après, tu as commencé à me poser des questions sur René, même si tu l'appelais *el joven*, comme c'est bête, *el joven*, et elle rit.

Mamita, je l'admets. J'ai lu ces trucs sur le Guatemala post-coup d'État et la liste des cocos dans un livre d'histoire. S'il te plaît, ne me regarde pas comme ça, avec ces yeux qui ne révèlent rien d'autre que ce qui est sur ton portrait peint. Donc, ce qui a mal tourné dans votre mariage pendant cette première année n'avait rien à voir avec ce René. Mais même si Bert était jaloux parce que René vous a rendu visite, cela n'aurait pas justifié qu'il te frappe, Dieu, bien sûr que non. Quelque chose t'a poussée à me ramener avec toi au Guatemala. Le plus probable est que Bert était un mauvais amant, mais pourquoi ? Ou alors, même si ce n'était encore que le début de votre mariage, il avait déjà commencé à être violent verbalement. Mais s'il le devenait physiquement, pendant ces quelques mois de ma vie avant de retourner à Guate, c'est tellement terrible de penser que nous sommes quand même revenus dans le Massachusetts deux ans plus tard comme nous l'avons fait, même pour l'hôpital. Au lieu de vivre avec papa sur Sacco Road, Mamita, nous aurions pu vivre ailleurs et le laisser me rendre visite à l'hôpital et payer les factures. Ç'aurait été tellement plus intelligent. Tu avais peut-être l'impression de ne pas avoir d'autre choix, d'être captive. Mais tu l'as au moins aimé ou désiré assez pour faire Lexi ? Il restait encore de l'amour dans ton cœur, mais juste assez pour que ce soit l'équivalent d'un cœur sourd d'une oreille. Ça n'a même pas besoin d'être ça. Enfin, si c'est avec papa que tu as fait Lexi.

Mamita, on t'a élevée à garder des secrets, tu le sais. Tiens, ton grand-père éleveur était espagnol ? Vraiment,

Yolanda, c'est impressionnant, un descendant des conquistadors, rien que ça. Mais toi et ton frère n'avez jamais rien su de sa femme, votre propre *abuela* ? Bon, parfois les parents oublient de parler à leurs enfants de leur propre mère, bien sûr, c'est très courant. Vous avez été élevés dans une ridicule société tropicale criollo qui, d'une manière ou d'une autre, a réalisé collectivement qu'il y avait un certain type de vérité dont il était essentiel de se passer, et donc ils l'ont arrachée de la terre comme autant de radis mûrs. Ce manque de vérité, associé au secret, s'est transmis de génération en génération dans la petite bourgeoisie d'Amérique centrale hyper stressée sur le plan racial, tous ces gens de « bonne famille » sans une trace de sang indigène ou africain. Pourtant il suffisait de regarder n'importe lequel d'entre nous, et pas seulement ceux des familles Montejo Hernández, pour savoir que c'était un mensonge. C'était une seconde nature pour toi, Mamita, de garder les secrets. Mamita, pourquoi te replies-tu sur toi-même, en te tenant les coudes et en frissonnant ?

Tu vas bien, Yolanda ? Les épais sourcils expressifs de Herb se lèvent et se rapprochent en signe d'inquiétude. Est-ce que tu couves quelque chose ?

Je pense que le feu dans le poêle est mort, dit-elle. Je peux mettre le châle ?

Parce qu'elle est allergique à la laine, Herb lui a acheté un châle qui semble fait de cordes de serpillière colorées et tressées. Le tenant en l'air comme une cape déployée, il laisse tomber le châle sur ses épaules nues. Il se met à genoux devant le poêle, ouvre la petite porte et souffle, prend un magazine et l'évente, souffle à nouveau, jusqu'à ce que de nouvelles flammes jaillissent des bûches. Mamita aime venir au studio de Herb. Elle sait que lorsque les séances de pose seront terminées et que son portrait sera achevé, elle ne verra plus autant son ami artiste galant et volubile, pas de cette façon, et une certaine magie disparaîtra de sa vie. Mais bientôt, une nouvelle magie, celle de la maternité, s'exercera sur elle.

Lorsque Herb reprend sa place derrière le chevalet, il dit, Ce bébé va naître, il a un haussement d'épaules nonchalant, cet été, à la saison du maïs ?

En mai, répond-elle.

Bert est-il impatient ? Excité d'être père ?

Ma mère semble ne pas l'entendre ; ses pensées sont peut-être ailleurs.

Je parie que Bert est hors de lui de joie.

Hors de lui ? Elle a déjà entendu cette expression, bien sûr, mais elle ne sait pas la relier à Bert d'une manière qui fait sens. Il y a Bert, et il est là, debout, à côté de lui-même.

Très excité et impatient d'être père, dit Herb.

Oh, je le pense, oui. Quand Mamita dit ça, j'entends une pointe de tristesse dans sa voix, et Herb la regarde avec curiosité et inquiétude. Dans moins d'un an, elle aura fui au Guatemala avec son petit garçon, alors Herb n'a-t-il pas senti quelque chose ? Allez, Ma, dis-nous ce que c'est. Assise là, avec moi au quatrième mois dans ton utérus, tu dois avoir une idée de la direction sinistre que prend ton mariage. Abandonnée ou abandonnant ? Regarde-toi, Mamita, si jeune, tout juste vingt-six ans, une *niña* enceinte venue des tropiques, perdue à Boston.

Tu ne crois pas que Bert fera un bon père, Yolanda ?

Parce que les mouvements sont si légers et discrets, la façon dont ses lèvres s'écartent et dont ses yeux, plus anxieux qu'absents, baissent leur regard vers le sol, il est assommé par la force de son malheur.

Yolanda, dit-il, tu sais que je suis ton ami. Tu peux me dire tout ce que tu veux. Après tout ce temps passé ensemble, je suis plus proche de toi que je ne le suis de Bert. Est-ce que tu me comprends ?

Elle le regarde comme si elle sortait lentement de sa torpeur. Oui, Herb ? dit-elle doucement.

Oui, il dit. Yolanda. . .

Ce dessin là-bas, dit Mamita, en faisant un geste des yeux et du menton vers le dessin au fusain. Je ne t'ai jamais vu faire un dessin comme celui-là avant.

L'expression de Herb s'attriste, puis se rassérène. Il te plaît ?

Oui, on dirait un dessin dans un musée, dit-elle. Il a l'air si réel et vivant. Ton modèle est venu ici pour poser ?

Je l'ai peint de mémoire. Mais ce souvenir me semble parfois plus vivant, plus réel, que tout ce que je peux voir autour de moi.

Elle demande, Quel est son nom ?

Eddie Baskin, de Penn Yan, au bord du lac Keuka, dans le Nord de l'État de New York, dit Herb. Le pays des Finger Lakes, tu en as entendu parler ? Son père était le régisseur d'un domaine appartenant à un trafiquant d'alcool. C'était une belle campagne, mais une maisonnée sordide à bien des égards. Eddie était dans mon bataillon. Nous deux avons fait partie des dix-sept qui ont survécu au Jour du débarquement. Pas les plus courageux, pas les meilleurs soldats ni les plus adroits, certainement pas les plus lâches, il se trouve simplement que nous avons survécu à Omaha Beach. C'est une esquisse préliminaire pour un grand tableau que je vais faire. Herb commence à expliquer l'expérience derrière la peinture ou plutôt son prélude. Il faut généralement beaucoup de temps pour raconter une histoire de guerre. On veut désespérément être compris par des gens qui n'étaient pas là, on veut bien faire les choses et on se sent obligé de le faire parce que chaque histoire de guerre ne concerne jamais seulement celui qui la raconte, mais en général, on ne sait même pas par où commencer.

Cette fois-là, à New York, quand j'avais fui l'université et dîné avec Tío Memo, il m'a dit que René, *el joven*, était venu rendre visite à ma mère à Boston. De la façon dont je le vois, Mamita, ça veut dire qu'il l'a fait. Mon oncle avait une obsession jalouse et dédaigneuse pour *el joven* depuis que vous étiez tous deux adolescents. Il ne lui faisait pas confiance, et du mieux qu'il pouvait, il le surveillait. Memo était sérieux quand il disait qu'il ne pensait pas que René était assez bien pour sa sœur, tout comme il l'était quand il pensait la même chose de Bert. Mais René est-il venu à Boston avant ou après ma naissance ? C'était peut-être trois ans plus tard, après notre retour du Guatemala parce que j'avais la tuberculose. Il est venu me dire au revoir, jouant ce rôle classique, le romantique qui vient dire à la femme qui l'a éconduit qu'il part à la guerre. Il rentrait furtivement au Guatemala pour rejoindre Luis Turcios Lima et les autres jeunes officiers rebelles qui commençaient une guérilla dans la Sierra de las Minas. Un peu avant ou au début de 1960, l'année de la naissance de Lexi, sans doute. *El joven* n'a pas dû survivre à la révolte ; peu l'ont fait. C'est la raison la plus crédible pour laquelle Tío Memo n'a plus jamais entendu parler de lui.

Cela s'est passé dans la forêt dans les environs de la ville normande de Saint-Céneri-le-Gérei. Eddie et Herb faisaient une patrouille de reconnaissance ensemble quand ils se sont trouvés isolés de leurs camarades. Les douze autres hommes de leur unité se cachaient dans une ferme en pierre abandonnée, il y avait des tirs sporadiques derrière eux dans la forêt, mais aussi devant, et ils entendaient les aboiements excités des chiens. Ce n'est pas du combat, c'est de la chasse, a dit Eddie. Cela semblait vrai, dit Herb. Nous n'avons rien entendu qui ressemblait à un échange de coups de feu.

Ils devaient chasser le sanglier, le chevreuil, ou bien des lapins ou des oiseaux. Étaient-ce les boches qui chassaient, ou les fermiers locaux ? Nous ne le savions pas. Ce pouvait être les résistants, ils chassaient aussi pour se nourrir. Les coups de feu des chasseurs perçaient le silence de la forêt dans toutes les directions, d'abord par ici, puis par là, et certains résonnaient maintenant plus près que les précédents. C'était trop dangereux d'essayer de retourner à notre unité, a dit Herb. Il semblait plus sûr de trouver un endroit où se cacher, au moins jusqu'à ce qu'il fasse trop sombre pour chasser, pour chasser des animaux comestibles, bien sûr. Sur le chemin qu'Eddie et moi suivions, nous sommes tombés sur un bébé sanglier mort, des boyaux rouge vif s'échappant de son flanc, là où la balle était entrée. Eddie s'est penché, il a touché les tripes avec son doigt et a dit, Encore chaud, Herb. Ce sont les coups de feu que nous avons entendus là-bas il y a deux minutes. Le terrain descendait en pente à partir du chemin comme dans un ravin, mais le sous-bois était épais. Nous avons plongé, courbés, en tenant nos fusils contre nos côtes, dit Herb. C'est alors que nous avons entendu des camions, le bruit de tracteur de camions tirant des canons, quelque part sur une route au-dessus de nous. Bon sang, qu'est-ce que c'était, Yolanda ? Est-ce que c'était notre camp qui se préparait à attaquer la ville, ou est-ce que c'étaient les boches qui apportaient leur propre matériel ? Il n'a pas fallu longtemps pour entendre l'explosion d'une grenade, pas très près de nous mais pas bien loin. Le vacarme caractéristique du combat a suivi. Autour de nous, les broussailles s'étaient clairsemées. Le sol était maintenant lisse, couvert de paillis végétal et de quelques plantes basses comme du lierre, et les arbres étaient régulièrement espacés. Une famille de sangliers est passée comme de gros poissons poilus trottant sur de petites pattes maigres, la mère et le père avec leurs défenses et deux petits sangliers, peut-être les frères et sœurs de celui que nous venions de voir mort. Une chouette a volé lentement, lentement au-dessus de nos têtes. Nous avons entendu l'explosion d'obus d'artillerie, atterrissant dans ou près de la ville. Des combats éclataient ici et là et tout au long d'une large circonférence qui semblait se rapprocher lentement de nous à travers la forêt. Eddie m'a tiré par le bras et m'a dit, Regarde, Herb, regarde ça. Dans le crépuscule, picorant le sol, il y avait une famille de bécasses. Eddie et moi nous sommes assis sur le sol de la forêt. Honnêtement, Yolanda, je n'ai jamais rien vu d'aussi extraordinaire que ce ravin caché au creux de la forêt qui se remplissait d'animaux, là, dans le crépuscule vert sombre et lumineux, tandis que les explosions faisaient trembler la terre. Une biche et ses faons, Yolanda, et d'autres sangliers sont encore passés. J'ai vu une mère et ses sangliers se coucher calmement derrière des arbres à moins de vingt pieds de nous. Il y avait aussi beaucoup de lapins, y compris quelques-uns de ces énormes lièvres qu'on trouve en France, à l'air si placide. Quand Eddie s'est éloigné pour pisser, il a vu un renard roux, assis là, qui le regardait tranquillement. Nous étions dans une sorte de bois enchanté, Yolanda. C'est là que les animaux venaient pour échapper aux chasseurs et aux combats, et Eddie et moi étions là aussi. Nous étions bénis, Yolanda, mais par quel pouvoir divin, je ne peux pas le dire. Peut-être que ça venait des animaux, peut-être de ce qu'il y avait en Eddie et moi. Tu comprends ?

Mamita demande, une note d'étonnement dans la voix : Herb, ce sera ça, ta peinture ?

Herb fait un geste vers le dessin au fusain du jeune homme et répond, Eddie et Herb ensemble dans la forêt normande. Je n'ai pas encore décidé de nos postures.

Herb et Mamita regardent en silence le dessin d'Eddie. Nous ne pensions pas y arriver, dit Herb. Surtout si notre camp prenait la ville, à n'importe quel moment, les boches terrifiés, en fuite, allaient tous se précipiter là, dans notre cachette. Eddie m'a dit, Herb, tu ferais mieux de te débarrasser de cette plaque. Il y avait une petite étoile de David à côté de mon nom. Comme si c'était simple de dire ce qu'est une personne et quelles prières ou autres bêtises devraient être dites sur son cadavre : soldat de l'armée américaine Herbert Felman, trente-quatre ans, juif. Les boches détestent les Juifs, ils considèrent que c'est leur devoir de les traiter avec une sauvagerie particulière. Il doit y avoir des milliers de plaques de l'étoile de David enterrées partout en Europe là où la guerre est passée, quand des soldats juifs se sont retrouvés en danger imminent de capture ou d'exécution à bout portant. Bien sûr, j'ai enterré la mienne dans cette terre, elle doit encore y être. Les enfants européens les recherchent et les collectionnent maintenant, j'ai lu ça quelque part. Probablement parce qu'Eddie et moi pensions que ce pouvait être notre dernière nuit, c'est ce qui a fait que c'est arrivé, Yolanda. C'était un sentiment qui grandissait en nous et entre nous depuis le premier jour, quand nous traversions la campagne vers Paris. Comme cela arrive entre de jeunes amoureux dans les livres de Tchekhov, de Tolstoï, ou dans *L'Adieu aux armes* d'Hemingway. Tu l'as lu, Yolanda ? Oh, tu devrais. C'est comme être retourné, vidé et rempli à nouveau d'un nouveau sentiment qui semble n'avoir aucune frontière, qui veut juste se déverser par tous les moyens possibles, tout comme tu veux que ton amant se déverse en toi. Yolanda, je ne pensais pas que c'était pour les gens comme moi. Je pensais que j'allais mourir, probablement plus tôt que prévu, sans avoir connu l'amour de jeunesse, ou permets-moi de l'appeler le ravissement de l'amour. C'était le premier ravissement pour chacun d'entre nous. Comme Hemingway l'a écrit dans son roman, Toutes les choses de la nuit ne peuvent être expliquées par le jour. Mais je ne vais pas essayer d'expliquer. Je veux juste le peindre.

Mamita, est-ce que c'était vraiment ce genre d'amour avec papa ? Ou juste avec l'Italien. C'était comme ça avec le technicien mexicain d'Honeywell ?

Mamita rit, surprise et ravie. Tous les animaux seront aussi dans le tableau ?

Oui, bien sûr. Et cette lumière extraordinaire, Yolanda, la lumière du soir qui tombe au cœur d'une forêt ancienne, cette lumière en quelque sorte aussi infiltrée par les éclairs, les tirs et les explosions d'artillerie meurtrières là-haut, pas exactement visibles mais que tu devineras en quelque sorte de manière extrasensorielle, si c'est un mot. Je dois ce tableau à Eddie, mais je me le dois encore plus à moi-même.

Oh Herb, ça va être beau et ce sera célèbre aussi. Je le sais. Biblique, mais pas comme Sargent, il montrera la vérité parce que c'est vrai, se cacher avec les animaux t'a sauvé la vie.

Oh non, pas biblique ! s'exclame Herb en riant. Mais tu as tout à fait raison. Si jamais je surpasse Sargent dans une seule peinture, ce sera celle-ci.

Que s'est-il passé après ? Où est Eddie maintenant ?

Finalement, ce sont nos troupes américaines et canadiennes qui ont pris cette ville. Eddie et moi avons retrouvé notre unité. La guerre a continué. Eddie a prétendu qu'il ne s'était rien passé entre nous, Yolanda. Chaque jour, il affichait l'indifférence et l'innocence les plus complètes. Après la libération de Paris, il a été retrouvé mort, la gorge tranchée, dans une ruelle du 18e arrondissement. L'enquête officielle a dit qu'il avait violé une jeune fille franco-marocaine et que ses frères avaient attrapé Eddie et l'avaient tué. Je n'ai aucune raison de douter que ça se soit passé comme ça. Et la guerre a continué, pour moi, jusqu'aux Ardennes. Je suis devenu un soldat inflexible. Si tu me permets de le dire, Yolanda, je méritais une médaille.

Yoli a entendu Bert s'indigner : Nous avons des camarades de l'University Club qui ont reçu des médailles et qui n'ont pas vu un dixième de l'action que Herb a supportée.

Tu ne crois pas que c'est le fait qu'Herb soit un Juif de trente-quatre ans avec le rang de simple soldat d'un bout à l'autre de la guerre qui l'a empêché d'obtenir une médaille pour sa bravoure ?

Oh Herb, je suis vraiment désolée, dit-elle, c'est une histoire terrible. Que peut dire d'autre Mamita ? Elle a les larmes aux yeux, et c'est bien la seule réaction qui n'offense pas Herb.

Les gens tombent-ils vraiment amoureux deux fois, Yolanda ? La façon dont Herb le demande, ça ne ressemble pas à une question.

Toutes les mères que je connais, Herb, disent que oui, tu peux, répond-elle. On dit que lorsque vous avez votre premier enfant, vous pensez que vous ne pourrez jamais aimer quelqu'un plus que ce petit garçon-là. Vous craignez même d'avoir un autre enfant parce que vous pourriez ne pas l'aimer autant. Mais quand une fille arrive, vous avez un autre cœur plein d'amour pour elle, et vous aimez votre fille autant que votre fils, et si vous avez un troisième enfant, vous aurez un troisième cœur. C'est ce que les mères m'ont dit. Je pense qu'il en est de même pour l'amour romantique, Herb, sauf que peut-être un cœur meurt et un autre grandit. Parfois ça prend du temps.

C'est très bien dit, Yolanda, dit Herb poliment. Merci. C'est ce que tu veux, un fils et une fille ?

Oui. Je n'avais que mon frère, et nous étions très proches, et il m'a toujours fait me sentir aimée et protégée.

J'espère que tu as raison à propos de ça, faire grandir un autre cœur. J'ai attendu ça longtemps.

Mamita n'a encore jamais eu à trouver des mots appropriés à un moment comme celui-ci. Elle dit, Herb, si tu fais ce tableau, il sera dans un musée. Tu seras célèbre. Tant de gens voudront te connaître, et tu rencontreras quelqu'un, tu verras.

Tu as raison, Yolanda. Un jour, tu emmèneras ton fils le voir au musée des Beaux-Arts, et tu lui raconteras tout ça. Je suis un type qui prend son temps, tout comme mon vieil ami Bert. Il est une source d'inspiration pour moi aussi. Regarde-le, à son âge, la cinquantaine n'est pas loin, et il fonde une famille avec une femme comme toi.

Mamita, je suis désolé, dis-je. Et pour que tu ressentes la vérité de ce que je dis, je me force à fixer la profondeur transparente de tes yeux peints à l'huile, où rien ne se passe. Je ne referai plus jamais ça, aimer avec un cœur sourd d'une oreille, c'est une façon d'aimer paresseuse, lâche et qui ne mène nulle part. Pourtant, je pense avoir entendu Gisela en stéréo, fort, doux et clair, mais ce n'était pas suffisant. Je n'y avais jamais pensé avant, mais peut-être que c'était son cœur à elle qui était sourd d'une oreille. Je suis désolé de ne pas t'avoir donné de petit-enfant, maman, mais disons que je vais essayer. Est-ce que l'un des enfants qui partagent la maison de Lexi vient te rendre visite ? Il y a une fille de dix ans, Monica. Je pense que tu l'apprécierais.

Qu'est-ce que je fais, à parler à cette peinture ? Je peux le refaire demain si je veux, chez Lexi. Pourquoi est-ce que je ne retourne pas à Green Meadows pour essayer de parler à Mamita ?

Je pense que cette copie de la peinture est meilleure que celle que nous avions chez nous en grandissant. Herb a gardé la meilleure pour lui. Je me concentre sur le coin des lèvres de Mamita, essayant de voir ce qui est visiblement invisible, si seulement je pouvais penser à quelque chose de drôle à dire maintenant, pour voir si je peux provoquer un frémissement de sourire. J'ai toujours été doué pour faire rire ma mère. Mais aucun mot ne vient que ceux-là : Mamita, je suis désolé de ne pas t'avoir sauvée de Bert. Je suis désolé que tu ne m'aies pas sauvé de Bert. Je suis désolé qu'aucun de nous n'ait sauvé Lexi de Bert, mais je pense que tu l'as finalement fait, en commençant à la fin de son adolescence. *Ay* Mamá, tes yeux peints par Herb me regardent d'une manière qui me fait sentir que je ne suis pas là.

Je me tourne vers Beth et lui dis : Je t'empêche de dormir, n'est-ce pas ? Je suis désolé. Elle est assise, affalée sur un vieux canapé rouge foncé, dont le rembourrage en soie est légèrement déchiré ici et là, les genoux écartés, ses longues mains frêles serrées sur son abdomen. À part le canapé, les seuls autres meubles sont un vieux fauteuil rembourré d'un vert marin, le bois des accoudoirs est ébréché, et deux chaises dures tirées vers une petite table ronde en bois avec une nappe à carreaux rouges et blancs, une bouteille de vin vide posée dessus et un cendrier en plastique. C'est comme si nous étions dans une pizzeria à l'ancienne, avec une seule table et rien d'autre sur les murs qu'un portrait de Yolanda Montejo-Goldberg. Une lampe en laiton débranchée dans un coin, sans abat-jour. Les *Nouvelles* de Grace Paley sur le sol à côté du canapé. La robe de Beth tombe comme un sac, cachant sa minceur que l'on devine lorsqu'elle est debout par la façon dont le vêtement tombe autour d'elle, ses clavicules avec leurs extrémités de la taille d'une perle sous la peau ivoire visibles par le col ouvert. C'est une robe noire, avec un motif dense de petites lettres blanches comme des linotypes imprimés sans ordre discernable, des lettres comme des centaines d'émeutiers qui attendent de voir ce qui va se passer. Elle est si petite et si délicate, Beth Alamy. En regardant les os de ses poignets, on pense à des moineaux. Elle a toujours ce joli visage, des yeux brillants brun chocolat, et une abondante chevelure brune, mouchetée d'argent, simplement tirée en arrière et nouée. Il y a quelque chose d'Emily Dickinson en elle, peut-être est-ce l'impression qu'elle donne, un petit visage intelligent dans un vieux pendentif. Ses dents sont un peu inégales, légèrement tachées de nicotine ou de café, comme l'étaient celles de presque tout le monde à l'époque. Elle vit dans les deux étages supérieurs de la maison et loue les étages inférieurs. Nous n'avons pas beaucoup parlé avant que j'aille me planter devant cette peinture. Elle m'a dit qu'elle était avocate. Beth se redresse et semble parfaitement éveillée, ses yeux sont comme des lumières noires sous l'ampoule nue du plafond.

Oh vraiment, ne t'inquiète pas pour ça. J'étais debout de toute façon, dit-elle. Je t'aurais dit de revenir demain si je l'avais vraiment voulu.

Herb est toujours en vie, au Maroc, il habite Marrakech. C'est ce qu'elle m'a dit alors même que nous montions les escaliers de l'atelier. Je demande, Quel âge a Herb maintenant ?

Quatre-vingt-dix-sept ans. Il a cette longévité épuisante de vieux mâle. Tu sais, comme Picasso. Saul Bellow et Pinochet, un que j'adore et l'autre évidemment que je n'aime pas, sont nés la même année et sont morts l'année dernière, à quatre-vingt-onze ans.

Kissinger est toujours en vie, je dis. C'est comme ce dicton, *Mala hierba no muere.*

Mais la bonne *hierba Felman no muere,* non plus, dit Beth, satisfaite de son jeu de mots.

Bert aussi, il a tenu jusqu'à quatre-vingt-treize ans. Je ne dirai pas s'il était une bonne ou une mauvaise herbe. Laissons Beth penser qu'il n'était pas trop mauvais. *Nicanor Parra,* j'ajoute, car comment m'en dispenser ?

Ce genre de longévité est plus rare chez les hommes que chez les femmes, dit Beth. D'une certaine manière, la longévité féminine ne semble pas découler de cette énergie monstre dont l'idéal semble être de continuer à faire de soi-même le centre de l'univers, jusqu'à ce qu'il ne reste plus personne. Grace Paley. Penelope Fitzgerald. Georgia O'Keeffe. Agnes Martin. Oh mon Dieu, Louise Bourgeois. Doris Lessing. Elle n'est pas encore si vieille, mais Toni Morrison a intérêt à vivre jusqu'à mille ans. Je vais m'arrêter là parce que je pourrais continuer encore et encore.

Mère Teresa, je dis. Beth acquiesce et dit, Mère Teresa aussi. Alors, quel genre de droit pratiques-tu ? je demande.

J'ai travaillé comme avocate commise d'office dans les tribunaux du comté de Suffolk pendant vingt-cinq ans et je continue. Cette maison est toujours celle de Herb. Ses revenus actuels proviennent de ses propriétés et de ses investissements ; il était compétent pour ses finances. L'ancienne boulangerie de mon père me procure aussi quelques revenus. C'est un café brésilien maintenant, et Herb loue l'étage supérieur, où vivait notre famille, pour stocker ses œuvres d'art et ses papiers. Je me sens mal d'accepter son argent mais il insiste et j'en ai besoin. Je me sens tellement prête à essayer quelque chose de nouveau. Je veux écrire une biographie de Herb Felman, Frank. Herb a eu une vie si remarquable, et l'obscurité dans laquelle il vit maintenant rend tout ça encore plus, je ne sais pas, poignant et profond.

Tu vas aller à Marrakech pour lui parler ?

Dans deux semaines. J'ai l'intention d'y passer au moins trois mois. Comment est la mémoire de Herb ?

Herb El Memorioso, dit-elle. Je dois avoir un léger air de surprise.

En haut, il y a des livres partout, explique-t-elle. J'adore Borges et sa nouvelle *Funes ou la Mémoire.*

Je lui raconte que je me demande ce dont Herb se souvient à propos de mes parents. Il a passé un mois à peindre le portrait de ma mère. Elle a posé pour lui trois fois par semaine. Il doit savoir mieux que quiconque comment elle était à l'époque.

Je sais que Herb adorait ta mère, Frankie. Cela ne te dérange pas si je t'appelle comme ça, n'est-ce pas ? C'était ton nom quand nous nous sommes rencontrés, ça fait bizarre de t'appeler Francisco. On voit qu'il l'aimait quand on regarde le portrait, tu ne penses pas ? Ta mère est vraiment très belle, mais ce n'est pas ce que je veux dire. Elle a cet irrésistible et mystérieux quelque chose qui vous serre le cœur. Je me retrouve à vouloir la regarder dans les yeux et, je ne sais pas, devenir son amie. Ce portrait est accroché sur ce mur, exactement au même endroit, depuis le jour où Herb l'a terminé. Cela doit dire quelque chose sur ce qu'il ressentait pour ta mère.

Beth, vraiment ?

Ça fait combien d'années maintenant ? Bon, nous avons le même âge. Beaucoup d'années. Ne sois pas déprimé. Elle sourit.

Cinquante ans, sérieux. Et le fauteuil sur lequel elle s'asseyait, et l'écran derrière lequel elle me disait se changer, existent-ils encore ?

Disparus depuis longtemps. Le poêle n'a jamais bougé ; bien sûr, nous ne pouvons plus l'utiliser. Il y a une pièce à l'étage avec une verrière et une vue sur la rivière par la fenêtre du fond. Je n'ai jamais vraiment compris pourquoi Herb n'a pas utilisé cette pièce comme studio.

Peut-être qu'il aimait regarder la rue par la fenêtre.

Oui, il n'attendait que toi pour débarquer à deux heures du matin, par une nuit de neige, en voyant la lumière allumée et le portrait par la fenêtre, pour sonner à la porte et demander à la personne qui répond si tu peux monter voir le tableau parce que c'est ta mère et que Herb te racontait des histoires de guerre quand tu étais petit.

Je suis étonné que tu m'aies laissé entrer.

Je suppose que je le suis aussi. Mais tu étais vraiment convaincant. C'est mieux meublé à l'étage, au fait, et il y a plus d'œuvres de Herb accrochées aux murs, mais mon amie Mickey est rentrée de Londres ce soir et elle dort là-haut. Je te ferai faire la visite la prochaine fois que tu viendras.

Bien sûr, je dis.

Tu sais, je pensais te contacter, maintenant que j'ai décidé d'essayer d'écrire ce livre. Étant donné l'importance évidente de ta mère et de ce portrait pour Herb.

Pourquoi ne viendrais-tu pas avec moi à sa maison de retraite un jour et nous pourrons lui parler ? Sa mémoire n'est pas toujours très fiable. Certains jours sont meilleurs que d'autres.

J'adorerais ça, dit-elle. Il n'y a pas tant de personnes encore en vie qui ont eu leur portrait peint par Herb.

Connais-tu ou as-tu entendu Herb parler d'une peinture représentant une scène de forêt avec des animaux, pendant la guerre, en Normandie, avec lui-même et un autre soldat nommé Eddie ?

Il faudrait que j'aille voir dans les réserves. Herb garde des milliers d'œuvres, finies et inachevées, mais je ne me souviens pas d'avoir entendu parler de celle-là. Des animaux de la forêt ? Vraiment ? Avec Herb ?

Eddie était son amant pendant la guerre, je crois.

Tu connais une histoire sur Herb ayant un amant pendant la guerre ? Wow. Je ne savais pas. J'ai toujours été l'innocente petite Beth. Il ne m'aurait jamais raconté de telles histoires, mais je pense qu'il le fera maintenant. Les yeux de Beth dans son petit visage sont ouverts si grand et brillent si noir qu'elle ressemble à un de ces mignons animaux nocturnes de la jungle, accroché à sa branche au-dessus de nos têtes.

Il y avait quelqu'un d'important pour lui à Marrakech, dit-elle. Je sais cela. Mais pendant la guerre ?

Je ne me souviens même pas comment j'ai su l'histoire de cette peinture de guerre avec les animaux, dis-je.

Par ta mère, peut-être ? Ne te vexe pas, dit-elle, mais, tu sais, je n'avais pas vraiment pensé à toi depuis des années. Quelqu'un de la famille m'a dit que le fils de Bert Goldberg était devenu écrivain, et puis j'ai fait le lien entre toi et certaines choses que j'avais vues dans le coin par – elle baisse la voix solennellement, *Francisco Goldberg.* Mais je n'ai vraiment commencé à penser à toi que lorsque j'ai décidé d'écrire sur Herb.

Même sans Herb, tu dois avoir beaucoup de choses à raconter. Toutes ces années passées dans les tribunaux de

Boston. Je me souviens de la lettre que tu m'as envoyée, après le match des Celtics où Herb et mon père nous ont emmenés. Je me rappelle à quel point j'étais impressionné par l'intelligence inquiétante, mais aussi par la gentillesse et le charme de ton écriture.

Oh, merci, Frankie, répond-elle en s'illuminant. Je me souviens aussi de la lettre que tu m'as envoyée. Elle pouffe malicieusement, et me regarde comme si elle pensait que je sais ce qu'il y a de si drôle.

Allez, dis-moi, qu'est-ce qu'il y avait de si drôle ? je demande.

Tu as écrit que tu avais une pointe de flèche indienne que tu voulais me donner.

Oh oui, je dis. Je me souviens de cette pointe de flèche.

Si je la sors de ma poche maintenant, ça va la faire flipper, peut-être sérieusement. Et de toute façon, je vais la donner à Lexi.

C'est juste que ça ressemblait tellement à un truc de garçon, dit-elle. Quoi, ce gamin essaie de m'impressionner avec sa pointe de flèche indienne ? Elle rit et moi aussi ; nous restons assis sur le canapé, pliés de rire. Peut-être que j'étais trop mature pour mon âge, dit-elle. J'étais déjà à fond dans Velvet Underground. Je voulais être Nico. Je n'étais intéressée que par les garçons qui jouaient de la guitare électrique. Je dois dire qu'après t'avoir laissé entrer et que nous soyons montés ici, j'ai eu peur que ce ne soit pas vraiment toi, parce que d'après ce que j'avais vu à l'époque, tu ne ressembles pas du tout à ce que j'aurais imaginé.

Ha ! je dis. C'est une bonne chose ?

Beth rit à nouveau, d'une jovialité si généreuse. Oui, c'est une bonne chose. Mais ne le prends pas mal. Tu étais très gentil. Avec ta tête de flèche. Elle sourit.

J'aime bien ta robe, je lui dis. Toutes ces petites lettres, on dirait qu'elles vont déclencher une émeute, tu vois ce que je veux dire ? Hé, enfoirés, on peut épeler tout ce qu'on veut. N'essayez même pas de nous arrêter ou nous allons mettre cette langue à l'envers !

Cette robe, vraiment ? dit Beth. Elle la prend dans ses doigts et la tend au-dessus de sa poitrine, en la regardant. Des lettres qui manifestent ? Après tant d'années passées à être avocate commise d'office, je pourrais m'adonner à l'anarchie maintenant. Frankie, je passe un très bon moment, et c'est la plus fabuleuse et la plus heureuse des surprises, mais il est vraiment tard. Il faut que j'aille dormir. Tu peux t'installer ici sur le canapé si tu veux. Je fouille dans une poche et je sors mon téléphone. 3 h 43 du matin, et il y a un message de Lulú : « Panchito, j'ai rêvé qu'on faisait du vélo ensemble. »

22 juin 2020 – CDMX

Remerciements

Mes remerciements aux directeurs et au personnel du Radcliffe Institute for Advanced Studies, où une partie de ce livre a été écrite pendant l'année 2018-2019. Le Dr Robert J. Kelly a été un guide généreux sur la science et l'art de la production de dents artificielles. Merci à Sandra Hernández Estrada ; à Sean E. Fitzgerald pour son courriel datant d'il y a longtemps ; à Felito (Consuelo) et Tía Babu (Barbara) ; à Stephen Haff pour l'opportunité de participer au miracle permanent de Still Waters in a Storm et des Kid Quixotes ; aux amis et collègues qui ont lu les versions précédentes et ont fourni des idées et des commentaires indispensables, Bex Brian, Dominique, Gonzalo, Chloe, Susan, et Valeria ; à Lucas, Hernán et Ieva pour une conversation aussi importante qu'hilarante à Kirkland T & T. Ma gratitude à Morgan, Elisabeth Schmitz, Katie Raissian, Yvonne Cha, et toute l'équipe de Grove. Amanda Urban a apporté un soutien sans faille du début à la fin. Jovi et Azalea, et aussi Jovisitas pendant les mois qu'elle a passés avec nous, ont été le soleil qui se lève chaque jour.

Bouquins littérature

Francisco Goldman, *Monkey Boy*
Alberto Moravia, *L'Immortel*
Alberto Moravia, *Quand tu viendras je serai presque heureux. Lettres à Elsa Morante*
José Lezama Lima, *La Havane*
Rainer Maria Rilke, *Lettres à une jeune poétesse*
Jean d'Ormesson, *Des messages portés par les nuages. Lettres à des amis*
Gonçalo M. Tavares, *Journal de la peste*
Stefan Zweig, *Vienne. Ville de rêves*
Stefan Zweig, *L'Âme humaine. Portraits*
Stefan Zweig, *Marie-Antoinette. Portrait d'une femme ordinaire*

Composition et mise en pages
Nord Compo à Villeneuve-d'Ascq

Pour plus d'information :

#lisez ! engagé

www.lisez.com

Imprimé sur du papier issu de forêts gérées durablement.

Cet ouvrage a été achevé d'imprimer en décembre 2023
sur les presses de Normandie Roto Impression s.a.s.
61250 Lonrai (Orne)
N° d'édition : 66569/01 - N° d'impression : 2304621

Imprimé en France